AtV

Alfred Edward William Mason (1865–1948) scheiterte als Schauspieler und wurde ein um so erfolgreicherer Romancier. Er schrieb eine Vielzahl von Abenteuer- und Kriminalromanen. »Die vier Federn« (1902) ist sein bekanntestes Werk, es wurde 1939 zum ersten Mal verfilmt.

England in den achtziger Jahren des 19. Jahrhunderts: Als Harry Feversham erfährt, daß sein Regiment in den Sudan verlegt werden soll, gibt er aus Angst zu versagen sein Offizierspatent zurück. Außerdem möchte er Ethne, mit der er sich gerade verlobt hat, nicht allein lassen. Doch von seinen Freunden und seiner Verlobten wird ihm dieser Schritt als Feigheit ausgelegt. Als Symbol ihrer Verachtung erhält er vier weiße Federn, und Ethne löst die Verlobung. Harry, Sproß einer alten Soldatenfamilie, ist fest entschlossen, seine Ehre wiederherzustellen. Er reist heimlich in den Sudan und läßt sich in verschiedenen Verkleidungen auf tollkühne Abenteuer ein, um seinen Mut zu beweisen und Ethne zurückzugewinnen.

A. E. W. Mason

Die vier Federn

Roman

Aus dem Englischen
von Thomas Schlück

Aufbau Taschenbuch Verlag

Titel der Originalausgabe
The Four Feathers

ISBN 3-7466-1924-6

1. Auflage 2002

Druck Clausen & Bosse, Leck
Printed in Germany

www.aufbau-taschenbuch.de

Erstes Kapitel
Ein Krim-Abend

Von General Fevershams Gästen traf Lieutenant Sutch als erster in Broad Place ein. An einem sonnigen Nachmittag Mitte Juni erreichte er gegen siebzehn Uhr das alte Backsteinhaus, das an einem Südhang der Surreyberge lag und in der dunklen Waldtiefe der Kiefern wie ein seltenes Juwel warm erstrahlte. Lieutenant Sutch humpelte durch die Halle, in der sich die Portraits der Fevershams übereinander bis zur Decke reihten, und betrat die mit Steinplatten ausgelegte rückwärtige Terrasse. Hier fand er seinen Gastgeber, der wie ein kleiner Junge aufrecht dasaß und nach Süden zu den Sussex Downs blickte.

»Wie geht es dem Bein?« fragte General Feversham und erhob sich energisch. Er war ein kleiner, drahtiger Mann, der trotz seiner weißen Haare lebhaft wirkte. Doch es war eine Lebhaftigkeit des Körpers. Ein knochiges Gesicht mit schmaler, hoher Stirn und ausdruckslosen stahlblauen Augen deutete dagegen auf eine gewisse geistige Leere.

»Während des Winters hat es mir Kummer gemacht«, erwiderte Sutch. »Aber damit mußte man ja rechnen.« General Feversham nickte, und kurze Zeit schwiegen die beiden Männer. Vor der Terrasse fiel das Gelände steil zu einer weiten Ebene aus brauner Erde und smaragdgrünen Feldern und dunklen Baumgruppen ab. Von dieser Ebene erhoben sich Stimmen durch das Sonnenlicht, dünn, doch sehr klar. Nach Horsham zu schlängelte sich die Rauchsäule eines Zuges in schneller Fahrt zwischen den fernen Bäumen hindurch, und am Horizont ragten die von weißen Kalkfelsen durchsetzten Downs auf.

»Ich habe mir schon gedacht, daß ich Sie hier finde«, sagte Sutch.

»Dies war die Lieblingsecke meiner Frau«, antwortete Feversham mit tonloser Stimme. »Stundenlang saß sie hier. Sie hatte eine seltsame Vorliebe für weite und leere Räume.«

»Ja«, meinte Sutch, »sie hatte Phantasie. Ihre Gedanken wußten diese Räume zu bevölkern.«

General Feversham musterte seinen Besucher, als verstünde er die Worte nicht recht. Doch er stellte keine Fragen. Was er nicht begriff, verdrängte er als des Verstehens nicht wert gewohnheitsmäßig aus seinen Gedanken. Sofort schlug er ein neues Thema an.

»Heute abend wird bei Tisch ein Kleeblatt fehlen.«

»Ja, Collins, Barberton und Vaughan sind diesen Winter dahingeschieden. Nun, wir sind ohnehin schon für immer auf die Halbsold-Liste der Welt abgeschoben. Der Nachruf in der Zeitung ist nur eine letzte Formalität, die uns gänzlich aus dem Dienst befördert.« Sutch streckte sich und verschaffte seinem verkrüppelten Bein Erleichterung, das vor genau vierzehn Jahren bei einem Sturz von der Belagerungsleiter zerschmettert und verdreht worden war.

»Es freut mich, daß Sie vor den anderen hier sind«, fuhr Feversham fort. »Ich hätte gern Ihre Meinung gehört. Dieser Tag ist für mich mehr als der Jahrestag unseres Angriffs auf den Redan. In dem Augenblick, als wir angriffsbereit in der Dunkelheit warteten ...«

»Westlich der Steinbrüche, ich erinnere mich«, unterbrach ihn Sutch und atmete tief durch. »Wie könnte man das vergessen?«

»Genau in jenem Augenblick wurde in diesem Haus Harry geboren. Wenn Sie nichts dagegen haben, möchte ich vorschlagen, daß er sich heute abend zu uns setzt. Er ist zufällig zu Hause. Natürlich wird er in die Armee eintreten und könnte aus den Gesprächen etwas lernen, das ihm später nützlich sein mag – man weiß ja nie.«

»Aber ja doch«, sagte Sutch voller Eifer; da seine Besuche bei General Feversham sich auf die alljährlichen Abendessen beschränkten, hatte er Harry Feversham noch nicht zu Gesicht bekommen.

Seit vielen Jahren rätselte Sutch an der Frage herum, welche Qualitäten General Fevershams auf Muriel Graham anziehend gewirkt hatten, einer Frau, die wegen der Vornehmheit ihres Intellekts ebenso hervorzuheben war wie wegen der Schönheit ihrer Erscheinung; doch eine Antwort hatte er bis jetzt nicht gefunden. Er mußte sich mit dem Wissen zufriedengeben, daß sie aus irgendeinem geheimnisvollen Grund diesen Mann geheiratet hatte, der soviel älter war als sie und im Charakter so gar nicht zu ihr paßte. Die wesentlichen und sogar einzigen Vorzüge, die bei General Feversham ins Auge sprangen, waren sein persönlicher Mut und ein unbeugsames Selbstvertrauen. Auf seinem Gartenstuhl sitzend, ließ Lieutenant Sutch die Gedanken über zwanzig Jahre zurückstreifen, in eine Zeit, bevor er als Offizier der Naval Brigade an jenem erfolglosen Angriff auf den Redan teilgenommen hatte. Er erinnerte sich an einen Sommer in London, in den er nach seiner Stationierung in China zurückgekehrt war; und er war gespannt auf Harry Feversham. Dabei gestand er sich nicht ein, daß er mehr als die natürliche Neugier eines Mannes verspürte, der, vergleichsweise jung kriegsbeschädigt, das Studium der menschlichen Natur zu seinem Hobby gemacht hatte. Es interessierte ihn zu sehen, ob der Junge nach seiner Mutter oder nach seinem Vater schlug – das war alles.

An diesem Abend also nahm Harry Feversham am Tisch Platz und lauschte den Geschichten, die die Älteren erzählten, während Lieutenant Sutch ihn beobachtete. Die Geschichten drehten sich ausnahmslos um jenen düsteren Winter auf der Krim, und die Schilderungen folgten einander dichtauf, kaum war die eine zu Ende erzählt, da begann schon die nächste. Es waren Geschichten vom Tode, von kühnen Taten, von nagendem Hunger und der Kälte des Schnees. Doch sie wurden mit knappen

Worten und in nüchternem Ton erzählt, als wären sich die Erzähler ihrer nur als weit entfernte Dinge bewußt; und es gab selten nachdrücklichere Bemerkungen als ein schwaches »Das ist seltsam« und keinen Ausruf, der bedeutsamer war als ein Auflachen.

Harry Feversham jedoch hörte zu, als spielten sich die dermaßen achtlos geschilderten Ereignisse in diesem Augenblick und innerhalb der Wände dieses Zimmers ab. Seine dunklen Augen – die Augen seiner Mutter – wandten sich mit jeder Erzählung von Sprecher zu Sprecher und warteten weit aufgerissen und starr, bis das letzte Wort gesprochen war. Er lauschte fasziniert und gebannt. Und so lebhaft zuckte und bebte der Wechsel des Ausdrucks über sein Gesicht, daß es Sutch scheinen wollte, als höre der Junge in diesem Augenblick wirklich das Sirren der Kugeln in der Luft, als müsse er sich tatsächlich dem lähmenden Aufprall eines Angriffs widersetzen, als ritte er wirklich im Gedränge einer Schwadron in einen Nebel, aus dem Kanonen kreischend ihre Flammenzungen schickten. Einmal berichtete ein Major der Artillerie von der Spannung der Stunden zwischen dem Aufmarsch der Truppen vor einer Schlacht und dem ersten Befehl zum Vorrücken, und Harrys Schultern zuckten unter der unerträglichen Last jener sich dehnenden Minuten.

Doch er zuckte nicht nur mit den Schultern. Einmal warf er einen verstohlenen, flackernden Blick nach hinten; und Lieutenant Sutch war verblüfft, mehr als verblüfft, er war schmerzlich berührt. Denn schließlich war dies Muriel Grahams Sohn.

Der Ausdruck war Sutch wohlbekannt. Zu oft hatte er ihn auf den Gesichtern von Rekruten erlebt, die in der ersten ernsten Kampferfahrung standen, um ihn hier falsch zu deuten. Dabei stieg vor seinem inneren Auge insbesondere ein Bild auf. Eine vorrückende Formation bei Inkerman, und ein großer, kräftiger Soldat, der im Eifer seines Angriffs aus der Linie vorbrach und abrupt innehielt, als begriffe er plötzlich, daß er allein war und allein dem Angriff eines berittenen Kosaken begegnen mußte.

Klar erinnerte sich Sutch an den fatalen, flackernden Blick, den der große Soldat nach hinten auf seine Kameraden gerichtet hatte – ein Blick, der von einem seltsam kränklichen Lächeln begleitet war. Ebenso lebhaft stand ihm noch vor Augen, was folgte. Denn obwohl der Soldat eine geladene Muskete mit aufgepflanztem Bajonett trug, hatte er ohne einen Versuch der Selbstverteidigung den Lanzenstoß des Kosaken in den Hals empfangen.

Hastig sah sich Sutch am Tisch um, besorgt, daß General Feversham oder einige seiner Gäste den gleichen Ausdruck und das gleiche Lächeln auf Harrys Gesicht bemerkt hätten. Doch niemand hatte Augen für den Jungen; zu eifrig wartete jeder Besucher auf die Gelegenheit, eine eigene Geschichte vorzutragen. Sutch atmete auf und wandte sich Harry zu. Doch der Junge hatte die Ellenbogen auf das Tischtuch gesetzt und den Kopf in die Hände gestützt, dem Licht und dem Silberfunkeln des Zimmers entrückt, und konstruierte erneut aus der schnellen Folge der Anekdoten eine Welt der Schreie und Verwundungen, der wildgewordenen reiterlosen Pferde, der Männer, die sich im Nebel des Kanonenqualms am Boden wanden. Schon die kürzeste und allgemeinste Beschreibung jener schneidend kalten Tage und Nächte in den Schützengräben ließ den Jungen erbeben. Sogar sein Gesicht verkrampfte sich, als fräße sich der klirrende Frost jenes Winters tatsächlich in seine Knochen. Sutch berührte ihn sanft am Ellenbogen.

»Du erweckst diese Tage für mich zum Leben«, sagte er. »Obwohl die Hitze vor den Fenstern steht, spüre ich die Kälte der Krim.«

Harry riß sich aus seiner Gebanntheit.

»Die Geschichten bringen diese Tage zurück«, antwortete er.

»Nein – du, wie du sie dir anhörst.«

Und ehe Harry antworten konnte, meldete sich General Fevershams scharfe Stimme von der Stirnseite des Tisches: »Harry, schau auf die Uhr!«

Sofort richteten sich alle Blicke auf den Jungen. Die Zeiger standen im spitzesten Winkel zueinander. Es war kurz vor Mitternacht, und seit acht Uhr hatte er lauschend am Tisch gesessen und dabei nicht ein Wort gesprochen, nicht eine Frage geäußert. Trotzdem erhob er sich nur widerstrebend.

»Muß ich gehen, Vater?« fragte er, woraufhin sich die Gäste des Generals im Chor für ihn einsetzten. Das Gespräch sei dem Jungen eindeutig von Nutzen, ein erster Vorgeschmack auf den Pulverdampf, der ihm später wohl anstehen mochte.

»Außerdem hat der Junge Geburtstag«, fügte der Artillerie-Major hinzu. »Er will bleiben, soviel ist klar. Ein Vierzehnjähriger würde nicht all die Stunden still am Tisch sitzen, wenn ihm das Gespräch keinen Spaß machte. Lassen Sie ihn bleiben, Feversham.«

Ausnahmsweise lockerte General Feversham die eiserne Disziplin, unter der der Junge lebte.

»Schön«, sagte er, »Harry soll noch eine Stunde Ausgang vom Bett haben. Eine Stunde macht keinen großen Unterschied.«

Harrys Augen wandten sich dem Vater zu; sein Blick ruhte kurze Zeit mit einer seltsamen Ruhe auf seinem Gesicht. Es wollte Sutch scheinen, als sprächen diese Augen eine Frage aus, und diese Frage faßte er, ob zu Recht oder zu Unrecht, für sich in die Worte:

»Bist du blind?«

Aber General Feversham unterhielt sich bereits wieder mit seinen Nachbarn, und Harry setzte sich still, stützte wieder das Kinn in die Hände und lauschte mit ganzer Seele. Doch fand er keine Unterhaltung; eher war er gebannt, saß ganz still, wie von einem Zauber geschlagen. Sein Gesicht wurde unnatürlich weiß, seine Augen unnatürlich groß, während die Kerzenflammen durch den blauen Tabakdunst immer röter und verschwommener leuchteten und der Wein in den Karaffen immer weniger wurde.

Auf diese Weise verging die Hälfte jener Stunde Ausgang;

plötzlich ergriff General Feversham das Wort, angeregt durch die unglückselige Erwähnung eines Namens; auf seine sprunghafte Weise platzte er heraus:

»Lord Wilmington. Einer der besten Namen in England, man stelle sich vor. Haben Sie sein Haus in Warwickshire gesehen? Jeder Quadratzentimeter, sollte man meinen, müßte ihn dazu anhalten, den Mann zu spielen, und sei es nur im Gedenken an seine Ahnen ... Unglaublich schien es, ein bloßes Lagergerücht, doch die Sache verdichtete sich. Vor der Alma wurde es geflüstert, bei Inkerman ausgesprochen, bei Balaklawa laut hinausgeschrien. Vor Sewastopol war die Scheußlichkeit bewiesen. Wilmington fungierte als Meldereiter für seinen General. Ich bin ehrlich davon überzeugt, der General hatte ihn für diesen Dienst ausgewählt, damit sich der Bursche fangen konnte. Dreihundert Meter kugelträchtiges, flaches Terrain, und eine Meldung mußte hinübergebracht werden. Wäre Wilmington unterwegs vom Pferd gestürzt, nun, dann wäre das Geflüster für immer verstummt. Wäre er lebendig durchgekommen, hätte er sich außerdem ausgezeichnet. Aber er wagte es nicht. Er verweigerte den Befehl! Stellen Sie sich das nur vor, wenn Sie können! Zitternd saß er auf seinem Pferd und weigerte sich. Sie hätten den General sehen sollen! Sein Gesicht nahm die Farbe alten Burgunders an. ›Zweifellos haben Sie schon etwas vor‹, sagte er mit der höflichsten Stimme, die man sich vorstellen kann – nur das, kein Schimpfwort. Eine Verabredung auf dem Schlachtfeld! Ich konnte mir beim besten Willen das Lachen nur mit Mühe verkneifen. Für Wilmington aber war es eine tragische Sache. Er war natürlich völlig unten durch und schlich sich nach London zurück. Alle Häuser waren ihm verschlossen, er verschwand so rasch aus seinen Kreisen wie eine Bleikugel, die man aus der Hand ins Meer fallen läßt. Sogar die Frauen in Piccadilly spuckten aus, wenn er sie nur ansprach; in einem Hinterzimmer am Haymarket schoß er sich dann eine Kugel durch den Kopf. Seltsam das, wie? Er hatte nicht den Mut, sich den Kugeln zu stellen, als es um seinen Namen ging, aber sich später erschießen konnte er.«

Zufällig blickte Lieutenant Sutch auf die Uhr, als die Geschichte zu Ende ging. Es war Viertel vor eins. Harry Feversham hatte noch eine Viertelstunde Zeit, und diese Viertelstunde gehörte einem pensionierten Stabsarzt mit breitem, zuckendem Bart, der dem Jungen beinahe gegenüber saß.

»Ich kann da von einem Ereignis berichten, das noch seltsamer ist«, begann er. »In meinem Fall hatte der Mann nie zuvor im Feuer gestanden, sondern gehörte meinem Beruf an. Leben und Tod waren sein Geschäft. Auch war er selbst gar nicht besonders in Gefahr. Die Sache ereignete sich während eines Bergfeldzugs in Indien. Wir lagerten in einem Tal, und einige Afghanen lauerten nachts an den Hängen und schossen aus der Ferne in unser Lager. Dabei fetzte ein Geschoß durch die Bahn des Lazarettzelts – das war alles. Der Arzt schlich sich in sein Quartier, und seine Ordonnanz entdeckte ihn eine halbe Stunde später tot in seinem Blute.«

»Getroffen?« rief der Major.

»Durchaus nicht«, entgegnete der Arzt. »Er hatte in der Dunkelheit leise seinen Instrumentenkoffer geöffnet, eine Lanzette herausgenommen und sich die Oberschenkelarterie aufgeschnitten. Reine Panik beim Pfeifen einer Kugel, wissen Sie.«

Selbst bei diesen Männern, die Schrecknisse gewöhnt waren, tat das in nackter Schlichtheit dargestellte Ereignis seine Wirkung. Einige ließen unterdrückte Ausrufe des Unglaubens hören, andere rutschten in einer Art körperlichem Unbehagen auf ihren Stühlen herum, hatte sich doch ein Mann tief unter menschliches Niveau sinken lassen. Hier stürzte ein Offizier seinen Wein hinunter, dort bewegte ein anderer die Schultern, als versuche er das Wissen abzuschütteln, so wie sich ein Hund vom Wasser befreit. In der Runde gab es nur einen, der in dem auf die Geschichte eintretenden Schweigen vollkommen reglos verharrte. Und das war der junge Harry Feversham.

Er hatte die Hände auf den Knien verkrampft und beugte sich ein wenig über den Tisch in Richtung des Arztes; die Wangen weiß wie Papier, die Augen erfüllt von einer lodernden Wildheit. Er sah aus wie ein gefährliches Tier in der Falle. Sein Körper war angespannt, seine Muskeln starr. Sutch befürchtete schon, der Junge wolle über den Tisch springen und mit der Wildheit der Verzweiflung um sich schlagen. Schon hatte er besänftigend die Hand ausgestreckt, als General Fevershams nüchterne Stimme dazwischentönte und der Junge sich plötzlich entspannte.

»Es geschehen verrückte und unverständliche Dinge. Zwei davon haben wir gehört. Man kann nur sagen, sie sind die Wahrheit, und zu Gott beten, daß man sie vergißt. Erklären kann man sie aber nicht. Denn man begreift sie nicht.«

Sutch fühlte sich bewogen, Harry die Hand auf die Schulter zu legen.

»Kannst du sie begreifen?« fragte er und bedauerte die Frage, kaum daß sie ihm ganz über die Lippen gekommen war. Doch die Worte wurden ausgesprochen, und Harrys Blick richtete sich hastig auf Sutch und ruhte auf seinem Gesicht, jedoch nicht voller Schuld, sondern gelassen, unergründlich. Er ging auch nicht auf die Frage ein, die auf eine Weise allerdings von General Feversham beantwortet wurde.

»Harry sie begreifen!« rief der General und schnaubte entrüstet durch die Nase. »Wie könnte er das? Er ist ein Feversham!«

Die Frage, die Harrys Blick schon einmal lautlos gestellt hatte, wurde nun von Sutch ebenso stumm wiederholt. »Sind Sie blind?« wandten sich seine Augen fragend an General Feversham. Nie zuvor hatte er eine so offen zutageliegende Unwahrheit vernommen. Ein kurzer Blick auf Vater und Sohn machte alles klar. Harry Feversham trug wohl den Namen seines Vaters, doch hatte er die gequälten dunklen Augen seiner Mutter, die breite Stirn seiner Mutter, das anmutige Profil seiner Mutter und auch ihre Phantasie. Vielleicht bedurfte es wirklich eines Fremden, um die Wahrheit zu erkennen. Dem Vater war der Anblick seines Sohnes so lange vertraut, daß er innerlich keine Bedeutung mehr für ihn hatte.

»Sieh auf die Uhr, Harry.«

Der einstündige Aufschub war abgelaufen. Harry stand auf und machte einen tiefen Atemzug.

»Gute Nacht, Sir«, sagte er und ging zur Tür.

Die Dienstboten waren längst zu Bett gegangen; und als Harry die Tür öffnete, gähnte ihm der Flur wie der Schlund der Nacht entgegen. Sekundenlang zögerte der Junge auf der Schwelle und schien beinahe in den erleuchteten Raum zurückzuweichen, als erwarte ihn in der düsteren Leere eine Gefahr. Und tatsächlich gab es da eine Gefahr – die Gefahr seiner Gedanken.

Er verließ den Raum und schloß die Tür hinter sich. Wieder wurde die Karaffe um den Tisch gereicht, Sodawasserflaschen wurden knallend geöffnet, das Gespräch kehrte in die gewohnten Bahnen zurück. Bis auf Sutch hatten die Männer Harry sofort vergessen. Der Lieutenant, der sich einerseits seines nüchternen, unparteiischen Studiums der menschlichen Natur rühmte, war andererseits von einer großen Menschenliebe bestimmt. Diese Liebe übertraf seine Beobachtungsgabe noch bei weitem. Außerdem bewogen ihn besondere Gründe zu seinem Interesse an Harry Feversham. Kurze Zeit blieb er mit einem höchst beunruhigten Ausdruck am Tisch sitzen. Dann ging er impulsiv zur Tür, öffnete sie lautlos, trat ebenso lautlos hindurch und schloß sie ohne hörbares Klicken hinter sich.

Und er sah dies: Harry Feversham stand inmitten der hohen Eingangshalle, hielt eine brennende Kerze über sich und blickte zu den Portraits der Fevershams empor, die sich an den Wänden übereinander türmten und in der Dunkelheit der Decke verloren. Von der anderen Seite der Türfüllung waren gedämpfte Stimmen zu hören. In der Halle selbst aber war es still. Harry verharrte erstaunlich reglos, als einziges bewegte sich die gelbe Kerzenflamme, die offenbar einem schwachen Luftstrom ausgesetzt war. Das Licht wogte über die Gemälde, schimmerte hier auf einem roten Mantel, funkelte dort auf einem Stahlpanzer. Denn an der Wand hing kein Männerportrait, das nicht in den Farben einer Uniform leuchtete, und die Zahl dieser Gemälde war sehr groß. Vater und Sohn, die Fevershams waren seit Beginn der Familiengeschichte Soldaten gewesen. Vater und Sohn, in Spitzenkragen und weiten Stiefeln, in Ramillies-Perücken und metallenen Brustharnischen, in Samtmänteln mit Puder im Haar, in Tschakos und Schwalbenschwänzen, in Kniestrümpfen und Waffenröcken – so blickten sie auf diesen letzten Feversham herab und riefen ihn in den gleichen Dienst. Es waren Männer vom gleichen Schlag; die unterschiedlichen Uniformen konnten ihre Verwandtschaft nicht überdecken – Männer mit hageren Gesichtern, hart wie Eisen, mit derben Zügen, dünnen Lippen, festen Kinnladen und geraden Mündern, mit schmalen Stirnpartien und den ausdruckslosen stahlblauen Augen; zweifellos Männer von Mut und Entschlossenheit, doch ohne Feinheit oder Nerven oder jene lästige Gabe, die da Phantasie heißt; widerstandsfähige Männer, denen ein wenig das Feingefühl fehlte und die kaum wegen ihres Intellekts hervorgetreten waren; offengesagt ziemlich dumme Männer – kurz, es waren ausgezeichnete Kämpfer, doch keiner von ihnen war ein erstklassiger Soldat.

Harry Feversham sah jedoch offensichtlich keinen dieser Fehler. Ihm kamen diese Männer ausnahmslos gewaltig und schrecklich vor. Er stand vor ihnen in der Haltung eines Verbrechers vor seinen Richtern, in deren kalten, unveränderlichen Augen seine Verdammnis bereits abzulesen war. Nun begriff Lieutenant Sutch etwas besser, warum die Kerzenflamme flackerte. Es gab gar keinen Zug im Flur; vielmehr zitterte die Hand des Jungen. Als höre er die lautlosen Stimmen seiner Richter das Urteil sprechen und akzeptierte es, verbeugte er sich schließlich sogar vor den Bildern an der Wand. Als er den Kopf hob, sah er Lieutenant Sutch an der Tür stehen.

Er zuckte nicht zusammen, er äußerte kein Wort; er ließ den

Blick ruhig auf Sutch ruhen und wartete ab. Von den beiden war es der Mann, der Verlegenheit verspürte.

»Harry«, sagte er und hatte trotz seiner Befangenheit soviel Takt, in Ton und Sprache den anderen nicht als Kind anzusprechen, sondern als Gefährten, der ihm an Jahren gleich war, »wir sind uns heute abend zum erstenmal begegnet. Vor langer Zeit kannte ich deine Mutter. Ich bilde mir ein, ich habe das Recht, auf sie das oft mißbrauchte Wort Freundin anzuwenden. Hast du mir irgend etwas zu sagen?«

»Nichts«, antwortete Harry.

»Das bloße Erzählen kann zuweilen eine Sorge leichter machen.«

»Sie sind sehr freundlich. Aber da ist nichts.«

Lieutenant Sutch wußte nicht recht, was er machen sollte. Die Einsamkeit des Jungen sprach seine Hilfsbereitschaft an. Denn der Junge mußte einsam sein, war er doch von seinem Vater und seines Vaters Ahnen innerlich nicht weniger unverkennbar als äußerlich geschieden. Doch was konnte er noch tun? Wieder kam ihm sein Taktgefühl zu Hilfe. Er zog sein Etui mit Visitenkarten aus der Tasche.

»Du findest meine Anschrift auf dieser Karte. Vielleicht schenkst du mir einmal ein paar Tage deiner Gesellschaft. Meinerseits könnte ich dir einige Jagdtage anbieten.«

Ein schmerzliches Zucken lief flüchtig über das undurchdringlich-ruhige Gesicht des Jungen. Doch die Regung war so schnell vorbei, wie sie gekommen war.

»Vielen Dank, Sir«, wiederholte Harry monoton. »Das ist sehr freundlich von Ihnen.«

»Und wenn du jemals mit einem älteren Mann eine schwierige Frage besprechen willst, stehe ich dir zur Verfügung.«

Er äußerte sich absichtlich mit formeller Stimme, damit Harry mit der Empfindlichkeit des Jungen nicht vermutete, er mache sich über ihn lustig. Harry nahm die Karte und wiederholte seinen Dank. Dann ging er nach oben zu Bett.

Unbehaglich wartete Lieutenant Sutch in der Halle, bis das Licht der Kerze schwächer geworden und verschwunden war. Irgend etwas stimmte nicht, dessen war er sicher. Es gab Worte, die er dem Jungen hätte sagen sollen, doch hatte er nicht gewußt, wie er es anfangen mußte. So kehrte er ins Eßzimmer zurück, füllte sein Glas und bat um Ruhe, wobei er das Gefühl hatte, er sei im Begriff, sein Versäumnis beinahe wieder gutzumachen.

»Meine Herren«, sagte er, »wir haben den 15. Juni«, was von lautem Applaus und Tischklopfen begrüßt wurde. »Es ist der Jahrestag unseres Angriffs auf den Redan. Außerdem Harry Fevershams Geburtstag. Unsere Arbeit ist getan. So bitte ich Sie, auf die Gesundheit eines jener jungen Menschen zu trinken, die uns verdrängen. Er hat seine Arbeit noch vor sich. Die Traditionen der Feversham-Familie sind uns wohlbekannt. Möge Harry Feversham sie fortsetzen! Möge er einem angesehenen Namen weiter Ansehen verschaffen!«

Schon war die Gesellschaft aufgesprungen.

»Harry Feversham!«

Der Name wurde dermaßen herzlich und innig gebrüllt, daß die Gläser auf dem Tisch zu klirren begannen. »Harry Feversham, Harry Feversham!« so hallte der Ruf immer wieder auf, während der alte General Feversham in seinem Stuhl saß, das Gesicht vor Stolz gerötet. Kurze Zeit später hörte ein Junge in seinem Zimmer hoch oben im Haus die gedämpften Worte eines Chors –

»For he's a jolly good fellow,
For he's a jolly good fellow,
For he's a jolly good fellow,
And so say all of us«,

und nahm an, die Gäste des Krim-Abends tranken auf das Wohl seines Vaters. Er drehte sich im Bett um und begann zu zittern. Vor seinem inneren Auge sah er einen zugrundegerichteten Offizier, der nachts durch die Schatten der Londoner Straßen schlich. Er schob eine Zeltplane zur Seite und beugte sich über einen Mann, der tot in seinem Blute lag, eine offene Lanzette in der rechten Hand. Und er sah, daß das Gesicht des zugrundegerichteten Offiziers und das Gesicht des toten Arztes identisch waren; es war das Gesicht von Harry Feversham.

Zweites Kapitel
Captain Trench und ein Telegramm

Dreizehn Jahre später und wieder im Monat Juni wurde erneut auf Harry Feversham Gesundheit angestoßen, doch auf ruhigere Weise und in kleinerer Gesellschaft. Die Runde hatte sich in einem Zimmer zusammengefunden, hoch oben in einem formlosen Gebäudeblock gelegen, der stirnrunzelnd wie eine Festung auf Westminster hinabblickte. Ein Fremder, der des Nachts in südlicher Richtung den St. James's Park durchquert hätte und über die Hängebrücke gegangen wäre, um dann einen zufälligen Blick nach oben zu werfen und die Reihen erleuchteter Fenster in so gefährlicher Höhe über sich funkeln zu sehen, hätte vielleicht mit der Vorstellung innegehalten, daß sich hier im Herzen Londons ein Berg erhöbe, in dem Zwerge sich plagten. Im zehnten Stockwerk dieses Gebäudes hatte Harry für seinen einjährigen Urlaub vom Regiment in Indien eine Wohnung genommen; und im Eßzimmer dieser Wohnung spielte sich die schlichte Feier ab. Der Raum war dunkel und zurückhaltend eingerichtet, und da die Kühle des Wetters die Jahreszeit Lügen strafte, flackerte ein freundliches Feuer im Kamin. Ein Erkerfenster, dessen Jalousien nicht herabgelassen waren, bot einen Blick über London.

Vier Männer saßen rauchend am Tisch. Harry Feversham wirkte bis auf einen blonden Schnurrbart, der im Kontrast zu seinem dunklen Haar stand, und die natürlichen Folgen des weiteren Wachstums unverändert. Er war ein Mann mittlerer Größe mit langen Gliedmaßen und dem Körperbau eines Athleten, wohingegen sich seine Gesichtszüge seit dem Abend, da sie von Lieutenant Sutch eingehend gemustert worden waren, nicht verändert hatten. Von den Anwesenden waren zwei Offizierskameraden, die wie er in England Urlaub machten; er hatte sie am Nachmittag in seinem Klub getroffen. Captain Trench, ein kleiner Mann mit zurückweichendem Haar und einem schmalen, spitzen, entschlossenen Gesicht und schwarzen Augen von bemerkenswerter Aktivität, und Lieutenant Willoughby, ein Offizier von ganz anderem Gepräge. Eine runde Stirn, eine breite Stupsnase und zwei vorstehende, leere Augen vermittelten ein Bild unübertrefflicher Dummheit. Er sprach nur selten und dann nie zum aktuellen Bezug, sondern vielmehr zu einem Thema, das längst vergessen war, das er aber seither eifrig im Geiste gewälzt hatte; dabei zwirbelte er ständig an einem Schnurrbart herum, dessen Enden sich mit lächerlicher Wildheit seinen Augen entgegenkrümmten. Ein Mann, den man auf den ersten Blick als unbedeutend abtun mochte, mit dem man auf den zweiten aber doch wieder rechnen mußte. Denn er war nicht nur dumm geboren, sondern auch stur; und den Schaden, den seine Dummheit anrichten mochte, würde er in seiner Sturheit niemals eingestehen können. Er war kein Mann, den man überzeugen konnte; da ihm nur wenige Ideen kamen, klammerte er sich an sie; es war sinnlos, ihm Argumente vorzutragen, denn er hörte diese Argumente nicht, sondern beschäftigte sich hinter leeren Augen die ganze Zeit mit seinen verkrüppelten Gedanken und war es zufrieden. Der vierte Mann am Tisch war Durrance, ein Lieutenant des East-Surrey-Regiments und Fevershams Freund; er hatte sich auf ein Telegramm hin eingefunden.

Man schrieb den Juni des Jahres 1882, und aller Gedanken richteten sich auf Ägypten, die der Zivilisten voller Besorgnis, die der Soldaten in eifriger Vorfreude. Arabi Pascha verstärkte trotz aller Drohungen beständig die Befestigungen Alexandrias, und schon zog tief im Süden die andere, die große Gefahr wie eine Gewitterwolke herauf. Ein Jahr war vergangen, seit ein junger, schmalgliedriger, aber hochgewachsener Dongolawi namens Muhammad Ahmad durch die Dörfer des Weißen Nils gezogen war und mit dem Feuer eines Wesley das Kommen eines Erlösers gepredigt hatte. Die erregbaren Opfer der türkischen Steuereintreiber hatten ihm zugehört, hatten gehört, wie sich das Versprechen im Wind wiederholte, der durch das verdorrte Gras flüsterte, hatten die heiligen Namen sogar auf den Eiern geschrieben gefunden, die sie sammelten. 1882 hatte sich Muhammad zum Erlöser erklärt und seine ersten Schlachten gegen die Türken gewonnen.

»Es wird Ärger geben«, sagte Trench, und der Satz kennzeichnete das Thema, das drei der vier Männer besprachen. In einer seltenen Pause jedoch äußerte sich der vierte, Harry Feversham, über etwas anderes.

»Es freut mich sehr, daß Sie alle heute abend mit mir essen konnten. Ich hatte auch Castleton telegraphiert, einem Offizier von uns«, erklärte er Durrance, »doch er ißt mit einem großen Tier aus dem Verteidigungsministerium zu Abend und reist hinterher gleich nach Schottland ab, so daß er nicht kommen konnte. Ich habe eine Art Neuigkeit zu verkünden.«

Die drei Männer beugten sich vor, innerlich noch immer mit dem beherrschenden Thema beschäftigt. Doch nicht über die Kriegsaussichten hatte ihnen Harry Feversham etwas mitzuteilen.

»Ich bin erst heute früh aus Dublin in London eingetroffen«, sagte er mit einem Anflug von Verlegenheit. »Ich war einige Wochen in Dublin.«

Durrance hob den Blick vom Tischtuch und sah seinen Freund gelassen an.

»Ja?« fragte er ruhig.

»Ich bin als Verlobter zurückgekehrt.«

Durrance hob das Glas an die Lippen.

»Nun, dazu viel Glück, Harry«, sagte er, und das war alles.

Der Glückwunsch klang beinahe ein wenig knapp, doch hatten Fevershams Ohren daran nichts auszusetzen. Die Freundschaft zwischen den beiden Männern ließ für herzliche Äußerungen keinen Raum. Sie waren auch gar nicht erforderlich. Beide Männer waren sich dieser Freundschaft sicher; sie schätzten ihren wahren Wert richtig ein; sie war ein hilfreiches Instrument, das sich nicht abnutzen würde, das ihnen zum ständigen, lebenslangen Gebrauch in die Hände gegeben worden war; trotzdem war zwischen ihnen nie davon gesprochen worden. Beide waren dankbar dafür, wie für ein kostbares Geschenk, das sie nicht verdient hatten; doch beide wußten, daß die Verpflichtung Opfer mit sich bringen mochte. Diese Opfer aber würden gebracht werden, wenn sie nötig waren, und niemand würde ein Wort darüber verlieren. Es war sogar durchaus möglich, daß gerade das Wissen um die Stärke der Freundschaft die Männer zu einer besonderen Zurückhaltung in der Wortwahl gegenüber dem anderen bewog.

»Vielen Dank, Jack!« sagte Feversham. »Ich freue mich über deinen Glückwunsch. Schließlich hast du mich Ethne vorgestellt. Das kann ich nicht vergessen.«

Ohne Eile setzte Durrance das Glas ab. Es folgte ein Augenblick des Schweigens, während er den Blick auf das Tischtuch gerichtet hielt, die Hände auf die Tischkante gelegt.

»Ja«, sagte er mit tonloser Stimme. »Damit habe ich dir wahrhaft einen Gefallen erwiesen.«

Er schien mehr sagen zu wollen, ohne recht zu wissen, wie er sich ausdrücken sollte. Doch Captain Trenchs scharfe, hastige, praktische Stimme, eine Stimme, die zu dem Sprechenden paßte, ersparte ihm die Mühe.

»Macht dies einen Unterschied?« fragte Trench.

Feversham schob sich die Zigarre zwischen die Lippen.

»Sie meinen, ob ich die Armee verlasse?« fragte er langsam. »Ich weiß es nicht.« Durrance ergriff die Gelegenheit, aufzustehen und zum Fenster zu gehen, wo er mit dem Rücken zu den anderen verweilte. Feversham faßte die plötzliche Bewegung als Tadel auf und wandte sich nicht an Trench, sondern sprach zu Durrances Rücken.

»Ich weiß es nicht«, wiederholte er. »Ich muß darüber nachdenken. Es gibt soviel zu sagen. Einerseits wäre da natürlich mein Vater, meine Karriere, soweit sie bisher gediehen ist. Auf der anderen Seite ihr Vater, Dermod Eustace.«

»Er möchte, daß Sie Ihr Patent zurückgeben?« fragte Willoughby.

»Zweifellos lehnt er wie jeder Ire die verfassungsmäßige Autorität ab«, sagte Trench lachend. »Aber müssen Sie sich dem anschließen, Feversham?«

»Es ist nicht nur das.« Noch immer richtete er seine Entschuldigungen an Durrances Rücken. »Dermod ist alt, seine Güter verkommen, und es gibt andere Probleme. Das weißt du doch auch, Jack?« Diese direkte Anrede mußte er sogar wiederholen, und auch dann antwortete Durrance nur geistesabwesend.

»Ja, ich weiß«, und er fügte hinzu, wie ein Mann, der ein Zitat aufsagt: »›Wenn Sie Whiskey wollen, stampfen Sie zweimal mit dem Fuß auf den Boden. Die Dienstboten wissen dann Bescheid.‹«

»Genau«, sagte Feversham. Sorgfältig die Worte abwägend, sprach er weiter, wobei er noch immer eindringlich über die Schultern seiner Gäste auf den Freund blickte.

»Außerdem ist da Ethne selbst. Ausnahmsweise hat Dermod einmal richtig gehandelt, als er ihr den Namen gab. Denn sie ist eins mit ihrem Land, sogar mit ihrer Grafschaft. Die Liebe dazu ist tief in ihr verwurzelt. Ich glaube nicht, daß sie in Indien glücklich wäre – oder überhaupt an einem Ort, der nicht in Reichweite Donegals läge, seines Torfgeruchs, seiner Flüsse und der braunen Lieblichkeit seiner Hügel. Das ist zu bedenken.«

Er wartete auf eine Antwort und sprach weiter, als er keine bekam. Durrance jedoch lag jeder Gedanke an Tadel fern. Er bekam mit, daß Feversham sprach –, er wünschte sich sogar sehr, daß er noch eine kleine Weile weiterredete –, achtete aber nicht auf die Worte. Starr blickte er aus dem Fenster. Vor ihm breitete sich der Glanz der Pall Mall, der zum Himmel emporstieg, und die Lichterketten der sich nach Norden erstreckenden Stadt lagen eine über der anderen, und in seinen Ohren hallte ein Grollen wie von einer Million Pferdekutschen. Weit unter ihm lag der St. James's Park, stumm und schwarz, ein stiller Teich der Dunkelheit inmitten von Licht und Lärm. Durrance verspürte den Wunsch, diesen Raum zu verlassen und in die Abgeschiedenheit des Parks zu fliehen. Aber das ging nicht ohne Erklärung. Aus diesem Grund wandte er dem Freund weiter den Rücken zu, lehnte die Stirn ans Fenster und hoffte, Harry würde weitersprechen. Er sah sich nun einem jener Opfer gegenüber, von denen nicht gesprochen werden und das er sich nicht anmerken lassen durfte.

Feversham sprach in der Tat weiter, und wenn schon Durrance nicht zuhörte, so widmete ihm doch Captain Trench die vollste Aufmerksamkeit. Es wurde allerdings erkennbar, daß Harry Feversham sorgfältig überlegte Gründe offenbarte. Er entschuldigte sich nicht leichtfertig, so daß Captain Trench schließlich zufriedengestellt war.

»Nun, ich trinke auf Sie, Feversham«, sagte er, »mit den entsprechenden Wünschen!«

»Ich auch, alter Knabe«, sagte Willoughby, der gehorsam dem Beispiel des Ranghöheren folgte.

So tranken sie auf das Wohl ihres Kameraden, und als die leeren Gläser klappernd den Tisch berührten, klopfte es an der Tür.

Die beiden Offiziere hoben den Kopf. Durrance wandte sich vom Fenster ab. Feversham sagte: »Herein«, und sein Diener brachte ihm ein Telegramm.

Achtlos riß Feversham den Umschlag auf, ebenso achtlos las er den Text und saß dann sehr still da, den Blick auf den Streifen rosa Papier gerichtet, und sein Gesicht war plötzlich sehr ernst. So verharrte er geraume Zeit, weniger gelähmt als nachdenklich.

Währenddessen herrschte im Zimmer totales Schweigen. Fevershams drei Gäste wandten die Augen ab. Durrance drehte sich wieder zum Fenster, Willoughby zwirbelte seinen Schnurrbart und starrte angelegentlich zur Decke empor; Captain Trench schob seinen Stuhl herum und schaute in das glühende Feuer, und jeder Mann brachte mit seiner Haltung eine gewisse Spannung zum Ausdruck. Es sah so aus, als klopfe nun unmittelbar auf Fevershams gute Nachrichten das Unglück an die Tür.

»Keine Antwort«, sagte Harry und verfiel wieder in Schweigen. Einmal hob er den Kopf und blickte Trench an, als wolle er sprechen. Doch er überlegte es sich anders und versank von neuem ins Grübeln über die Nachricht. Gleich darauf wurde das Schweigen jäh unterbrochen, doch nicht durch einen der starr-erwartungsvollen drei Männer im Zimmer. Die Störung kam von draußen.

Vom Paradefeld der Wellington-Kaserne schrillten die Trommeln und Pfeifen des Zapfenstreichs durch das offene Fenster mit erstaunlicher Klarheit herein wie ein energischer Aufruf und verebbten, während die Kapelle über den Kies davonmarschierte, um dann wieder lauter zu werden. Feversham änderte seine Haltung nicht, doch der Ausdruck auf seinem Gesicht ließ nun erkennen, daß er lauschte, daß er nachdenklich lauschte, wie er zuvor nachdenklich gelesen hatte. In späteren Jahren sollte jedem der drei Gäste Harrys dieser Augenblick immer wieder in den Sinn kommen. Der erleuchtete Raum mit dem anheimelndhellen Feuer, dem offenen Fenster mit dem Blick auf die Myriaden von Lichtern in London, der sitzende Harry Feversham mit dem offenen Telegramm vor sich, dazu die laut rufenden Trommeln und Pfeifen, schließlich zu einer Musik schwindend, die sehr leise und hübsch klang – Musik, die lockte, wo sie eben noch befohlen hatte: all diese Einzelheiten ergaben ein Bild, dessen Farben mit dem Verstreichen der Zeit nicht verblassen sollten, obgleich seine Bedeutung in diesem Moment noch nicht erkannt wurde.

Man erinnerte sich später, daß Feversham abrupt von seinem Stuhl aufstand, ehe der Zapfenstreich zu Ende ging. Er knüllte das Telegramm locker in der Hand zusammen, warf es ins Feuer, lehnte sich dann seitlich der Feuerstelle mit dem Rücken an den Kaminsims und sagte noch einmal: »Ich weiß es nicht«, als habe er sich die Nachricht, wie immer sie auch lauten mochte, aus dem Sinn geschlagen und fasse nun auf diese unbestimmte Art die Diskussion zusammen, die zuvor in Gang gewesen war. Auf diese Weise wurde das lange Schweigen gebrochen, ein Bann wurde aufgehoben. Doch das Feuer ergriff das Telegramm und schüttelte es, so daß es sich wie ein lebendiges und schmerzempfindendes Wesen bewegte. Es drehte sich und entrollte sich zum Teil, und eine Sekunde lang lag es offen und unzerknittert da, erhellt von den Flammen und noch nicht berührt, so daß zwei oder drei Worte aus dem gelben Feuerglanz gewissermaßen hervorsprangen und lesbar wurden. Dann bemächtigten sich die Flammen auch jenes glatten Teils und ließen ihn in Sekundenschnelle zu schwarzen Fetzen schrumpfen. Aber die ganze Zeit über hatte Captain Trench ins Feuer gestarrt.

»Ich vermute, du kehrst nach Dublin zurück?« fragte Durrance. Wie seine Kameraden war er sich einer nicht näher erklärten Erleichterung bewußt.

»Nach Dublin, nein. In drei Wochen erst reise ich nach Donegal. Es findet dort ein Ball statt. Ich hoffe, daß du auch kommst.«

»Ich bin nicht sicher, ob ich es einrichten kann. Es besteht wohl die Möglichkeit, daß ich im Stab mit hinaus muß, wenn es im Osten Ärger gibt.« So kehrte das Gespräch zur Wahrscheinlichkeit von Frieden und Krieg zurück und blieb dabei, bis das Dröhnen der Uhr von Westminster anzeigte, daß die elfte Stunde vollendet war. Captain Trench erhob sich beim letzten Schlag; Willoughby und Durrance folgten seinem Beispiel.

»Ich sehe dich morgen«, sagte Durrance zu Feversham.

»Wie üblich«, erwiderte Harry; und seine drei Gäste stiegen

die Treppe hinab und gingen zusammen durch den Park. An der Ecke zur Pall Mall jedoch trennten sie sich. Durrance bog in die St. James's Street ein, während Trench und Willoughby die Straße zum St. James's Square überquerten. Dort hakte sich Trench bei dem anderen unter, was Willoughby ziemlich überraschte, war Trench doch ein Mann, der seine Gefühle nicht offen zeigte.

»Sie kennen Castletons Anschrift?« fragte er.

»Albemarle Street«, antwortete Willoughby und setzte die Hausnummer hinzu.

»Er verläßt Euston um Mitternacht. Es ist jetzt zehn nach elf. Sind Sie neugierig, Willoughby? Ich gestehe meine Neugier ein. Ich bin eine methodischforschende Person, und wenn ein Mann ein Telegramm bekommt, worin er aufgefordert wird, Trench etwas mitzuteilen, und er Trench nichts sagt, bin ich neugierig wie ein Philosoph zu erfahren, was dieses Etwas ist! Castleton ist der einzige andere Offizier unseres Regiments, der sich gerade in London aufhält. Überdies hat Castleton mit einem hohen Tier aus dem Verteidigungsministerium gegessen. Ich glaube, wenn wir einen Wagen in die Albemarle Street nehmen, erwischen wir Castleton noch an der Haustür.«

Mr. Willoughby, der kaum etwas von dem begriff, was Trench meinte, ging dennoch höflich auf den Vorschlag ein.

»Ich glaube, das wäre ratsam«, sagte er und hielt eine vorbeifahrende Droschke an. Gleich darauf fuhren die beiden Männer zur Albemarle Street.

Drittes Kapitel
Der letzte gemeinsame Ritt

Durrance kehrte unterdessen allein zu seiner Wohnung zurück und dachte dabei an einen Tag, der inzwischen zwei Jahre zurücklag, da er aus einer seltsamen Laune Dermod Eustaces heraus gegen seinen Willen in das Haus am Lennon-Fluß in Donegal gebracht worden war und dort zu seiner Überraschung Dermods Tochter Ethne vorgestellt wurde. Sie überraschte alle, die zuerst mit dem Vater in Kontakt gekommen waren. Durrance hatte eine Nacht im Haus verbracht, und den ganzen Abend hindurch hatte sie auf ihrer Violine gespielt, ihren Zuhörern den Rücken zuwendend, wie sie es beim Spielen immer tat, damit kein Blick und keine Geste die Konzentration störte. Die Melodien, die sie anstimmte, hallten ihm nun in den Ohren wider. Denn das Mädchen besaß eine große musikalische Begabung, und ihre Violinsaiten reagierten fein auf die Fragen des Bogens. Insbesondere eine Ouvertüre – die Melusine-Ouvertüre – gab förmlich das Schluchzen der Wogen wieder. Durrance hatte staunend zugehört, hatte ihm doch die Violine von vielen Dingen erzählt, von denen das spielende Mädchen nichts wissen konnte. Sie hatte von langen, gefahrvollen Reisen und den Gesichtern fremder Länder gesprochen, von den Silberstraßen auf mondhellen Meeren, von den lockenden Stimmen, die man am Rande der Wüsten hört. Die Geige hatte einen tieferen, noch geheimnisvolleren Ton angeschlagen. Sie hatte von großen Freuden berichtet, die gänzlich unerreichbar waren, zugleich von großen Leidensgefühlen, die ewig währten und deren Größe ihnen eine Art Adel verlieh; und von vielen vagen Sehnsüchten, die sich allen Worten entzogen; das alles jedoch ohne eine einzige Note bloßer Klage. So war es Durrance an jenem Abend vorgekommen, während er Ethne zuhörte, die ihr Gesicht abgewandt hatte. So kam es ihm immer noch vor, da er nun wußte, daß ihr Gesicht für den Rest seiner Tage abgewandt bleiben sollte. Ihr Vorspielen hatte ihm einen Gedanken eingegeben, den er sich mit Mühe klar zu bewahren versuchte. Wahre Musik kann nicht klagen.

Als er am nächsten Morgen in die Row ritt, blickten seine blauen Augen folglich keinen Deut weniger freundlich in die Welt als sonst. Um halb zehn Uhr wartete er am Gebüsch aus Flieder und Goldregen am Ende des Reitweges, doch Harry

Feversham stieß an jenem Morgen nicht zu ihm, ebensowenig wie in den nächsten drei Wochen. Seitdem die beiden Männer von Oxford abgegangen waren, hatten sie sich an diesem Ort und zu dieser Stunde getroffen, wenn beide in der Stadt waren, und Durrance zeigte sich verwirrt. Es wollte ihm scheinen, als habe er nun auch den Freund verloren.

Unterdessen wuchsen sich die Kriegsgerüchte zur Gewißheit aus, und als Feversham die Verabredung endlich wieder einmal einhielt, hatte ihm Durrance eine Neuigkeit zu berichten.

»Ich hab's dir gesagt, daß ich vielleicht einmal Glück habe. Nun, es hat mich gestreift. Ich gehe mit General Grahams Stab nach Ägypten. Es heißt, daß wir hinterher das Rote Meer hinab nach Suakin vorstoßen.«

Die Freude in seiner Stimme weckte sichtlich einen Ausdruck des Neids in Fevershams Augen. Selbst in diesem Augenblick großen Glücks wollte es Durrance seltsam erscheinen, daß Feversham ihn beneidete – seltsam und ziemlich angenehm. Doch er interpretierte den Neid im Lichte seiner eigenen Lebensziele.

»Schlimm für dich«, sagte er mitfühlend, »daß dein Regiment im Bau bleiben muß.«

Stumm ritt Feversham neben dem Freund her. Als sie die Stühle zwischen den Bäumen erreichten, sagte er: »Das kam nicht unerwartet. An dem Tag, als du bei mir zum Essen warst, habe ich meine Papiere zurückgegeben.«

»An dem Abend?« fragte Durrance und drehte sich im Sattel. »Nachdem wir fort waren?«

»Ja«, sagte Feversham und nahm die Berichtigung hin. Er fragte sich, ob sie absichtlich erfolgt war. Durrance aber ritt schweigend weiter. Wieder spürte Harry Feversham im Schweigen seines Freundes einen Tadel, und wieder irrte er. Denn Durrance sprach plötzlich mit großer Herzlichkeit und mit einem Auflachen weiter.

»Ich erinnere mich! Du hattest uns an dem Abend deine Gründe offenbart. Trotzdem kann ich nicht anders, als mir zu wünschen, daß wir zusammen ausrückten. Wann reist du nach Irland ab?«

»Heute abend.«

»So bald?«

Sie wendeten die Pferde und ritten noch einmal in westlicher Richtung durch die Baumallee. Der Morgen war noch frisch. Die Linden und Kastanien hatten noch nichts von ihrem ersten Grün verloren, und da der Mai in diesem Jahr spät gekommen war, hingen die Blüten noch zartweiß wie Schnee auf den Ästen und schimmerten rot an dunklen Rhododendronbüschen. Der Park leuchtete im Dunst des Sonnenlichts, und das ferne Dröhnen der Straßen war wie das Rauschen eines Flusses.

»Es ist lange her, seit wir in Sandford Lasher gebadet haben«, sagte Durrance.

»Oder in den Osterferien in dem großen Schneeloch auf Great End frieren mußten«, gab Feversham zurück. Beide hatten das Gefühl, daß an diesem Vormittag ein Band ihrer Lebensbücher abgeschlossen wurde, und da dieser Band angenehm zu lesen gewesen war und sie nicht wußten, ob die nachfolgenden dieses Versprechen einlösen würden, blätterten sie ihn noch einmal durch, ehe sie ihn endgültig beiseite stellten.

»Wenn du zurückkehrst, mußt du uns besuchen, Jack«, sagte Feversham.

Durrance hatte sich Beherrschung anerzogen, und so zuckte er nicht zusammen, als er das vorgreifende »uns« vernahm. Wenn sich seine linke Hand um die Zügel verkrampfte, so war das ein Zeichen, welches sein Freund nicht ausmachen konnte.

»Falls ich zurückkomme«, sagte Durrance. »Du kennst ja meine Einstellung. Ich könnte keinen Mann bedauern, der im Felde stürbe. Ein solches Ende würde ich mir selbst gern wünschen.«

Es war ein recht einfaches Kredo, im Einklang mit der Einfachheit des Mannes, der es äußerte. Es besagte nichts anderes, als daß ein anständiger Tod so manches schöne Lebensjahr wert war. Er sprach die Worte also ohne Melancholie oder Anzeichen düsterer Vorahnung. Dennoch fürchtete er, daß sein Freund die Worte vielleicht anders interpretierte, und schaute ihm hastig ins Gesicht. Doch wieder bemerkte er nur den rätselhaften Neid in Fevershams Augen.

»Weißt du, es könnten viel schlimmere Dinge geschehen«, fuhr er fort. »Eine schwere Verletzung zum Beispiel. Ein kluger Mann könnte sich vielleicht umstellen und damit fertigwerden. Aber was in aller Welt sollte ich tun, wenn ich den Rest meiner Tage in einem Stuhl sitzend verbringen müßte? Schon der Gedanke daran läßt mich erschaudern.« Und er schüttelte die breiten Schultern, um die Angst aus dem Sattel zu werfen. »Nun, dies ist unser letzter Ritt. Auf zum Galopp.« Und er ließ seinem Pferd die Zügel schießen.

Feversham folgte seinem Beispiel, und Seite an Seite rasten sie die Sandstrecke hinab. Und am Ende der Row hielten sie an, gaben sich die Hände und trennten sich mit einem denkbar knappen Kopfnicken. Feversham ritt aus dem Park, während Durrance kehrtmachte und sein Pferd im Schritt auf die Stühle unter den Bäumen zuführte.

In seiner Heimat in Southpool in Devonshire, am Ufer eines waldgesäumten Flüßchens im Salcombe-Delta, war er sich schon als kleiner Junge einer gewissen Unrast bewußt gewesen, des Wunsches, jenen Strom hinab und über die Ebene des Meeres hinauszusegeln, eines Traums von absonderlich fremden Ländern und Völkern jenseits der vertrauten dunklen Wälder. Diese Unrast war in ihm gewachsen, so daß »Guessens«, auch als er es dann mitsamt der Höfe und Ländereien geerbt hatte, in Gedanken für ihn stets mehr ein Ort geblieben war, zu dem man heimkehrte, als ein Anwesen, das eine Lebensaufgabe darstellte. In diesem Augenblick steigerte er diese Unrast absichtlich und setzte bewußt Worte dagegen, die Feversham geäußert hatte und die er als wahr erkannte. Ethne Eustace würde außerhalb ihrer Heimat, der Grafschaft Donegal, wohl kaum glücklich werden. So hätte es in jedem Fall zu Problemen kommen können, selbst wenn die Würfel anders gefallen wären, wie er es formulierte.

Vielleicht war es nur gut, daß Harry Feversham Ethne heiraten sollte – und kein anderer als Feversham.

So jedenfalls argumentierte er mit sich, bis die anderen Reiter vor ihm verschwanden, ebenso die Damen in ihren farbigen Kostümen unter der Kühle der Bäume. Die Bäume selbst schrumpften zu struppigen Mimosen, der braune Sand zu seinen Füßen breitete sich zu einem weiten Panorama aus und nahm die helle Farbe von Honig an; und auf dem leeren Sand begannen sich schwarze Steine formlos wie Kohlestücke aufzutürmen und wie Spiegel in der Sonne zu blitzen. Er war ganz in seiner Vorfreude auf den Sudan versunken, als er hörte, wie eine Frauenstimme leise seinen Namen rief. Er hob den Blick und fand sich dicht beim Zaun wieder.

»Wie geht es Ihnen, Mrs. Adair?« fragte er und hielt sein Pferd an. Mrs. Adair reichte ihm über den Zaun die Hand. Sie war Durrances Nachbarin in Southpool und ein oder zwei Jahre älter als er – eine große Frau, an der besonders die vielen Farbschattierungen ihres dichten braunen Haars und die eigentümliche Blässe ihres Gesichts auffielen. Jetzt jedoch leuchtete dieses Gesicht, ein Hauch von Farbe lag auf den Wangen.

»Ich habe eine Neuigkeit für Sie«, sagte Durrance. »Zwei besondere Neuigkeiten. Erstens wird Harry Feversham heiraten.«

»Wen?« fragte die Dame eifrig.

»Sie müßten es wissen. In Ihrem Haus in der Hill Street hat Harry sie kennengelernt. Und ich stellte ihn vor. Er hat die Bekanntschaft in Dublin vertieft.«

Aber Mrs. Adair hatte bereits begriffen; und es war offensichtlich, daß sie diese Nachricht begrüßte.

»Ethne Eustace!« rief sie. »Die beiden heiraten bald?«

»Dem steht nichts mehr entgegen.«

»Das freut mich«, sagte die Dame, als sei sie erleichtert. »Und das zweite?«

»Nicht minder erfreulich als die erste Neuigkeit. Ich bin mit General Grahams Stab ins Feld kommandiert.«

Mrs. Adair schwieg. Ein besorgter Ausdruck erschien in ihren Augen, und die Farbe wich aus ihrem Gesicht.

»Sie freuen sich wohl sehr«, sagte sie langsam.

Durrances Stimme ließ daran keinen Zweifel. »Und ob! Es geht bald los, je eher, desto besser! Wenn ich darf, komme ich noch einen Abend zum Essen, ehe es losgeht.«

»Mein Mann wird sich über Ihren Besuch freuen«, sagte Mrs. Adair ziemlich kühl. Durrance aber bemerkte die Zurückhaltung nicht. Er hatte seine eigenen Gründe, aus der ihm gebotenen Gelegenheit das Beste zu machen; und er äußerte seine Begeisterung und kleidete sie in Worte, die wohl mehr für ihn selbst bestimmt waren, als daß sie einer Rücksicht auf Mrs. Adair entsprangen. Im Grunde war sein Eindruck von der Dame immer nur sehr vage gewesen. Auf eine seltsame, fremdländische Weise sah sie gut aus, was an der Küste von Devonshire und Cornwall nicht ungewöhnlich war, und sie hatte schönes Haar und ging stets gut gekleidet. Außerdem war sie sehr freundlich. An diesem Punkt aber endeten Durrances Erkenntnisse über sie. In seinen Augen mochte ihr größter Verdienst sein, daß sie sich mit Ethne Eustace angefreundet hatte. Er sollte allerdings mit Mrs. Adair noch besser bekannt werden. Er ritt aus dem Park, erfüllt von dem Bedauern, daß sein Geschick und das seines Freundes sich an diesem Morgen endgültig trennten. Doch in Wirklichkeit hatte er an diesem Vormittag die ersten Fäden eines neuen Bandes geknüpft, das sie in einer seltsamen und schrecklichen Beziehung wieder zusammenführen sollte. Mrs. Adair folgte ihm aus dem Park und ging sehr nachdenklich nach Hause.

Durrance hatte nur eine Woche Zeit, seine Ausrüstung zusammenzustellen und für seine Besitzungen in Devonshire Vorsorge zu treffen. Die Tage vergingen in der ständigen Hast der Vorbereitungen, so daß die Zeitung jeden Tag ungeöffnet in seinen Räumen liegenblieb. Der General sollte über Land nach Brindisi reisen, und so ging Durrance an einem windigen und regnerischen Abend gegen Ende Juli vom Pier in Dover an Bord des Postschiffes nach Calais. Trotz des Regens und des düsteren Abends hatte sich eine kleine Menge versammelt, um den General zu verabschieden. Als die Leinen losgeworfen wurden, stieg schwacher Jubel auf, und ehe der Ruf verstummt war, fand sich Durrance im Bann einer absonderlichen Illusion. Er lehnte an der Reling, fragte sich vage, ob er England wohl in diesem Augenblick zum letztenmal sehe, und wünschte sich, daß einige seiner Freunde gekommen wären, um ihn zu verabschieden, als er plötzlich den Eindruck hatte, als würde ihm dieser Wunsch erfüllt. Denn sein Blick fiel auf einen Mann, der unter einer Gaslaterne stand, und dieser Mann hatte die Statur von Harry Feversham und sah ihm ähnlich. Durrance rieb sich die Augen und blickte noch einmal aufmerksamer hinüber. Der Wind jedoch ließ die Lichtspitze im Glas flackern, und im Regen war der Kai nur verschwommen zu sehen. So wußte er nur genau, daß dort ein Mann stand; unter der Laterne war die Blässe eines Gesichts nur undeutlich auszumachen. Es war eine Illusion, redete er sich ein. Vermutlich saß Harry Feversham in diesem Augenblick unter klarem Himmel in einem Garten in Donegal und hörte zu, wie Ethne Eustace Geige spielte. Doch als er sich schon von der Reling abwenden wollte, ließ der Wind nach, die Lichter am Pier brannten ruhig und hell, und das Gesicht sprang förmlich aus den Schatten, deutlich sichtbar in Zügen und Ausdruck. Durrance beugte sich über die Schiffswandung.

»Harry!« rief er staunend, so laut er konnte.

Aber die Gestalt unter der Laterne rührte sich nicht. Wieder wehte der Wind die Flammen hierhin und dorthin, die Schaufeln wühlten das Wasser auf, das Postschiff ließ den Pier hinter sich zurück. Es war eine Illusion, sagte er sich noch einmal, ein Zufall. Es war das Gesicht eines Fremden, der Harry Feversham sehr ähnlich sah. Es konnte gar nicht Fevershams Gesicht sein, denn das Antlitz, das Durrance einen Augenblick lang so deutlich gesehen hatte, war ein abgehärmtes sehnsüchtiges Gesicht gewesen, ein Gesicht, dem ein außergewöhnliches Leid seinen

Stempel aufgedrückt hatte, das Gesicht eines Mannes, der von seinen Mitmenschen verstoßen worden war.

Durrance hatte die letzte Woche viel zu tun gehabt. Die Ankunft des Telegramms hatte er längst vergessen, ebenso die Spannung, die seine lange Lektüre hervorgerufen hatte. Außerdem waren seine Zeitungen ungeöffnet im Zimmer liegengeblieben. Doch sein Freund Harry Feversham war gekommen, um ihn zu verabschieden.

Viertes Kapitel
Der Ball in Lennon House

Dabei war Feversham nach seinem Ritt mit Durrance durch die Row mit dem Nachtzug nach Dublin gefahren. Am folgenden Vormittag hatte er Lough Swilly mit einem kleinen Frachtdampfer überquert, der einmal die Woche bis Ramelton den Lennon hinauffuhr. Am Kai erwartete ihn Ethne mit ihrem Einspänner; sie begrüßte ihn mit Handschlag und dem Lächeln eines Kameraden.

»Du bist überrascht, mich zu sehen«, sagte sie, als sie seinen Gesichtsausdruck bemerkte.

»Das bin ich immer«, erwiderte er, »denn du übertriffst meine Gedanken an dich immer wieder.« Und das Lächeln auf ihrem Gesicht veränderte sich – es war nun mehr als das Lächeln eines Kameraden.

»Ich werde langsam fahren«, sagte sie, kaum daß seine Habe im Wagen verstaut war. »Ich habe absichtlich keinen Pferdeburschen mitgebracht. Morgen kommen Gäste. Wir haben nur heute.«

Sie fuhr über den breiten Dammweg am Flußufer und bog in die steile, schmale Straße ein. Feversham saß stumm neben ihr. Es war sein erster Besuch in Ramelton, und er sah sich um und bemerkte den dichten Bewuchs mit hohen Bäumen, der das andere Flußufer erklomm, die alte graue Brücke, das Geräusch des Wassers, das weiter oberhalb über Untiefen murmelte, und die schläfrige Stille der Stadt – dies alles mit großer Neugier und beinahe besitzergreifendem Stolz, denn Ethne lebte hier, und all das gehörte wesentlich zu ihrem Leben.

Sie war damals einundzwanzig, hochgewachsen, kräftig und geschmeidig, und die Breite ihrer Schultern paßte zu ihrer Größe. Sie hatte nichts von der übertriebenen Geziertheit, die unsere Großmütter so sehr liebten, doch fehlte es ihr andererseits nicht an fraulicher Anmut, und in ihrem Gang war sie leichtfüßig wie ein Reh. Ihr Haar schimmerte dunkelbraun, und sie trug es im Nacken zusammengerollt; ein leichtes Rot schimmerte auf ihren Wangen, und die Augen, die von einem sehr hellen Grau waren, stellten sich den Blicken aller, mit denen sie sprach, mit einer gewinnenden Offenheit. Dem Charakter nach war sie das Gegenteil ihres Aussehens. Sie war ehrlich, besaß eine gewisse Schlichtheit, die geradlinige Schlichtheit von Kraft, die viel Sanftheit beinhaltet und Gewalt ausschließt. Von ihrem Mut wird noch heute in Ramelton eine Geschichte erzählt, an die Feversham nie ohne staunendes Erschaudern denken konnte. Sie hatte an dem steilen Hang, der zum Fluß hinabführte, vor einer Tür haltgemacht, und das Pferd, mit dem sie fuhr, erschrak über das Klappern eines Eimers und ging durch. Die Zügel lagen gerade lose auf dem Wagen und fielen zu Boden, ehe Ethne sie greifen konnte. So saß sie hilflos auf dem Einspänner, während das Pferd auf die Stelle zuraste, wo die Straße in scharfer Kurve zur Brücke abbiegt. Schließlich handelte sie recht kaltblütig. Sie stieg über die Vorderwand des Wagens, der ruckend den Hügel hinabrollte, erreichte, auf den Deichselarmen balancierend, die Zügel am Hals des Pferdes und brachte es zehn Meter vor der Kurve zum Stehen. Allerdings hatten ihre Eigenschaften auch die üblichen Kehrseiten, deren sich Feversham indessen noch nicht bewußt war.

Während des ersten Teils der Fahrt war Ethne beinahe so schweigsam wie ihr Begleiter, und wenn sie das Wort ergriff, dann seltsam geistesabwesend, als wären ihre Gedanken mit etwas Wichtigerem beschäftigt. Erst als sie die Stadt verlassen und die gewundene Straße nach Letterkenny erreicht hatten, wandte sie sich hastig an Feversham und kam damit heraus.

»Ich habe heute früh in der Zeitung gelesen, daß dein Regiment von Indien nach Ägypten verlegt worden ist. Du hättest es begleiten können, wenn ich dir nicht in den Weg gekommen wäre. Es hätte Gelegenheit gegeben, sich auszuzeichnen. Ich habe dich behindert, und das bedaure ich sehr. Natürlich konntest du nicht wissen, daß die Möglichkeit bestand, dein Regiment würde zum Einsatz kommen, doch ich kann verstehen, daß es dich hart ankommt zurückzubleiben. Daran gebe ich mir die Schuld.«

Feversham starrte einen Augenblick lang vor sich hin. Dann sagte er mit plötzlich heiser gewordener Stimme:

»Das brauchst du nicht.«

»Wie könnte ich es nicht! Ich werfe mir das um so mehr vor«, fuhr sie fort, »als ich die Dinge nicht ganz so sehe wie andere Frauen. Nehmen wir zum Beispiel an, du wärst nach Ägypten gegangen und dort wäre das Schlimmste geschehen. Dann hätte ich mich natürlich für den Rest meiner Tage sehr einsam gefühlt, doch ich hätte auch genau gewußt, daß wir beide noch viel voneinander sehen würden, wenn diese Tage vorüber sein würden.«

Sie sprach, ohne bedeutsam die Stimme zu senken; eher in dem gleichmäßigen Tonfall, der gewöhnlich die denkbar einfachste Bemerkung begleitet. Feversham hielt den Atem an wie ein Mann, der Schmerz empfindet. Doch der Blick des Mädchens war auf sein Gesicht gerichtet, und so saß er reglos da, starrte vor sich hin und zog nicht einmal die Stirn kraus. Aber eine Antwort glaubte er sich nicht zutrauen zu können. So hielt er die Lippen geschlossen, und Ethne fuhr fort:

»Weißt du, die Abwesenheit von Menschen, die mir am Herzen liegen, kann ich wohl ein wenig besser ertragen als die meisten anderen. Ich habe gar nicht das Gefühl, sie verloren zu haben …« Sie zögerte einen Augenblick, als wäre der Gedanke schwer in Worte zu fassen. »Du weißt ja, wie diese Dinge passieren«, fuhr sie fort. »Man wandert irgendwie gedankenlos dahin, da springt plötzlich aus der Menge der Bekannten ein Gesicht hervor, und man sieht darin sofort und mit Gewißheit das Gesicht eines Freundes, vielmehr erkennt man es als solches, obwohl man es nie zuvor so gesehen hat. Es ist beinahe, als stieße man auf jemanden, den man lange gesucht und nun endlich glücklich wiedergefunden hat. Nun, solche Freunde – es gibt davon zweifellos nur wenige, doch schließlich sind nur diese wenigen wirklich von Bedeutung – solche Freunde verliert man nicht, auch wenn sie abwesend oder sogar – tot sind.«

»Es sei denn«, sagte Feversham langsam, »man hat einen Fehler gemacht. Nimm einmal an, das Gesicht in der Menge ist eine Maske, was dann? Man kann sich irren.«

Entschieden schüttelte Ethne den Kopf. »Solche Fehler sind nicht möglich. Es mag so aussehen, als habe man sich geirrt, und das vielleicht über einen langen Zeitraum hin. Doch schließlich würde sich erweisen, daß man doch keinen Fehler gemacht hat.«

Der darin zum Ausdruck kommende Glaube des Mädchens ergriff den Mann und quälte ihn, so daß er nicht länger schweigen konnte.

»Ethne!« rief er. »Du weißt ja nicht …« Doch in diesem Augenblick zog Ethne die Zügel an, lachte und wies mit der Peitsche nach vorn.

Sie hatten einige Meilen vor Ramelton eine Hügelkuppe erreicht. Die Straße verlief zwischen Steinmauern, die zur Linken offene Felder umschlossen und nach rechts einen Eichen- und Buchenwald. Ein roter Briefkasten war in die linke Mauer eingebaut, und Ethnes Peitsche wies darauf.

»Das wollte ich dir zeigen«, unterbrach sie ihn. »Dort gab ich während der bangen Zeit meine Briefe an dich auf.« Und so ließ Feversham die Gelegenheit zur Aussprache verstreichen.

»Das Haus steht rechts hinter den Bäumen«, fuhr sie fort.

»Der Briefkasten liegt sehr günstig«, stellte Feversham fest.

»Ja«, sagte Ethne, fuhr weiter und hielt erneut an einer Stelle, an der die Mauer um den Park eingestürzt war.

»Hier bin ich immer herübergestiegen, um die Briefe einzuwerfen. Auf der anderen Seite der Mauer steht ein Baum, ebenso günstig wie der Briefkasten. Die halbe Meile habe ich immer abends zurückgelegt.«

»Es hätten dir Diebe begegnen können!« rief Feversham.

»Ich habe aber nur Dornen kennengelernt«, sagte Ethne, bog in die Toreinfahrt und fuhr vor den Vorbau des langen, unregelmäßig gebauten grauen Hauses. »Nun, wir haben vor dem Ball noch einen Tag Zeit.«

»Vermutlich kommt die ganze Gegend?« fragte Feversham.

»Etwas anderes soll sie nur nicht wagen!« sagte Ethne lachend. »Mein Vater würde jeden, der nicht käme, von der Polizei holen lassen, so wie er auch deinen Freund Mr. Durrance holen ließ. Übrigens hat Mr. Durrance mir ein Geschenk geschickt – eine Guarnerius-Geige.«

Die Tür ging auf, und ein großer, dünner alter Mann mit dem grimmigen, spitzen Gesicht eines Raubvogels erschien auf der Treppe. Das Gesicht löste sich jedoch zu einem freundlichen Ausdruck auf, als er Feversham erblickte, und ein Lächeln umspielte seine Lippen. Ein Fremder hätte annehmen können, daß er seinen Gast anblinzelte. Doch das linke Lid senkte sich ständig über das Auge.

»Wie geht es Ihnen?« fragte er. »Freut mich, Sie zu sehen. Müssen sich hier wie zu Hause fühlen. Wenn Sie Whisky wollen, stampfen Sie zweimal mit dem Fuß auf, die Dienstboten wissen dann Bescheid.« Mit diesen Worten kehrte er abrupt ins Haus zurück.

Ein Biograph Dermod Eustaces hätte schon sehr wachen Sinnes an die Arbeit gehen müssen. Der alte Herr von Lennon House liegt zwar noch keine zwanzig Jahre im Grab, doch ist er bereits zu einem legendären Wesen erhöht worden. Anekdoten haben sich auf seinem Andenken festgesetzt wie Kletten, und wer in jener Gegend ein wenig Erfindungsgabe besitzt, braucht seine Geschichten nur Dermod zuzuschreiben, um sie glaubhaft zu machen. Es gibt jedoch klare Tatsachen. Er war ein Freund alter, tyrannischer Gastfreundschaft; an der Straße nach Letterkenny führte er ein offenes Haus und zwang sogar Fremden Übernachtung und Frühstück auf, wie es Durrance einmal ergangen war. Er war ein Mann aus einem früheren Jahrhundert, der eine verkehrte Welt mit zornigen Blicken bedachte und sich erst nach reichlichem Alkoholgenuß mit ihr versöhnen ließ. Er war eine Art berauschter Coriolanus, der da glaubte, daß die Menschen mit dem Stock angetrieben werden müßten, der andererseits aber selbst gegenüber der geringsten Frau die Formen wahrte. Die Bürger Rameltons sagten voller Stolz über ihn, daß er stets nur Männer niedergeritten habe, selbst wenn es mit ihm zum Schlimmsten stand und er die steilen Kopfsteinstraßen herabgaloppierte, auf seiner siebzehn Hand großen weißen Stute sitzend, begleitet von dem Collie, von dem er sich nie trennte – ein hagerer, graugesichtiger, grauhaariger Mann mit einem schiefen Auge, betrunken schwankend, doch wie durch ein Wunder im Sattel bleibend. Zwei Dinge müssen hinzugefügt werden. Er hatte ziemlich viel Angst vor seiner Tochter, die ihn klugerweise darüber im Zweifel ließ, ob sie verärgert über ihn war oder nicht. Und er hatte an Harry Feversham einen Narren gefressen.

Trotzdem sah Harry an jenem Tag nur wenig von ihm. Dermod zog sich in das Zimmer zurück, das er gern sein Büro nannte, während Feversham und Ethne den Nachmittag am Lennon verbrachten und Lachse angelten. Der Nachmittag war so ruhig wie ein Feiertag, und sogar die Vögel schwiegen. Vom Haus fielen die Rasenflächen, beschattet von Bäumen, besprenkelt mit Sonnenlicht, steil zu einem Tal ab, in dessen Tiefe der Fluß unter einem Astgewölbe schnell und schwarz dahinströmte. Er bildete hier ein Gefälle, das das Wasser in einer solch ungebrochenen Glätte bewältigte, daß es kompakt zu sein schien – bis auf eine Stelle. Hier erhob sich eine scharfe Spitze, gegen die der Fluß eine bernsteinbraune Woge aufbaute, durch die die Sonne leuchtete. Gegenüber dieser Spitze saßen sie lange Zeit, zuweilen redend, doch meistens dem Brausen des Wassers lauschend und sein ständiges Strömen beobachtend. Und endlich kamen der Sonnenuntergang und die langen Schatten. Sie standen auf, sahen sich mit einem Lächeln an und wanderten langsam zum Haus zurück. Es war ein Nachmittag, an den Feversham lange zurückdenken sollte. Denn der nächste Abend war der Abend des Tanzvergnügens, und als das Orchester die ersten Takte des vierten Walzers anstimmte, verließ Ethne ihren Posten an der Tür zum Salon, nahm Feversham am Arm und ging mit ihm in die Halle hinaus.

Die Halle war leer, und die Haustür stand zur Kühle der Sommernacht hin offen. Aus dem Ballsaal tönten die schwungvolle Musik und das Schurren der tanzenden Füße. Ethne atmete erleichtert auf, weil sie ihrer Pflichten nun ledig war, ließ den Arm ihres Partners los und ging zu einem Wandtisch.

»Die Post ist gekommen«, sagte sie. »Briefe, einer, zwei, drei für dich, und eine kleine Schachtel.«

Während des Sprechens hielt sie ihm die Schachtel hin, einen kleinen weißen Karton, wie er von Juwelieren verwendet wird, und wunderte sich sofort über sein geringes Gewicht.

»Sie muß leer sein«, sagte sie.

Dennoch war die Sendung sorgsam versiegelt und mit Bindfaden verschnürt. Feversham erbrach die Siegel und löste die Schnur. Er blickte auf die Anschrift. Die Schachtel war von seiner Wohnung in London weitergeleitet worden, und er kannte die Handschrift nicht.

»Hier muß ein Fehler vorliegen«, sagte er, als er den Deckel aufschüttelte; dann hielt er abrupt inne. Drei weiße Federn wehten aus der Schachtel, verhielten einen Augenblick lang schwebend in der Luft und senkten sich dann nacheinander sanft zu Boden. Wie Schneeflocken lagen sie auf den dunkelgebohnerten Dielen. Doch sie waren nicht weißer als Harry Fevershams Wangen. Er stand da und starrte auf die Federn, bis er am Arm eine leichte Berührung spürte. Er wandte den Kopf und sah Ethnes behandschuhte Hand an seinem Ärmel.

»Was bedeutet das?« fragte sie. Ratlosigkeit lag in ihrer Stimme, doch nicht mehr als das. Das Lächeln auf ihrem Gesicht und das unbedingte Vertrauen in ihren Augen zeigten, daß sie keinen Zweifel hatte, seine ersten Worte würden sie aufklären. »Was bedeutet das?«

»Es bedeutet wohl, daß es Dinge gibt, die sich nicht verbergen lassen«, sagte Feversham.

Einen Augenblick lang antwortete Ethne nicht. Die schmachtende Musik schwebte durch die Halle, und die Bäume flüsterten aus dem Garten durch die offene Tür herein. Dann schüttelte sie ihn sanft am Arm, stieß ein atemloses kleines Lachen aus und sprach, als versuche sie ein Kind zu überzeugen.

»Ich glaube, das verstehst du nicht, Harry. Hier sind drei weiße Federn. Sind sie dir im Scherz geschickt worden? Natürlich, es muß ein Scherz sein. Aber ein grausamer Scherz ...«

»Sie sind in vollem Ernst geschickt worden.« Nun hatte er das Wort ergriffen und blickte ihr dabei offen in die Augen. Ethne ließ die Hand von seinem Ärmel fallen.

»Wer hat sie geschickt?« fragte sie.

Dieser Frage hatte Feversham noch keinen Gedanken gewidmet. Die Botschaft war alles, die Männer, die sie geschickt hatten, unwichtig. Doch Ethne streckte die Hand aus und nahm ihm die Schachtel ab. Drei Visitenkarten lagen darin, und die nahm sie heraus und las sie laut vor.

»Captain Trench, Mr. Castleton, Mr. Willoughby. Kennst du diese Männer?«

»Alle drei sind Offiziere meines ehemaligen Regiments.«

Das Mädchen war verblüfft. Sie kniete nieder und sammelte die Federn ein, mit dem unbestimmten Gefühl, daß die bloße Berührung ihr zu mehr Verständnis verhelfen könnte. Sie lagen nun auf der Innenfläche ihres weißen Handschuhs, und als sie sanft dagegenblies, wehten sie in die Luft empor und hingen dort zittrig taumelnd. Als sie abwärts zu schweben begannen, fing sie sie wieder ein, und auf diese Weise tastete sie sich langsam zu einer anderen Frage vor.

»Sind sie zu Recht geschickt worden?« fragte sie.

»Ja«, sagte Harry Feversham.

Er dachte gar nicht daran, etwas abzustreiten oder ihr auszuweichen. Er konnte nur daran denken, daß das Schlimme, das er seit Jahren angstvoll erwartete, endlich über ihn hereingebrochen war. Er war als Feigling bekannt. Das Wort, das in feurigen Lettern so lange an den inneren Mauern seiner Gedanken gestanden hatte, loderte nun in großer Schrift vor aller Öffentlichkeit. Wie er einst vor den Portraits seiner Vorfahren gestanden hatte, so nahm er auch jetzt stumm die Verurteilung hin. Es war das Mädchen, das, noch kniend, die Wahrheit nicht zur Kenntnis nehmen wollte.

»Ich glaube nicht, daß das stimmt«, sagte sie. »Wäre es die Wahrheit, könntest du mir nicht so ruhig ins Gesicht schauen. Dein Blick würde dem Boden zustreben und nicht meine Augen suchen.«

»Trotzdem stimmt es.«

»Drei kleine weiße Federn«, sagte sie langsam; dann fuhr sie mit einem kehligen Schluchzen fort: »Heute nachmittag saßen wir unter den Ulmen am Lennon – erinnerst du dich, Harry? – nur wir beide. Und dann kommen drei kleine weiße Federn, und die Welt ist plötzlich am Ende.«

»Nicht!« rief Harry, und seine Stimme brach über dem Wort. Bis jetzt hatte er mit einer Ruhe gesprochen, die seinem unverwandten Blick entsprach. Doch ihre letzten Worte, das Bild, das sie in seiner Erinnerung hervorriefen, die ergreifende Schlichtheit ihrer Äußerung gingen ihm zu Herzen. Ethne aber schien das Flehen nicht zu hören. Das Gesicht dem Ballsaal zugewandt, lauschte sie. Das Plaudern und Lachen der Stimmen dort wurde lauter und rückte näher. Sie erkannten, daß die Musik aufgehört hatte. Hastig stand sie auf, die Federn fest in der Hand haltend, und öffnete eine Tür. Es war die Tür zu ihrem Wohnzimmer.

»Komm«, sagte sie.

Harry folgte ihr in den Raum, und sie schloß die Tür und verdrängte damit den Lärm.

»Sagst du mir jetzt bitte«, begann sie, »warum die Federn geschickt wurden?«

Ruhig stand sie vor ihm; ihr Gesicht war bleich, doch Feversham vermochte in ihrem Ausdruck nichts festzustellen, was über den Wunsch und die Entschlossenheit, an die Wahrheit zu kommen, hinausging. Sie sprach mit derselben Gelassenheit wie zuvor. Er antwortete wie schon eben auf direkte und klare Weise, ohne Versuch der Verschleierung.

»Ein Telegramm kam. Es kam von Castleton. Es erreichte mich, als Trench und Willoughby bei mir zu Abend aßen. Ich wurde informiert, daß mein Regiment den Befehl zum aktiven Einsatz in Ägypten erhalten würde. Castleton aß mit einem Manne, der so etwas wohl wissen konnte, und ich zweifelte nicht am Wahrheitsgehalt der Nachricht. Castleton forderte mich auf, Trench Bescheid zu sagen. Ich tat es nicht, sondern überdachte die Sache, während ich das Telegramm noch vor mir hatte. Castleton reiste noch am gleichen Abend nach Schottland ab und wollte direkt von Schottland zum Regiment zurückkehren. Aus diesem Grunde würde er Trench allenfalls in einigen Wochen wiedersehen, und bis dahin war das Telegramm wahrscheinlich vergessen oder sein Datum nicht mehr genau in Erinnerung. Ich sagte Trench nichts davon. Ich warf das Telegramm ins Feuer und reichte noch in der Nacht meine Entlassung ein. Aber Trench hat die Wahrheit irgendwie herausgefunden. Durrance war auch bei dem Essen dabei – gütiger Gott, Durrance!« brach es plötzlich aus ihm hervor. »Wahrscheinlich weiß er Bescheid wie die anderen!«

Es überkam ihn wie eine Art Schock, wie etwas seltsam Ungewohntes, daß sein Freund Durrance, der, wie er sehr wohl wußte, stets zu ihm aufgeblickt hatte, ihn jetzt wahrscheinlich als Objekt der Verachtung ansah. Doch er hörte Ethne sprechen. Was kam es überhaupt darauf an, ob Durrance, ob jeder Mensch vom Südpol bis zum Nordpol Bescheid wußte, wo doch Ethne seine Schande kannte?

»Und ist das alles?« sagte sie.

»Es reicht doch gewißlich«, antwortete er.

»Ich glaube nicht«, gab sie zurück und senkte im Weitersprechen ein wenig die Stimme. »Wir sind übereingekommen, nicht wahr, daß niemals törichte Mißverständnisse zwischen uns kommen sollen. Wir wollten uns frei zueinander äußern und diese Offenheit vom anderen hinnehmen, ohne gekränkt zu sein. Also sei offen! Bitte!« In ihrer Stimme lag ein Flehen. »Ich glaube, ich könnte dies als mein Recht beanspruchen. Jedenfalls bitte ich dich darum, wie ich in meinem ganzen Leben nichts nachdrücklicher von dir erbitten will.«

Es gab eine Art Erklärung für sein Tun, das wußte Harry Feversham. Aber der Versuch war sinnlos, wenn man ihn neben die überwältigenden Konsequenzen stellte. Ethne hatte die Hände geöffnet, die drei Federn lagen vor seinen Augen auf dem Tisch. Sie konnte er nicht forterklären; er trug das Wort »Feigling« wie die Binde eines Blinden; außerdem konnte er sie nie dazu bringen, ihn zu verstehen. Doch sie wollte die Erklärung hören und hatte ein Recht darauf; es war großzügig von ihr, sie zu erbitten, eine Großzügigkeit, wie sie unter Frauen nicht sehr verbreitet war. Und so nahm Feversham seinen Verstand zusammen und begann zu erklären:

»Mein ganzes Leben habe ich befürchtet, daß ich mich eines Tages als Feigling erweisen könnte, und seit frühester Jugend war mir bekannt, daß ich für die Armee bestimmt war. Ich habe diese Angst für mich behalten. Es gab niemanden, zu dem ich davon sprechen konnte. Meine Mutter war tot, und mein Vater …« Er atmete tief ein und schwieg einen Augenblick. Er konnte sich vorstellen, wie sein Vater, jener einsame, eisenharte Mann, gerade in diesem Moment im Lieblingsstuhl seiner Mutter auf der Terrasse saß und über die mondhellen Felder zu den Sussex Downs blickte; er konnte sich vorstellen, wie er von Ehrungen und Auszeichnungen träumte, die der Fevershams würdig waren und die sein Sohn in Kürze auf dem ägyptischen Schlachtfeld erringen würde. Unter diesem Schlag mußte das strenge Herz des alten Mannes gewiß zerbrechen! Das Ausmaß der schlimmen Tat, die er begangen hatte, das Elend, das sie auslösen würde, kamen Harry Feversham überaus klar zu Bewußtsein. Er senkte den Kopf zwischen die Hände und stöhnte auf.

»Mein Vater«, fuhr er fort, »würde, nein, könnte mich nie verstehen. Ich kenne ihn. Wenn sich ihm eine Gefahr in den Weg stellte, war er stets bereit, doch er sah sie nicht voraus. Das war immer mein Unglück. Ich schaute in die Zukunft. Jede Gefahr, der ich nur begegnen mochte, jedes Risiko, das ich einmal eingehen könnte – ich sah es voraus. Außerdem sah ich etwas anderes voraus. Mein Vater sprach auf seine sachliche Weise von den Stunden des Wartens vor dem eigentlichen Beginn der Schlacht, nachdem die Truppen aufmarschiert waren. Die bloße Vorwegnahme dieser Spannung und die Last jener Stunden bedeuteten eine Folter für mich. Ich sah die Möglichkeit einer feigen Haltung voraus. Eines Abends, als mein Vater seine alten Freunde zu einem seiner Krim-Abende um sich versammelt hatte, wurden zwei schreckliche Geschichten erzählt – die eine über einen Offizier, die andere über einen Arzt, und beide hatten sich vor ihrer Pflicht gedrückt. Nun sah ich mich der Tatsache konkreter Feigheit gegenüber. Ich nahm die beiden Geschichten mit hinauf ins Bett. Sie haben meine Erinnerung nie wieder verlassen; sie wurden zu einem Teil meiner selbst. Ich sah, wie ich mich ähnlich verhielt, einmal wie der eine, dann wieder wie der andere der beiden Männer, vielleicht in der Krise einer Schlacht, die Vernichtung über mein Land brachte und auf jeden Fall meinen Vater und all die toten Männer entehrte, deren Portraits reihenweise in der Halle hingen. Ich versuchte, meine Ängste zu überwinden. Ich ging auf die Jagd, doch mit einer Karte der Gegend im Kopf. Ich sah jede Hecke, jede Senke, jeden gefährlichen Hang voraus.«

»Und doch bist du über alle Hindernisse hinweg geritten«, unterbrach ihn Ethne. »Mr. Durrance hat es mir gesagt.«

»So?« fragte Feversham abwesend. »Nun, vielleicht habe ich das getan, sobald das Rudel los war. Durrance aber hat keine Ahnung, was das Warten vorher für mich bedeutete. Als nun das Telegramm kam, ergriff ich die Gelegenheit, die es mir zu bieten schien, und trat aus dem Armeedienst aus.«

Er beendete seine Erklärung. Er hatte behutsam gesprochen, hatte er doch etwas zu verbergen. So ernsthaft sie ihn auch um Offenheit bitten mochte, er mußte ihr um jeden Preis und um ihretwillen etwas verheimlichen. Doch sie ahnte es sofort.

»Hattest du außerdem Angst, mich zu entehren? War ich irgendwie der Grund für deinen Austritt aus der Armee?«

Feversham blickte ihr offen ins Auge und log: »Nein.«

»Wenn du nicht mit mir verlobt wärst, hättest du trotzdem deinen Abschied eingereicht?«

»Ja.«

Langsam zog Ethne ihren Handschuh aus. Feversham wandte sich ab.

»Ich glaube, ich bin ähnlich wie dein Vater«, sagte sie. »Ich verstehe das alles nicht.« Und in dem auf ihre Worte folgenden Schweigen hörte Feversham etwas auf dem Tisch sirren und klappern. Er blickte hin und sah, daß sie den Verlobungsring vom Finger gezogen hatte. Er lag auf dem Tisch, und die Steine blinkten ihn an.

»Und all dies – alles, was du mir erzählt hast«, rief sie plötzlich mit strengem, todernstem Gesicht, »hättest du mir vorenthalten! Du hättest mich geheiratet und dies verheimlicht, wären die drei Federn nicht gekommen?«

Die Worte hatten ihr seit Beginn des Gesprächs auf der Zunge gelegen, doch sie hatte sie nicht ausgesprochen, für den Fall, daß er wie durch ein Wunder vielleicht doch eine überraschende Erklärung hatte, die ihm in ihren Augen wieder Ansehen verschaffen konnte. Sie hatte ihm jede Möglichkeit dazu gegeben. Jetzt aber schlug sie zu und legte schonungslos den schlimmsten Aspekt seiner Untreue bloß. Feversham zuckte zusammen und antwortete nicht, sondern ließ es zu, daß sein Schweigen als Zustimmung ausgelegt wurde. Ethne jedoch war gerecht; in gewisser Weise war sie außerdem neugierig: sie wollte bis auf den Grund dieser Angelegenheit vorstoßen, ehe sie sie in einen Winkel ihres Geistes verbannte.

»Gestern«, fuhr sie fort, »wolltest du mir etwas mitteilen. Ich unterbrach dich, um dir den Briefkasten zu zeigen.« Sie stimmte ein seltsames, leeres Lachen an. »Ging es um die Federn?«

»Ja«, antwortete Feversham müde. Was sollten diese beharrlichen Fragen noch, wo doch die Federn gekommen waren, wo doch ihr Ring funkelnd und blitzend auf dem Tisch lag? »Ja, ich glaube, ich war ziemlich gebannt von deinen Worten.«

»Ich erinnere mich«, unterbrach ihn Ethne ziemlich hastig. »Es ging darum, daß man noch viel voneinander sehen würde – dereinst. Wir werden von solchen Dingen nicht wieder sprechen.« Feversham schwankte auf den Beinen, als würde er gleich umsinken. »Ich weiß auch noch, du sagtest, man könne sich irren. Du hattest recht, ich hatte unrecht. Man kann mehr als sich nur scheinbar irren. Nimmst du bitte deinen Ring zurück?«

Feversham nahm den Ring und hielt ihn in der Handfläche, während er reglos verharrte. Nie zuvor hatte sie ihm soviel bedeutet, nie war ihm ihr Wert so klar bewußt gewesen wie in diesem Augenblick, in dem er sie verlor. Sie schimmerte in dem ruhigen Zimmer, ein wunderbarer, höchst wunderbarer Anblick, von den hellen Blumen in ihrem Haar bis zu den weißen Schuhen an ihren Füßen. Es kam ihm unglaublich vor, daß er sie je errungen hatte. Doch das hatte er, und durch seine Untreue hatte er sie wieder verloren. Wieder durchbrach ihre Stimme seine Überlegungen.

»Die gehören dir auch. Nimmst du sie bitte?«

Sie deutete mit dem Fächer auf die Federn auf dem Tisch. Gehorsam streckte Feversham die Hand aus, zuckte dann überrascht zurück.

»Es sind ja vier!« sagte er.

Ethne antwortete nicht, und Feversham begriff die Wahrheit mit einem Blick auf ihren Fächer. Er bestand aus elfenbeinfarbenen und weißen Federn. Sie hatte eine dieser Federn abgebrochen und aus eigenem Antrieb zu den dreien getan.

Diese Tat war zweifellos grausam. Doch sie wollte einen Schlußstrich ziehen – einen vollständigen, unwiderruflichen Schlußstrich; obwohl ihre Stimme ruhig klang und ihr Gesicht trotz seiner Blässe unbewegt blieb, litt sie innerlich unter Erniedrigung und Schmerz. All die Einzelheiten der Werbung Harry Fevershams, der Wechsel von Blicken, die Briefe, die sie geschrieben und empfangen hatte, die Worte, die gesprochen worden waren, brannten und stachen unerträglich in ihrer Erinnerung. Ihre Lippen hatten sich berührt – sie dachte voller Entsetzen daran. Nach diesem Abend wollte sie Harry Feversham nie wiedersehen. Aus diesem Grund hatte sie ihre vierte Feder zu den dreien hinzugefügt.

Harry Feversham nahm wie erbeten die Federn, ohne ein Widerwort und sogar mit einer Art Würde, von der sie selbst in diesem Augenblick überrascht war. Die ganze Zeit hatte er sie überdies mit ruhigem Blick angesehen, er hatte ihre Fragen geradeheraus beantwortet, in seinem Verhalten hatte nichts Unterwürfiges gelegen, so daß Ethne ihre letzte Geste schon zu bereuen begann. Doch sie war ausgeführt. Feversham hatte die vier Federn genommen.

Er hielt sie in den Fingern, als wollte er sie durchreißen. Doch er hielt sich zurück. Plötzlich schaute er in ihre Richtung und ließ seinen Blick einen kurzen Moment auf ihrem Gesicht ruhen. Dann steckte er die Federn vorsichtig in seine Brusttasche. Ethne dachte in jenem Augenblick nicht über den Grund nach.

Sie dachte nur daran, daß nun das unwiderrufliche Ende gekommen war.

»Wir müssen zurück, denke ich«, sagte sie. »Wir sind schon einige Zeit fort. Reichst du mir den Arm?« In der Halle blickte sie auf die Uhr. »Erst elf Uhr!« sagte sie erschöpft. »Wenn wir hier tanzen, dann bis der Tag heraufzieht. Wir müssen gute Miene zum bösen Spiel machen, bis es hell wird.«

Ihre Hand lag auf seinem Arm, als sie den Ballsaal betraten.

Fünftes Kapitel
Der Paria

Die Gewohnheit half; das oberflächliche Ballgeplauder kam ihnen automatisch über die Lippen; der Anschein des Vergnügens verließ ihre Gesichter keinen Augenblick, so daß keiner der Gäste in Lennon House in jener Nacht vermutete, daß abrupt ein Grund der Trennung zwischen sie getreten sei. Harry Feversham sah zu, wie Ethne lachte und redete, als habe sie keine Sorge auf der Welt, und war immer wieder überrascht, ohne daran zu denken, daß er ja selbst die gleiche Maske der Fröhlichkeit aufgesetzt hatte. Wenn sie an ihm vorbeiwirbelte, überzeugte ihn der leichte Rhythmus ihrer Füße beinahe, daß sie mit vollem Herzen beim Tanzen war. Es sah aus, als sei sie sogar Herrin über die Farbe ihrer Wangen. So machten beide gute Miene, wie sie gefordert hatte. Sie tanzten sogar zusammen. Doch die ganze Zeit war sich Ethne bewußt, daß sie eine unerträgliche Bürde von Schmerz und Erniedrigung zu tragen hatte, von der sie bald erdrückt werden würde, und Feversham spürte die vier Federn an seiner Brust brennen. Es bedeutete ihm eine wunderbare Erleichterung zu wissen, daß keiner in der großen Gesellschaft davon eine Ahnung hatte. Bei jeder Partnerin, der er sich näherte, hatte er gleichwohl die Vorstellung, daß sie sich mit jener verächtlichen Bezeichnung zu ihm umdrehen würde, die nun sein Name war. Doch er hatte davor keine Angst. Es wäre ihm auch gleichgültig gewesen, wenn es geschehen, wenn das Wort ausgesprochen worden wäre. Er hatte Ethne verloren. Er beobachtete sie und suchte unter ihren Gästen nach einer passenden Vergleichsperson – doch vergeblich, wie er von vornherein gewußt hatte. Es gab wohl Frauen, hübsch, anmutig, sogar schön, doch Ethne erhob sich durch die besondere Art ihrer Schönheit über alle. Die breite Stirn, der vollkommene Schwung ihrer Augenbrauen, die großen, ruhigen, klaren grauen Augen, die vollen roten Lippen, die sich zärtlich kräuseln oder zu einer entschlossenen Linie schließen konnten, und die königliche Anmut ihrer Haltung – dies alles zeichnete sie in Fevershams Vorstellung aus und würde sie in jeder Gesellschaft hervortreten lassen. Er beobachtete sie in dem verzweifelten Erstaunen, daß er je die Aussicht gehabt hatte, sie zu besitzen.

Nur einmal ließ sie in ihrer Haltung nach, und dann auch nur für eine Sekunde. Sie tanzte gerade mit Feversham, und als sie zum Fenster blickte, sah sie, daß sich das Tageslicht bleich und kalt hinter den Läden abzeichnete.

»Schau!« sagte sie, und Feversham spürte plötzlich ihr ganzes Gewicht in den Armen. Ihr Gesicht verlor die Farbe und zeigte einen müden, grauen Ausdruck. Ihre Augen schlossen sich fest und gingen wieder auf. Er glaubte schon, sie würde das Bewußtsein verlieren. »Endlich der Morgen!« rief sie, dann fuhr sie fort mit einer Stimme, die so müde war wie ihr Gesicht: »Ich möchte nur wissen, ob es recht ist, daß jemand soviel Schmerz erleiden muß!«

»Psst!« flüsterte Feversham. »Mut! Noch wenige Minuten – nur noch ganz wenige Minuten!« Er hielt inne und blieb vor ihr stehen, bis sie wieder zu Kräften gekommen war.

»Danke«, sagte sie aus vollem Herzen; und das schimmernde Rad des Tanzes wirbelte sie weiter.

Seltsam, daß er ihr Mut zusprach und sie ihm für seine Hilfe dankte, doch die Ironie dieser seltsamen und vorübergehenden Umkehr der Positionen wurde beiden nicht bewußt. Die Anstrengung der letzten Stunden hatte Ethne viel zu sehr erschöpft; Feversham dagegen sah in ihrem kurzen Schwächeanfall, ihrem angespannten Gesicht und der Tiefe des Schmerzes in ihren Augen Anzeichen dafür, wie sehr er sie gekränkt hatte. Er sagte sich nicht mehr: »Ich habe sie verloren«, er dachte gar nicht mehr an seinen Verlust. Er hörte ihre Worte: »Ich möchte nur wissen, ob es recht ist, daß jemand soviel Schmerz erleiden muß.« Er hatte das Gefühl, daß diese Worte ihn überall auf der Welt begleiten würden, in seinen Ohren nachhallend, im besonderen Tonfall ihrer Stimme gesprochen. Er war sicher, er würde diese Worte zu guter Letzt auch über den Stimmen der Menschen hören, die ihn umstanden, wenn er starb, und in ihnen seine Verdammung erfahren. Denn es war nicht recht.

Kurze Zeit später ging der Ball zu Ende. Die letzte Kutsche fuhr ab, und die Hausgäste suchten, je nach Geschlecht, das Rauchzimmer auf oder gingen nach oben zu Bett. Feversham jedoch verharrte in der Halle. Sie erfaßte seine Gründe.

»Das ist nicht nötig«, sagte sie und wandte ihm den Rücken zu, während sie sich eine Kerze anzündete. »Ich habe es meinem Vater gesagt. Ich habe ihm alles gesagt.«

Feversham neigte zustimmend den Kopf. »Trotzdem muß ich warten und ihn sprechen«, sagte er.

Ethne erhob keine Einwände, doch sie wandte sich um und sah ihn mit einem verwirrten Stirnrunzeln kurz an. Unter solchen Umständen auf ihren Vater zu warten, schien auf einen gewissen Mut hinzudeuten. Selbst sie verspürte leichte Nervosität, als sie hörte, wie die Tür des Arbeitszimmers aufging und Dermod auf sie zukam. Dermod ging direkt auf Harry Feversham zu und zeigte sich zum erstenmal als das, was er wirklich war, nämlich ein sehr alter Mann, und dann stand er da und starrte mit einem ratlosen, verwirrten Ausdruck Feversham ins Gesicht. Zweimal öffnete er den Mund, um etwas zu sagen, doch Worte kamen nicht heraus. Schließlich wandte er sich dem Tisch zu und zündete seine und Harry Fevershams Kerze an. Dann wandte er sich wieder Feversham zu, und zwar so hastig, daß Ethne einen Schritt vorwärts machte, als wolle sie zwischen die beiden treten. Doch er beschränkte sich darauf, Feversham erneut lange anzustarren. Schließlich ergriff er seine Kerze.

»Nun ...«, sagte er und hielt inne. Er beschnitt den Docht mit der Schere und setzte noch einmal an. »Nun ...«, sagte er und stockte von neuem. Anscheinend hatte ihm seine Kerze nicht zu den passenden Worten verholfen. Nun starrte er nicht mehr in Fevershams Gesicht, sondern in die Flamme, und zwar noch einmal so lange. Ihm wollte nichts einfallen, was er sagen könnte, doch spürte er, daß etwas gesagt werden mußte. Schließlich äußerte er lahm:

»Wenn Sie Whiskey wollen, stampfen Sie zweimal mit dem Fuß auf. Die Dienstboten wissen dann Bescheid.«

Und er erstieg mit schweren Schritten die Treppe. Die Zurückhaltung des alten Mannes war vielleicht nicht das geringste Element in Harry Fevershams Sühne.

Es war heller Tag, als Ethne endlich in ihrem Zimmer allein war. Sie öffnete die Gardinen und machte das Fenster auf. Die kühle, frische Morgenluft wirkte auf sie wie ein Schluck Quellwasser. Sie blickte auf eine Welt, die noch nicht von Farben erhellt war, und sah darin ein Symbol für die kommenden Tage. Die großen dunklen Bäume wirkten schwarz, die gewundenen Wege totenweiß, die Rasenflächen sahen matt und grau aus, obgleich darauf der Tau wie ein Netz aus Reif lag. Trotz der inneren Ruhe war es eine laute Welt. Die Amseln riefen von den Ästen und aus dem Gras, und zwischen den sich neigenden Bäumen strömte der Lennon voller Musik. Ethne trat vom Fenster zurück. Sie hatte an diesem Vormittag noch viel zu tun, ehe sie sich schlafen legte. Denn in der ihr eigenen Gründlichkeit hatte sie beschlossen, all ihre Verbindungen zu Harry Feversham ein für allemal zu kappen. Von dem Augenblick des nächsten Erwachens an, das war ihre Absicht, wollte sie keinem Gegenstand mehr begegnen, der sie an ihn erinnern konnte. Und mit einer Art halsstarrigem Nachdruck machte sie sich an die Arbeit.

Dabei aber überlegte sie es sich anders. Während sie noch dabei war, die Geschenke zusammenzusuchen, die er ihr gemacht hatte, änderte sie ihre Absicht. Denn jedes Geschenk, das sie in die Hand nahm, hatte seine eigene Geschichte, und die Tage vor dieser bedrückenden Nacht, die ihr Glück überschattet hatte, kamen ihr während des Betrachtens nacheinander wieder in den Sinn. Sie beschloß, einen Gegenstand zu behalten, der Harry Feversham gehört hatte, eine Kleinigkeit, ohne Wert. Zuerst wählte sie ein Taschenmesser, das er ihr einmal geliehen und das zurückzugeben sie vergessen hatte. Aber im nächsten Augenblick ließ sie es ziemlich hastig fallen, war sie doch schließlich ein irisches Mädchen. Zwar war sie nicht abergläubisch, doch wenn es um Aberglauben ging, beschritt sie lieber den sicheren Weg. Schließlich erwählte sie seine Photographie und schloß sie in einer Schublade fort.

Seine übrigen Geschenke raffte sie zusammen, verpackte sie sorgfältig in einer Schachtel, verschnürte und adressierte sie und trug sie in die Halle hinaus, damit die Dienstboten sie am nächsten Tag abschicken konnten. In ihr Zimmer zurückgekehrt, nahm sie seine Briefe, häufte sie im Kamin auf und zündete sie an. Es dauerte eine Weile, bis sie verbrannt waren, doch Ethne wartete die Zeit ab, aufrecht in ihrem Sessel sitzend, während die Flammen von Blatt zu Blatt krochen, das Papier verfärbend, die Schrift wie ein Tintenstrom schwärzend, bis schließlich nur noch Ascheflocken wie Federn und weiße Flocken wie weiße Federn übrig waren. Kaum waren die letzten Funken erloschen, als sie auf dem Kies unter ihrem Fenster leise Schritte hörte.

Es war heller Tag, trotzdem brannte noch die Kerze auf dem Tisch neben ihr, und mit hastiger, instinktiver Bewegung hob sie den Arm und löschte das Licht. Dann saß sie stumm und reglos da und lauschte. Eine Zeitlang hörte sie nur die Rufe der Amseln in den Bäumen des Gartens und die brausende Musik des Flusses. Später vernahm sie erneut die Schritte, die sich vorsichtig entfernten; und trotz ihres Vorsatzes, trotz der förmlichen Beseitigung der Briefe und Geschenke überkam sie urplötzlich nicht ein Gefühl des Schmerzes oder der Erniedrigung, sondern ein überwältigendes Empfinden der Einsamkeit. Sie schien hoch über einer leeren Ruinenwelt zu sitzen. Hastig stand sie auf, und ihr Blick fiel auf einen Violinkasten. Mit einem Seufzer der Erleichterung öffnete sie ihn, und kurze Zeit später wachten einige Gäste, die im Hause schliefen, zufällig auf und hörten die Töne einer gefühlvoll und leise gespielten Geige die Korridore entlangschweben. Ethne erkannte nicht, daß sie die Guarnerius-Violine spielte, die Durrance ihr zum Geschenk gemacht hatte. Sie erfaßte nur, daß sie eine Gefährtin gefunden hatte, die ihre Einsamkeit teilen würde.

Sechstes Kapitel
Harry Fevershams Plan

Es war der Abend des 30. August. Ein Monat war seit dem Ball in Lennon House vergangen, doch in der ereignislosen Region von Donegal beherrschte noch immer das anregende Thema von Harry Fevershams Verschwinden alle Gespräche. Die Bürger an der steilen Straße und der Landadel in seinen Eßzimmern klatschten nach Herzenslust. Es stand fest, daß Harry Feversham noch am Morgen nach dem Tanzvergnügen gesehen worden war, um fünf Minuten vor sechs – obwohl es laut Mrs. O'Brien zehn Minuten nach der vollen Stunde gewesen war – in voller Abendkleidung und mit bleichem Selbstmördergesicht, hastig über den Dammweg an der Lennon-Brücke eilend. Es wurde angedeutet, ein Schleppnetz wäre wohl der einzige Weg, das Rätsel zu lösen. Mr. Dennis Rafferty, der an der Straße nach Rathmullen lebte, ging sogar soweit, eine Portion Lachs auszuschlagen mit dem Bemerken, er sei kein Kannibale, und dieser Ausspruch machte die Runde. Die allgemeinen Vermutungen über die Ursache des Verschwindens kamen der Wahrheit auch nicht näher. Denn es gab nur zwei Menschen, die diese Wahrheit kannten, und diese beiden gingen ruhig dem Geschäft des täglichen Lebens nach, als sei keine Katastrophe über sie hereingebrochen. Vielleicht reckten sie die Köpfe ein wenig stolzer in die Höhe als vorher. Ethne war womöglich ein wenig zugänglicher geworden, Dermod ein wenig reizbarer, aber das waren die einzigen Veränderungen. Folglich hatte der Klatsch freie Bahn.

In Wahrheit jedoch hielt sich Harry Feversham in London auf, wie Lieutenant Sutch am Abend des Dreißigsten in Erfahrung brachte. Den ganzen Tag über war die Stadt von Gerüchten um eine große Schlacht bei Kassassin, in der Wüste östlich von Ismailia, beunruhigt worden. Boten waren unaufhörlich durch die Straßen gehastet und hatten Nachrichten über Sieg und Katastrophe hinausgebrüllt. Bei Mondlicht hatte General Drury-Lowes Kavalleriebrigade einen Angriff geführt, der Arabis linke Flanke aufgerollt und seine Kanonen in englische Hände hatte fallen lassen. Man behauptete, ein englischer General sei gefallen. Die York- und Lancashire-Regimenter seien aufgerieben worden. London war aufgestört, und um elf Uhr nachts stand noch eine große Menschenmenge unter den Gaslaternen der Pall Mall und starrte mit bleichen Gesichtern zu den erleuchteten, aber zugezogenen Fenstern des Kriegsministeriums empor. Die Menge verhielt sich bemerkenswert ruhig und reglos. Nur wenn sich kurz eine Gestalt hinter einem der erleuchteten Fensterläden bewegte, ging ein Schauer der Erregung von Mann zu Mann, und die Menge schwankte kurz von Rand zu Rand. Lieutenant Sutch, der sein verwundetes Bein schonte, stand im äußeren Bereich des Auflaufs, den Rücken an der Balustrade des Junior Carlton Club, als er plötzlich eine Berührung am Arm spürte. Er erblickte Harry Feversham an seiner Seite. Fevershams Gesicht zuckte und war ungewöhnlich bleich, die Augen schimmerten hell wie die Augen eines Fieberkranken, und Sutch wußte im ersten Augenblick nicht, ob dem Mann eigentlich klar war oder es ihn kümmerte, mit wem er sprach.

»Ich hätte heute abend mit in Ägypten sein können«, sagte Harry mit schwankender, gequälter Stimme. »Stellen Sie sich das vor! Ich hätte dort draußen sein, an einem Lagerfeuer in der Wüste sitzen und mit Jack Durrance über die Schlacht reden können; vielleicht wäre ich auch tot. Was hätte das ausgemacht? Ich hätte heute abend in Ägypten sein können!«

Fevershams überraschendes Auftauchen überzeugte Sutch nicht weniger als seine gelöste Zunge, daß der andere entschieden Pech gehabt hatte. Viele Fragen kamen ihm in den Sinn, doch er äußerte keine einzige. Vielmehr nahm er Feversham am Arm und führte ihn aus dem Gedränge.

»Ich habe Sie in der Menge gesehen«, fuhr Feversham fort. »Ich dachte, ich wollte mit Ihnen sprechen, weil Sie – Sie erinnern sich, vor langer Zeit gaben Sie mir einmal Ihre Karte. Ich habe sie gut aufbewahrt, denn ich hatte immer Angst, daß ich Grund haben würde, sie zu benützen. Sie sagten, wenn man Probleme hätte, würde es helfen, darüber zu sprechen.«

Sutch hielt seinen Begleiter am Arm zurück.

»Wir gehen hier hinein. Im oberen Rauchzimmer finden wir bestimmt eine ruhige Ecke.« Und als Harry aufblickte, sah er, daß er an der Treppe zum Army & Navy Club stand.

»Du lieber Gott, doch nicht hier!« rief er mit leiser, scharfer Stimme und trat hastig auf die Straße zurück, wo kein direkter Lichtstrahl in sein Gesicht fiel. Sutch humpelte ihm nach. »Heute abend nicht. Es ist spät. Morgen, wenn Sie wollen, an irgendeinem ruhigen Ort, und nach Einbruch der Dunkelheit. Ich gehe tagsüber nicht aus.«

Wieder stellte Lieutenant Sutch keine Fragen.

»Ich kenne ein ruhiges Restaurant«, sagte er. »Wenn wir um neun Uhr dort essen, begegnen wir keinem Bekannten. Wir treffen uns kurz vor neun Uhr morgen abend an der Ecke Swallow Street.«

So aßen sie am folgenden Abend an einem Tisch in einer Ecke des Criterion Grill Room. Beim Eintreten schaute Feversham hastig in die Runde.

»Ich esse hier oft, wenn ich in der Stadt bin«, sagte Sutch. »Hören Sie!« Das Dröhnen der Maschinen, die das elektrische Licht erzeugten, war deutlich zu hören, ebenso spürte man die Vibrationen.

»Dies erinnert mich an ein Schiff«, sagte Sutch lächelnd. »Ich kann mir beinahe vorstellen, in der Offiziersmesse zu sitzen. Wir essen zu Abend. Dann erzählen Sie mir Ihre Geschichte.«

»Sie haben noch nichts davon gehört?« fragte Feversham mißtrauisch.

»Kein Wort«; und Feversham atmete auf. Er hatte unter dem Eindruck gestanden, daß alle Bescheid wissen müßten. Aus jedem Gesicht, das ihm auf der Straße begegnete, glaubte er Verachtung herauszulesen.

Lieutenant Sutch war heute abend noch besorgter als gestern. Er sah Harry Feversham nun deutlich und in vollem Licht. Harrys Gesicht war schmal und ausgezehrt von Schlafmangel, schwarze Schatten lagen unter seinen Augen; er atmete und bewegte sich auf unruhige, fiebrige Weise, seine Nerven schienen bis zum Zerreißen angespannt. Zwischen den Gängen setzte er ein- oder zweimal an, seine Geschichte vorzutragen, doch Sutch wollte nicht zuhören, ehe endgültig abgeräumt war.

»Jetzt«, sagte er schließlich und hielt dem anderen sein Zigarrenetui hin. »Lassen Sie sich Zeit, Harry.«

Daraufhin erzählte ihm Feversham die ganze Geschichte, ohne Übertreibung oder Auslassung, und zwang sich, langsam, überlegt und sachlich zu sprechen, so daß Sutch schließlich beinahe der Illusion erlag, Feversham erzähle ihm hier nur die Geschichte eines Fremden, um die Zeit totzuschlagen. Er begann mit dem Krim-Abend in Broad Place und endete mit dem Ball in Lennon House.

»Früh am nächsten Morgen fuhr ich über Lough Swilly

zurück«, schloß er seinen Bericht, »und reiste sofort nach London. Seither habe ich mich den ganzen Tag in meinen Räumen aufgehalten und mit angehört, wie auf den Kasernenhöfen unter meinem Fenster die Signalhörner erklingen. Nachts streife ich durch die Straßen oder liege im Bett und warte darauf, daß die Westminster-Uhr jede neue Viertelstunde schlägt. In Nebelnächten kann ich außerdem die Dampfersirenen vom Fluß hören. Wissen Sie, wann die Enten im St. James's Park zu quaken beginnen?« fragte er mit einem Auflachen. »Genau um zwei Uhr früh!«

Sutch hörte sich die Geschichte an, ohne zu unterbrechen. Mittendrin jedoch veränderte er seine Haltung, und das auf vielsagende Weise. Bis zu dem Augenblick, da Harry von seiner Unterschlagung des Telegramms berichtete, hatte Sutch die Arme auf den Tisch vor sich gelegt, den Blick auf seinen Begleiter gerichtet. Danach hob er eine Hand an die Stirn und verharrte mit abgeschirmtem Gesicht, während der Rest geschildert wurde. Feversham hatte hinsichtlich des Grundes keinen Zweifel. Lieutenant Sutch wollte die Verachtung verbergen, die er empfand, und glaubte, seine Gesichtszüge nicht mehr beherrschen zu können. Feversham beschönigte trotzdem nichts, sondern erzählte ruhig und wahrheitsgemäß bis zum Ende. Auch als dieses Ende dann erreicht war, nahm Sutch die Hand nicht fort und äußerte auch eine Weile kein Wort. Als er schließlich sprach, hörte Feversham seine Worte mit einem Schock der Überraschung. Verachtung lag nicht in ihnen, und obzwar die Stimme zitterte, bebte sie vor Reue.

»Viel Schuld liegt bei mir«, sagte er. »Ich hätte an jenem Abend in Broad Place den Mund aufmachen sollen, doch ich hielt mich zurück. Ich werde mir das kaum verzeihen können.« Die Erkenntnis, daß es Muriel Grahams Sohn war, der auf diese Weise Ruin und Schande über sich gebracht hatte, beschäftigte den Lieutenant vor allem. Er hatte das Gefühl, bei einer wichtigen Aufgabe versagt zu haben, einer Aufgabe, die er sich wohl selbst gestellt hatte, die aber dennoch eine sehr reale Verpflichtung gewesen war. »Wissen Sie, ich hatte Sie nämlich verstanden«, fuhr er zerknirscht fort. »Was bei Ihrem Vater, so fürchte ich, wohl nie der Fall sein wird.«

»Nie«, unterbrach ihn Harry.

»Nein«, stimmte Sutch zu. »Ihre Mutter, wenn sie noch lebte, hätte das alles durchschaut – doch neben Ihrer Mutter wohl nur wenige Frauen. Unbändiger Mut? Die Frauen vergöttern so etwas. Zum Beispiel das Mädchen ...« Und wieder unterbrach ihn Harry Feversham.

»Sie dürfen ihr nichts vorwerfen. Ich hatte sie unter Vorspiegelung falscher Tatsachen in die Ehe locken wollen.«

Plötzlich nahm Sutch die Hand von der Stirn. »Einmal angenommen, Sie wären ihr nie begegnet, hätten Sie dann trotzdem Ihren Abschied betrieben?«

»Ich glaube nicht«, sagte Harry langsam. »Ich will mich fair äußern. Ein unehrenhaftes Versagen gegenüber meinem Namen und den toten Männern in der Halle hätte ich wohl riskiert. Doch ich konnte es nicht wagen, sie zu entehren.«

Und Lieutenant Sutch hieb verzweifelt mit der Faust auf den Tisch. »Wenn ich nur in Broad Place etwas gesagt hätte! Harry, warum ließen Sie mich nicht sprechen? Vielleicht hätte ich Ihnen viele unnötige Jahre der Qual erspart. Grundgütiger Himmel! Was für eine Kindheit müssen Sie ganz allein mit dieser Angst verbracht haben! Ich erschaudere, wenn ich daran denke! Vielleicht hätte ich Sie sogar vor dieser letzten Katastrophe bewahrt. Denn ich hatte Sie verstanden. Verstanden!«

Lieutenant Sutch hatte einen klareren Einblick in die düsteren Winkel von Harry Fevershams Wesen als Harry Feversham selbst; und weil er alles so deutlich erkannte, konnte er keine Verachtung empfinden. Die langen Jahre der Kindheit, der Jünglingszeit, des Heranwachsens, einsam in Broad Place in der Gegenwart des verständnislosen Vaters und der erbarmungslosen Toten an den Wänden hatten den Schaden angerichtet. Es hatte niemanden gegeben, dem sich der Junge anvertrauen konnte. Die Angst vor der Feigheit hatte unaufhörlich an seinem Herzen genagt. Er war damit durch die Welt gegangen, er hatte sie mit ins Bett genommen. Sie hatte seine Träume heimgesucht. Sie war sein ständiger, bedrohlicher Begleiter gewesen. Sie hatte ihn vor einem vertrauten Verhältnis zu Freunden zurückgehalten, damit kein unbedachtes Wort ihn verraten konnte. Lieutenant Sutch wunderte sich nicht, daß diese Angst schließlich zu diesem nicht wiedergutzumachenden Fehler geführt hatte. Denn Lieutenant Sutch hatte Verständnis für den anderen.

»Haben Sie je den ›Hamlet‹ gelesen?« fragte er.

»Natürlich«, antwortete Harry.

»Ah, aber haben Sie darüber nachgedacht? Dasselbe Unvermögen wird in jenem Manne deutlich. Das, was er voraussah, was er in Gedanken wälzte, was er sich in Tat und Konsequenz vorstellte – wovor er zurückschreckte und weswegen er sich Vorwürfe machte, wie Sie es getan haben. Doch als der Augenblick des Handelns kommt, jäh und unmittelbar, versagt er da? Nein, er schlägt sich hervorragend, und eben wegen jener Voraussicht. Ich habe Männer auf der Krim erlebt, die vor dem Kampf von ihrer Phantasie gequält wurden – doch sobald der Kampf erst begonnen hatte, mußte man schon unter den Orientalen suchen, um ihresgleichen zu finden. ›Bin ich 'ne Memme?‹ Erinnern Sie sich an die Zeilen?

Bin ich 'ne Memme?
Wer nennt mich Schelm? Bricht mir den Kopf entzwei?
Rauft mir den Bart und wirft ihn mir ins Antlitz?

Da ist es doch auf den Nenner gebracht, das Problem. Wenn ich mich nur an jenem Abend dazu geäußert hätte!«

Ein oder zwei Männer kamen auf dem Weg nach draußen an dem Tisch vorbei. Sutch hielt inne und sah sich in dem Raum um. Er war beinahe leer. Er schaute auf die Uhr und stellte fest, daß es elf Uhr war. Noch in dieser Nacht mußte beschlossen werden, was zu unternehmen war. Es genügte nicht, sich Harry Fevershams Geschichte nur anzuhören. Es blieb die Frage, was Harry Feversham, entehrt und zugrundegerichtet, nun tun sollte. Wie sollte er sein Leben neu erschaffen? Wie ließ sich das Geheimnis seiner Entehrung am einfachsten verheimlichen?

»Sie können nicht in London bleiben und sich weiter bei Tag verstecken und nachts durch die Straßen schleichen«, sagte er schaudernd. »Das wäre zu sehr wie …« Und er stockte. Feversham jedoch vollendete den Satz.

»Das wäre zu sehr wie Wilmington«, sagte er leise und dachte an die Geschichte, die sein Vater vor so vielen Jahren erzählt hatte und an die er seither jeden Tag hatte denken müssen. »Doch mich wird nicht Wilmingtons Ende treffen. Dessen kann ich Sie versichern. Ich bleibe nicht in London.«

Er sprach in einem Ton der Entschlossenheit. Er hatte sich bereits einen Aktionsplan zurechtgelegt, um den sich Lieutenant Sutch solche Sorgen machte. Sutch war jedoch mit seinen Gedanken beschäftigt.

»Wer weiß von den Federn? Wie viele Leute?« fragte er. »Nennen Sie mir die Namen.«

»Trench, Castleton, Willoughby«, begann Feversham.

»Alle drei sind in Ägypten. Außerdem werden sie wohl auch nach ihrer Rückkehr den Mund halten, um dem Regiment nicht zu schaden. Wer sonst?«

»Dermod Eustace … und … und … Ethne.«

»Die beiden werden nichts sagen.«

»Sie, vielleicht auch Durrance – und mein Vater.«

Sutch lehnte sich auf seinem Stuhl zurück und riß die Augen auf. »Ihr Vater? Sie haben ihm geschrieben?«

»Nein. Ich bin nach Surrey gereist und habe es ihm gesagt.«

Wieder wurde Lieutenant Sutch wegen der damals klar erkannten, doch ungenutzten Gelegenheit von Reue überwältigt.

»Warum habe ich an jenem Abend nur nicht den Mund aufgemacht?« fragte er ohnmächtig. »Ein Feigling – dabei reisen Sie ruhig nach Surrey und bringen Ihrem Vater diese Geschichte! Sie schrieben nicht einmal! Sie stehen auf und sagen ihm alles ins Angesicht. Harry, ich bin so mutig wie jeder, doch um keinen Preis der Welt hätte ich das fertiggebracht.«

»Es war nicht – angenehm«, sagte Feversham schlicht; und dies war die einzige Beschreibung des Gesprächs zwischen Vater und Sohn, die überhaupt jemand zu hören bekam. Lieutenant Sutch aber kannte den Vater und kannte auch den Sohn. Er konnte sich vorstellen, was das eine Adjektiv besagte. Harry Feversham berichtete von den Ergebnissen seiner Reise nach Surrey.

»Mein Vater zahlt mir weiter den Monatswechsel. Ich werde ihn auch brauchen, bis zum letzten Penny – sonst hätte ich bestimmt nichts genommen. Doch ich soll nicht wieder nach Hause kommen. Das hatte ich sowieso nicht vor, jedenfalls nicht für lange Zeit, wenn überhaupt.«

Er zog die Brieftasche aus der Jacke, nahm die vier weißen Federn heraus und legte sie vor sich auf den Tisch.

»Sie haben sie behalten!« rief Sutch.

»O ja. Ich halte sie in Ehren«, sagte Harry leise. »Das wird Ihnen seltsam vorkommen. Für Sie sind sie Symbole meiner Schande. Mir bedeuten sie weitaus mehr. Sie sind meine Chance, alles zurückzugewinnen.« Er sah sich in dem Raum um, trennte drei Federn ab, schob sie ein Stück auf dem Tischtuch vor und beugte sich dann zu Sutch.

»Was wäre, wenn ich Trench, Castleton und Willoughby dazu brächte, nacheinander die mir geschickte Feder zurückzunehmen? Ich will nicht behaupten, daß das wahrscheinlich ist. Ich behaupte nicht einmal, daß es möglich ist. Aber es kann sein, daß es eines Tages möglich ist, und auf diese Gelegenheit muß ich warten. Nur wenige Männer, die ein so aktives Leben führen wie diese drei, geraten nicht irgendwann einmal in Gefahr und sind in großer Not. Mein Bestreben soll es von nun an sein, mich für diesen Augenblick bereitzuhalten. Alle drei sind in Ägypten. Ich reise morgen nach Ägypten ab.«

Auf Lieutenant Sutchs Gesicht erschien ein Ausdruck großen und unerwarteten Glücks. Dies war eine Möglichkeit, an die er noch gar nicht gedacht hatte, und es war die einzige Möglichkeit, wie er sofort deutlich erkannte, sobald sie ihm zu Bewußtsein gekommen war. Dieser Erforscher der menschlichen Natur ließ skrupellos Besonnenheit und vernünftige Überlegung, wie sie seinem Charakter entsprochen hätten, außer acht. Die Hindernisse auf Harry Fevershams Weg, die Möglichkeit, daß er im letzten Augenblick erneut vor der Gefahr zurückscheute, der unwahrscheinliche Zufall, daß sich drei solche Gelegenheiten ergeben würden – diese Dinge übersah er. Schon leuchtete Stolz aus seinen Augen, für ihn waren die drei Federn bereits zurückgenommen. Die Besonnenheit kam vielmehr von Harry Feversham.

»Es gibt endlose Schwierigkeiten«, sagte er. »Ich will nur eine anführen. Ich bin Zivilist, die drei aber sind Soldaten, von anderen Soldaten umgeben; um so unwahrscheinlicher die Gelegenheiten für einen Zivilisten.«

»Aber es ist doch nicht erforderlich, daß die drei Männer selbst in Gefahr sind, damit sie überzeugt werden, daß der Fehler wiedergutgemacht ist.«

»O nein. Es mag natürlich andere Wege geben«, stimmte ihm Feversham zu. »Der Plan kam mir ganz plötzlich in den Sinn, sogar schon in dem Augenblick, als Ethne mich aufforderte, die Federn zu nehmen, und die vierte hinzufügte. Ich war im Begriff, sie durchzureißen, als mir plötzlich dieser Ausweg klar in den Sinn kam. Doch in den letzten Wochen habe ich weiter darüber nachgedacht, während ich mir den Hörnerklang vom Kasernenhof anhörte. Und ich bin sicher, daß es keinen anderen Weg gibt. Der Versuch lohnt sich aber. Wissen Sie, wenn die drei ihre Federn zurücknehmen ...« Er machte einen tiefen Atemzug und fügte sehr leise hinzu, die Augen auf den Tisch gerichtet, so daß sein Gesicht verborgen war: »Nun, dann nimmt sie ihre vielleicht auch zurück.«

»Wird sie warten, was meinen Sie?« fragte Sutch; und Harry hob hastig den Kopf.

»O nein!« rief er. »Daran hatte ich nicht gedacht. Sie ahnt nicht im geringsten, was ich vorhabe. Sie soll auch nichts davon wissen, bis meine Absicht sich erfüllt hat. Ein ganz anderer Gedanke steht dahinter ...« Zum erstenmal an diesem Abend sprach er mit einem gewissen Zögern. »Es fällt mir schwer, Ihnen davon zu erzählen – am Tag, ehe die Federn kamen, sagte Ethne etwas zu mir, etwas, das ich tief im Herzen bewahre. Ich glaube, ich sage es Ihnen trotzdem, denn gerade ihre Worte sind es, die mich auf meine Irrfahrt treiben. Ohne ihre Worte wäre ich wohl nicht darauf gekommen. In ihnen finde ich meinen Beweggrund und eine große Hoffnung. Sie mögen ihnen absonderlich erscheinen, Mr. Sutch. Doch ich bitte Sie zu glauben, daß sie für mich überaus wirklich sind. Sie sagte – in dem Augenblick wußte sie nicht mehr, als daß mein Regiment nach Ägypten verlegt worden war; sie machte sich Vorwürfe, weil ich mein Offizierspatent aufgekündigt hatte, was nicht nötig gewesen wäre, weil – und das waren ihre Worte – weil sie sich, wenn ich gefallen wäre, wohl ihr ganzes Leben einsam gefühlt, aber doch gewußt hätte, daß sie und ich noch viel voneinander sehen würden – dereinst.«

Feversham brachte die Worte nur mühsam heraus, ohne seinen Begleiter anzusehen, und fuhr, die Augen abgewandt, fort:

»Verstehen Sie? Ich habe die Hoffnung, wenn sich – dieser Fehler wiedergutmachen läßt« – und er deutete auf die Federn –, »daß wir vielleicht doch noch etwas voneinander sehen – dereinst.«

Es war zweifellos ein seltsamer Gedanke, der hier über dem beschmutzten Tischtuch eines öffentlichen Restaurants diskutiert wurde, doch keiner der beiden fand die Vorstellung absonderlich oder gar unwirklich. Sie behandelten hier einfache, ernste Themen und hatten einen Punkt erreicht, an dem eine Unstimmigkeit der Umgebung keine Wirkung mehr auf sie hatte. Sutch sagte eine Zeitlang nichts, nachdem Harry Feversham geendet hatte, und schließlich blickte Harry zu seinem Gefährten empor und war beinahe auf ein Wort des Spotts gefaßt. Doch er sah, daß Sutch ihm die rechte Hand hingestreckt hatte.

»Wenn ich zurückkehre«, sagte Feversham und erhob sich. Er raffte die Federn zusammen und legte sie wieder in seine Brieftasche.

»Ich habe Ihnen alles gesagt«, fuhr er fort. »Wissen Sie, ich warte auf zufällige Gelegenheiten; die drei ergeben sich vielleicht gar nicht in Ägypten. Sie kommen vielleicht nie, und in dem Fall kehre ich nicht zurück. Oder sie treten erst ganz zum Schluß ein und nach vielen Jahren. Aus diesem Grund dachte ich mir, es wäre gut, wenn wenigstens ein Mensch die ganze Wahrheit kennt, für den Fall, daß ich nicht zurückkomme. Wenn Sie unzweifelhaft erfahren haben, daß ich nicht zurückkehren kann, würde es mich freuen, wenn Sie es meinem Vater mitteilten.«

»Ich verstehe«, sagte Sutch.

»Aber sagen Sie ihm nicht alles – ich meine, nicht den letzten Teil, nicht, was ich Ihnen eben über Ethne und meinen vordringlichen Beweggrund gesagt habe. Denn ich glaube nicht, daß er das verstehen würde. Im übrigen bewahren Sie völliges Stillschweigen. Versprechen Sie mir das?«

Lieutenant Sutch gab das Versprechen, doch mit geistesabwesender Miene, so daß Feversham noch einmal nachhakte.

»Sie werden über diese Sache kein Wort verlauten lassen, zu keinem Mann und keiner Frau, so sehr Sie auch bedrängt werden, außer zu meinem Vater unter den eben erklärten Umständen«, sagte Feversham.

Lieutenant Sutch versprach ihm das ein zweites Mal und ohne im geringsten zu zögern. Es war ganz natürlich, daß Harry solchen Wert auf das Versprechen legte, da die Offenbarung seiner Ziele wohl den Anschein törichter Prahlerei erwecken konnte, und Sutch sah seinerseits keinen Grund, sich zu weigern. So gab er das Versprechen und legte sich damit fest. Seine Gedanken beschäftigten sich in diesem Augenblick mit Harrys Wunsch, daß

General Feversham nur einen Teil der Wahrheit erfahren sollte. Selbst wenn er starb, während seine Mission unvollendet war, sollte Sutch dem Vater auf Bitten des Sohnes das vorenthalten, was in dem Sohn das Beste ausmachte. Und nach Sutchs Dafürhalten war dabei das Traurigste, daß der Sohn mit dieser Bitte recht hatte. Seine Worte waren wahr: der Vater konnte ihn nicht verstehen. Lieutenant Sutch wurde an die Gründe für die ganze elende Situation erinnert: der vorzeitige Tod der Mutter, die das Verständnis gehabt hätte; der Mangel an Verständnis in dem Vater, der übriggeblieben war; und sein eigenes Schweigen am Krim-Abend in Broad Place.

»Hätte ich nur den Mund aufgemacht!« sagte er traurig. Er ließ seinen Zigarrenstummel in die Kaffeetasse fallen, stand auf und griff nach seinem Hut. »Viele Dinge sind hinterher nicht zu ändern, Harry«, sagte er. »Aber ob sie wirklich unabänderlich sind, weiß man erst, wenn man es herausgefunden hat. Es lohnt sich immer, es herauszufinden.«

Am nächsten Abend setzte Feversham nach Calais über. Der Abend war so stürmisch wie der, an dem Durrance England verlassen hatte; und wie Durrance wurde Feversham von einem Freund verabschiedet. Denn das letzte, was seine Augen wahrnahmen, als das Postschiff sich vom Pier entfernte, war Lieutenant Sutchs Gesicht unter einer Gaslaterne. Der Lieutenant blieb an der Stelle stehen, bis das Schiff in der Dunkelheit verschwunden und das Dröhnen der Schaufelräder verklungen war. Dann humpelte er durch den Regen zu seinem Hotel, in dem bedauernden Bewußtsein, daß er alt wurde. Es war lange her, seit er diesen Umstand bedauert hatte, und das Gefühl kam ihm sehr fremd vor. Seit der Krim hatte er auf der Halbsold-Liste der Welt gestanden, wie er es einmal gegenüber General Feversham ausgedrückt hatte, und in diesem Sinne und in der Erinnerung an eine zauberhafte Sommerzeit vor den Ereignissen auf der Krim hatte er dem Alter als einem Freund entgegengesehen. Heute abend jedoch hoffte er, daß er lange genug leben würde, um Muriel Grahams Sohn noch einmal zu Hause begrüßen zu können, mit wiederhergestellter Ehre, der große Fehler wiedergutgemacht.

Siebentes Kapitel
Der letzte Erkundungsritt

»Niemand«, sagte Durrance und schob den Feldstecher in das Lederfutteral an seiner Hüfte.

»Niemand, Sir«, stimmte Captain Mather zu.

»Wir rücken vor.«

Die Kundschafter ritten weiter, die Soldaten kehrten ins Glied zurück, die beiden Siebenpfünder rückten auf, und Durrances Abteilung des Kamelkorps bewegte sich den düsteren Kamm des Khor Gwob hinab, fünfunddreißig Meilen südwestlich von Suakin, und auf das Plateau von Sinkat. Es war der letzte große Erkundungsvorstoß vor der Evakuierung des Ost-Sudan.

Den ganzen Vormittag hindurch waren die Kamele langsam den brüchigen Schlund zwischen den steil aufragenden, roten Felsen hinaufgeschwankt, und dann, als das Gestein zurückblieb, zwischen roten Berghöhen, die zu öden Steinhaufen zusammengestürzt waren. Kaum eine Grasnarbe und nur wenige kahle Äste von Mimosenbäumen hatten die Monotonie des Verfalls durchbrochen. Nach diesem trockenen Ritt beruhigten die grünen Büsche Sinkats im Tal unter den Männern das Auge mit dem angenehmen Bild eines Parks. Die Soldaten richteten sich mit größerer Munterkeit im Sattel auf.

Sie bewegten sich in diagonaler Linie über das Plateau auf die Berge von Erkowit zu, eine stille Gruppe auf einer noch stummeren Ebene. Es war elf Uhr. Die Sonne stieg dem Mittelpunkt eines farblosen, wolkenlosen Himmels entgegen, die Schatten der Kamele verkürzten sich im Sand, und der Sand selbst schimmerte weiß wie der Strand der Scilly-Inseln. Kein Luftzug flüsterte heute im dichten Laub, und die Schatten der Äste lagen so deutlich sichtbar und reglos auf dem Boden, daß es sich auch bei ihnen um Äste handeln mochte, die kürzlich von einem Sturm dort verstreut worden waren. Als einzige Geräusche waren das deutliche Klappern von Waffen zu vernehmen, das endlose Stapfen der Kamelhufe, und von Zeit zu Zeit das Sirren eines Taubenschwarms, der von der näherkommenden Kavalkade aufgescheucht wurde. Dennoch gab es Leben auf dem Plateau, wenn auch lautloses Leben. Denn wenn die Vorreiter durch die Sandkrümmungen ritten, die glatt und gerade wie Wagenspuren zwischen den Büschen verliefen, sahen sie ab und zu weit voraus eine Gazellenherde emporhuschen, in einem Aufblitzen von Braun und Weiß geräuschlos davongaloppieren und zwischen den umliegenden Hügeln verschwinden. Es hatte den Anschein, als wäre in dieser letzten Stunde ein gänzlich neues Land erschaffen worden.

»Doch sind die Karawanen auf ihrem Weg nach Erkowit und den Khor Baraka hier durchgekommen. Hier haben die Suakis ihre Sommerhäuser gebaut«, sagte Durrance als Antwort auf seine eigenen Gedanken.

»Und dort kämpfte Tewfik und starb mit seinen vierhundert Mann«, sagte Mather und deutete nach vorn.

Drei Stunden lang ritt der Trupp über das Plateau. Es war Mai, und die Sonne strahlte unerträglich heiß herab. Jede Spur von Munterkeit war längst wieder verflogen. Die Männer schwankten schläfrig im Sattel und sehnten den Abend und den Silberschimmer der Sterne herbei. Drei Stunden lang tänzelten die Kamele mit ihren seltsam ironisch wirkenden Kopfbewegungen dahin, dann sah Durrance plötzlich hundert Meter vor sich eine eingestürzte Mauer mit Fensteröffnungen, durch die der Himmel schimmerte.

»Das Fort«, sagte er.

Drei Jahre war es her, seit Osman Digna die Feste erobert und vernichtet hatte, doch in diesen drei Jahren hatten die wurzellosen Ruinen einer anderen Belagerung widerstanden, einer Belagerung, die nicht weniger nachdrücklich erfolgt war. Die wuchernden Bäume hatten das Bauwerk von hinten und zu beiden Seiten schon so sehr umschlossen, daß der Reisende auf dieses Ziel ganz überraschend stieß, wie Roland auf den Dunklen Turm der Ebene. Vorn jedoch erstreckte sich der Sand noch immer unbewachsen zum Brunnen, an dem drei große *Gemeiza*-Bäume aufgereiht standen wie Wächter, das dunkle Laub weit ausgebreitet.

In den Schatten rechts vor dem Fort, wo die Büsche den freien Sand mit der Regelmäßigkeit eines Flußufers säumten, sattelten die Soldaten ihre Kamele ab und bereiteten sich eine Mahlzeit. Durrance und Captain Mather gingen im Fort herum; als sie die südliche Ecke erreichten, verhielt Durrance den Schritt.

»Hallo!« sagte er.

»Ein Araber hat hier gelagert«, stellte Mather fest und blieb ebenfalls stehen. Die graue Asche eines Holzfeuers war auf einem geschwärzten Stein aufgehäuft.

»Und das erst kürzlich«, meinte Durrance.

Mather ging weiter, erstieg einige unebene Stufen zum eingestürzten Torbogen des Eingangs und betrat die dachlosen Korridore und Räume. Durrance zerteilte die Asche mit dem Stiefel. Der Stumpf eines verkohlten und weiß gewordenen Astes glühte rot auf. Durrance stellte den Fuß darauf, und ein winziger Rauchfaden zuckte in die Luft.

»Sehr kürzlich«, sagte er vor sich hin und folgte Mather in das Fort. In den Winkeln der Lehmmauern, in allen Rissen, im Boden sprossen junge Bäume. Zur Rückseite rundeten ein steiles Glacis und ein tiefer Graben die Befestigungsanlagen ab. Durrance setzte sich auf die Mauerbrüstung über dem Glacis, während die Tauben über ihm durcheinanderwirbelten, und dachte an die langen Monate, in denen Tewfik täglich angestrengt von dieser Stelle aus zum Paß über die Berge von Suakin geblickt haben mußte, wie jener andere General tief im Süden sehnsüchtig Ausschau haltend nach dem Sonnenlicht, das auf den Waffen des Entsatzes blinkte, der schließlich nicht kam. Mather setzte sich neben ihn und äußerte sich aus einer gänzlich anderen Stimmung heraus.

»Das Gardekorps fährt jetzt schon durch die Korallenriffe in Richtung Suez«, sagte er. »Noch eine Woche, dann sind wir dran. Was für ein gottverlassenes Land!«

»Ich kehre hierher zurück«, stellte Durrance fest.

»Warum?«

»Es gefällt mir. Mir gefallen auch die Menschen hier.«

Mather fand diese Einstellung unverständlich, doch er wußte auch, daß sie wohl, so unerklärlich sie in sich selbst war, den Erfolg und schnellen Aufstieg seines Begleiters erklärte. Mitgefühl hatte bei Durrance so manches Können ersetzt. Das Mitgefühl hatte ihm Geduld und die Fähigkeit zu verstehen geschenkt, so daß er in den drei Jahren des Feldzuges weitaus gewandtere und talentiertere Männer in seinen Kenntnissen über die geplagten Stämme des Ost-Sudan hinter sich gelassen hatte. Er mochte diese Menschen; er konnte sich in ihren Haß auf die türkische Herrschaft hineinversetzen, er konnte ihren Fanatismus, wie auch ihren gespielten Fanatismus unter dem Zwang von Osman Dignas Horden verstehen.

»Ja, ich werde zurückkehren«, sagte er, »und zwar in drei Monaten. Zum einen wissen wir – jeder Engländer in Ägypten weiß das –, daß dies nicht das Ende sein kann. Ich möchte hier sein, wenn die Arbeit weitergeht. Ich hasse unfertige Dinge.«

Erbarmungslos strahlte die Sonne auf das Plateau; die Männer, die im Schatten ausgestreckt lagen, schliefen; der Nachmittag war so lautlos still wie der Vormittag; Durrance und Mather saßen eine Weile stumm im Bann der Ruhe ringsum. Doch schließlich entfernte sich Durrances Blick von dem Amphitheater der Berge und verlor seine Vagheit, er richtete sich starr auf das Gebüsch auf der anderen Seite des Glacis. Er erinnerte sich nicht mehr an Tewfik Bei und seine heroische Verteidigung und dachte auch nicht mehr über die Arbeit nach, die in den kommenden Jahren zu erledigen war. Ohne den Kopf zu drehen, merkte er, daß Mather in dieselbe Richtung blickte.

»Woran denken Sie?« wandte er sich plötzlich an den anderen.

Mather lachte und antwortete nachdenklich: »Ich stellte mir gerade die Speisenfolge des ersten Abendessens zusammen, das ich mir gönne, wenn ich London erreiche. Ich glaube, ich werde allein essen, ganz allein, und bei Epitaux. Ich beginne mit einer Wassermelone. Und Sie?«

»Ich habe mich gefragt, warum die Tauben, die sich doch an unsere Gegenwart gewöhnt haben, in dem einen Baum dort noch immer unruhig hin und her fliegen. Bitte nicht darauf zeigen. Ich meine den Baum hinter dem Graben, rechts von zwei kleinen Büschen.«

Ringsum war zu sehen, wie die Tauben ruhig auf den Ästen saßen und wie purpurne Früchte durch das Laub schimmerten. Nur über dem einen Baum kreisten sie und gurrten immer wieder ängstlich.

»Den Burschen holen wir uns«, sagte Durrance. »Nehmen Sie ein Dutzend Männer und umstellen Sie ihn lautlos.«

Er blieb oberhalb des Glacis sitzen und beobachtete den Baum und das dichte Unterholz. Er sah, wie sechs Soldaten von links um das Dickicht krochen und sechs weitere von rechts. Doch ehe sie aufeinanderstoßen und den Baum umstellen konnten, bemerkte er, wie die Äste heftig bebten und ein Araber mit einer Rolle gelblichem Dammarharz um die Hüfte und bewaffnet mit einem Speer mit flacher Spitze und einem Lederschild aus der Deckung hastete und zwischen den Soldaten hindurch auf die offene Ebene lief. Er kam nur wenige Meter weit, denn Mather gab seinen Leuten einen scharfen Befehl, woraufhin der Araber, als verstehe er die Worte, abrupt stehenblieb, ehe ein Gewehr an die Schulter gehoben werden konnte. Ruhig schritt er auf Mather zu. Er wurde das Glacis heraufgebracht, wo er ohne Hochmut oder Unterwürfigkeit vor Durrance stehenblieb.

Er erklärte auf Arabisch, daß er dem Kabbabisch-Stamm angehöre, Abou Fatma heiße und den Engländern freundlich gesonnen sei. Er sei auf dem Wege nach Suakin.

»Warum haben Sie sich versteckt?« fragte Durrance.

»Das war sicherer. Ich wußte, daß Sie meine Freunde waren. Aber, mein werter Herr, war Ihnen das auch bekannt?«

Daraufhin sagte Durrance hastig: »Sie sprechen Englisch!« Und er äußerte diese Worte auf Englisch.

Die Antwort kam ohne Zögern: »Ich kenne ein paar Worte.«

»Wo haben Sie sie gelernt?«

»In Khartum.«

Anschließend blieb er mit Durrance auf dem Glacis allein, und die beiden Männer unterhielten sich fast eine Stunde lang. Später wurde gesehen, wie der Araber das Glacis hinabstieg, den Graben durchquerte und auf die Hügel zumarschierte. Durrance gab Befehl zur Fortsetzung des Marsches.

Die Wasserbehälter wurden gefüllt, die Männer ergänzten ihren Vorrat in dem Bewußtsein, daß von allen Durstgefühlen auf der Welt der Nachmittagsdurst der schlimmste war, sattelten ihre Kamele und stiegen unter dem üblichen Ächzen und Murren auf. Die Abteilung bewegte sich dann in nordwestlicher Richtung von Sinkat fort, im scharfen Winkel zur Richtung des Vormittagsritts. Man umging die Hügel gegenüber dem Paß, von dem man am Morgen abgestiegen war. Die Büsche wurden seltener. Man kam in eine schwarze Steinwüste, die nur selten durch Mimosen mit gelben, quastenförmigen Blütenstauden unterbrochen wurde.

Durrance rief Mather an seine Seite.

»Der Araber hatte mir eine seltsame Geschichte zu erzählen. Er war Gordons Diener in Khartum. Anfang 1884, genau vor achtzehn Monaten, gab ihm Gordon einen Brief, den er nach Berber bringen sollte, von wo der Inhalt nach Kairo telegraphiert werden sollte. Doch als der Bote dort eintraf, war Berber gerade gefallen. Er wurde am Tag nach seiner Ankunft festgenommen und in Gefangenschaft gebracht. Doch während des Tages, an dem er noch frei war, versteckte er den Brief in der Mauer eines Hauses, und soweit er weiß, ist er bisher nicht entdeckt worden.«

»Wäre das der Fall gewesen, hätte man ihn verhört«, stellte Mather fest.

»Genau, doch ein Verhör gab es nicht. Er ist aus Berber geflohen, vor drei Wochen. Eine seltsame Geschichte, wie?«

»Und der Brief steckt noch in der Wand? Wirklich seltsam. Vielleicht hat der Mann gelogen.«

»Er hatte die Kettenspuren an den Fußgelenken«, sagte Durrance.

An der Nordseite des Plateaus wandte sich die Kavalkade nach links in die Hügel und mußte nun wieder lockeres Gestein bewältigen.

»Ein Brief von Gordon«, sagte Durrance nachdenklich, »womöglich auf dem Dach seines Palastes geschrieben, neben seinem großen Fernrohr – ein hastig hingeschriebener Satz, dann das Auge wieder am Okular, über den Palmen nach dem Rauch der Dampfer Ausschau haltend – und dann wandert das Schreiben den Nil hinab, um in einer Lehmmauer in Berber begraben zu werden. Ja, es ist seltsam.« Und er wandte das Gesicht nach Westen, der sinkenden Sonne zu. Noch während er hinschaute, tauchte die Sonne hinter die Hügel. Der Himmel über seinem Kopf dunkelte schnell ins Violette ab; im Westen ließ er eine prachtvolle Vielfalt funkelnder Farben aufflammen. Die Farben verloren ihre Glut und verschmolzen zart zu einem rosa Schimmer, das Rosa zögerte noch einen Augenblick, verblaßte dann ebenfalls und ließ einen Himmel von reinstem Smaragdgrün zurück, durchzogen von Licht, das unter dem Rand der Welt hervorströmte.

»Wenn man uns nur letztes Jahr nach Westen zum Nil hätte vorstoßen lassen!« sagte er fast leidenschaftlich. »Ehe Khartum gefallen war, ehe Berber sich ergeben hatte. Aber das wollte man nicht zulassen.«

Der Zauber des Sonnenuntergangs hatte keinen Eingang gefunden in Durrances Gedanken. Die Geschichte des Briefes hatte eine Saite der Ehrfurcht in ihm anklingen lassen. Nun beschäftigte ihn das Geschick dieses ehrenhaften, großen, hartnäckigen Soldaten, der, verachtet von Beamten, behindert von Intrigen, ein Mann weniger Bindungen und großer Einsamkeit, unbeirrbar seine Pflicht getan hatte, obwohl er die ganze Zeit wußte, daß sich in dem Augenblick, da er den Rücken wandte, sein Werk im Nu auflösen würde.

Dunkelheit senkte sich über den Trupp, die Kamele beschleunigten den Schritt, Zikaden schrillten aus jedem Grasbüschel. Die Soldaten ritten zum Brunnen von Disibil hinab. In dieser Nacht lag Durrance lange wach auf seinem Lager, das unter den Sternen ausgebreitet war. Er vergaß den Brief in der Lehmmauer. Im Süden hing das Kreuz des Südens schräg in der Luft, über ihm schimmerte die Krümmung des Großen Bären. In einer Woche würde er nach England absegeln; er lag wach und überdachte die Jahre, die vergangen waren, seit das Fährschiff vom Pier in Dover abgelegt hatte, und stellte fest, daß sie sich sehen lassen konnten. Kassassin, Tall Al Kabir, der rasche Vorstoß das Rote Meer hinab, Tokar, Tamai, Tamanieb – die bewegten Augenblicke kamen ihm lebhaft in den Sinn. Noch jetzt überlief es ihn bei der Erinnerung an die Hadendoas, die sechs Meilen von Suakin hauend und stechend durch die Bresche in McNeils befestigtes Lager gestürmt waren; er erinnerte sich an die beharrliche Gegenwehr der Berkshiretruppen, die Ruhe der Marinesoldaten, das Zusammenziehen der zersprengten Truppen. Es waren gute Jahre gewesen, reiche Jahre, Jahre, die ihn in den Brevet-Rang eines Lieutenant-Colonel hatten aufrücken lassen.

»Noch eine Woche – nur noch eine Woche«, murmelte Mather schläfrig.

»Ich werde zurückkehren«, sagte Durrance auflachend.

»Haben Sie keine Freunde?«

Es trat eine Pause ein.

»Doch, ich habe Freunde. Ich habe aber auch drei Monate, in denen ich sie sehen kann.«

Durrance hatte in diesen Jahren kein Wort an Harry Feversham geschrieben. Keine Briefe zu schreiben, paßte zu seinem Charakter. Korrespondenz bereitete ihm Schwierigkeiten. Er sagte sich in diesem Augenblick, er würde seine Freunde mit einem Besuch in Donegal überraschen, vielleicht fand er sie aber auch in London. Wieder würde er durch die Row reiten. Doch zuletzt würde er hierher zurückkehren. Denn sein Freund war verheiratet mit Ethne Eustace, und was ihn betraf, so lag sein Lebenswerk hier im Sudan. Er würde auf jeden Fall zurückkehren. Und so drehte er sich auf die Seite und schlief traumlos, während die Heerscharen der Sterne über seinem Kopf durch den Himmel marschierten.

Im gleichen Augenblick schlief Abou Fatma aus dem Kababisch-Stamm unter einem großen Felsbrocken im Khor Gwob. Er stand früh auf und setzte seine Wanderung über die weite Ebene in die weiße Stadt Suakin fort. Dort wiederholte er die Geschichte, die er Durrance erzählt hatte, vor einem gewissen Captain Willoughby, der als Stellvertretender Gouverneur eingesetzt war. Nach Verlassen des Palastes erzählte er die Geschichte wieder, diesmal aber im örtlichen Basar. Er erzählte sie auf Arabisch, und es ergab sich zufällig, daß ein Grieche, der vor einem nahegelegenen Café saß, ein paar Brocken mit anhörte. Der Grieche sprach anschließend mit Abou Fatma unter vier Augen und brachte ihn mit der Aussicht auf viel berauschenden *merissa* dazu, den Bericht ein viertes Mal abzugeben, und zwar sehr langsam.

»Würdest du das Haus wiederfinden?« fragte der Grieche.

Daran hatte Abou Fatma keinen Zweifel. Er hob an, Zeichnungen in den Staub zu ritzen, ohne zu ahnen, daß die Stadt Berber während seiner Gefangenschaft von den Mahdisten gründlich geschleift und weiter nördlich wieder aufgebaut worden war.

»Es dürfte weise sein, zu niemandem davon zu sprechen außer

zu mir«, sagte der Grieche und klimperte vielsagend mit einigen Dollars, und lange Zeit unterhielten sich die beiden Männer verstohlen miteinander. Der Grieche war Harry Feversham, den Durrance in Donegal aufzusuchen beabsichtigte. Captain Willoughby war Stellvertretender Gouverneur in Suakin, und nach drei Jahren Wartezeit war eine von Harry Fevershams Gelegenheiten gekommen.

Achtes Kapitel
Lieutenant Sutch ist versucht zu lügen

Durrance erreichte London eines Morgens im Juni und unternahm noch am gleichen Nachmittag den ersten Spaziergang des Exils in den Hyde Park, wo er unter den Bäumen saß und die Anmut seiner Landsmänninnen und die Schmuckheit ihrer Gewandung bewunderte, eine einsame Gestalt, von der Sonne verbrannt und bereits geprägt von jenem undefinierbaren Ausdruck von Augen und Gesicht, bezeichnend für die Männer, die sich in den fernen Winkeln der Welt hervortun. Von den Menschen, die an ihm vorbeischlenderten, lächelte jedoch einer, und als er sich von seinem Sitz erhob, kam Mrs. Adair an seine Seite. Sie musterte ihn von Kopf bis Fuß mit einem schnellen und beinahe verstohlenen Blick, der selbst Durrance etwas von dem Rang hätte verraten müssen, den er in ihren Gedanken einnahm. Sie verglich ihn mit dem Bild, das sie sich von ihm bewahrt hatte und das inzwischen drei Jahre alt war. Sie hielt Ausschau nach den kleinen Anzeichen der Veränderung, die die drei Jahre bewirkt haben mochten, und das mit bangem Gemüt. Durrance jedoch nahm nur wahr, daß sie Schwarz trug. Sie begriff die Frage, die ihm durch den Kopf ging, und beantwortete sie.

»Mein Mann ist vor achtzehn Monaten gestorben«, erklärte sie leise. »Er wurde bei einem Galopp vom Pferd geworfen und war sofort tot.«

»Das habe ich nicht gewußt«, äußerte Durrance unbehaglich. »Es tut mir sehr leid.«

Mrs. Adair setzte sich auf einen Stuhl an seiner Seite und antwortete nicht. Sie war eine Frau, die auf verwirrende Weise schweigen konnte, und ihr bleiches und ruhiges Gesicht mit dem kühlen und korrekten Profil lieferte keine Schlüssel zu den Gedanken, mit denen sie die Stille füllte. Sie saß da, ohne sich zu bewegen. Durrance war verlegen. Er erinnerte sich Mr. Adairs als eines gutgelaunten Mannes, dessen hervorstechende Eigenschaft die Zuneigung zu seiner Frau war, doch mit welchen Augen die Frau ihn gesehen hatte, darüber hatte er sich bis jetzt keine Gedanken gemacht. Mr. Adair war in der Tat in jenem kleinen Haushalt nur eine schattenhafte Erscheinung gewesen, und Durrance fand es schwer, sich für einen weitergehenden Ausdruck des Bedauerns auf seine Erinnerungen zu stützen. Er gab den Versuch auf und fragte:

»Sind Harry Feversham und seine Frau in der Stadt?«

Mrs. Adair antwortete nicht sofort. »Noch nicht«, sagte sie nach kurzem Zögern, verbesserte sich aber sofort und fügte ein wenig hastig hinzu: »Ich meine – die Ehe wurde niemals geschlossen.«

Durrance war nicht leicht zu verblüffen, und selbst wenn er es war, äußerte sich seine Überraschung nicht in lauten Ausrufen.

»Ich glaube, das verstehe ich nicht. Warum wurde sie nicht geschlossen?« fragte er.

Mrs. Adair musterte ihn mit scharfem Blick, als wolle sie die Ursache für seinen bestimmten Ton ergründen.

»Ich weiß nicht, warum«, antwortete sie. »Wenn sie will, kann Ethne ein Geheimnis für sich behalten«; und Durrance nickte zustimmend. »Die Hochzeit wurde am Abend eines Balles in Lennon House abgesagt.«

Durrance wandte sich ihr sofort zu. »Vor drei Jahren, kurz bevor ich England verließ?«

»Ja. Dann wußten Sie also davon?«

»Nein. Nur haben Sie mir eben etwas erklärt, das am Abend meiner Abreise aus Dover passierte. Was ist aus Harry geworden?«

Mrs. Adair zuckte die Achseln.

»Ich weiß es nicht. Ich habe auch niemanden getroffen, der es weiß oder ihn seither auch nur gesehen hätte. Er muß England verlassen haben.«

Durrance dachte über das geheimnisvolle Verschwinden nach. So hatte er tatsächlich Harry Feversham am Pier gesehen, als die Kanalfähre losmachte. Der Mann mit dem verzweifelten, hoffnungslosen Gesicht war also doch sein Freund gewesen.

»Und Miss Eustace?« fragte er nach kurzem Schweigen mit seltsamer Scheu. »Sie hat inzwischen geheiratet?«

Wieder ließ sich Mrs. Adair mit ihrer Antwort Zeit. »Nein«, sagte sie.

»Dann wohnt sie noch in Ramelton?«

Mrs. Adair schüttelte den Kopf. »Vor einem Jahr hat es in Lennon House einen Brand gegeben. Kannten Sie einen Konstabler namens Bastable?«

»Allerdings. Durch ihn lernte ich Miss Eustace und ihren Vater kennen. Ich reiste von Londonderry nach Letterkenny. Unterwegs erhielt ich einen Brief von Mr. Eustace, den ich nicht kannte, der aber von meinen Freunden in Letterkenny erfahren hatte, daß ich an seinem Haus vorbeikäme. Er bat mich, über Nacht sein Gast zu sein. Natürlich lehnte ich das ab, mit der Folge, daß Bastable mich auf Befehl eines Friedensrichters verhaftete, kaum daß ich einen Fuß von der Fähre gesetzt hatte.«

»Genau der Mann«, sagte Mrs. Adair und erzählte Durrance die Geschichte des Brandes. Offenbar ging Bastables Anspruch auf Dermods Freundschaft auf die Fähigkeit zurück, einen besonderen Punsch brauen zu können, bei dem eine einzelne Auster in einer Pfanne sieden mußte, um dem Getränk den vollkommenen Geschmack zu verleihen. Um zwei Uhr früh an einem Junimorgen war die Spirituslampe, auf der die Pfanne stand, umgestoßen worden; keiner der beiden Trinkkumpane hatte in jenem Augenblick seinen Verstand beisammengehabt, und ehe man den Brand hatte unter Kontrolle bringen können, war das Haus halb zerstört und der Rest durch Wasser ruiniert.

»Dies hatte aber Folgen, die noch schlimmer waren als die Zerstörung des Hauses«, fuhr sie fort. »Zum einen war das Feuer eine lodernde Warnung an Dermods Gläubiger, und Dermod, der bereits bis über beide Ohren in Schulden steckte, fiel innerhalb eines Tages ins Nichts. Außerdem wurde er von den Löschstrahlen durchnäßt und holte sich eine Erkältung, an der er beinahe starb und von deren Wirkung er sich bis heute nicht ganz erholt hat. Sie werden ihn als gebrochenen Mann wiederfinden. Die Besitzungen sind verpachtet, und Ethne lebt heute mit ihrem Vater in einem kleinen Bergdorf in Donegal.«

Mrs. Adair hatte Durrance während des Sprechens nicht angesehen. Sie blickte vielmehr starr nach vorn und äußerte sich überhaupt ohne ein wie auch immer geartetes Gefühl, sondern gab sich vielmehr als Person, die sich auf die Sprache beschränkte, weil zu sprechen eben eine Notwendigkeit war. Auch als sie fertig war, drehte sie sich nicht zu Durrance um.

»Sie hat also alles verloren«, sagte Durrance.

»Sie hat noch immer ein Zuhause in Donegal«, gab Mrs. Adair zurück.

»Und das bedeutet ihr sehr viel?« fragte Durrance langsam. »Ja, ich glaube, Sie haben recht.«

»Es bedeutet«, sagte Mrs. Adair, »daß Ethne trotz ihres Pechs allen Grund hat, von vielen anderen Frauen beneidet zu werden.«

Durrance antwortete nicht direkt auf diese Anmerkung. Er beobachtete die vorbeifahrenden Kutschen, er lauschte dem Geplauder und dem Lachen der Menschen ringsum, seine Augen fühlten sich erfrischt vom Anblick der Frauen in ihren hellen Kostümen, und die ganze Zeit über arbeitete sich sein langsamer Verstand dem unzulänglichen Ausdruck seiner Philosophie entgegen. Mit leichter Ungeduld wandte sich Mrs. Adair schließlich zu ihm um.

»Woran denken Sie?« fragte sie.

»Daß Frauen so viel mehr leiden als Männer, wenn das Leben ihnen übel mitspielt«, antwortete er, und die Antwort war mehr eine Frage als eine klare Feststellung. »Natürlich weiß ich sehr wenig. Ich kann nur vermuten. Aber ich glaube, Frauen nehmen sich das, was sie durchgemacht haben, viel mehr zu Herzen als wir. Für sie wird das Vergangene zu einem realen Teil ihrer selbst, so sehr ein Teil wie ein Arm oder Bein; für uns ist es stets etwas Äußerliches, bestenfalls eine Leitersprosse, schlimmstenfalls ein Mühlstein um den Hals. Finden Sie das nicht auch? Ich formuliere den Gedanken nicht gut. Aber sagen wir es einmal so: Die Frauen schauen nach hinten, wir schauen nach vorn, so trifft das Unglück sie schwerer, wie?«

Mrs. Adair antwortete ihm auf ihre Weise. Sie stimmte ihm nicht ausdrücklich zu. Doch eine gewisse Demut war aus ihrer Stimme herauszuhören.

»Das Bergdorf, in dem Ethne wohnt«, sagte sie leise, »heißt Glenalla. Auf halbem Wege zwischen Rathmullen und Ramelton geht von der Straße ein Weg dorthin ab.« Als sie zu Ende gesprochen hatte, stand sie auf und streckte ihm die Hand hin. »Sehe ich Sie noch?«

»Sie wohnen noch in der Hill Street?« fragte Durrance. »Ich werde eine Zeitlang in London sein.«

Mrs. Adair hob die Augenbrauen. Es entsprach ihrer Natur, stets nach einem komplizierten und verborgenen Motiv zu suchen, so daß ein Verhalten, das einem offensichtlichen und klaren Grund entsprang, sie meist verwirrte. Warum fuhr er nicht sofort nach Donegal, fragte sie sich, da seine Gedanken ihm doch unzweifelhaft dorthin vorauseilten! Sie erfuhr von seinem ständigen Aufenthalt im Service Club, was sie nicht verstand. Sie ahnte seinen Beweggrund nicht einmal, als er sie persönlich informierte, daß er nach Surrey gereist war und einen Tag bei General Feversham verbracht hatte.

Es war ein für Durrance wenig ergiebiger Tag gewesen. Der General hatte ihn auf seinen Bericht des Feldzuges festgenagelt, von dem er eben zurückgekehrt war. Nur einmal vermochte er das Thema von Harry Fevershams Verschwinden anzuschneiden, und bei der bloßen Erwähnung des Namens erstarrte das Gesicht des Generals wie Mörtel. Es verlor jeden Ausdruck und wurde zur Maske.

»Wenn es Ihnen recht ist, sprechen wir von etwas anderem«, sagte er; und Durrance kehrte nach London zurück und war Donegal um keinen Zoll nähergekommen.

Später saß er unter dem großen Baum im Innenhof seines Klubs, sprach mit diesem und mit jenem Mann und war noch immer höchst unzufrieden mit dem Gespräch. Den ganzen Juni hindurch saß er nachmittags und abends auf seinem Posten. Kein Freund von Feversham kam an dem Baum vorbei, für den Durrance kein Wort hatte, und das Wort führte stets zu einer Frage. Die Frage aber brachte keine Antwort außer einem Achselzucken und einem: »Verflixt, wenn ich das nur wüßte!«

Harry Fevershams Welt kannte ihn nicht mehr; er war sogar aus den Mutmaßungen seiner Freunde geschwunden.

Gegen Ende Juni jedoch humpelte ein alter pensionierter Marineoffizier in den Hof, erblickte Durrance, zögerte und begann sich mit bemerkenswerter Hast zu entfernen.

Durrance sprang auf.

»Mr. Sutch!« rief er. »Sie haben mich vergessen?«

»Colonel Durrance, sieh mal an!« sagte der Lieutenant verlegen. »Es ist einige Zeit vergangen, seit wir uns kennenlernten, doch jetzt erinnere ich mich wieder an Sie. Ich glaube, wir trafen uns – mal sehen – wann war das doch? Das Gedächtnis eines alten Mannes, Colonel Durrance, ist wie ein leckes Schiff. Es läuft in den Hafen ein, und die Fracht der Erinnerungen ist ziemlich durchnäßt.«

Durrances Aufmerksamkeit entging weder die Verlegenheit des Lieutenants, noch sein anfängliches Zögern.

»Wir trafen uns in Broad Place«, sagte er. »Ich möchte, daß Sie mir Neuigkeiten über meinen Freund Feversham mitteilen.

Warum wurde seine Verlobung mit Miss Eustace gelöst? Wo ist er jetzt?«

In den Augen des Lieutenants funkelte es zufrieden auf. Er hatte stets Zweifel gehabt, ob Durrance von Harrys Ehrverlust wußte. Offenbar hatte Durrance wirklich keine Ahnung.

»Es gibt wohl nur eine Person auf der Welt«, sagte Sutch, »die Ihnen beide Fragen beantworten kann.«

Durrance war in keiner Weise aus der Fassung gebracht.

»Ja. Ich habe hier einen Monat lang auf Sie gewartet«, erwiderte er.

Lieutenant Sutch fuhr sich mit den Fingern durch den Bart und starrte auf den anderen hinab.

»Nun, es stimmt«, räumte er ein. »Ich kann Ihre Fragen beantworten, doch ich werde es nicht tun.«

»Harry Feversham ist mein Freund.«

»General Feversham ist sein Vater, trotzdem kennt er nur die halbe Wahrheit. Miss Eustace war mit ihm verlobt, und sie weiß auch nicht mehr. Ich habe Harry mein Wort gegeben, Stillschweigen zu bewahren.«

»Ich stelle meine Frage nicht aus Neugier.«

»Ich bin überzeugt, daß Ihre Frage im Gegenteil der Freundschaft entspringt«, sagte der Lieutenant verbindlich.

»Das nun auch nicht ganz. Die Sache hat nämlich noch einen anderen Aspekt. Ich will von Ihnen nicht verlangen, daß Sie meine Fragen beantworten, doch will ich Ihnen eine dritte stellen. Sie zu stellen, fällt mir schwerer als Ihnen vermutlich die Antwort. Würde ein Freund Harry Fevershams sich dieser Freundschaft gegenüber unloyal verhalten, wenn er –« Durrance errötete unter seiner sonnengebräunten Haut – »wenn er bei Miss Eustace sein Glück versuchte?«

Die Frage verblüffte Lieutenant Sutch.

»Sie!« rief er aus; und dann stand er da und betrachtete Durrance und dachte an die Schnelligkeit seines Aufstiegs und an die Wahrscheinlichkeit, daß er die Zuneigung einer Frau erringen würde. Dies war in der Tat ein Aspekt des Falles, dem er noch keinen Gedanken gewidmet hatte, und er war nicht nur verblüfft, sondern in gleichem Maße auch beunruhigt. Denn in ihm war mit der Zeit eine Art Eifersucht für Harry Feversham gewachsen, die so stark war wie das Gefühl einer Mutter für den Lieblingssohn. Mit höchst angenehmem Vorgefühl hatte er die Hoffnung genährt, daß Harry zu guter Letzt all das zurückgewinnen würde, was ihm einmal gehört hatte, wie ein auf den Thron zurückkehrender König. Nun starrte er Durrance an und erkannte, daß diese Hoffnung zerschlagen war. Durrance sah aus wie der schneidige Mann, als den ihn seine Dienstakte auswies, und Lieutenant Sutch hatte seine Theorie über die Frauen: »Unbändiger Mut – das vergöttern sie.«

»Nun?« fragte Durrance.

Lieutenant Sutch machte sich klar, daß er antworten mußte. Dabei war er durchaus versucht zu lügen. Denn er wußte genug über den Fragenden, um sicher zu sein, daß die Lüge ihre Wirkung haben würde. Durrance würde in den Sudan zurückkehren und seine Werbung nicht weiter verfolgen.

»Nun?«

Sutch blickte zum Himmel empor und dann hernieder auf die Pflastersteine. Harry hatte diese Komplikation als möglich vorausgesehen; er hatte nicht gewünscht, daß Ethne auf ihn wartete. Sutch stellte ihn sich in diesem Augenblick vor, irgendwo verirrt unter der brennenden Sonne, und verglich dieses Bild mit dem Anblick vor seinen Augen – der erfolgreiche Soldat, der in seinem Klub Entspannung findet. Er war geneigt, sein Versprechen zu brechen und die ganze Wahrheit zu sagen, beide Fragen zu beantworten, die Durrance am Anfang gestellt hatte. Und wieder forderte der erbarmungslose Einsilber Antwort:

»Nun?«

»Nein«, sagte Sutch bedauernd. »Es wäre nicht unloyal.«

Und am gleichen Abend bestieg Durrance den Zug nach Holyhead.

Neuntes Kapitel
In Glenalla

Das Bauernhaus stand in wildem Hochmoor eine Meile oberhalb des Dorfes. Das Heidekraut wucherte bis in den Garten, und der schmale Pfad endete vor seiner Tür. Auf drei Seiten war es wie ein Schiff im Hafen von einem Amphitheater von Hügeln umgeben, die sich in der Jahreszeit so abrupt veränderten, daß man vermeinte, von Tag zu Tag neue Abstufungen ihrer Farben zu bemerken. Auf diesen Hügeln wuchsen keine Bäume, das Granitgestein ragte aus Moos und Heidekraut hervor; trotzdem wirkten sie anheimelnd und beschützend, und Durrance gelangte beinahe zu der Überzeugung, sie legten ihren Schmuck aus Smaragdgrün und Purpur und Rostbraun nur an, um die Augen des Mädchens zu erfreuen, dem sie Schutz gewährten. Das Haus war dem langabfallenden Hang zugewandt, der bis zur Bucht des Lough hinabreichte. Von den Fenstern wanderte der Blick über die spärlichen Dickichte, die wenigen bestellten Felder und die weißgekalkten Häuschen zu den stattlichen Wäldern an der Küste und gewann auch einen vagen Eindruck von glitzerndem Wasser und von Möwen, die darüber schwebten und hinabstießen. Durrance ritt eines Nachmittags den Pfad hinauf und erkannte das Haus sofort als das richtige. Denn als er näherkam, schwebte aus den Fenstern Geigenklang wie ein Willkommensgruß. Seine Hand stockte an den Zügeln, und eine besonders starke Hoffnung, um die er seine Phantasie hatte spielen lassen, stieg in ihm empor und benahm ihm den Atem.

Er band das Pferd fest und trat durch das Tor. Von draußen eine formlose Hütte, war das Innere ein Ort der Gemütlichkeit. Das Zimmer, in das er geführt wurde, war mit seinen Messingbeschlägen, den schimmernden Eichenholzflächen und dem weiten Ausblick so hell wie der Nachmittag. Durrance stellte es sich zugleich auch in einer Winternacht vor, mit geschlossenen

Läden und einem roten Feuer im Kamin, während der Wind über die Anhöhen wirbelte und an den Scheiben rüttelte.

Ethne begrüßte ihn ohne das geringste Anzeichen der Überraschung.

»Ich dachte mir, daß Sie kommen würden«, sagte sie, und ein Lächeln leuchtete auf ihrem Gesicht.

Durrance lachte abrupt auf, als sie sich die Hand schüttelten, und Ethne fragte sich nach dem Grund. Sie folgte der Richtung seines Blickes zu der Geige, die neben ihr auf einem Tisch lag. Das Instrument war hell, es war auch eine Stelle dicht am Steg zu sehen, wo ein Stück wurmzerfressenen Holzes erneuert worden war.

»Es ist Ihre Geige«, sagte sie. »Sie waren in Ägypten. Dorthin konnte ich Ihnen das Instrument nicht gut zurückschicken.«

»Ich habe neuerdings gehofft, seit ich Bescheid wußte«, gab Durrance zurück, »daß Sie es trotzdem annehmen würden.«

»Wie Sie sehen, habe ich das getan«, sagte Ethne und fügte hinzu, wobei sie ihm offen in die Augen blickte: »Ich habe es schon vor einer Weile angenommen. Es gab eine Zeit, da ich die Gewißheit brauchte, daß ich verläßliche Freunde hatte. Und etwas Greifbares half mir dabei. Ich war sehr froh, die Geige zu haben.«

Durrance nahm das Instrument vom Tisch und ging damit so vorsichtig um, als wäre es ein heiliges Gefäß.

»Sie haben darauf gespielt? Vielleicht die Melusine-Ouvertüre?«

»Sie erinnern sich daran?« fragte sie auflachend. »Ja, ich habe darauf gespielt, doch erst neuerdings. Lange Zeit hatte ich die Violine aus der Hand gelegt. Sie sprach mir zu unmittelbar von vielen Dingen, die ich vergessen wollte«; diese Worte sprach sie wie alles übrige ohne Zögern und Senken des Blicks.

Am nächsten Tag holte Durrance sein Gepäck von Rathmullen herauf und blieb eine Woche auf dem Hof. Doch bis zur letzten Stunde seines Besuches wurde weder von Ethne noch von Durrance irgendwie Bezug genommen auf Harry Feversham, obwohl die beiden notgedrungen häufig zusammen waren. Denn Dermod war noch hinfälliger, als Mrs. Adairs Beschreibung Durrance hatte ahnen lassen. Er äußerte sich überhaupt nur noch einsilbig, der ganze Körper war eingesunken, und die Kleidung hing ihm lose auf den Gliedmaßen; seine ganze Statur wirkte geschrumpft, selbst der Zorn war aus dem umwölkten Auge gewichen; er war ein Stubenhocker geworden, der den größten Teil des Tages am Feuer verdöste, sogar bei diesem Juliwetter; sein längster Spaziergang galt der kleinen grauen Kirche, die eine Viertelmeile entfernt, in Sichtweite der Fenster, nackt und bloß auf einem Hügel stand, und selbst dieser Gang überstieg beinahe seine Kräfte. Er war ein Greis, den die Altersschwäche überkommen hatte, so daß er fast nicht wiederzuerkennen war, und seine Gesten und die wenigen Male, da er die Stimme erklingen ließ, erschienen Durrance als etwas Schmerzliches, wie das Zerrbild eines Toten. Dermods Collie schien ebenfalls zu altern – gemeinsam mit ihm und wohl auch aus Zuneigung, wie man meinen konnte, wenn man sie so nebeneinander sah.

So waren Durrance und Ethne zwangsläufig viel zusammen. Am Tage wanderten sie bei feuchtem oder gutem Wetter durch die Hügel, wobei sie mit sanft glühendem Gesicht und wachem, eifrigem Blick Durrance ihre Heimat zeigte und seine Bewunderung weckte. Am Abend griff sie zur Violine, setzte sich wie früher mit abgewandtem Gesicht und hieß die Saiten, von den Höhen und Tiefen zu sprechen. Durrance beobachtete dabei die Linie ihres Arms, ihr in die Musik vertieftes Gesicht, und rechnete sich seine Chancen aus. Er war nicht mit Lieutenant Sutchs Erwartung, daß er Erfolg haben würde, nach Glenalla gekommen. Der Schatten Harry Fevershams mochte sie ohne weiteres trennen. Zum anderen wußte er sehr gut, daß die Armut ihr leichter fallen würde als den meisten Frauen. Dafür hatte er Beweise. Obwohl Lennon House völlig zerstört war und die Ländereien ihr nicht mehr gehörten, befand sich Ethne doch bei ihresgleichen. Man bemühte sich noch immer sehr um ihren Besuch; sie war noch immer die Prinzessin der Gegend. Andererseits genoß sie seine Gesellschaft mit offensichtlichem Vergnügen und brachte ihn dazu, von seinem dreijährigen Dienst im Osten zu sprechen. Keine Einzelheit war zu unbedeutend für ihr Interesse, und während er sprach, ruhte ihr forschender Blick unablässig auf ihm, und das Lächeln auf ihren Lippen war eine dauernde Zustimmung. Durrance begriff nicht, worum es ihr ging. Wahrscheinlich hätte das niemand verstehen können, der nicht wußte, was sich zwischen Harry Feversham und Ethne abgespielt hatte. Durrance war dem äußeren Anschein nach ein Mann, und sie war darauf bedacht, sich zu überzeugen, ob ihn auch der Geist eines Mannes beseelte. Er war für sie wie eine Blendlaterne. Im Inneren mochte eine Flamme brennen, vielleicht herrschte darin aber auch nur Leere und Dunkelheit. Sie schob die Scheibe zurück, um ganz sicher zu gehen.

So brachte sie ihn am letzten Tag seines Besuches dazu, über Ägypten zu sprechen. Sie saßen auf dem Hang am Ufer eines Stroms, der eine kleine Steinschlucht hinabplätscherte, von Vorsprung zu Vorsprung hüpfend und zwischen den Felskanten tiefe Teiche durchfließend, ein reißender Bach kalten, schwarzen Wassers.

»Einmal bin ich vier Tage lang durch die Trugbilder gereist«, sagte er. »Lagunen, still wie Spiegelflächen und gesäumt von nebeldunstigen Bäumen. Man konnte das Kamel fast bis zu den Knien hineinwaten lassen, ehe die Lagune zurückwich und der Sand einen anglänzte. Und dieser Glanz ist unvorstellbar! Jeder Stein in Sichtweite tanzt und bebt wie ein Heliograph; man kann die Hitze in Brusthöhe förmlich über die Wüste schweben sehen – ja, tatsächlich sehen! –, und zwar so schnell wie dieser Bach, nur durchsichtig. Und das ist so, bis die Sonne in Augenhöhe vor einem untergeht! Stellen Sie sich die dann folgenden Nächte vor – Nächte von unendlicher Stille, während ein freundlicher, kühler Wind von Horizont zu Horizont weht – und das Bett steht unter der mächtigen Sternenkuppel bereit. Oh!« rief er und atmete tief ein. »Dieses Land wächst einem wahrlich ans Herz! Es ist wie das Kreuz des Südens – wenn man es zuerst sieht, sind es nur vier Sterne, denen zuviel Bedeutung beigemessen wird, doch schon nach einer Woche fängt man an, danach Ausschau zu halten, und wenn man wieder in den Norden reist, vermißt man es.« Er stützte sich auf den Ellenbogen und drehte sich plötzlich in ihre Richtung. »Wissen Sie – ich kann nur für mich selbst sprechen, doch ich fühle mich in jener Leere niemals allein. Im Gegenteil, ich fühle mich stets jenen Dingen sehr nahe, die mir am Herzen liegen, und auch den wenigen Menschen, die mir etwas bedeuten.«

Ihre Augen schimmerten ihn sehr klar an, ihre Lippen öffneten sich zu einem Lächeln. Er rückte auf dem Gras näher an sie heran, saß mit angezogenen Beinen da und stützte sich auf einen Arm.

»Ich habe Sie mir dort draußen immer vorgestellt«, sagte er. »Es hätte Ihnen gefallen – vom Aufbruch vor Tagesbeginn, noch bei Dunkelheit, bis zum Lagerfeuer am Abend. Sie hätten sich dort zu Hause gefühlt. Ich stellte mir dies vor, während ich wach lag und mich fragte, wie es meinen Freunden ergehen mochte.«

»Und Sie kehren dorthin zurück?« fragte sie.

Durrance antwortete nicht sofort. Das Brausen des Stroms umgab sie. Als er endlich das Wort ergriff, war die Begeisterung aus seiner Stimme gewichen. Er sprach, den Blick auf den Bach gerichtet.

»Nach Wadi Halfa. Für zwei Jahre. Wahrscheinlich.«

Ethne kniete neben ihm im Gras. »Sie werden mir fehlen«, sagte sie.

Sie kniete dicht hinter ihm, der im Gras saß, und wieder entstand ein Schweigen zwischen ihnen.

»Woran denken Sie?« fragte sie.

»Daß ich Ihnen nicht zu fehlen brauche«, sagte er und spürte, daß sie zurückwich und sich auf die Hacken sinken ließ. »Meine

Dienstzeit in Halfa – ich könnte sie verkürzen. Vielleicht könnte ich sie ganz umgehen. Ich habe noch die Hälfte meines Urlaubs.«

Sie antwortete nicht, ebensowenig veränderte sie ihre Haltung. Sie verharrte reglos, und Durrance war bestürzt, und seine Hoffnungen verließen ihn. Denn Reglosigkeit, das wußte er, war bei ihr ein so eindeutiger Ausdruck der Qual, wie bei einer anderen Frau ein Schmerzensschrei. Er wandte sich zu ihr um. Sie hatte den Kopf geneigt, hob ihn jedoch, als er sich umwandte, und obwohl ihre Lippen lächelten, lag großes Leid in ihrem Blick. Durrance war ein Mann wie jeder andere. Sein erster Gedanke galt der Frage, ob es nicht etwa ein Hemmnis gäbe, das ihre Zustimmung verhinderte, obgleich sie eigentlich einverstanden war.

»Da wäre Ihr Vater«, sagte er.

»Ja«, antwortete sie. »Da wäre außerdem mein Vater. Ich könnte ihn nicht verlassen.«

»Das brauchten Sie auch nicht«, sagte er hastig. »Diese Schwierigkeit läßt sich umgehen. Um die Wahrheit zu sagen, ich hatte im Augenblick gar nicht an Ihren Vater gedacht.«

»Ich auch nicht«, sagte sie.

Durrance wandte sich ab und starrte einen Augenblick über die Felsbrocken in ein schäumendes Wasserbecken dicht unter sich. Also stand doch Fevershams Schatten zwischen ihm und ihr.

»Ich weiß natürlich«, sagte er, »daß Sie niemals, wie so viele andere, mit halbem Herzen Leid empfinden würden. Sie würden weder leichtfertig lieben, noch im Nu vergessen.«

»Ich weiß noch genug«, gab sie leise zurück, »um Ihre Worte als recht schmerzlich zu empfinden. Vielleicht bringe ich es eines Tages über mich zu erzählen, was vor drei Jahren auf dem Ball geschah; dann werden Sie besser verstehen können, warum ich ein wenig bekümmert bin. Im Augenblick kann ich Ihnen nur soviel sagen: mich plagt die Angst, daß ich in gewissem Maße die Ursache für den Ruin eines anderen Mannes war. Ich meine damit nicht, daß ich daran die Schuld trug. Doch wäre ich nicht mit ihm bekannt gewesen, hätte seine Karriere vielleicht nicht so abrupt geendet. Ich weiß es nicht genau, doch ich befürchte es. Ich fragte, ob das so sei, und erhielt ein ›Nein‹ zur Antwort, doch ich finde es wahrscheinlich, daß diese Antwort von Großmut bestimmt war. Und die Angst bleibt. Sie bekümmert mich sehr. Ich liege nachts wach davon. Und dann kommen Sie, den ich sehr schätze, und fragen in aller Ruhe: ›Würden Sie bitte auch meine Karriere vernichten?‹« Heftig schlug sie eine Hand in die andere und rief: »Aber das werde ich nicht tun!«

Und wieder antwortete er: »Aber das ist doch gar nicht nötig. Wadi Halfa ist nicht der einzige Ort, an dem ein Soldat seine Aufgabe finden kann.«

Neue Hoffnung lag in seiner Stimme, denn er hatte aufmerksam den Worten gelauscht, die sie gesagt hatte, und hatte sie nach dem Wörterbuch seiner Sehnsüchte gedeutet. Sie hatte nicht gesagt, daß Freundschaft die Grenzen ihrer Gedanken an ihn bestimmte. Deshalb brauchte er nicht daran zu glauben. Frauen, zumal die besten Frauen, neigten zu andeutend-zurückhaltender Sprache. Ein Mann mochte ein wenig mehr Gewicht in ihre Betonung hineinlesen und einzelne Worte herausgreifen und noch immer nicht wissen, was sie bedeuteten – das war seine Ansicht. Ihrem Wesen nach zierte sie schwer deutbarer Feinsinn. Durrance war beschwingt. »Den ich sehr schätze«; »Sie werden mir sehr fehlen« – in diesen Sätzen konnte ein Doppelsinn liegen. Als sie sagte, sie habe Gewißheit gebraucht, daß sie verläßliche Freunde habe, meinte sie damit nicht, daß sie ihre Gesellschaft brauchte? Doch diese Schlußfolgerung, wäre er nur einsichtig genug gewesen, es zu erkennen, bewies bereits, wie sehr er sich irrte. Denn was dieses Mädchen äußerte, meinte sie gewöhnlich auch so, und in der Regel meinte sie nicht mehr. Außerdem hatte sie bei dieser Gelegenheit ihre Worte besonders gut abgewogen.

»Zweifellos könnte *irgendein* Soldat woanders seine Arbeit

finden. Aber kann *dieser* Soldat Arbeit finden, die so zu ihm paßt? Hören Sie mich bitte an, bis ich fertig bin. Es hat mich sehr gefreut, all die Dinge über Ihre Arbeit und Ihre Reisen zu hören. Noch froher war ich darüber wegen der Befriedigung, mit der Sie mir das alles geschildert haben. Denn es wollte mir scheinen, während ich so zuhörte und Sie anschaute, daß Sie den einen wahren und geraden Weg gefunden hatten, auf dem ihr Leben schnell und glatt und ungestört ablaufen kann. So wenige haben das für sich – so wenige!« Und sie rang die Hände und rief: »Und jetzt verderben Sie das alles!«

Durrance wandte sich ihr abrupt zu. Er argumentierte nicht mehr; er rief mit leidenschaftlicher Stimme:

»Ich empfinde für Sie, Ethne! Das ist der wahre, gerade Weg, und auf mein Wort, ich glaube, daß Sie auch für mich bestimmt sind. Es gab eine Zeit, das muß ich gestehen, da dachte ich, ich würde meine Zeit dort draußen im Osten verbringen, und der Gedanke befriedigte mich. Doch ich hatte mich zu dieser Zufriedenheit gezwungen, denn ich hielt Sie für verheiratet.« Ethne zuckte unmerklich zusammen, und er erkannte, daß er mit so lauter Stimme gesprochen hatte, daß beinahe so etwas wie Brutalität darin lag.

»Bereite ich Ihnen Kummer?« fuhr er fort. »Das tut mir leid. Aber lassen Sie mich die ganze Wahrheit aussprechen. Zurückhaltung kann ich mir nicht erlauben. Ich möchte, daß Sie alles wissen. Ich will jetzt und hier sagen, daß ich Sie liebe. Ja; doch ich hätte das mit gleicher Überzeugung vor fünf Jahren sagen können. Es ist fünf Jahre her, daß Ihr Vater mich unten am Lough Swilly an der Fähre verhaften ließ, weil ich nach Letterkenny weiterreiten und keine Zeit damit vertrödeln wollte, bei einem Fremden zu übernachten. Fünf Jahre, seit ich Sie zum erstenmal erblickte, zum erstenmal die Sprache Ihrer Geige hörte. Ich weiß noch, wie Sie mit dem Rücken zu mir saßen. Das Licht schimmerte auf Ihrem Haar, ich konnte nur eben Ihre Wimpern und die Tönung Ihrer Wangen sehen. Ich erinnere mich an die geschwungene Linie Ihres Arms ... Meine Liebe, Sie sind für mich bestimmt; ich für Sie!«

Doch sie zuckte vor seinen ausgestreckten Händen zurück.

»Nein«, sagte sie sehr sanft, doch mit einer Entschiedenheit, die unmißverständlich war. Sie las deutlicher in seiner Seele als er selbst. Die Unrast des geborenen Reisenden, die Sehnsucht nach den großen, einsamen Räumen in den entlegenen Winkeln der Welt, das unheilbare, immer wiederkehrende Fieber, ewig in Bewegung zu bleiben unter fremden Leuten und fremden Himmeln – dies waren tiefwurzelnde Charakterzüge dieses Mannes. Die Leidenschaft mochte sie eine Zeitlang überdecken, doch sie würden schließlich ihre Verlockung wieder aussenden, und diese Verlockung würde Qualen bringen. Das Zuhause würde zum Gefängnis werden. Die Wünsche würden in ihm dermaßen im Widerstreit liegen, daß es kein Glück mehr geben konnte. So war dieser Mann. In sich gekehrt blickte sie den Hang hinab über das braune Land. Fern zur Rechten winkten die Wälder um Ramelton; zu ihren Füßen blitzte ein Streifen des Lough; dies war ihr Land; sie war sein Kind und die Schwester seiner Bevölkerung.

»Nein«, wiederholte sie und stand auf.

Durrance tat desgleichen. Noch war er nicht so sehr entmutigt, als sich vielmehr eines törichten Fehlers bewußt. Er hatte seine Sache schlecht vorgetragen, er hätte ihr niemals Anlaß geben sollen zu glauben, die Heirat würde eine Unterbrechung seiner Karriere bedeuten.

»Wir werden uns hier verabschieden«, sagte sie, »im Freien. Wir wollen nicht weniger gute Freunde sein, weil dreitausend Meilen verhindern, daß wir uns die Hände schütteln.«

Bei diesen Worten reichten sie sich die Hände.

»In einem Jahr bin ich wieder in England«, sagte Durrance. »Darf ich dann zurückkommen?«

Ethnes Augen und Lächeln verhießen Zustimmung.

»Es würde mich traurig stimmen, Sie ganz zu verlieren«, sagte sie, »obwohl ich immer wüßte, daß ich Ihre Freundschaft nicht verloren hätte, selbst wenn ich Sie nicht mehr sähe.« Sie fügte hinzu: »Es würde mich außerdem freuen, Nachrichten von Ihnen und den Dingen zu vernehmen, die Sie tun – wenn Sie die Zeit erübrigen können.«

»Ich darf schreiben?« rief er eifrig.

»Ja«, antwortete sie, und sein Eifer ließ sie in leisem Zweifel über dem Wort verharren. »Das heißt, wenn Sie das für fair halten. Ich meine, vielleicht wäre es für Sie das beste, mich völlig aus Ihren Gedanken zu verbannen«, und Durrance lachte ohne jede Bitterkeit, so daß gleich darauf auch Ethne lachen mußte, obwohl sie nur schwer hätte erklären können, worüber sie eigentlich lachte. »Nun gut – so schreiben Sie mir denn.« Und sie fügte trocken hinzu: »Aber Sie schreiben mir über – andere Dinge.«

Und wieder las Durrance in ihren Worten die Bedeutung, die er sich erwünschte; und wieder meinte sie nur das, was sie gesagt hatte, und kein Wort mehr.

Sie blieb an der Stelle stehen, an der er sie verließ, eine große Frauengestalt mit kräftigen Armen und Beinen, bis er aus ihrem Blickfeld verschwunden war. Dann stieg sie zum Haus hinab, betrat ihr Zimmer und nahm eine ihrer Geigen aus dem Kasten. Doch es war die Geige, die Durrance ihr geschenkt hatte, und ehe sie die Saiten mit dem Bogen berührt hatte, erkannte sie sie und legte sie sogleich wieder in das Behältnis, das sie zuschnappen ließ. Einige Sekunden lang saß sie reglos in ihrem Stuhl, dann durchquerte sie hastig den Raum, nahm ihre Schlüssel und öffnete eine Schublade. Unten in der Schublade war eine Photographie versteckt, die sie nun anblickte, lange Zeit und sehr sehnsüchtig.

Unterdessen wanderte Durrance zum Wagen hinab, der am Tor des Anwesens auf ihn wartete, und sah, daß Dermod Eustace mit dem Hut auf dem Kopf am Wege stand.

»Ich begleite Sie ein Stück, Colonel Durrance«, sagte Dermod. »Ich möchte Ihnen etwas sagen.«

Durrance paßte sich den unsicheren Schritten des alten Mannes an, und so gingen sie schweigend hinter dem Einspänner her. Durrance war von einer großen persönlichen Enttäuschung belastet. Doch er konnte die Dinge nicht mit Ethnes Augen sehen, und während sein Blick jenen ruhigen Winkel Donegals erfaßte, bewegte ihn tiefe Trauer darüber, daß ihr Leben womöglich in dieser Abgeschiedenheit verstreichen könnte, daß schließlich an der Mauer der winzigen Kirche ihr Grab ausgehoben würde und die Erinnerung an sie sich nur in ein paar weißen Häuschen erhalten würde, die hier und dort auf dem Moor standen – und das nur für kurze Zeit. Der Druck von Dermods Hand an seinem Ellenbogen riß ihn aus seiner Versunkenheit. Ein fragender Schimmer stand in den verblaßten Augen des alten Mannes, die Worte selbst schienen dem Alten aber Mühe zu machen.

»Sie haben Neuigkeiten für mich?« fragte er nach einigem Zögern. »Neuigkeiten über Harry Feversham? Ich wollte Sie lieber noch danach fragen, ehe Sie abreisen.«

»Keine«, sagte Durrance.

»Das tut mir leid«, erwiderte Dermod wehmütig, »obwohl ich keinen Grund zur Klage habe. Er hat uns schlimm gekränkt, Colonel Durrance. In meinem Herzen und auf den Lippen dürfte ich eigentlich nur Verwünschungen für ihn haben. Mein Verstand nennt ihn einen elenden Feigling, trotzdem würde ich gern erfahren, wie es ihm in der Welt ergeht. Sie waren sein Freund. Aber Sie wissen es nicht?«

Dermod Eustace sprach tatsächlich von Harry Feversham, und angesichts der Wehmut in des alten Mannes Stimme und Gesicht spürte Durrance eine gewisse Reue, weil er es zugelassen hatte, daß Ethne den Freund dermaßen aus seinen Gedanken verdrängte. Wenn er oberhalb des Nils auf seiner Veranda in Wadi Halfa saß, beschäftigte er sich zuweilen mit dem Rätsel von Harry Fevershams Verschwinden und stellte die wenigen Hinweise zusammen, die er gesammelt hatte. »Ein elender Feigling«, hatte Dermod von Harry Feversham gesagt, und Ethne hatte genug geäußert, um klar zu machen, daß etwas Schlimmeres als ein bloßer Streit, etwas, das ihr Vertrauen in den Mann zerschlug, die Verlobung beendet hatte. Den besonderen Grund aber konnte er sich nicht zusammenreimen, und die einzige Folge seiner verwirrten Überlegungen war das Entstehen aufrichtigen Zorns auf den Mann, der sein Freund gewesen war. So verging der Winter, und der Sommer erreichte den Sudan und der Monat Mai.

Zehntes Kapitel
Der Brunnen von Obak

In jenem Monat Mai wandte Durrance den Blick von Wadi Halfa ab und begann, ungeduldig in Richtung Heimat zu schauen. Doch in entgegengesetzter Richtung, fünfhundert Meilen südlich von seiner Grenzstadt, auf der anderen Seite der großen Nubischen Wüste und des Bauches der Steine, spielten sich, ohne daß er es wußte, Ereignisse ab, die von sehr realer Bedeutung für ihn waren. Auf dem verlassenen Weg zwischen Berber und Suakin liegt der Brunnen von Obak zwischen wandernden Sandbergen tief in der Erde. Nach Osten hin trennt ein Baumgürtel die Dünen von einer harten, steinigen Ebene, auf der sich Granitberge türmen; westwärts erstreckt sich die Wüste achtundfünfzig wasserlose Meilen weit nach Mahobey und Berber am Nil, eine Wüste, die so flach ist, daß ein kniehohes Grasbüschel aus der Distanz von einer Meile wie ein Baum aussieht, der für eine mittägliche Rast Schatten verheißt, und daß ein Steinhaufen, wie man ihn an jeder in Reparatur befindlichen Straße erleben kann, den Anschein eines großen Hügels erweckt. In diesem Mai gab es wohl keinen öderen Fleck als den Brunnen von Obak. Die Sonne versengte den Ort ab sechs Uhr früh mit unerträglicher Hitze, und die ganze Nacht hindurch wehte ein schneidend kalter Wind darüber hin und spielte nach Belieben mit dem Sand: er errichtete haushohe Pyramiden und legte sie wieder flach, er hob Täler aus, schwemmte lange Hänge an, so daß das Aussehen der Umgebung sich ständig veränderte. Geier und Sandvögel hausten hier ungestört. Und um den Ort noch bedrückender zu machen, lagen hier und dort die gebleichten Knochen und Skelette von Kamelen verstreut, als Beweis dafür, daß an diesem Brunnen einmal Karawanen vorbeigezogen waren und gerastet hatten; und die Überreste eines Hauses aus Ästen, die man zu Reifen rundgebogen hatte, zeigten an, daß früher einmal Araber hier gewohnt und Ziegen gehalten hatten. Jetzt stieg die Sonne auf und ging wieder unter, und der heiße Himmel lag schwer auf einem leeren Rund honigfarbener Erde. Stille brütete wie die Nacht auf dem Wasser, und die absolute Reglosigkeit verwandelte den Brunnen in einen Ort der Rätselhaftigkeit und Erwartung.

In diesem Mai jedoch hielt sich ein Mann am Brunnen auf, und zwar heimlich. Jeden Morgen bei Sonnenaufgang trieb er zwei Kamele, schnelle Reitstuten der reinen Bisharin-Zucht, aus dem Baumgürtel, gab ihnen Wasser und saß drei Stunden lang an der Brunnenöffnung. Dann trieb er sie wieder in den Schutz der Bäume und fütterte sie vorsichtig mit *dhoura* auf einem Tuch; den Rest des Tages trat er nicht mehr in Erscheinung. Fünf Vormittage lang kam er auf diese Weise aus dem Versteck und saß da und schaute auf die Sanddünen in Richtung Berber, und niemand näherte sich. Doch als er am sechsten Tag eben in sein Versteck zurückkehren wollte, sah er plötzlich auf einer Erhebung vor dem Himmel die Umrisse eines Mannes und eines Esels. Der am Brunnen sitzende Araber blickte zuerst auf den Esel und erhob sich, als er das graue Fell bemerkte. Doch im Aufstehen schaute er auf den Mann, der das Tier antrieb, und sah, daß wohl die *gallabeya* nach vorn über das Gesicht gezogen war, um es vor der Sonne zu schützen, die nackten Beine sich aber ebenholzschwarz vom Sand abhoben. Der Eselsreiter war Neger. Der Araber setzte sich wieder und wartete mit einer Miene äußerster Gleichgültigkeit, bis der Fremde zu ihm herabkam. Er bewegte sich nicht einmal oder drehte sich um, als er die Schritte des Negers im Sand dicht hinter sich hörte.

»Salam aleikum«, sagte der Neger und blieb stehen. Er trug einen langen und einen kurzen Speer und einen Lederschild. Die Waffen legte er auf dem Boden ab und setzte sich neben den Araber.

Der Araber neigte den Kopf und erwiderte den Gruß.

»Aleikum es salam«, sagte er und wartete ab.

»Abou Fatma?« fragte der Neger.

Der Araber nickte.

»Vor zwei Tagen«, fuhr der andere fort, »hielt mich ein Angehöriger der Bisharin, Moussa Fedil, auf dem Marktplatz in Berber an und gab mir zu essen, weil er sah, daß ich hungrig war. Und als ich gegessen hatte, verpflichtete er mich, seinen Esel zu Abou Fatma am Brunnen von Obak zu bringen.«

Beiläufig blickte Abou Fatma auf den Esel, als bemerkte er das Tier zum erstenmal.

»Tayib«, sagte er nicht weniger beiläufig. »Der Esel gehört mir«, und er saß teilnahmslos und reglos da, als wäre die Aufgabe des Negers erfüllt und er könne wieder gehen.

Der Neger ließ sich jedoch nicht abweisen.

»Am dritten Vormittag von heute soll ich Moussa Fedil auf dem Marktplatz von Berber wiedertreffen. Gib mir ein Zeichen mit, damit er weiß, daß ich den Auftrag ausgeführt habe, und mich belohnt.«

Abou Fatma zog das Messer von der Hüfte, nahm einen Stock aus dem Sand und kerbte ihn an jedem Ende dreimal ein.

»Dies wird ein Zeichen sein für Moussa Fedil«; und er reichte dem anderen den Stock. Der Neger band ihn sicher irgendwo unter seinem Gewand fest, löste seinen Wasserschlauch vom Rücken des Esels, füllte ihn am Brunnen und warf ihn sich um die Schulter. Dann ergriff er seine Speere und seinen Schild. Abou Fatma sah, wie er sich den Hang aus lockerem Sand hinaufmühte und auf der anderen Seite des Kamms verschwand.

Dann stand er seinerseits auf, und das ziemlich hastig. Als Harry Feversham vor sechs Tagen von Obak aufgebrochen war, um die achtundfünfzig Meilen öder Wüste zum Nil zu durchqueren, hatte dieser graue Esel seinen Wasserschlauch und seinen Proviant getragen.

Abou Fatma trieb den Esel zwischen die Bäume, band ihn an einem Zweig fest und untersuchte seine Flanken. An der linken Schulter war ein winziger Einschnitt gemacht und die Haut mit feinem Faden säuberlich wieder zugenäht worden. Er schnitt die Stiche auf, zog die Ränder der Wunde auseinander und nahm ein Päckchen heraus, das kaum größer war als eine Briefmarke. Das Päckchen war eine Ziegenblase, und diese Blase enthielt eine auf Arabisch geschriebene und sehr klein zusammengefaltete Nachricht. Abou Fatma war nicht umsonst Gordons Leibdiener gewesen; in seinem Dienst hatte er das Lesen gelernt. Er faltete den Zettel auseinander und hatte folgenden Text vor Augen:

»Die Häuser, die einmal Berber ausgemacht haben, sind vernichtet, und eine neue Stadt mit breiten Straßen entsteht. Nichts unterscheidet die Ruinen von Jussufs Haus von den Ruinen hundert anderer Häuser; auch verkauft Jussuf kein Steinsalz mehr auf dem Basar. Dennoch warte noch eine Woche auf mich.«

Der Araber der Bisharin, der den Brief geschrieben hatte, war Harry Feversham. In der geflickten *dschub* der Derwische auf der schmutzigen Haut, das Haar auf dem Scheitel gekräuselt und in tangartig verfilzten und verklebten Locken bis in den Nacken hinabwallend, so suchte er Jussuf in den breiten Straßen von Neu-Berber mit seinen klaffenden Gruben. Im Süden, getrennt durch einen etwa eine Meile breiten Wüstenstreifen, lag die alte Stadt, in der Abou Fatma eine Nacht geschlafen und den Brief versteckt hatte, ein Gewirr zerstörter Häuser und schmaler, gewundener Gassen. Die Frontmauern waren sämtlich eingerissen und die Dächer abgetragen worden, und nur die kahlen Innenwände standen noch, so daß Feversham, wenn er nachts vergeblich darin herumwanderte, lange Reihen von Innenhöfen vor sich zu haben schien, die ziemlich heruntergekommen waren. Und jeder Hof unterschied sich nur im Ausmaß seiner Zerstörung von seinen Nachbarn. Schon gruben sich die Füchse ihren Bau unter den Mauerresten.

Feversham hatte sich ausgerechnet, daß eine Nacht für seinen Aufenthalt in Berber ausreichen mußte. Er wollte in der Abenddämmerung durch das Tor schleichen und das Gesicht schon wieder Obak zugewandt haben, ehe das graue Licht die Sterne auslöschte. Jetzt mußte er sich ruhigen Schrittes in der Menge bewegen wie ein Mann, der etwas zu erledigen hat, voller Angst vor jedem Gespräch, damit sein Dialekt ihn nicht verriet, ewig darauf wartend, daß ihm der Name Jussuf zu Ohren kam. Zuweilen leistete ihm die Verzweiflung Gesellschaft, und immer die Angst. Doch die schmerzhaften Stiche dieser Gefühle erzeugten eine Art Tollheit in ihm, einen wahnhaften Starrsinn, einen Glauben, so fanatisch wie die düstere Religion jener, in deren Mitte er sich bewegte, daß er hier nicht versagen und die Welt weiterbestehen konnte, daß es im Plan des Universums keine so große Ungerechtigkeit geben durfte, die solch schwere Last gerade dem Manne auferlegte, der sie zu tragen am wenigsten geeignet war, und ihn dann rücksichtslos vernichtete, weil er es versuchte.

Schon an jenem Morgen, drei Tage, nachdem er Abou Fatma am Brunnen zurückgelassen hatte, hielt ihn Angst gepackt, als er über einen Hang kommend den Sand wie eine Lagune bis zu den dunkelbraunen Mauern der Stadt hingestreckt sah, und das schattenspendende Laub der hohen Dattelpalmen am dahinterliegenden Nilufer. Innerhalb jener Mauern befanden sich die Horden der Derwische. Es war gewiß der schiere Wahnsinn zu hoffen, er könne dort auch nur eine Stunde lang der Entdeckung entgehen. War es recht, so begann er sich zu fragen, daß man es überhaupt versuchte? Je länger er dort verharrte, desto nachdrücklicher bestürmte ihn diese Frage. Die niedrigen Lehmmauern nahmen ein seltsam unheimliches Aussehen an; das willkommene Grün der schwankenden Palmen wurde nach so vielen trockenen Tagen in Sonne, Sand und Steinen zu einer ironischen Todeslockung. Er begann sich zu fragen, ob er nicht, indem er sich so nahe heranwagte, bereits genug getan hatte für seine Ehre.

Die Sonne strahlte unbarmherzig herab; die Kraft entströmte ihm, als klafften seine Venen offen. Wenn er gefaßt würde, dachte er, und das würde er gewiß – oh, ganz gewiß! Er sah, wie die fanatischen Gesichter zornig ringsum näherrückten ... wurden hier nicht Menschen verstümmelt? ... Er sah sich um und erschauderte trotz der großen Hitze, und die gewaltige Einsamkeit dieses Ortes kam ihm zu Bewußtsein, so daß ihm die Knie zu zittern begannen. Er machte kehrt und begann zu laufen, hastete voller Panik allein und unverfolgt durch die nackte Wüste unter der Sonne, während sich seiner Kehle schwache, unartikulierte Schreie entrangen.

Doch so lief er nur wenige Meter weit, und es war die Heftigkeit seiner Flucht, die ihn innehalten ließ. Die vier Jahre der Erwartung sollten also vergeblich gewesen sein? Er hatte sich umsonst die Sprache beigebracht, umsonst in den Basaren gelebt? Er war noch immer die Memme, die um ihre Entlassung eingekommen war. Die ruhige Selbstsicherheit, mit der er Lieutenant Sutch am Tisch des Criterion Grill Room seinen Plan offenbart hatte, war also die bloße Prahlerei eines Mannes gewesen, der immer wieder der Selbsttäuschung erlag. Und Ethne ...?

Er ließ sich zu Boden fallen, zog sich den Mantel über den Kopf und blieb liegen, ein brauner Fleck, der im Sand nicht mehr auszumachen war, eine Unebenheit auf der öden Fläche. Er verbannte das Bild von seinem inneren Auge und zog über die vielen tausend Meilen Kontinent und Meer Ethnes Gesicht zu sich heran. Schon nach kurzer Zeit war er wieder in Donegal. Der Sommerabend flüsterte durch die offene Tür in die Halle; in einem nahegelegenen Raum tanzten Menschen zum Klang von Musik. Er sah die drei Federn zu Boden schweben; er sah auf Ethnes Gesicht den Kummer wachsen. Wenn er dies vollbringen konnte und die noch schwierigere Aufgabe, von der er nun wußte, daß sie sich dahinter auftürmte, dann mochte der Tag kommen, da ihr Gesicht von diesem Kummer befreit wurde. In seinen Ohren hallten außerdem bedeutsame Worte nach. »Ich hätte genau gewußt, daß wir beide dereinst noch viel voneinander sehen würden.« Als der Sonnenuntergang näherrückte, stand er auf, schritt nach Berber hinab und trat durch das Tor.

Elftes Kapitel
Durrance hört Neuigkeiten von Feversham

Einen Monat später traf Durrance in London ein und entdeckte einen Brief von Ethne, der ihn in seinem Klub erwartete. Darin wurde ihm schlicht nur mitgeteilt, daß sie bei Mrs. Adair wohne und sich freuen würde, wenn er die Zeit hätte, bei ihr vorzusprechen. Papier und Umschlag trugen allerdings einen schwarzen Rand. Durrance machte seinen Besuch in der Hill Street am nächsten Nachmittag und fand Ethne allein vor.

»Ich habe nicht nach Wadi Halfa geschrieben«, erklärte sie ihm sofort, »denn ich dachte mir, daß Sie wohl auf dem Heimweg sein würden, ehe mein Brief eintreffen könnte. Mein Vater ist Ende Mai gestorben.«

»Als ich Ihren Brief erhielt, fürchtete ich gleich, daß Sie mir dies mitteilen würden«, erwiderte er. »Es tut mir sehr leid. Er wird Ihnen fehlen.«

»Mehr, als ich es auszudrücken vermag«, sagte sie mit ruhigem tiefem Gefühl. »Er ist eines Morgens ganz früh gestorben – ich kann es Ihnen erzählen, wenn Sie es hören möchten.« Und sie schilderte ihm Dermods Tod, der wohl mehr bei Gelegenheit als aufgrund einer Erkältung eingetreten war; denn er war eher an einer allmählichen Schwächung als an einer klar definierten Krankheit gestorben.

Eine seltsame Geschichte hatte Ethne zu erzählen, denn anscheinend hatte Dermod noch kurz vor seinem Tod einen Anflug seines alten herrischen Wesens wiedergefunden. »Wir wußten, daß er im Sterben lag«, sagte Ethne. »Er wußte es auch, und um sieben Uhr des Nachmittags, an dem« – sie zögerte einen Augenblick und sprach dann weiter – »an dem er sich kurze Zeit mit mir unterhalten hatte, rief er den Namen seines Hundes. Das Tier sprang sofort auf das Bett, obwohl die Stimme nicht lauter geklungen hatte als ein Flüstern, schmiegte sich an meinen Vater und schob die Schnauze jaulend unter seine Hand. Dann trug Dermod mir auf, ihn und den Hund allein zu lassen. Ich sollte die Tür zumachen. Der Hund würde mir schon Bescheid geben, wenn ich wieder aufmachen könne. Ich gehorchte und wartete bis ein Uhr früh vor der Tür. Dann ging ein lautes, klagendes Heulen durch das Haus.« Sie schwieg einen Augenblick. Diese Unterbrechung war das einzige Anzeichen von Schmerz, das sie erkennen ließ, und nach einigen Sekunden fuhr sie mit einfachen Worten und ohne das übliche Gebaren der Trauer fort: »Es war quälend, vor der Tür zu warten, während der Nachmittag dahinschwand und die Nacht begann. Natürlich war es längst Nacht, als das Ende kam. Er hatte keine Lampe mehr in seinem Zimmer. Man konnte sich vorstellen, wie er auf der anderen Seite der dünnen Tür lag, reglos und stumm in dem großen Himmelbett, das Gesicht den Bergen zugewandt, während das Licht schwächer wurde. Man konnte sich vorstellen, wie das Zimmer langsam in der Dunkelheit versank und die Fenster ihn immer dräuender angähnten, und dabei hatte er außer dem Hund niemanden neben sich, bis zum Ende. So war es sein Wille, doch ist es mich ziemlich schwer angekommen.«

Durrance antwortete nicht, dafür gab er ihr in vollem Ausmaß, was sie am meisten brauchte, das Mitgefühl seines Schweigens. Er stellte sich das Verstreichen jener Stunden vor, sechs Stunden Dämmerung und Dunkelheit; er sah es förmlich vor sich, wie sie dicht an der Tür stand, womöglich das Ohr an das

Holz gelegt, die Hand auf das Herz gepreßt, um den heftigen Schlag zu hemmen. Seiner Meinung nach lag etwas Grausames in Dermods Wunsch, allein zu sterben. Schließlich brach Ethne das Schweigen.

»Ich sagte vorhin, mein Vater habe sich mit mir unterhalten, ehe er mich aufforderte, ihn allein zu lassen. Was meinen Sie wohl, von wem er sprach?«

Während sie diese Frage stellte, blickte sie Durrance offen an. Weder ihre Augen noch der beherrschte Ton ihrer Stimme gaben ihm einen Hinweis auf die Antwort, doch ein plötzliches Aufflackern der Hoffnung raubte ihm den Atem.

»Sagen Sie es mir!« forderte er sie mit einer gewissen Spannung auf und beugte sich in seinem Stuhl vor.

»Von Mr. Feversham«, antwortete sie, und er lehnte sich ziemlich heftig zurück. Offensichtlich hatte er diesen Namen nicht erwartet. Er wandte den Blick von ihren Augen und starrte nach unten auf den Teppich, damit sie sein Gesicht nicht sehe.

»Mein Vater mochte ihn immer gern«, fuhr sie leise fort, »und ich würde wohl gern wissen, ob Sie eine Ahnung haben, was er im Augenblick tut oder wo er ist.«

Durrance antwortete nicht, ebensowenig hob er das Gesicht. Seine Gedanken kreisten um den seltsamen Bann, den Harry Feversham auf die Zuneigung all jener ausübte, die ihn einmal gut gekannt hatten, ein Bann, der dazu führte, daß sogar der Mann, dem er übel mitgespielt und dessen Tochter er viel Kummer bereitet hatte, auf dem Totenbett seiner voller Freundlichkeit gedachte. Diese Überlegung war hier und jetzt nicht ohne Bitterkeit für Durrance, und er fürchtete, daß er eben diese Bitterkeit in Miene und Stimme offenbaren mochte. Doch er mußte sprechen, denn Ethne beharrte auf ihrer Frage.

»Sie sind ihm wohl nicht über den Weg gelaufen?« fragte sie.

Ehe er antwortete, stand Durrance auf und ging zum Fenster. Dann sprach er mit dem Blick auf die Straße, doch wenn er auch auf diese Weise seinen Gesichtsausdruck verheimlichte, so lag doch ein Beben tiefen Zorns in seinen Worten, obwohl er sich bemühte, seinen Ton zu mäßigen.

»Nein«, sagte er. »Nie.« Und plötzlich ging der Zorn mit ihm durch; diese Stimmung betonte nicht nur die Worte, sondern wählte sie auch. »Und ich möchte es auch nicht!« rief er. »Er war mein Freund, das weiß ich. Doch ich kann mich an diese Freundschaft nicht mehr erinnern. Ich kann mir nur sagen, daß Sie nicht in jenem dunklen Flur die sechs Stunden allein hätten warten müssen, wäre er der Mann gewesen, für den wir ihn gehalten haben.« Wieder wandte er sich der Zimmermitte zu und fragte abrupt: »Sie kehren nach Glenalla zurück?«

»Ja.«

»Sie werden dort allein leben?«

»Ja.«

Kurze Zeit herrschte Schweigen zwischen den beiden. Dann trat Durrance hinter ihren Stuhl.

»Sie haben einmal gesagt, Sie würden mir vielleicht mitteilen, warum die Verlobung aufgelöst wurde.«

»Aber Sie wissen es doch!« gab sie zurück. »Was Sie da eben am Fenster sagten, zeigt, daß Sie es wissen.«

»Nein, ich weiß nichts. Ein oder zwei Worte, die Ihr Vater verlor. Als ich ihn das letzte Mal sprach, erkundigte er sich nach Neuigkeiten über Feversham. Aber ich wußte nichts Bestimmtes. Ich möchte Sie bitten, es mir zu erzählen.«

Ethne schüttelte den Kopf und beugte sich vor, die Ellenbogen auf die Knie gestützt. »Jetzt nicht«, sagte sie, und wieder folgte das Schweigen ihren Worten auf dem Fuße. Durrance brach es erneut.

»Ich habe nur noch ein Jahr in Halfa. Dann ist es wohl ratsam, Ägypten zu verlassen. Ich rechne nicht damit, daß in der nächsten Zeit noch viel im Sudan erreicht wird. Ich glaube nicht, daß ich dort bleibe – egal, was sonst noch ist. Ich meine, selbst wenn Sie beschließen sollten, in Glenalla allein zu bleiben.«

Ethne gab nicht vor, die Andeutung in seinen Worten zu überhören. »Wir sind beide keine Kinder mehr«, sagte sie. »Sie müssen an Ihr ganzes Leben denken. Wir sollten weise handeln.«

»Ja«, sagte Durrance mit plötzlicher Erbitterung, »aber mit der richtigen Art von Weisheit. Die Weisheit, die weiß, daß es sich lohnt, viel zu wagen.«

Ethne bewegte sich nicht. Ihm den Rücken zuwendend, beugte sie sich vor, so daß er von ihrem Gesicht nichts erkennen konnte, und verharrte sehr lange in dieser Haltung, reglos und stumm. Endlich äußerte sie mit sehr leiser und sanfter Stimme die Frage:

»Liegt Ihnen so viel an mir?« Und ehe er antworten konnte, drehte sie sich hastig zu ihm um. »Kämpfen Sie dagegen an«, sagte sie ernsthaft. »Kämpfen Sie dieses eine Jahr dagegen an. Es gibt viel, womit sich Ihre Gedanken beschäftigen müssen. Versuchen Sie, mich völlig zu vergessen.« Und in ihrer Stimme lag eben genug Bedauern, Bedauern wegen der Aussicht, einen geschätzten Freund zu verlieren, daß ihren Worten der Stachel genommen wurde, daß Durrance in seinem Wahn bestätigt wurde, sie würde ihm mit ganz anderen Worten antworten, wenn sie nicht in der Angst lebte, seine Karriere zu zerstören. Mrs. Adair betrat das Zimmer, ehe er antworten konnte, und so nahm er diesen Wahn mit auf die Reise.

Am gleichen Abend aß er in seinem Klub und saß hinterher zigarrerauchend unter dem großen Baum, unter dem er es schon im letzten Jahr so lange ausgehalten hatte auf seiner vergeblichen Suche nach Neuigkeiten über Harry Feversham. Es war eine ähnlich klare Nacht wie die, in der er Lieutenant Sutch hatte in den Hof humpeln und bei seinem Anblick zögern sehen. Der sichtbare Streifen Himmel war wolkenlos und sternenübersät; in der Luft lag die angenehme Trägheit einer sommerlichen Juninacht; die aus den Fenstern und Türen funkelnden Lichter verliehen dem Laub der Bäume die Frische des Frühlings, und draußen auf der Straße rollten die Kutschen mit dröhnendem Brausen wie eine Meeresbrandung. Auch an diesem Abend kam ein Mann in den Hof, den Durrance kannte. Dieser aber zögerte nicht. Er kam geradewegs auf Durrance zu und setzte sich neben ihn auf die Bank. Durrance ließ die Zeitung sinken, in der er herumgeblättert hatte, und streckte dem anderen die Hand hin.

»Wie geht es Ihnen?« fragte er. Der Freund war Captain Mather.

»Nach der Lektüre der Abendzeitung habe ich mich gefragt, ob ich Sie treffen sollte. Ich wußte, dies ist etwa die Zeit, zu der man Sie in London finden kann. Sie haben es sicher gesehen?«

»Was?« fragte Durrance.

»Dann haben Sie's noch nicht gelesen?« erwiderte Mather. Er nahm die Zeitung, die Durrance hatte fallen lassen, und durchblätterte die Seiten auf der Suche nach der Meldung, um die es ihm ging. »Sie erinnern sich an den letzten Erkundungsritt, den wir von Suakin aus unternommen haben?«

»Sehr gut sogar.«

»Wir machten am Fort Sinkat Mittagsrast. Ein Araber versteckte sich in den Bäumen hinter dem Glacis.«

»Ja.«

»Haben Sie die wilde Geschichte vergessen, die er Ihnen erzählte?«

»Über Gordons Briefe und die Mauer eines Hauses in Berber. Nein, das habe ich nicht vergessen.«

»Dann steht hier etwas, das Sie interessieren wird.« Captain Mather, der die Zeitung zu seiner Zufriedenheit zurechtgefaltet hatte, reichte sie Durrance und deutete auf einen Absatz. Es war eine kurze Meldung ohne Einzelheiten, eine denkbar knappe Zusammenfassung, und Durrance las sie zwischen zwei Zügen an seiner Zigarre.

»Der Bursche scheint also doch nach Berber zurückgekehrt zu sein«, sagte er. »Eine riskante Sache. Abou Fatma. So hieß der Mann.«

In der Meldung stand nichts über Abou Fatma oder irgendeinen anderen Mann außer Captain Willoughby, den Stellvertretenden Gouverneur von Suakin. Es wurde lediglich bekanntgegeben, daß gewisse Briefe, die der Mahdi an Gordon geschickt hatte mit der Aufforderung, Khartum zu übergeben und zur Religion der Mahdisten überzutreten, zusammen mit Kopien der knappen Antworten Gordons aus einer Mauer in Berber geborgen und sicher zu Captain Willoughby nach Suakin gebracht worden waren.

»Die waren es kaum wert, daß man sein Leben dafür riskiert«, sagte Mather.

»Mag sein«, gab Durrance ein wenig zweifelnd zurück. »Trotzdem freut man sich, daß sie sichergestellt worden sind. Vielleicht sind die Kopien von Gordons eigener Hand. Auf jeden Fall sind sie historisch interessant.«

»In gewisser Weise schon«, sagte Mather. »Trotzdem wirft dieser Fund kein genaueres Licht auf die Geschichte der Belagerung. Er kann niemandem von Nutzen sein, nicht einmal dem Historiker.«

»Das ist wahr«, sagte Durrance, obwohl nichts der Wahrheit hätte weniger entsprechen können. An der Stelle, wo er einmal Nachrichten über Feversham gesucht hatte, war eine solche Nachricht nun zu ihm vorgedrungen – nur wußte er es nicht. Er tappte im dunkeln; er vermochte nicht einzuschätzen, daß er hier eine Neuigkeit erfahren hatte, die wohl einen Historiker wenig berühren würde, die aber sein eigenes Leben durchgreifend beeinflussen sollte. Er verdrängte die Nachricht aus seinem Bewußtsein und überdachte das Gespräch, das an diesem Nachmittag zwischen Ethne und ihm stattgefunden hatte – und das ohne Enttäuschung. Ethne hatte Harry Feversham erwähnt, gewiß – hatte sich nach ihm erkundigt. Aber es mochte sein – nein, wahrscheinlich war es so –, daß sie zu der Frage veranlaßt worden war, weil die letzten Worte ihres Vaters sich auf ihn bezogen hatten. Sie hatte seinen Namen, daran erinnerte er sich, mit absolut ruhiger Stimme ausgesprochen; und überhaupt ließ sich die Tatsache, daß sie von ihm gesprochen hatte, als Zeichen nehmen, daß er keine Wirkung mehr auf sie hatte. Für Durrance lag etwas Hoffnungsvolles in der Bitte, er sollte in dem bevorstehenden Jahr versuchen, sie aus seinen Gedanken zu verbannen. Denn darin schien beinahe der Hinweis zu liegen, daß sie ihm, wenn er es nicht vermochte, am Ende des Jahres vielleicht doch die Antwort geben würde, die er sich ersehnte. Er ließ einige Tage verstreichen und sprach dann erneut in Mrs. Adairs Haus vor. Dabei traf er aber nur Mrs. Adair an. Ethne hatte London verlassen und war nach Donegal zurückgekehrt. Sie war recht plötzlich abgereist, sagte Mrs. Adair, und Mrs. Adair hatte keine genauen Informationen über den Grund ihrer Abreise.

Durrance jedoch hatte keine Zweifel, was diesen Grund betraf. Ethne setzte in die Tat um, was sie ihm selbst als Bemühen empfohlen hatte. Er sollte versuchen, sie zu vergessen, und sie wollte ihm dabei, so gut es ging, helfen, indem sie sich seinen Blicken entzog. Mit dieser Begründung hatte Durrance recht. Eines jedoch hatte Ethne vergessen. Sie hatte ihn nicht gebeten, ihr nicht mehr zu schreiben, und so begannen in diesem Herbst wieder Briefe aus dem Sudan einzutreffen. Sie freute sich ehrlich darüber, doch zugleich war sie beunruhigt. Denn trotz der zurückhaltenden Formulierungen sprang ihr von Zeit zu Zeit ein Satz ins Auge – es mochte bloß die Wiederholung einer trivialen Äußerung sein, die sie vor langer Zeit gemacht und längst vergessen hatte –, und sie kam nicht um die Erkenntnis herum, daß sie trotz ihrer Bitte ständig in seinen Gedanken lebendig war. In den Briefen kam eine unterschwellige Hoffnung zum Ausdruck, als bewege er sich in einer Welt, die mit frischen Farben gestrichen und plötzlich sehr harmonisch geworden war. Ethne hatte sich nie von der quälenden Angst freimachen können, daß ihretwegen das Leben eines Mannes vernichtet worden war; sie wich keinen Augenblick von ihrer Entschlossenheit ab, daß sich so etwas mit einem zweiten nicht wiederholen sollte. Doch wenn Durrances Briefe vor ihr auf dem Tisch lagen, vermochte sie einer neuen und verwirrenden Frage nicht auszuweichen. Wie ließ sich diese Möglichkeit vermeiden? Es gab zwei Wege. Aber mit welcher Entscheidung konnte sie ihren Entschluß in die Tat umsetzen? Sie war nicht mehr so sehr wie im letzten Jahr davon überzeugt, daß die Karriere sein ein und alles war. Immer wieder stellte sie sich diese Frage. Sie nahm sie mit den Briefen hinauf an den Hang und grübelte und rätselte daran herum, ohne der Lösung auch nur um einen Zoll näherzukommen. In dieser Frage wurde sie sogar von ihrer Violine im Stich gelassen.

Zwölftes Kapitel
Durrance schärft seinen Verstand

Es war eine milde Mainacht, und auf einer Graserhebung oberhalb des Nils bei Wadi Halfa saßen drei Offiziere rauchend vor der Messe. Es war Vollmond, und das kräftige Licht hatte sogar den Sternen ihren Glanz genommen. Die kleineren Sterne waren überhaupt nicht mehr zu sehen, und der Himmel, seiner dunklen Farbe beraubt, wölbte sich perlenfarbig und schimmernd über der Landschaft. Die drei Offiziere saßen in ihren bequemen Sesseln und rauchten stumm, während auf einer Insel in der Flußmitte die Ochsenfrösche quakten. Unterhalb der steilen kleinen Klippe, auf der sie saßen, leuchtete der Nil wie ein polierter Spiegel, so bedächtig strömte er dahin, und vom gegenüberliegenden Ufer aus erstreckte sich die Wüste in endlose Fernen, eine gewaltige Ebene mit leichten Erhebungen und Senken, eine Ebene so weiß wie Rauhreif, auf der die Steine wie Juwelen funkelten. Hinter den drei Garnisonsoffizieren warf das Verandadach des Messegebäudes auf den Boden einen Schatten, der ein greifbares Stück Schwärze zu sein schien.

Einer der drei Offiziere entzündete ein Streichholz und hielt es an das Ende seiner Zigarre. Die Flamme erleuchtete ein beunruhigtes, besorgtes Gesicht.

»Ich hoffe, ihm ist nichts geschehen«, sagte er und warf das

Streichholz fort. »Ich wünschte, ich könnte sagen, ich glaube daran.«

Der Sprecher war ein Mann mittleren Alters, Colonel eines sudanesischen Bataillons. Ihm wurde geantwortet von einem Mann, dessen Haar grau geworden war. Aber graues Haar ist im Sudan oft anzutreffen, und das faltenlose Gesicht zeigte, daß er noch jung war. Es war Lieutenant Calder von den Pionieren. In diesem Fall jedoch brachte die Jugend keinen Optimismus auf, um ihn gegen Colonel Dawson ins Feld zu führen.

»Er hat Halfa vor acht Wochen verlassen, wie?« fragte er düster.

»Heute sind es acht Wochen«, antwortete der Colonel.

Nur der dritte Offizier, ein großer, hagerer Major des Army Service Corps, wagte eine zuversichtliche Prophezeiung.

»Es wäre zu früh anzunehmen, Durrance wäre nicht mehr am Leben«, sagte er. »Man kennt doch Durrance. Wenn er nur ein Lagerfeuer in der Wüste hat und ein paar Scheichs, die sich mit ihm drumherum setzen, dann redet er einen Monat lang mit ihnen und hat kein bißchen Langeweile. Hier dagegen warten Briefe und ein Büro und der Schreibtisch und alles andere, was er verabscheut und nicht ertragen kann. Sie werden es erleben, Durrance taucht wieder auf, doch er wird sich damit nicht beeilen.«

»Er ist seit drei Wochen überfällig«, wandte der Colonel ein, »dabei ist er auf seine Weise ein verläßlicher Mann. Ich habe Angst um ihn.«

Major Walters deutete auf die leere weiße Wüste jenseits des Flusses.

»Wäre er in die Richtung gereist, nach Westen, würde ich Ihnen vielleicht zustimmen«, sagte er. »Aber Durrance ist durch das Bergland in östlicher Richtung nach Berenice und zum Roten Meer gezogen. Die Stämme, die er dort besuchen wollte, haben selbst in der schlimmsten Zeit Ruhe bewahrt, als Osman Digna vor Suakin lag.«

Der Colonel jedoch fand in Walters' Zuversicht keinen Trost.

Er zupfte an seinem Schnurrbart und wiederholte: »Er ist seit drei Wochen überfällig.«

Lieutenant Calder klopfte die Asche aus seiner Pfeife und stopfte sie neu. Während er den Tabak mit dem Daumen festdrückte, beugte er sich vor und sagte langsam:

»Ich weiß nicht. Es wäre immerhin möglich, daß Durrance eine Art Falle gestellt wurde. Ich bin mir meiner Sache nicht sicher. Ich habe von diesen Dingen nichts gesagt, weil ich bis heute nicht vermuten konnte, daß sie mit seiner Verspätung zu tun haben könnten. Aber jetzt habe ich doch Zweifel. Erinnern Sie sich an den Abend vor seinem Abritt?«

»Ja«, sagte Dawson und rückte seinen Stuhl ein wenig näher heran. Calder war in Wadi Halfa der einzige, der so etwas wie ein Vertrauensverhältnis zu Durrance hatte. Es gab wohl einen großen Unterschied im Rang zwischen den beiden, doch im Alter waren sie nicht so weit auseinander, und seit dem ersten Augenblick, da Calder frisch und unerfahren, doch voller Eifer, sich umfassende Erfahrungen zu verschaffen, aus England eintraf, hatte Durrance auf seine zurückhaltende Art dem Neuling große Freundschaft entgegengebracht. Also war es durchaus möglich, daß Calder etwas wußte.

»Ich erinnere mich auch an den Abend«, sagte Walters. »Durrance aß in der Messe und zog sich früh zurück, um sich auf die Reise vorzubereiten.«

»Seine Vorbereitungen waren längst abgeschlossen«, sagte Calder. »Wie Sie schon sagten – er zog sich früh zurück. Doch er suchte nicht sein Quartier auf. Er ging am Flußufer entlang nach Tewfikieh.«

Wadi Halfa war der Militärstützpunkt, Tewfikieh eine kleine Grenzstadt im Norden, eine Meile Flußufer von Wadi entfernt. Einige Griechen führten dort ihre Läden, mehrere kahle, schmutzige Cafés säumten zwischen einheimischen Kochständen und Tabakhändlern die Straße; eine laute kleine Stadt, in der der Neger aus dem Dinka mit dem Fellachen aus dem Delta zusammentraf und viele Dialekte in der Luft durcheinandersummten; eine belebte kleine Stadt, der für europäische Ohren allerdings noch ein typisches Kennzeichen großer Massen fehlte. Es hallten keine Schritte durch die Straßen. Die Menge lief durch den Sand, zumeist mit nackten Füßen, so daß sich die Gestalten der Männer und Frauen, selbst wenn in einem seltenen Augenblick einmal die hohen Schreie und das ständige Stimmengewirr aufhörten, lautlos wie Gespenster bewegten. Und sogar am Abend, wenn die Straßen am gefülltesten und das Durcheinander am lautesten war, schien unter dem Lärm, für das Ohr beinahe wahrnehmbar, ein brütendes Schweigen zu liegen, das Schweigen der Wüste und des Ostens.

»Durrance wanderte an jenem Abend nach Tewfikieh hinüber«, sagte Calder. »Ich suchte um elf Uhr sein Quartier auf, und er war noch nicht zurück. Um vier Uhr früh sollte er in den Osten aufbrechen, und wegen einer Kleinigkeit mußte ich ihn vor seinem Abritt noch einmal sprechen. So wartete ich auf seine Rückkehr. Etwa eine Viertelstunde später kam er und sagte mir sofort, daß ich mich beeilen müsse, da er einen Besucher erwarte. Er sprach hastig und ziemlich überstürzt und nervös. Er schien irgendwie aufgeregt zu sein. Er hörte mir kaum zu und antwortete recht zerstreut. Es lag auf der Hand, daß ihn ein ungewöhnliches Gefühl bewegte, sogar sehr bewegte, obwohl ich mir nicht vorstellen konnte, was für eine Anwandlung das sein mochte. Denn eben noch schien es sich klar um Zorn zu handeln, da lachte er im nächsten Augenblick sogar entspannt auf, als sei er gegen seinen Willen froh. Jedenfalls drängte er mich hinaus, und als ich ging, hörte ich noch, wie er seinen Diener aufforderte, zu Bett zu gehen, er erwarte zwar einen Besucher, würde ihn aber selbst einlassen.«

»Sieh an!« sagte Dawson. »Und wer war dieser Besucher?«

»Ich weiß es nicht«, gab Calder zurück. »Ich weiß nur eins – als der Diener um vier Uhr früh zu Durrance ging, um ihn zu wecken, fand er ihn unverändert vor dem Quartier auf der

Veranda sitzen, als erwarte er den Besucher noch immer. Der Besucher war nicht gekommen.«

»Und Durrance hat keine Nachricht hinterlassen?«

»Nein. Ich war selbst schon auf den Beinen, ehe er aufbrach. Es kam mir vor, als sei er verwirrt und beunruhigt. Auch nahm ich an, daß er mir erzählen wollte, was ihn beschäftigte. Ich bin immer noch der Meinung, daß das seine Absicht war, aber daß er sich nicht dazu durchringen konnte. Denn er saß bereits im Sattel, und das Kamel war vom Boden wieder aufgestanden, da drehte er sich noch einmal um und blickte zu mir herab. Aber dann hielt er es offenbar doch für besser, nicht zu sprechen, was unter den gegebenen Umständen falsch gewesen sein mag. Jedenfalls sagte er nichts. Er gab dem Kamel einen Stockhieb auf die Flanke und ritt, den Kopf auf die Brust gesenkt, langsam an dem Posten vorbei in die Wüste. Ich möchte wissen, ob er in eine Falle geraten ist. Was mag das für ein Besucher sein, den er in den Straßen Tewfikiehs aufgegabelt hat und der dann in solcher Verstohlenheit nach Wadi Halfa kommen mußte? Was mag der Unbekannte für Geschäfte mit Durrance gehabt haben? Wichtige Geschäfte, beunruhigende Geschäfte – soviel liegt auf der Hand. Und er ist nicht gekommen, um das Geschäft zu besiegeln. War das Ganze ein Geheimnis, zu dem uns der Schlüssel fehlt? Ich bin besorgt, wie Colonel Dawson.«

Als er zu Ende gesprochen hatte, herrschte Schweigen, das Major Walters schließlich als erster beendete. Er brachte keine Argumente, sondern äußerte erneut seine unerschütterliche Zuversicht.

»Ich glaube nicht, daß Durrance ins Gras gebissen hat«, sagte er und stand auf.

»Ich weiß, was ich tun werde«, sagte der Colonel. »Ich schicke morgen früh einen starken Suchtrupp los.«

Und als sie am nächsten Morgen auf der Veranda beim Frühstück saßen, teilte er sofort die Gruppe ein, die er auszusenden gedachte. Trotz seiner hoffnungsvollen Voraussagen hatte sich anscheinend auch Major Walters über Nacht mit Calders Bericht beschäftigt und beugte sich nun über dem Tisch dem anderen zu.

»Haben Sie sich je danach erkundigt, mit wem Durrance an dem Abend in Tewfikieh gesprochen hat?« fragte er.

»O ja, und da gibt es einen rätselhaften Umstand«, erwiderte Calder. Er saß mit dem Rücken zum Nil, schaute auf die Glastüren der Offiziersmesse und richtete seine Worte an Walters, der ihm direkt gegenüber saß. »Ich konnte nur feststellen, daß er mit einer einzigen Person gesprochen hat, und diese Person konnte unmöglich der erwartete Besucher sein. Durrance blieb vor einem Café stehen, in dem einige Wandermusiker, die irgendwie nach Tewfikieh geraten waren, sich mit Spielen und Singen die Unterkunft verdienten. Einer von ihnen, man sagte mir ein Grieche, kam auf die Straße und reichte den Hut herum. Durrance warf einen Sovereign in den Hut, der Mann drehte sich um, um ihm zu danken, und dann sprachen sie eine Weile miteinander.« Bei diesen Worten hob Calder den Kopf. Ein Ausdruck des Erkennens huschte über sein Gesicht. Er legte die Hände auf die Tischkante und beugte sich vor, die Füße unter den Stuhl gezogen, als wäre er im Begriff aufzuspringen. Doch er sprang nicht auf. Der Ausdruck des Erkennens wurde von Verwunderung abgelöst. Er blickte sich am Tisch um und sah, daß Colonel Dawson sich Kakao nachschenkte, während Major Walters den Blick auf seinen Teller gerichtet hatte. Es waren andere Offiziere der Garnison anwesend, doch niemand hatte seine Bewegung und die plötzliche Erstarrung bemerkt. Calder lehnte sich zurück und schaute mit seltsamem Blick nach vorn über die Schulter des Majors, während er seine Geschichte fortsetzte. »Ich habe nichts davon erfahren, daß Durrance mit jemand anders gesprochen hätte. Es sah so aus – nur weiß man es jetzt eben besser –, als wäre er ziellos durch das Dorf geschlendert und dann nach Wadi Halfa zurückgekehrt.«

»Das hilft uns nicht weiter«, stellte der Major fest.

»Und mehr wissen Sie nicht?« fragte der Colonel.

»O doch, ein wenig«, gab Calder bedächtig zurück. »Zum Beispiel weiß ich, daß der Mann, von dem wir sprechen, mir geradewegs ins Gesicht starrt.«

Sofort drehten sich alle Anwesenden zur Offiziersmesse um.

»Durrance!« rief der Colonel und sprang auf.

»Wann sind Sie zurückgekommen?« fragte der Major.

Durrance, dem noch der Staub der Reise an der Kleidung haftete, stand, das Gesicht rot wie ein Ziegelstein, in der Tür zur Messe und lauschte mit bemerkenswerter Intensität den Stimmen seiner Offizierskameraden. Es war vielleicht auffallend, daß Calder, der Durrances Freund war, weder aufstand noch einen Gruß aussprach. Er beobachtete Durrance wie zuvor, er war nach wie vor neugierig und verwirrt; doch als Durrance die drei Stufen zur Veranda herabkam, erschien auf Calders Gesicht ein flüchtiger Ausdruck beunruhigten Begreifens.

»Wir haben Sie schon vor drei Wochen erwartet«, sagte Dawson und rückte einen freien Stuhl vom Tisch.

»Die Verzögerung war unvermeidlich«, erwiderte Durrance. Er ergriff den Stuhl und zog ihn zu sich heran.

»Liegt die Erklärung dafür in meiner Schilderung?« fragte Calder.

»Keineswegs. Ich erwartete an jenem Abend den griechischen Musiker«, erklärte Durrance auflachend. »Ich wollte gern wissen, welches Unglück ihn befallen hatte, daß er in einem Café in Tewfikieh die Zither spielen mußte, um sich ein Bett für die Nacht zu verdienen. Das war alles«, fügte er mit leiserer Stimme langsam hinzu. »Ja, das war alles.«

»Unterdessen vergessen Sie Ihr Frühstück«, sagte Dawson und stand auf. »Was möchten Sie haben?«

Den Blick auf Durrance gerichtet, beugte sich Calder unmerklich vor. Durrance sah sich am Tisch um und rief dann den Kellner der Messe. »Moussa, besorgen Sie mir etwas Kaltes«, sagte er, und der Diener kehrte in die Messe zurück. Calder nickte mit schwachem Lächeln, als begriffe er, daß hier recht geschickt eine Schwierigkeit überwunden worden sei.

»Hier ist Tee, Kakao und Kaffee«, sagte er. »Nehmen Sie sich, was Sie wollen, Durrance.«

»Vielen Dank«, sagte Durrance. »Ich sehe das selbst, aber ich lasse mir von Moussa lieber einen Brandy mit Soda bringen.« Und wieder nickte Calder vor sich hin.

Durrance verzehrte sein Frühstück, trank seinen Brandy mit Soda und sprach währenddessen von seiner Reise. Er war weiter nach Osten vorgedrungen als beabsichtigt. Er hatte die Ababda-Araber friedlich in ihren Bergen angetroffen. Sie zeigten zwar keine Neigung, Ägyptens Herrschaft anzuerkennen, zahlten andererseits aber auch keine Tribute an Muhammad Ahmad. Das Wetter sei gut gewesen. Steinböcke und Antilopen habe es mehr als genug gegeben. Im großen und ganzen habe Durrance Grund, mit seiner Expedition zufrieden zu sein. Calder saß da und beobachtete ihn und glaubte ihm kein Wort. Die anderen Offiziere wandten sich ihren Pflichten zu; Calder blieb und wartete darauf, daß Durrance zum Ende kam. Doch es sah so aus, als würde Durrance kein Ende finden. Er zog sein Frühstück in die Länge, und als er fertig gegessen hatte, schob er den Teller zurück und redete weiter. Endlos waren seine Fragen über die Ereignisse in Wadi Halfa in den letzten Wochen, grenzenlos war seine Begeisterung über den Ritt, von dem er gerade zurückgekehrt war. Schließlich hielt er mit bemerkenswerter Plötzlichkeit inne und sagte mit einem Anflug von Mißtrauen: »Sie nehmen das Leben heute früh aber leicht.«

»Ich habe ja auch nicht einen achtwöchigen Berg von Briefen abzutragen wie Sie, Colonel«, gab Calder lachend zurück und sah, wie sich Durrances Gesicht umwölkte, wie seine Stirn sich furchte.

»Das ist wahr«, räumte er nach kurzem Zögern ein. »Ich hatte meine Briefe vergessen.« Und er erhob sich vom Tisch, stieg die Stufen hinauf und betrat die Messe.

Calder sprang sofort auf und folgte Durrances Bewegungen mit den Blicken. Durrance ging zu einem Nagel, der in Kopfhöhe neben der Glastür in die Mauer geschlagen war. Von diesem Nagel nahm er den Schlüssel zu seinem Büro, durchquerte den Raum und verließ ihn durch die gegenüberliegende Tür. Diese Tür ließ er offen, und Calder konnte sehen, wie er dem Weg zwischen den Büschen des winzigen Gartens vor der Messe folgte, die Pforte aufhakte und die freie Sandfläche vor seinem Büro überquerte. Kaum war Durrance verschwunden, setzte sich Calder wieder, stemmte die Ellenbogen auf den Tisch und legte das Gesicht zwischen die Hände. Calder war beunruhigt. Er war Durrances Freund; er war in Wadi Halfa der einzige, der in gewisser Weise Durrances Vertrauen besaß; er wußte, daß im Büro gewisse, von einer Frau geschriebene Briefe auf ihn warteten. Er war tief beunruhigt. Durrance war in den letzten acht Wochen gealtert. Um seinen Mund lagen Falten, die nur als schwache Linien sichtbar gewesen waren, als er aus Halfa aufgebrochen war; und sein Haar war nicht nur von Wüstensand entfärbt. Seine Munterkeit hatte außerdem irgendwie künstlich gewirkt. Er hatte am Tisch gesessen, den Anschein guter Laune verbreitet und dabei recht gezwungen gewirkt. Calder zündete seine Pfeife an und saß lange Zeit am leeren Tisch.

Dann nahm er seinen Helm und ging über den Sand zu Durrances Büro. Lautlos hob er den Riegel, ebenso lautlos öffnete er die Tür und schaute hinein. Durrance saß an seinem Tisch und hatte den Kopf auf die Arme gelegt. Alle Briefe lagen ungeöffnet neben ihm. Calder trat ein und schloß die Tür hörbar hinter sich. Sofort wandte Durrance das Gesicht der Tür zu.

»Nun?« fragte er.

»Ich habe hier ein Dokument, Colonel, das Sie unterschreiben müssen«, sagte Calder. »Es ist die Vollmacht für die Umbauten an Baracke C. Sie erinnern sich?«

»Schön. Ich sehe mir alles an und gebe Ihnen das Papier heute mittag unterschrieben zurück. Geben Sie es mir bitte?«

Er streckte Calder die Hand hin. Calder nahm die Pfeife aus dem Mund und schob sie, im Blickfeld Durrances stehend, langsam und bewußt in Durrances ausgestreckte Handfläche. Erst als der heiße Pfeifenkopf dem anderen die Haut verbrannte, ließ Durrance den Arm zurückzucken. Die Pfeife fiel zu Boden und zerbrach. Einige Sekunden lang sagte keiner der beiden Männer etwas, dann legte Calder einen Arm um Durrances Schultern und fragte mitfühlend wie eine Frau: »Wie ist es passiert?«

Durrance vergrub das Gesicht in den Händen. Die Selbstbeherrschung, die er sich bisher auferlegt hatte, brach zusammen. Er antwortete nicht, gab auch sonst keinen Laut von sich, sondern zitterte nur von Kopf bis Fuß.

»Wie ist es passiert?« fragte Calder noch einmal flüsternd.

Durrance antwortete mit einer anderen Frage:

»Woran haben Sie es gemerkt?«

»Sie standen an der Tür der Messe und lauschten, um festzustellen, wessen Stimme von woher sprach. Als ich den Kopf hob und Sie anblickte, zeigten Sie keinerlei Erkennen, obwohl Ihr Blick voll auf mir ruhte. In dem Augenblick ahnte ich die Wahrheit. Als Sie die Stufen herabkamen und die Veranda erreichten, war ich mir meiner Sache beinahe sicher. Als Sie sich dann nicht selbst mit Essen versorgten, als Sie den Arm nach hinten streckten, so daß Moussa Ihnen den Brandy mit Soda sicher in die Hand schieben mußte, hatte ich Gewißheit.«

»Es war töricht, daß ich es verheimlichen wollte«, sagte Durrance. »Natürlich wußte ich von Anfang an, daß so etwas nur für ein paar Stunden möglich war. Aber irgendwie kamen mir schon die wenigen Stunden wie ein Gewinn vor.«

»Wie ist es passiert?«

»Es gab starken Wind«, erläuterte Durrance. »Er entführte mir den Helm. Es war acht Uhr früh. Ich wollte mein Lager an dem Tag nicht verlegen und stand in Hemdsärmeln vor dem Zelt. Sie sehen, ich trug also nicht einmal einen Kragen, der meinen Nacken geschützt hätte. Ich war so töricht, hinter meinem

Helm herzulaufen; und – Sie haben so etwas sicher schon hundertmal gesehen – jedesmal, wenn ich mich bückte, um ihn aufzuheben, hüpfte er fort; sobald ich wieder hinterherlief, blieb er liegen und wartete darauf, daß ich ihn einholte. Und ehe ich merkte, was ich da tat, hatte ich schon eine Viertelmeile zurückgelegt. Als ich den Helm endlich hatte, sank ich wie ein Baumstamm um, so sagte man mir jedenfalls. Wie lange das her ist, weiß ich nicht mehr genau, denn ich war eine Zeitlang krank, und hinterher konnte ich nicht mehr so gut mitrechnen, da der Unterschied zwischen Tag und Nacht nicht mehr festzustellen war.«

Kurz, Durrance war blind geworden. Er erzählte den Rest seiner Geschichte. Er hatte seine Begleiter angewiesen, ihn nach Berber zurückzutragen, und sie dann aus dem natürlichen Wunsch heraus, sein Leiden so lange wie möglich zu verheimlichen, zum Schweigen verpflichtet. Calder hörte sich die Geschichte bis zum Ende an und stand dann sofort auf.

»Wir haben hier einen Arzt. Er ist klug und weiß für einen Syrer sehr viel. Ich hole ihn heimlich her, und wir hören uns an, was er zu sagen hat. Durchaus möglich, daß Ihre Blindheit nur eine vorübergehende Erscheinung ist.«

Der syrische Arzt jedoch schürzte die Lippen und schüttelte den Kopf. Er riet zur sofortigen Abfahrt nach Kairo. Dies sei ein Fall für einen Spezialisten. Er selbst zögere, eine Diagnose zu stellen, allerdings gebe es ja immer Hoffnung auf Heilung.

»Haben Sie je eine Kopfverletzung erlitten?« fragte er. »Sind Sie schon einmal vom Pferd geworfen worden? Waren Sie verwundet?«

»Nein«, antwortete Durrance.

Der Syrer verhehlte seine Überzeugung nicht, daß der Fall ernst liege; und als er gegangen war, fanden die beiden Männer eine Zeitlang keine Worte. Calder hatte das Gefühl, daß jeder Versuch der Tröstung sinnlos wäre und seinen Kameraden darüber hinaus entmutigen würde, indem er seine eigene Angst offenbarte, daß der Schaden unheilbar war. Er wandte sich dem Stapel von Briefen zu und blätterte ihn durch.

»Durrance, hier sind zwei Briefe«, sagte er leise, »die Sie vielleicht gerne vorgelesen haben möchten. Sie sind von Frauenhand und tragen irische Stempel. Soll ich sie öffnen?«

»Nein!« rief Durrance heftig, und seine Hand fiel hastig auf Calders Arm. »Auf keinen Fall.«

Calder jedoch legte die Briefe nicht aus der Hand. Aus ganz eigenen Gründen war ihm daran gelegen, mehr über Ethne Eustace zu erfahren, als das Äußere ihrer Briefe offenbaren konnte. Einige seltene Bemerkungen in ungewöhnlichen Augenblicken der Gesprächigkeit hatten Calder nur über ihren Namen informiert und zu der Überzeugung gebracht, daß sein Freund ihn gern geändert hätte. Er blickte Durrance an – ein Mann, der dermaßen an Lebenskraft und Aktivität gewöhnt war, daß schon seine Sonnenbräune eher eine grundlegende Eigenschaft zu sein schien als eine zufällige Auswirkung des Landes, in dem er lebte; außerdem ein Mann, der die wilden, unverstädterten Orte der Welt mit der Freude eines Wesens aufsuchte, das eine Erbschaft antritt; ein Mann, dem diese öden Landstriche ein Zuhause waren und für den Kamine und heckenumschlossene Felder und befestigte Straßen die Fremde darstellten; und er begriff das Ausmaß des Unglücks, das ihn befallen hatte. Aus diesem Grund lag ihm sehr daran, mehr über das Mädchen zu erfahren, das Durrance aus Donegal schrieb, und aus ihren Briefen wie aus einem Spiegel, in dem ihr Bild zurückgeworfen wurde, Hinweise auf ihren Charakter zu gewinnen. Denn wenn sie versagte, was blieb diesem Freund dann noch im Leben?

»Sie wollen sie doch sicher hören«, beharrte er. »Sie sind acht Wochen fort gewesen.« Und er wurde von einem harten Lachen unterbrochen.

»Wissen Sie, was ich eben dachte, als ich Sie unterbrach?« fragte Durrance. »Ja, daß ich die Briefe lesen würde, sobald Sie gegangen wären. Es dauert seine Zeit, sich an das Blindsein zu gewöhnen, wenn einem die Augen das ganze Leben hindurch gut gedient haben.« Und in seiner Stimme lag ein fast unmerkliches Beben. »Sie müssen mir helfen, die Briefe zu beantworten, Calder. Lesen Sie sie. Bitte lesen Sie vor.«

Calder riß die Umschläge auf, las die Briefe durch und war zufrieden. Ethne schilderte die einfachen Ereignisse in ihrem Bergdorf in Donegal, und das in den schlichtesten Ausdrücken. Doch im Stil wurde das Wesen des Mädchens erkennbar. Ihre Liebe zu Land und Leuten war offensichtlich. Sie sah das Komische und das Tragische in den Sorgen des kleinen Dorfes. Darüber hinaus kam warme Zuneigung zu Durrance zum Ausdruck, nicht so sehr in den direkten Formulierungen, als vielmehr im ganzen Geist der Briefe. Offenkundig war sie an allem, was er tat, höchst interessiert und sah seine Karriere als etwas, an dem sie Anteil hatte, selbst wenn es nur der Anteil eines Freundes war. Und als Calder geendet hatte, sah er wieder Durrance an, doch nun mit Erleichterung im Gesicht. Auch Durrance schien von einer Last befreit zu sein.

»Wenigstens gibt es etwas, wofür man dankbar sein kann!« rief er. »Stellen Sie sich vor! Einmal angenommen, ich wäre mit ihr verlobt gewesen! Sie hätte es nie zugelassen, daß ich die Bindung löse, nachdem ich blind geworden bin. Was für ein Entrinnen!«

»Ein Entrinnen!« rief Calder aus.

»Sie verstehen nicht, was ich meine. Ich kannte einmal einen Mann, der erblindet war, ein durchaus guter Mann, vorher – wohlgemerkt, vorher! Aber ein Jahr später! Sie hätten ihn nicht wiedererkannt. Er war zur selbstsüchtigsten, kleinlichsten, egoistischsten Kreatur geworden, die man sich nur vorstellen kann. Kein Wunder – ich kann mir kaum denken, daß etwas anderes aus ihm werden konnte. Aber so etwas macht einer Frau das Leben nicht gerade einfacher, oder? Ein hilfloser Mann, der ohne seine Frau am Arm keine Straße überqueren kann, ist schon schlimm genug. Aber wenn er darüber hinaus ein selbstsüchtiges

Ungeheuer ist, voller Zweifel, eifersüchtig auf ihre Fähigkeit zu gehen, wohin sie will, neugierig betreffs jeder Person, mit der sie spricht – was dann? Mein Gott, bin ich froh, daß das Mädchen mich zurückgewiesen hat! Dafür bin ich höchst dankbar!«

»Sie hat Sie zurückgewiesen?« fragte Calder, und der Ausdruck der Erleichterung schwand ihm aus Gesicht und Stimme.

»Zweimal«, sagte Durrance. »Was für ein Entrinnen! Sehen Sie, Calder, ich würde noch viel mehr Mühe machen als der Mann, von dem ich Ihnen erzählt habe. Ich bin kein kluger Mensch. Ich kann nicht in einem Stuhl sitzen und mich mit Denken amüsieren, habe ich doch keinen Intellekt, mit dem sich Staat machen ließe. Ich habe ein hartes Leben im Freien geführt, das einzige Leben, das zu mir paßt. Ich sage Ihnen, Calder, in einem Jahr wird Ihnen nicht mehr besonders an meiner Gesellschaft liegen«, und wieder lachte er mit derselben Barschheit.

»Ach, hören Sie doch damit auf!« sagte Calder. »Ich lese Ihnen jetzt die übrigen Briefe vor.«

Doch er las, ohne auf den Inhalt zu achten. Seine Gedanken waren vielmehr mit den beiden Briefen Ethne Eustaces beschäftigt, und er fragte sich, ob sich unter den Worten ein tieferes Gefühl verbarg als bloße Freundschaft. Es gab alle möglichen seltsamen Gründe, aus denen Mädchen Anträge ablehnten, Gründe, die keinen Sinn ergaben, und oft waren sie hinterher krank vor Kummer darüber, und oft hatten sie von vornherein die Absicht, doch noch ja zu sagen.

»Ich muß auf die Briefe aus Irland antworten«, sagte Durrance, als Calder fertig war. »Die übrigen haben Zeit.«

Calder legte einen Bogen Papier auf den Tisch und sagte Durrance, wenn er schief schrieb oder auf die Löschunterlage geriet; auf diese Weise schilderte Durrance Ethne, daß ein Sonnenstich ihn seines Augenlichts beraubt hatte. Calder nahm den Brief mit. Doch er ging damit zum Lazarett und fragte nach dem syrischen Arzt. Der Arzt kam zu ihm heraus, und sie gingen zusammen unter den Bäumen vor dem Gebäude spazieren.

»Sagen Sie mir die Wahrheit«, forderte Calder.

Der Arzt blinzelte hinter seiner Brille.

»Ich glaube, der Sehnerv ist zerstört«, sagte er.

»Dann gibt es keine Hoffnung mehr?«

»Wenn meine Diagnose stimmt, nicht.«

Immer wieder drehte Calder den Brief in der Hand, als könne er sich nicht entschließen, was er damit tun solle.

»Kann denn ein Sonnenstich den Sehnerv zerstören?« fragte er schließlich.

»Ein einfacher Sonnenstich? Nein«, antwortete der Arzt. »Aber damit kann es anfangen. Die Ursachen liegen vermutlich tiefer.«

Calder blieb stehen, und Entsetzen stand in seinem Blick. »Sie meinen – das Gehirn?«

»Ja.«

Sie gingen noch einige Schritte weiter. Calder hatte noch eine Frage auf der Zunge, doch es fiel ihm schwer, sie auszusprechen, und als er sie geäußert hatte, wartete er gespannt auf die Antwort.

»Dann ist dieses Unglück nicht alles? Es kommt noch mehr – der Tod, oder ...?« Doch er brachte es nicht über sich, jene andere Alternative auszusprechen. Aber in diesem Punkt vermochte ihn der Arzt zu beruhigen.

»Nein. Das ergibt sich nicht daraus.«

Calder kehrte in die Messe zurück und bestellte sich einen Brandy mit Soda. Der Schicksalsschlag, den Durrance erlitten hatte, machte ihm mehr zu schaffen, als er sich selbst eingestand; er legte den Brief auf den Tisch und dachte an die Verzichtserklärung, die er enthielt, und konnte sich kaum zurückhalten, ihn zu zerreißen. Er mußte den Brief abschicken, das wußte er. Wenn er ihn vernichtete, war nur vorübergehend Aufschub zu gewinnen. Dennoch brachte er es kaum über sich, den Umschlag abzuschicken. Mit jeder Minute, die verging, wurde ihm klarer bewußt, was die Blindheit für Durrance bedeuten mußte. Ein, wie er selbst ohne weiteres einräumte, nicht sehr kluger Mann, der geborene Erbe der Fremde – wieviel mehr bedeutete ihm das Augenlicht als dem gewöhnlichen Manne! Würde das Mädchen dies auch so klar verstehen? Es war an diesem Vormittag sehr still auf der Veranda in Wadi Halfa; das Sonnenlicht flammte auf Wüste und Fluß; kein Windhauch bewegte das Laub der Büsche. Calder trank seinen Brandy mit Soda, und allmählich schob sich diese Frage immer mehr in den Vordergrund seiner Gedanken. Würde die Frau dort drüben in Irland die Situation verstehen? Als er Colonel Dawsons Stimme in der Messe hörte, stand er auf, nahm den Brief und begab sich zur Poststelle. Durrances Brief wurde aufgegeben, doch irgendwo auf dem Mittelmeer kreuzte er sich mit einem Brief Ethnes, den Durrance vierzehn Tage später in Kairo erhalten sollte. Er wurde ihm von Calder vorgelesen, der sich Urlaub genommen hatte, um seinen Freund von Wadi Halfa her zu begleiten. Ethne schrieb, daß sie in den letzten Monaten alles bedacht habe, was er ihr in Glenalla und London gesagt hatte; sie habe außerdem seine Briefe gelesen und verstanden, daß in seinem Denken über sie keine Veränderung eingetreten sei und es auch keine geben würde; aus diesem Grunde zöge sie ihren alten Einwand zurück, daß sie ihm durch eine Heirat Schaden zufügen würde, und würde ihn bei seiner Rückkehr nach England heiraten.

»Das ist Pech, nicht wahr?« fragte Durrance, als Calder den Brief zu Ende gelesen hatte. »Denn hier bekomme ich nun das eine, das ich mir immer gewünscht hatte, und es kommt zu einem Zeitpunkt, da ich es nicht mehr akzeptieren kann.«

»Ich glaube, es wird Ihnen sehr schwerfallen, davon zurückzutreten«, sagte Calder. »Ich kenne Miss Eustace nicht, doch aufgrund der Briefe von ihr, die ich Ihnen vorgelesen habe, kann ich eine Mutmaßung wagen. Ich halte sie nicht für eine Frau, die an einem Tag ›ja‹ sagt und am nächsten Tag ›nein‹, nur weil Sie ins Unglück gestürzt wurden, oder die es zuläßt, daß Sie für sie ›nein‹ sagen. Ich habe so eine Ahnung, daß sie etwas für Sie empfindet und umgekehrt und daß Sie Miss Eustace beinahe beleidigen, wenn Sie unterstellen, daß sie Sie nicht heiraten und dennoch glücklich werden könnte.«

Durrance beschäftigte sich mit diesem Aspekt der Frage und wurde unsicher. Durchaus möglich, daß Calder recht hatte. Die Ehe mit einem Blinden! Es mochte gehen, wenn auf beiden Seiten wirklich Liebe stand, und der Brief Ethnes bewies doch – nicht wahr? –, daß auf beiden Seiten tatsächlich Liebe wirkte. Außerdem gab es da einen sehr geringen Ausgleich, der helfen mochte, ihr Opfer weniger unerträglich zu machen. Sie konnte nach wie vor in ihrer Heimat leben und sich in ihrem eigenen Haus bewegen. Denn Lennon House ließ sich wieder aufbauen und die Güter ließen sich von ihren Schulden befreien.

»Außerdem«, fuhr Calder fort, »besteht immer die Möglichkeit einer Heilung.«

»Diese Möglichkeit gibt es nicht«, sagte Durrance mit einer Entschiedenheit, die den Gefährten einigermaßen verblüffte. »Sie wissen das so gut wie ich.« Und er fügte auflachend hinzu: »Sie brauchen gar nicht so schuldbewußt zusammenzufahren. Von Ihren Gesprächen über mich habe ich kein Wort mitgehört.«

»Um alles in der Welt – wie kommen Sie denn darauf, daß es keine Aussicht gibt?«

»Verraten hat es mir die Stimme jedes Arztes, der mich ermutigen wollte. Die Worte – ja, die Worte fordern mich auf, Spezialisten in Europa aufzusuchen und den Mut nicht zu verlieren, die Stimmen aber strafen die Worte Lügen. Wenn man schon nicht sehen kann, vermag man doch zu hören.«

Calder blickte seinen Freund nachdenklich an. Es geschah in letzter Zeit nicht zum erstenmal, daß Durrance seinen Freund mit einem ungewöhnlichen Scharfsinn überraschte. Unbehaglich blickte Calder auf den Brief, den er noch in der Hand hielt.

»Wann wurde der Brief geschrieben?« fragte Durrance plötzlich und fügte sofort eine zweite Frage an: »Weshalb sind Sie zusammengezuckt?«

Calder lachte und erklärte hastig: »Nun, als Sie fragten,

schaute ich gerade auf den Brief, und Ihre Frage kam so genau im richtigen Augenblick, daß ich mir kaum vorstellen konnte, Sie hätten nicht gesehen, was ich da tat. Das Datum war der fünfzehnte Mai.«

»Ah«, sagte Durrance, »der Tag, an dem ich blind nach Wadi Halfa zurückkehrte.«

Calder verharrte reglos auf seinem Stuhl. Besorgt blickte er den Gefährten an; es sah beinahe so aus, als hätte er Angst; seine Haltung verriet Anspannung.

»Das ist ein seltsamer Zufall«, sagte Durrance mit einem achtlosen Lachen; und Calder spürte intuitiv, daß er mit größter Intensität auf eine Bewegung von ihm lauerte, vielleicht auf eine Entspannung seiner Haltung, vielleicht auf ein erleichtertes Aufatmen. Doch Calder rührte sich nicht, und er atmete auch nicht auf.

Dreizehntes Kapitel
Durrance beginnt zu sehen

Ethne stand am Wohnzimmerfenster des Hauses in der Hill Street. Mrs. Adair saß vor ihrem Teetisch. Beide Frauen lauschten, beide warteten, daß ein ganz bestimmtes Geräusch von der Straße heraufschallte und ins Zimmer drang. Das Fenster stand offen, damit sie es nur frühzeitig vernahmen. Es war halb sechs Uhr nachmittags. Wieder war der Juni angebrochen mit seinem Hochgefühl des Sonnenscheins, und London war funkelnd zu einer Stadt des Vergnügens und der grünen Bäume erwacht. In den gegenüberliegenden Häusern waren die Fenster bunt vor Blumen, und auf der Straße unten rollten die Kutschen in schneller Fahrt auf den Park zu. Plötzlich setzte Glockenklang ein und wurde lauter. Hastig hob Mrs. Adair den Kopf.

»Eine Droschke«, sagte sie.

»Ja.«

Ethne beugte sich vor und blickte hinab. »Aber sie hält nicht bei uns«; und das Klingeln wurde leiser und erstarb. Mrs. Adair blickte auf die Uhr.

»Colonel Durrance ist spät dran«, stellte sie fest und wandte sich voller Neugier Ethne zu. Es wollte ihr scheinen, als habe Ethne das »Ja« mit mehr Anspannung als Eifer gesprochen; als sie sich zum Fenster vorbeugte, hatte in ihrer Haltung beinahe Angst gelegen; und obwohl sich Mrs. Adair dessen nicht sicher war, glaubte sie doch Erleichterung zu spüren, als die Droschke ohne zu halten am Haus vorbeifuhr. »Ich frage mich, warum Sie nicht zum Bahnhof gefahren sind, um Colonel Durrance abzuholen«, sagte sie langsam.

Die Antwort kam ohne Zögern.

»Er hätte annehmen können, ich sei gekommen, weil ich ihn für einigermaßen hilflos hielte, und das soll er nicht von mir denken. Er hat seinen Diener bei sich.« Wieder blickte Ethne aus dem Fenster, und ein- oder zweimal machte sie eine Bewegung, als wolle sie etwas sagen, dann hielt sie es aber doch für klüger zu schweigen. Endlich kam sie doch zu einem Entschluß.

»Sie erinnern sich an das Telegramm, das ich Ihnen zeigte?«

»Von Lieutenant Calder, mit der Nachricht, daß Colonel Durrance erblindet sei?«

»Ja. Ich möchte Sie bitten, mir zu versprechen, daß Sie nichts davon sagen. Er soll nie erfahren, daß ich es erhalten habe.«

Mrs. Adair war verwirrt, ein Gefühl, das sie haßte. Ethne hatte ihr das Telegramm gezeigt, doch ohne ihr zu sagen, daß sie unmittelbar nach dem Erhalt an Durrance geschrieben und sich ihm verpflichtet hatte. Als Ethne ihr das Telegramm zeigte, fiel lediglich die Bemerkung: »Ich bin mit ihm verlobt.« Mrs. Adair nahm sofort an, daß dieses Verlöbnis schon einige Zeit bestünde, und man hatte sie in diesem Glauben belassen.

»Sie versprechen es mir?« beharrte Ethne.

»Aber ja doch, meine Liebe, wenn Sie wollen«, gab Mrs. Adair mit einem wenig anmutigen Achselzucken zurück. »Dafür dürfte es aber einen Grund geben. Ich verstehe nicht, warum Sie sich dieses Versprechen geben lassen.«

»Meinetwegen sollen keine zwei Leben vernichtet sein.«

Mrs. Adairs Verdacht, Ethne sehe dem Blinden, mit dem sie verlobt war, mit einiger Besorgnis entgegen, war nicht unbegründet. Sie hatte sogar ein wenig Angst vor der Begegnung. Es war gerade zwölf Monate her, daß sie Durrance in diesem Zimmer an einem ähnlich sonnenhellen Nachmittag gebeten hatte, sie zu vergessen, und jeder Brief, den sie seither erhalten hatte, zeigte, daß er sie nicht vergessen hatte, mochte er sich nun bemüht haben oder nicht. Selbst das letzte Schreiben, das vor drei Wochen aus Wadi Halfa eingegangen war, in der Handschrift eines Kindes niedergelegt, die großen, ungleichmäßigen Worte schief auf das Blatt geworfen, die Buchstaben ineinanderlaufend, der Brief, in dem er ihr von seinem Unglück berichtet hatte und von seinem Antrag abgerückt war – selbst dieser Brief bewies, sicher noch klarer als seine hoffnungserfüllten Vorgänger, daß er nichts vergessen hatte. Während sie am Fenster wartete, war ihr durchaus bewußt, daß sie sich selbst der Anstrengung des Vergessens widmen mußte. Sollte das aber unmöglich sein, mußte sie stets auf der Hut sein, daß sie nicht in einem Augenblick der Achtlosigkeit durch irgendein Wort verriet, daß sie es doch nicht vergessen hatte.

»Nein«, wiederholte sie, »meinetwegen sollen keine zwei Leben vernichtet sein«, und sie wandte sich zu Mrs. Adair um.

»Sind Sie ganz sicher, Ethne«, fragte Mrs. Adair, »daß die beiden Leben nicht auf Ihrem Wege, dem Weg der Heirat, um so gewisser vernichtet werden? Glauben Sie nicht, daß Sie Colonel Durrance nicht trotz allen guten Willens als eine Art Hindernis und Mühlstein empfinden werden? Wäre es nicht möglich, daß er zur gleichen Ansicht kommt? Ich weiß es nicht. Ich weiß es wirklich nicht.«

»Nein«, sagte Ethne entschlossen. »Ich werde nicht so empfinden, und er darf es nicht.«

Mit den beiden Lebenswegen waren nach Mrs. Adairs Auffassung nicht Durrance und Harry Feversham gemeint, sondern Durrance und Ethne selbst. Darin irrte sie; doch Ethne ging nicht auf den Punkt ein, sie freute sich sogar ein wenig darüber, daß die Freundin irrte, und beließ sie in dem falschen Glauben.

Ethne setzte ihre Wache am Fenster fort und hielt Vorausschau auf ihr Leben, plante es in allen Einzelheiten, damit sie sich niemals unachtsam vertat. Es würde ihr zweifellos schwerfallen, und so war es kein Wunder, daß in diesen Minuten des Wartens die Angst in ihr wuchs, daß sie versagen könnte. Aber das Ziel war alle Mühen wert, und sie richtete den Blick darauf. Als er erblindete, hatte Durrance alles verloren, was ihm das Leben lebenswert machte – alles, bis auf eines. »Was würde ich tun, wenn ich verkrüppelt wäre?« hatte er Harry Feversham an dem Morgen gefragt, als sie zum letztenmal gemeinsam durch die Row geritten waren. »Ein kluger Mann könnte sich damit abfinden. Aber was sollte ich tun, wenn ich mein ganzes Leben in einem Stuhl sitzend verbringen müßte?« Ethne hatte diese Worte nicht gehört, doch sie verstand den Mann auch so gut genug. Er war von Geburt an der Erbe der Fremde gewesen – und hatte sein Erbe jetzt verloren. Die Dinge, die ihn entzückten, die langen Reisen, die Panoramen fremder Länder, das Lagerfeuer ein bloßer Funke roten Lichts in schwarzer, leerer Stille, die Stunden des Schlafs im Freien unter funkelnden Sternen, der kühle Nachtwind der Wüste, die Regierungsarbeit – alle diese Dinge hatte er verloren. Nur eines blieb ihm – sie, und sie wußte sehr wohl, daß das nur galt, solange er glauben konnte, daß sie ihn haben wollte. Während sie noch mit ihrem Entschluß rang, hielt die erwartete Droschke unbemerkt vor der Tür. Erst als Durrances Diener geläutet hatte, wurde ihre Aufmerksamkeit wieder auf die Straße gelenkt.

»Er ist da!« sagte sie zusammenfahrend.

Es stimmte wohl, daß Durrance nicht sonderlich scharfsinnig war; er hatte nie viele Fragen gestellt; er nahm die Freunde, wie er sie fand; er nahm sie nicht unter die Lupe. Es wäre jederzeit leicht gefallen, überlegte Ethne, seinen Verdacht auszuräumen, hätte er jemals einen gehabt. *Jetzt* aber mußte es leichter sein denn je. Es gab keinen Grund zur Angst. So redete sie es sich ein, doch trotz aller Argumente stählte sie sich für die Begegnung und trat vor, um ihren Verlobten zu begrüßen.

Mrs. Adair verließ das Zimmer, so daß Ethne allein war, als Durrance zur Tür hereinkam. Sie bewegte sich nicht sofort, sie behielt ihre Haltung und ihren Standort bei und rechnete damit, daß die Veränderung, die mit ihm vorgegangen war, sie im ersten Augenblick schockieren würde. Aber darin wurde sie überrascht; denn die besonderen Veränderungen, die sie erwartet hatte, fielen nur durch ihr Fehlen auf. Gewiß, sein Gesicht wirkte erschöpft, das Haar war ergraut, doch er machte nicht den Eindruck von Hilflosigkeit oder Unsicherheit, und gerade das hatte sie um seinetwillen am meisten gefürchtet. Er kam ins Zimmer, als könne er sehen; seine Erinnerung schien ihm den genauen Ort zu verraten, an dem jedes Möbelstück stand. Allenfalls streckte er hier und dort die Hand in eine Richtung, in der er einen Stuhl vermutete.

Ethne zog sich lautlos in die Fensternische zurück, wußte sie doch im ersten Moment nicht, mit welchen Worten sie ihn begrüßen sollte, und sofort lächelte er und kam direkt auf sie zu.

»Ethne«, sagte er.

»So ist es also nicht wahr!« rief sie. »Sie sind genesen!« Die Gewandtheit seiner Bewegung entriß ihr diese Worte.

»Es ist wahr, und ich bin nicht genesen«, antwortete er. »Aber Sie haben sich am Fenster bewegt, und da wußte ich, daß Sie dort stehen.«

»Woher? Ich habe doch kein Geräusch gemacht.«

»Nein, aber das Fenster steht offen. Der Straßenlärm wurde plötzlich lauter, und daran erkannte ich, daß sich jemand vor dem Fenster zur Seite bewegt hatte. Und ich dachte mir, daß Sie es waren.«

Diese Worte waren wahrhaft nicht typisch dafür, wie sich ein Paar zum erstenmal nach der Verlobung begrüßt, doch sie ließen immerhin keine Verlegenheit aufkommen. Ethne scheute vor einem mechanischen Ausdruck des Mitgefühls zurück in dem Bewußtsein, daß so etwas nicht nötig war, während Durrance solche Worte auch gar nicht hören wollte. Denn es gab viele Dinge, die zwischen diesen beiden auch unausgesprochen als selbstverständlich hingenommen wurden. So gaben sie sich nur kurz die Hand, als die Worte gesprochen waren, und Ethne trat vom Fenster zurück in den Raum.

»Ich lasse Tee kommen«, sagte sie. »Dann können wir uns unterhalten.«

»Ja, wir müssen uns unterhalten, nicht wahr?« gab Durrance ernsthaft zurück. Diesen Ernst aber warf er schnell wieder ab und plauderte gutgelaunt über die Einzelheiten seiner Heimreise. Er fand sogar Grund zur Belustigung über seine Hilflosigkeit in den ersten Tagen der Blindheit, und Ethnes Besorgnis verflog schnell. Sie hatte sie beinahe völlig abgeworfen, als etwas in seiner Haltung die Anspannung plötzlich zurückkehren ließ.

»Ich habe Ihnen aus Wadi Halfa geschrieben«, sagte er. »Ich weiß nicht recht, ob Sie den Brief überhaupt lesen konnten.«

»Sehr gut«, sagte Ethne.

»Ein Freund von mir mußte das Papier festhalten und mir Bescheid sagen, wenn ich in Gefahr geriet, auf die Löschunterlage zu schreiben«, fuhr er auflachend fort. »Das war Calder von den Sappers – aber den kennen Sie natürlich nicht.«

Er sprach den Namen unvermittelt aus, und Ethne erkannte mit einem Schock, daß er ihr eine Falle gestellt hatte. Die seltsame Starre seines Gesichts schien anzudeuten, daß er mit allen Sinnen auf ein Zusammenzucken lauschte, vielleicht sogar auf einen unterdrückten Ausruf, der ihm verriet, daß sie Calder von den Sappers kannte. Sie fragte sich, ob er einen Verdacht hatte. Wußte er von dem Telegramm? Ahnte er, daß sie den Brief aus Mitleid geschrieben hatte? Sie blickte Durrance ins Gesicht, doch seine Züge verrieten ihr nichts anderes, als daß er wachen Sinnes vor ihr saß. Einst, noch vor einem Jahr, hätte ihr der Ausdruck seiner Augen eine klare Antwort gegeben, so sehr er seine Zunge auch im Zaum gehalten hätte.

»Den Brief konnte ich ohne Mühe lesen«, antwortete sie leise. »Es war der Brief, den man von Ihnen erwarten konnte. Aber ich hatte Ihnen bereits geschrieben, und natürlich konnte die schlechte Nachricht keinen Unterschied machen. Ich nehme kein Wort meines Briefes zurück.«

Durrance saß ein wenig vorgebeugt, die Hände auf die Knie gestützt. Wieder fühlte sich Ethne hilflos. Sein Verhalten und sein Gesicht verrieten ihr nicht, ob er ihre Antwort akzeptierte oder in Zweifel zog; und wieder machte sie sich klar, daß sie vor einem Jahr, als er noch sehen konnte, hierin keine Ungewißheit erlebt hätte.

»Ja, ich kenne Sie. Sie wollen nichts zurücknehmen«, sagte er schließlich. »Aber da wäre noch mein Standpunkt.«

Ethne betrachtete ihn angstvoll.

»Ja?« erwiderte sie und versuchte, sorglos zu sprechen. »Wollen Sie ihn mir offenbaren?«

Durrance stimmte zu und begann zu sprechen – mit der bedächtigen Stimme eines Mannes, der sich das Thema gut zurechtgelegt hat, der es auswendig kennt, der darüber hinaus sogar die Folge der Worte bestimmt hat, die es dem Zuhörer am klarsten vor Augen führt.

»Ich weiß, was Blindheit für einen Menschen bedeutet – wenn man nicht ständig auf der Hut ist, bringt sie wachsenden, einengenden Egoismus. Und wird man ständig auf der Hut sein? Ja, die Blindheit hat bei allen Menschen diese Folgen!« wiederholte er mit Nachdruck. »Für mich aber, der ich keinen Beruf mehr habe, bedeutet sie noch viel mehr. Wäre ich Schriftsteller, könnte ich noch diktieren. Als Geschäftsmann könnte ich meine Firma trotz der Behinderung weiterführen. Aber ich bin Soldat – und kein sehr kluger Soldat. Eifersucht, eine beständige und gereizte Neugier, eine zänkische Inanspruchnahme Ihrer Aufmerksamkeit – dies sind meine besonderen Gefahren.« Ethne stimmte ein leises, zweifelndes Lachen an.

»Nun ja, vielleicht kann man dieser Entwicklung wehren«, räumte er ein, »aber man muß damit rechnen. Ich habe gründlich darüber nachgedacht. Ich spreche nicht ohne Überlegung zu Ihnen. Seit ich Ihren Brief erhielt, habe ich Nacht für Nacht darüber nachgegrübelt und gebrütet und mich gefragt, was ich tun sollte. Sie wissen, mit welcher Freude, mit welcher Dankbarkeit ich Ihnen geantwortet hätte: ›Ja, heiraten wir‹, wenn ich es gewagt hätte. Wenn ich es gewagt hätte! Aber ich finde – sind Sie nicht auch der Meinung? –, daß ein großer Kummer den Verstand reinigt. In Kairo lag ich immer wieder wach und dachte nach, und dabei fielen unwichtige und triviale Überlegungen allmählich von mir ab, und einige klare und einfache Wahrheiten traten sehr deutlich zutage. Man glaubte, sich mit ganzer Kraft daran klammern zu müssen, weil nichts anderes mehr übriggeblieben war.«

»Ja, das kann ich verstehen«, antwortete Ethne mit leiser Stimme. Dieselbe Erfahrung hatte sie durchgemacht. Nicht Durrance, sondern sie hätte die Worte sprechen können. Sie blickte zu ihm auf und begann zu erkennen, daß sie und er vielleicht doch manches gemein hatten. Mit noch größerer Entschlossenheit wiederholte sie für sich selbst den Satz: »Meinetwegen sollen keine zwei Leben zerstört sein.«

»Nun?« fragte sie.

»Nun, hier ist eine dieser klaren und einfachen Wahrheiten. Die Heirat zwischen einem Mann, der wie ich verkrüppelt und dessen Leben vorüber ist, und einer aktiven und jungen Frau wie Ihnen, deren Leben in der Blüte steht, wäre völlig falsch, wenn jeder der beiden nicht weitaus mehr als Freundschaft mit in den Bund einbringt. Der Schritt wäre absolut falsch, wenn er ein Opfer für Sie bedeuten würde.«

»Er bedeutet kein Opfer«, antwortete sie entschlossen.

Durrance nickte. Die Antwort befriedigte ihn offensichtlich, und Ethne hatte das Gefühl, daß er mehr auf den Tonfall lauschte als auf die eigentlichen Worte. Dies schloß sie aus seiner konzentrierten Haltung. Sie begann sich zu fragen, ob es wirklich so leicht sein würde, sein Mißtrauen zu beruhigen, nachdem er nun blind war; sie begann zu erkennen, daß es gerade deswegen vielleicht um so schwieriger sein würde.

»Dann bringen Sie mehr als Freundschaft?« fragte er plötzlich. »Sie werden ehrlich antworten, das weiß ich. Sagen Sie es mir.«

Ethne steckte in der Klemme. Sie wußte, daß sie antworten mußte, sofort und unzweideutig. Und ihre Antwort mußte ehrlich ausfallen.

»Auf der ganzen Welt«, antwortete sie so entschlossen wie bisher, »gibt es nichts, das ich mir ernsthafter wünsche, als daß wir beide heiraten.«

Es war ein aufrichtiger Wunsch, aufrichtig geäußert. Sie wußte nichts von dem Gespräch zwischen Harry Feversham und Lieutenant Sutch im Grill Room des Criterion Restaurants; sie hatte keine Ahnung von Harrys Plänen; sie wußte nichts von den Gordon-Briefen, die in der Stadt der Derwische am Nil-Ufer aus einer Lehmmauer geborgen worden waren. Soweit es ihren Erkenntnissen und Wünschen entsprach, war Harry Feversham für immer und völlig aus ihrem Leben verschwunden. Aus diesem Grunde war ihr Wunsch ehrlich gemeint. Aber er war keine genaue Antwort auf Durrances Frage, und wieder hoffte sie, daß er mehr auf die Betonung achten würde als auf die Worte. Er schien sich damit jedoch zufriedenzugeben.

»Vielen Dank, Ethne«, sagte er, ergriff ihre Hand und schüttelte sie. Sein Gesicht lächelte sie an. Weitere Fragen stellte er nicht. Es gab keine Zweifel mehr, dachte sie; sein Mißtrauen war ausgeräumt, er war zufrieden. In diesem Augenblick trat Mrs. Adair diskret ins Zimmer.

Sie war so taktvoll, Durrance wie einen Mann zu begrüßen,

den keine Behinderung plagte, und äußerte sich, als hätte sie ihn erst in der vorigen Woche zum letzten Mal gesehen.

»Vermutlich hat Ethne Sie in unseren Plan eingeweiht«, sagte sie, als ihre Freundin ihr die Teetasse reichte.

»Nein, noch nicht«, antwortete Ethne.

»Was für ein Plan?« erkundigte sich Durrance.

»Es ist alles arrangiert«, sagte Mrs. Adair. »Sie wollen sicher auf Guessens nach Devonshire zurückkehren. Ich bin Ihre Nachbarin – einige Felder trennen uns, das ist alles. In der Zeit bis zu Ihrer Hochzeit wird Ethne also bei mir wohnen.«

»Das ist sehr freundlich von Ihnen, Mrs. Adair!« rief Durrance aus. »Denn natürlich wird eine gewisse Zeit vergehen.«

»Aber sicher werden Sie nicht zu lange warten wollen«, meinte Mrs. Adair.

»Nun, die Sache sieht so aus. Wenn es überhaupt eine Chance gibt, daß ich mein Augenlicht zurückerhalte, sollte ich sie sofort ergreifen. In solchen Fällen ist die Zeit sehr wichtig.«

»Dann gibt es also eine Chance!« rief Ethne.

»Ich werde morgen in London einen Spezialisten aufsuchen«, antwortete Durrance. »Und natürlich könnte man auch den Augenfacharzt in Wiesbaden konsultieren. Aber vielleicht muß man gar nicht so weit gehen. Ich rechne damit, daß ich in Guessens wohnen und bei Bedarf nach London fahren kann. Vielen Dank, Mrs. Adair. Ein guter Plan.« Und er fügte langsam hinzu: »Aus meiner Sicht gibt es keinen besseren.«

Ethne sah Durrance mit seinem Diener zur alten Wohnung in der St. James's Street abfahren und stand anschließend am Fenster in einer ähnlichen Haltung und Gebanntheit, wie sie sie vor dem Besuch an den Tag gelegt hatte. Die Kutschen unten auf der Straße waren inzwischen auf dem Rückweg vom Park – und eine weitere Veränderung war eingetreten. Ethnes Sorgen hatten klarere Konturen gewonnen.

Gewiß, sie war überzeugt, daß Durrances Mißtrauen, zumindest für heute, besänftigt war. Sie wußte nichts von seinem

Gespräch mit Calder in Kairo. Sie wußte auch nichts von seiner Überzeugung, daß es keine Heilung für seine Augen gebe. Sie hatte keine Ahnung, daß die Möglichkeit einer Behandlung nichts anderes sein könnte als ein Vorwand. Trotzdem fühlte sie sich unbehaglich. Durrance war scharfsinniger geworden. Nicht nur seine Sinne hatten sich geschärft – damit hatte man schließlich rechnen müssen –, sondern durch Kummer und Nachdenken war auch sein Verstand angeregt worden, der nun mehr Fragen stellte. Sie hatte das Gefühl, in einen geistigen Zweikampf verwickelt zu werden, bei dem sie zu unterliegen fürchtete. »Meinetwegen sollen nicht zwei Leben vernichtet sein«, wiederholte sie, doch jetzt waren die Worte mehr ein Gebet als ein Entschluß. Denn eins war ihr klar: Durrance hatte nie klarer gesehen, obwohl er blind war.

Vierzehntes Kapitel
Captain Willoughby taucht wieder auf

Während der Monate Juli und August steigerten sich Ethnes Ängste und fanden mindestens einmal Ausdruck in Worten.

»Ich habe Angst«, sagte sie eines Morgens. Sie stand im Sonnenschein an einem offenen Fenster von Mrs. Adairs Haus, das an einem Nebenarm der Salcombe-Mündung gelegen war. Im Zimmer hinter ihr setzte Mrs. Adair ein Lächeln auf.

»Wovor denn? Daß Colonel Durrance gestern in London ein Unglück zugestoßen ist?«

»Nein«, antwortete Ethne langsam. »Darum geht es nicht, denn er kommt in diesem Augenblick über den Rasen auf uns zu.«

Wieder lächelte Mrs. Adair, aber dabei hob sie den Kopf nicht von dem Buch, das sie las, und so mochte ihr Amüsement auf einen Absatz des Textes zurückzuführen sein.

»Ich dachte es mir«, sagte sie, doch mit so leiser Stimme, daß die Worte kaum bis an Ethnes Ohren klangen. Sie drangen gar nicht in ihr Bewußtsein, denn als sie über die geflieste Terrasse und die breite, flache Treppe hinweg auf den Rasen blickte, fragte sie plötzlich:

»Glauben Sie, er hat überhaupt eine Hoffnung, das Augenlicht wiederzufinden?«

Diese Frage war Mrs. Adair noch nicht in den Sinn gekommen, und sie maß ihr auch jetzt keine Bedeutung bei.

»Würde er dann so oft in die Stadt fahren, um seinen Augenarzt aufzusuchen?« fragte sie zurück. »Natürlich macht er sich Hoffnungen.«

»Ich habe Angst«, sagte Ethne und drehte sich abrupt zu ihrer Freundin um. »Ist Ihnen nicht aufgefallen, wie hellsichtig er geworden ist? Wie schnell er das Schweigen des anderen interpretiert, wie schnell er aus dem, was man sagt, auf das schließt, was man nicht sagt, wie schnell er die Sätze ergänzt, in welchem Ausmaß er Bewegungen wie einen Kommentar der Worte auffaßt? Laura, ist es Ihnen nicht aufgefallen? Manchmal habe ich das Gefühl, mein Denken steht ihm bis in die letzten Winkel offen. Er liest in mir wie in einer Kinderfibel.«

»Ja«, sagte Mrs. Adair. »Sie sind im Nachteil. Sie können Ihre Gedanken nicht mehr mit dem Gesicht abschirmen.«

»Und seine Augen verraten mir nichts mehr«, fügte Ethne hinzu.

Beide Äußerungen waren zutreffend. Als Durrance noch Ethnes Gesicht vor sich gesehen hatte, das Antlitz mit seiner Frische und den ruhigen, aufrichtigen, grauen Augen, hatte er ihr Schweigen gegen ihre Worte und ihre Bewegungen kaum mit solcher Nüchternheit abwägen können, wie er sie jetzt aufbringen konnte. Andererseits tappte sie jetzt oft im dunkeln, wohingegen sie früher nie Zweifel über die Bedeutung seiner Worte oder Wünsche oder Absichten gekannt hatte. Kurz, Durrances Blindheit hatte eine Wirkung, die völlig anders war, als man hätte erwarten können. Ihre Positionen waren vertauscht worden.

Mrs. Adair interessierte sich jedoch mehr für Ethnes ungewöhnliche Redseligkeit. Kein Zweifel, überlegte sie. Das Mädchen, das früher in Rede und Aussehen von ruhiger Offenheit gewesen war, verwandelte sich in ein Geschöpf voller Launen und nervöser Aufwallungen. »Dann gibt es also etwas vor ihm zu verbergen?« fragte sie leise.

»Ja.«

»Etwas Wichtiges?«

»Etwas, das ich ihm um jeden Preis verheimlichen muß!« rief Ethne aus und wußte dabei nicht einmal genau, ob Durrance es nicht längst herausgefunden hatte. Sie trat über die Schwelle auf die Terrasse hinaus. Vor ihr erstreckte sich der Rasen bis zu einer Hecke; auf der anderen Seite lagen ein paar sanft gewellte Weiden; dahinter sah sie in einer Baumgruppe aus den Schornsteinen von Colonel Durrances Haus Rauch aufsteigen. Einen Augenblick lang stand sie zögernd auf der Terrasse. Zur Linken führte der Rasen zu einer Reihe hoher Buchen und Eichen hinab, die das Flüßchen säumten. Am Ufer war jedoch eine breite Stelle gerodet worden, und in dieser Lücke sah Ethne das Sonnenlicht auf dem Wasser und den bewaldeten Hang der anderen Seite und weiter unten auf dem Flußarm ein Segelboot, das langsam gegen den leichten Wind kreuzte. Ethne blickte sich um, als sammle sie Kraft, als formuliere sie ihre Sätze für den Mann, der mit gleichmäßigen Schritten über den Rasen auf sie zukam. Doch während sie zögerte, schien diese Anwandlung dem Blinden fremd zu sein. Es hatte den Anschein, als erfaßten Durrances Augen den Weg, den seine Schritte nahmen, und mit dem Stock in der Hand hieb er nach den Grashalmen wie ein Mann, der das Hilfsmittel eher aus Gewohnheit denn aus Notwendigkeit mit sich führt. Ethne ging die Treppe hinab und schritt ihm entgegen. Sie bewegte sich langsam, als habe sie eine schwere Begegnung vor sich.

Doch es gab jemanden, der dem Zusammentreffen voller Eifer entgegenblickte. Denn als Ethne die Stufen hinabging, ließ Mrs. Adair abrupt das Buch fallen, in dem zu lesen sie vorgegeben hatte, und lief zum Fenster. Hinter dem Vorhang verborgen, blickte sie hinaus und beobachtete die Szene. Noch stand das Lächeln auf ihren Lippen, doch in ihre Augen war ein heftiges Leuchten getreten, und auf ihrem Gesicht zeichnete sich die Anspannung der Sehnsucht ab.

»Etwas, das sie um jeden Preis verheimlichen muß«, sagte sie vor sich hin, und sie sprach mit frohlockender Stimme. Außerdem lag Verachtung in ihrem Ton, Verachtung für Ethne Eustace, die Frau des weiten Landes, die Frau, die Angst hatte, die vor einer Ehe mit einem Blinden zurückschreckte, weil sie die Beschneidung ihrer Freiheit fürchtete. Dieses Zurückscheuen mußte Ethne verheimlichen – davon war Mrs. Adair überzeugt. »Oh, ich bin froh«, sagte sie, und das war sie – ungemein froh, daß Durrance von Blindheit geschlagen war. Denn sollte jemals ihre Gelegenheit kommen – und sie glaubte mehr und mehr damit rechnen zu können –, würde die Blindheit ihn an sie fesseln, wie noch kein Mann an eine Frau gefesselt gewesen war. So eifersüchtig war sie auf jedes seiner Worte, auf jede seiner Bewegungen, daß seine Abhängigkeit von ihr die größte aller Wonnen sein würde. Sie sah, wie Ethne und Durrance am Fuße der Terrassentreppe auf dem Rasen zusammentrafen. Sie sah sie kehrtmachen und nebeneinander durch das Gras zum Fluß gehen. Sie bemerkte, daß Ethne ihn um etwas zu bitten schien, und wünschte sich sehnlich, sie könne das Gespräch mit anhören.

Und Ethne bat Durrance wirklich um etwas.

»Du warst gestern bei deinem Augenarzt?« fragte sie hastig, kaum daß sie zusammengetroffen waren. »Nun, was hat er gesagt?«

Durrance zuckte die Achseln.

»Daß man abwarten muß. Nur die Zeit kann erweisen, ob eine Heilung möglich ist oder nicht«, antwortete er, und Ethne beugte sich ein wenig vor und musterte sein Gesicht, als bezweifle sie, daß er die Wahrheit sagte.

»Aber müssen wir beide warten?« fragte sie.

»Sicher«, gab er zurück. »Es ist in jeder Beziehung ratsam.« Daraufhin stellte er ihr plötzlich eine Frage, deren Sinn sie nicht erkannte. »Nicht wahr, es war Mrs. Adair, die den Vorschlag machte, ich sollte nach Guessens zurückkehren, während du dann hier auf der anderen Seite der Weiden wohnen könntest?«

Die Frage verwirrte Ethne, doch sie antwortete direkt und wahrheitsgemäß. »Als ich von deinem Unfall erfuhr, war ich sehr bestürzt. Ich war dermaßen außer mir, daß ich zuerst nicht wußte, was ich tun sollte. Ich kam nach London und erzählte Laura davon, da sie ja meine Freundin ist, und dies war ihr Plan. Natürlich hieß ich ihn mit ganzem Herzen willkommen«; und jetzt lag die flehentliche Bitte in ihrer Stimme. Sie bat Durrance, ihr die Worte zu bestätigen, was er auch verstand. Lächelnd wandte er sich zu ihr um.

»Das weiß ich, Ethne«, sagte er sanft.

Ethne atmete auf, und für kurze Zeit verschwand die Sorge aus ihrem Gesicht.

»Es war nett von Mrs. Adair«, fuhr er fort, »während es dir recht schwerfallen muß, wärst du doch viel lieber in deiner Heimat. Ich erinnere mich deutlich an einen Satz, den Harry Feversham ...« Er sprach den Namen beiläufig aus, hielt jedoch, als er ihn gesagt hatte, einen Augenblick inne. Sein Gesicht ließ nicht erkennen, ob er diese Pause absichtlich eingelegt hatte, doch Ethne ahnte eine Absicht. Er horchte, so vermutete sie, auf eine Bewegung des Unbehagens, vielleicht sogar des Schmerzes, zu der sie sich unbedacht verleiten lassen mochte. Doch sie rührte sich nicht. »Einen Satz, den Harry Feversham vor langer Zeit einmal gesagt hat«, fuhr er fort, »kurz bevor ich London verließ und nach Ägypten ging. Er sprach von dir und sagte: ›Sie ist ein Kind ihres Landes und sogar ihrer Grafschaft. Ich glaube, sie wäre an keinem Ort glücklich, der nicht in Reichweite Donegals läge.‹ Und wenn mir diese Worte so durch den Kopf gehen, will es mir recht egoistisch erscheinen, dich hier festzuhalten, was dich viel Kraft kosten muß.«

»Daran habe ich nicht gedacht, als ich dich eben fragte, warum wir noch warten müssen!« rief Ethne. »Das wäre wirklich höchst selbstsüchtig von mir. Ich habe mich nur gefragt, warum du lieber warten wolltest, warum du darauf bestehst. Obwohl man natürlich hofft und mit ganzer Seele darum betet, daß du wieder sehen kannst, würde die Heilung doch keinen Unterschied machen.«

Sie sprach langsam, und wieder lag ein Flehen in ihrer Stimme. Diesmal gab ihr Durrance keine Zustimmung zu verstehen, und sie wiederholte ihre Worte mit stärkerer Betonung.

»Es würde doch keinen Unterschied machen.«

Durrance fuhr zusammen wie ein Mann, der aus einem Gedankengang gerissen wird.

»Verzeih mir, Ethne«, sagte er. »Ich habe gerade an Harry Feversham gedacht. Ich möchte dich bitten, mir etwas zu sagen. Du hast mir vor langer Zeit in Glenalla angedeutet, du könntest dich vielleicht eines Tages überwinden, mir davon zu erzählen, und jetzt wüßte ich es gern. Weißt du, Harry Feversham war mein Freund. Ich möchte dich bitten, mir zu sagen, was damals in Lennon House geschah, dessentwegen du die Verlobung gelöst und ihn wie einen Ausgestoßenen fortgeschickt hast.«

Ethne schwieg eine Weile, dann sagte sie leise: »Ich möchte lieber nicht davon sprechen. Das Ganze ist vorbei und vergessen. Ich möchte dich bitten, mich nie wieder danach zu fragen.«

Durrance drängte nicht auf Antwort.

»Schön«, sagte er heiter. »Ich werde dich nicht danach fragen. Eine Antwort zu geben, könnte dich kränken, und ich möchte dir natürlich keine Schmerzen bereiten.«

»Nicht deswegen möchte ich darüber schweigen«, erklärte Ethne nachdrücklich. Sie zögerte und wählte sorgfältig ihre Worte: »Nicht weil ich Angst vor Kränkung hätte. Aber die Ereignisse liegen so lange zurück – ich sehe in Mr. Feversham einen Mann, den ich einmal gut gekannt habe und der jetzt tot ist.«

Sie gingen auf die breite Lücke in der Baumreihe am Ufer zu, und im Sprechen hob Ethne den Blick vom Boden. Sie bemerkte, daß das kleine Boot, das sie von der Terrasse aus den Fluß hatte heraufkreuzen sehen, mit dem Bug inzwischen an das Ufer gestoßen war. Das Segel war gerefft, die kleine Mastspitze ragte über die Graskuppe des Gartens, und am Ufer stand ein Mann und blickte unsicher zum Haus hinauf, als wisse er sich nicht zurechtzufinden.

»Ein Fremder ist vom Fluß gelandet«, sagte sie. »Er scheint sich verfahren zu haben. Ich gebe ihm Auskunft.«

Noch während sie sprach, lief sie los und ergriff die Anwesenheit des Fremden als willkommene Gelegenheit einer Unterbrechung, selbst wenn diese Unterbrechung nur eine Minute dauern mochte. Ähnliche Erleichterung mag, so dachte sie, ein Zeuge vor Gericht empfinden, wenn sich der Richter erhebt, um seine halbstündige Mittagspause anzutreten. Nach einem Gespräch mit Durrance hatte sie tatsächlich oft das Gefühl, einen Zeugenstand zu verlassen, in dem sie einem so geschickten Kreuzverhör unterzogen worden war, daß sie kaum die Richtung zu deuten vermochte, in die das Gespräch ging, obwohl sie von Anfang an einen Verdacht hatte.

Der Fremde kam gleichzeitig auf sie zu. Er war ein Mann mittlerer Größe mit kurzer, gedrungener Nase, vorspringenden, ausdruckslosen Augen und einem ziemlich ausgefallenen Schnurrbart. Er hob den Hut und enthüllte eine runde, kahl werdende Stirn.

»Ich bin von Kingsbridge hergesegelt«, sagte er, »kenne mich aber in diesem Teil der Welt absolut nicht aus. Können Sie mir sagen, ob dieses Haus The Pool genannt wird?«

»Ja, wenn Sie die Stufen zur Terrasse hinaufgehen, finden Sie dort Mrs. Adair«, sagte Ethne.

»Ich bin gekommen, um mit Miss Eustace zu sprechen.«

Überrascht drehte sich Ethne zu ihm um.

»Ich bin Miss Eustace.«

Der Fremde betrachtete sie stumm.

»Dachte ich mir.«

Ehe er weitersprach, zwirbelte er zunächst eine Bartspitze, dann die andere.

»Ich hatte Mühe, Sie zu finden, Miss Eustace. Ich habe den weiten Weg nach Glenalla zurückgelegt – umsonst. Ziemlich unangenehm für einen Mann, der nur einen kurzen Urlaub hat!«

»Das tut mir sehr leid«, sagte Ethne lächelnd. »Aber warum machten Sie sich die Mühe?«

Wieder zwirbelte der Fremde an seinem Schnurrbart herum. Wieder ruhte sein Blick nichtssagend auf ihr, ehe er weitersprach.

»Sie haben meinen Namen zweifellos längst vergessen.«

»Ich glaube nicht, daß ich ihn je gehört habe«, antwortete sie.

»O doch, das haben Sie, glauben Sie mir. Sie haben ihn vor fünf Jahren gehört. Ich bin Captain Willoughby.«

Ethne trat hastig einen Schritt zurück, die gesunde Farbe wich aus ihrem Gesicht, die Lippen zogen sich zu einer entschlossenen Linie zusammen, und ihr Blick wurde hart. Düster schweigend starrte sie ihn an.

Captain Willoughby ließ sich davon nicht im geringsten aus der Fassung bringen. Er nahm sich Zeit, und als er schließlich das Wort ergriff, äußerte er sich eher wie ein Mann, der jemandem ein Fehlverhalten nachsieht, als wie jemand, der eine Entschuldigung vorbringt.

»Ich verstehe durchaus, daß Sie mich nicht gern empfangen, Miss Eustace, aber keiner von uns konnte voraussehen, daß Sie dabei sein würden, als die drei weißen Federn Feversham erreichten.«

Ethne tat die Erklärung mit einer Handbewegung ab.

»Woher wissen Sie, daß ich dabei war?« fragte sie.

»Feversham hat es mir gesagt.«

»Sie haben ihn gesehen?«

Der Schrei entrang sich ihren Lippen. Es war ein tongewordenes Klopfen ihres Herzens und verblüffte Ethne ebenso, wie er

Captain Willoughby überraschte. Sie hatte sich dazu gebracht, Harry Feversham aus ihren Gedanken zu tilgen und aus ihren Gefühlen zu verbannen, und der Schrei bewies ihr, wie wenig ihr das gelungen war. Noch vor wenigen Minuten hatte sie von ihm als einem Mann gesprochen, der für sie als tot galt – und sie hatte geglaubt, die Wahrheit zu sagen.

»Sie haben ihn wirklich gesehen«, wiederholte sie mit staunender Stimme. Neidvoll blickte sie ihr ungerührtes Gegenüber an. »Sie haben mit ihm gesprochen? Und er mit Ihnen? Wann?«

»Vor einem Jahr in Suakin. Warum wäre ich sonst hier?«

Die Frage wirkte auf Ethne wie ein Schock. Sie ahnte die Antwort nicht, sie war auch ihrer selbst nicht genug Herr, um sich über eine solche Antwort Gedanken zu machen, doch wie immer sie auch aussehen mochte – sie hatte Angst davor.

»Ja«, sagte sie langsam und beinahe widerstrebend. »Nun ja, und warum sind Sie hier?«

Willoughby zog eine Brieftasche aus dem Jackett, öffnete sie umständlich und schüttelte aus einer der Seitentaschen eine winzige, schmutzige Feder in seine Handfläche. Er hielt sie Ethne hin.

»Ich bin gekommen, um Ihnen dies zu geben.«

Ethne nahm sie nicht. Sie wich vielmehr davor zurück.

»Warum?« fragte sie unsicher.

»Drei weiße Federn, jede eine Beschuldigung der Feigheit, wurden Feversham von drei Männern geschickt. Dies ist eine der Federn, die ihm vor fünf Jahren von seiner Wohnung nach Ramelton nachgeschickt wurden. Ich bin einer der drei Männer, die die Federn geschickt haben. Ich bin gekommen, um Ihnen zu sagen, daß ich meine Anschuldigung zurücknehme. Ich nehme die Feder zurück.«

»Und Sie bringen Sie mir?«

»Er hat mich darum gebeten.«

Ethne legte sich die Feder in die Hand, ein Ding, das absolut gesehen leicht und zerbrechlich war, doch als Symbol so ungeheuerlich; und die Bäume und der Garten begannen plötzlich um sie zu kreisen. Sie merkte, daß Captain Willoughby etwas sagte, doch seine Stimme klang plötzlich ungewöhnlich fern und dünn, so daß sie aufbegehrte, denn sie wollte unbedingt hören, was er zu sagen hatte. Trotz des sonnigen Augusttages war ihr sehr kalt. Aber die Gegenwart Captain Willoughbys, eines der drei Männer, denen sie niemals verzeihen würde, half ihr, die Kontrolle über sich zurückzugewinnen. Vor keinem der verabscheuten drei würde sie Schwäche zeigen, und obwohl sie beinahe das Bewußtsein verloren hätte, kam sie mit großer Willensanstrengung wieder zu sich.

»Kommen Sie«, sagte sie. »Ich möchte Ihre Geschichte hören. Die Neuigkeit, die Sie mir gebracht haben, war ein Schock für mich. Ich begreife sie noch immer nicht richtig.«

Sie führte ihn von der offenen Stelle zu einem umschlossenen Rasenstück oberhalb des Wasserlaufs. Auf drei Seiten standen dichte Hecken, an der Rückseite wuchsen hohe Ulmen und Pappeln, vorn glitzerte und plätscherte das Wasser, und jenseits des Flusses erhoben sich erneut die Bäume, überragt von sanft abfallenden Weiden. Eine Unterbrechung in der Hecke bildete den Zugang zu diesem umschlossenen Ort, und mitten auf dem Rasen stand eine Gartenbank.

»Und jetzt«, sagte Ethne und bedeutete Captain Willoughby, neben ihr Platz zu nehmen, »lassen Sie sich Zeit. Sie werden nichts vergessen. Sogar seine Worte, wenn Sie sich an sie erinnern. Für seine Worte will ich Ihnen danken.« Die weiße Feder hielt sie krampfhaft in der Hand. Irgendwie war es Harry Feversham gelungen, seine Ehre zurückzuerlangen, irgendwie hatte sie ihn ungerecht behandelt; und jetzt sollte sie erfahren, wie das gewesen war. Sie hatte keine Eile. Sie spürte noch nicht einmal Reue, daß sie ungerecht gehandelt hatte. Dieses Bedauern würde sich bestimmt noch später einstellen. Im Augenblick war die bloße Erkenntnis, ungerecht reagiert zu haben, ein zu großes Glück, um durch Gedanken an Sühne gemildert zu werden. Sie öffnete die Hand und betrachtete die Feder. Und während sie hinschaute, überschwemmten Erinnerungen ihre Gedanken, Erinnerungen, die sie lange Zeit streng unterdrückt hatte, bedauernde Gefühle, von denen sie angenommen hatte, daß sie längst erstorben wären, Sehnsüchte, die fremd geworden waren. Ringsum erstreckten sich die Wiesen Devonshires, der salzige Geruch des Meeres lag in der Luft – trotzdem lebte sie plötzlich wieder in jenem Frühling in Dublin vor fünf Jahren, ehe die Federn nach Ramelton kamen.

Willoughby begann seine Geschichte vorzutragen, und beinahe sofort erlosch auch die Erinnerung an jene Zeit.

Ethne saß in der englischsten aller Grafschaften, in der Grafschaft von Plymouth und Dartmouth und Brixham und des Start, einer Grafschaft, deren rote Küstenklippen ständig von vergangenen Jahrhunderten sprechen, so daß man in keinem Hafen anlegen kann, ohne an die Spanische Flotte und die kleinen Barken und Boote zu denken, die mit der Flut mannhaft auf ihre langen Fahrten gingen. Auch diesen Fluß entlang hatte das Hämmern der Bootsbauer geklungen, und der Boden seiner Ufer war getränkt mit Erinnerungen an so manchen britischen Seemann. Ethne aber stand nicht der Sinn nach diesen Assoziationen. Die Landschaft war ein unruhiger Nebel vor ihren Augen, ein Nebel, der ab und zu einen Blick auf das fremde, weite Land des Ostens freigab, von dem Durrance ihr so oft erzählt hatte. Die einzigen Bäume, die sie wahrnahm, waren die verkümmerten Mimosen der Wüste; das einzige Meer die gewaltigen Weiten gelben Sandes, die einzigen Klippen die pyramidenartigen, schwarzen Felsen, die abrupt aus der Weite aufstiegen. Es gehörte zur Ironie ihrer Situation, daß sie die Leiden, die einer ihrer Anbeter hatte durchmachen müssen, aufgrund der vertraulichen Schilderungen des anderen um so besser zu würdigen wußte.

Fünfzehntes Kapitel
Die Geschichte der ersten Feder

»Ich werde Sie nicht unterbrechen«, sagte Ethne, als Willoughby sich neben sie setzte, und er hatte kaum zwanzig Worte gesprochen, als sie dieses Versprechen auch schon brach.

»Ich bin Stellvertretender Gouverneur von Suakin«, begann er. »Mein Vorgesetzter war im Mai auf Urlaub. Sie können sich glücklich schätzen, Suakin nicht zu kennen, Miss Eustace, besonders im Mai. Keine weiße Frau vermag in jener Stadt zu leben. Sie liegt in einer ganz eigenen feuchten Hitze. Die Luft ist schwer von Salz und so bedrückend, daß man nachts nicht schlafen kann. Nun, gegen zehn Uhr eines Abends saß ich auf der im ersten Stock gelegenen Veranda des Palastes, schaute über den Hafen und das Destillierwerk und fragte mich, ob es sich überhaupt lohne, zu Bett zu gehen, als ein Diener meldete, daß ein Mann unten sei, der seinen Namen nicht nennen wolle, der mich aber unbedingt sprechen müsse. Der Mann war Feversham. Auf der Veranda brannte nur eine Lampe, und die Nacht war dunkel. Ich erkannte ihn also erst, als er dicht vor mir stand.«

Und sofort unterbrach ihn Ethne: »Wie hat er ausgesehen?«

Willoughby legte die Stirn in Falten und öffnete weit die Augen.

»Genau genommen weiß ich das nicht«, erwiderte er unsicher. »Wohl wie andere Männer, die ein oder zwei Jahre im Sudan zugebracht haben, ein bißchen überanstrengt und so.«

»Schon gut«, sagte Ethne und seufzte enttäuscht. Fünf Jahre lang hatte sie nichts von Harry Feversham gehört. So sehr hungerte sie nach Nachrichten über ihn, nach dem Klang der Sätze, die er immer wieder benutzte, nach der Beschreibung seiner vertrauten Gesten. Frauliche Sorge um seine Gesundheit erfüllte sie, sie wollte wissen, ob er sich im Gesicht oder am Körper verändert hatte, und wenn ja, wie und in welchem Maße. Aber sie schaute in das verschlossene, stumpfe, unempfindliche Gesicht Captain Willoughbys und erkannte, daß sie ohne diese Details auskommen mußte, so sehr sie sich danach sehnte.

»Verzeihen Sie«, sagte sie. »Erzählen Sie weiter.«

»Ich fragte ihn, was er wollte«, fuhr Willoughby fort, »und warum er sich nicht mit Namen hatte melden lassen. ›Hätte ich das getan, hätten Sie mich nicht empfangen‹, erwiderte er und zog einen Stapel Briefe aus der Tasche. Nun, Miss Eustace, diese Briefe waren vor langer Zeit von General Gordon in Khartum geschrieben worden. Man hatte sie den Nil hinab bis nach Berber gebracht. Am Tag, nachdem sie Berber erreichten, ergab sich die Stadt allerdings den Mahdisten. Abou Fatma, der Bote, der die Schreiben bei sich hatte, versteckte sie in der Hausmauer eines Arabers namens Jussuf, der auf dem Markt Steinsalz verkaufte. Auf einen Verdacht hin wurde Abou dann ins Gefängnis gesteckt und entkam nach Suakin. Die Briefe blieben in ihrem Mauerversteck, bis Feversham sie zurückholte. Ich sah sie durch und erkannte, daß sie keinen Wert hatten. Ich fragte Feversham geradeheraus, warum er, der es nicht gewagt hatte, sein Regiment im aktiven Dienst zu begleiten, Tod und Folter riskiert hatte, um diese Briefe zurückzuholen.«

Auf der Veranda stehend, das ruhige Gewässer vor sich, hatte Feversham seine Geschichte ruhig und ohne Übertreibung erzählt. Er hatte geschildert, wie er in Suakin mit Abou Fatma zusammengetroffen war, wie die beiden Männer gemeinsam bis Obak gereist waren, wie er, da Abou Fatma sich nicht weiterwagte, mit seinem grauen Esel allein nach Berber hinabgewandert war. Er hatte nicht einmal den Anflug von Panik verschwiegen, der ihm die Glieder schlottern ließ, als er die niedrigen braunen Mauern der Stadt und die dahinter am Nilufer aufragenden Dattelpalmen erblickte; den Anfall, der ihn im hellen Sonnenlicht durch die leere Wüste laufen ließ, ein haltloses Bündel Angst. Etwas ließ er jedoch aus. Er verschwieg die Stunden, die er im heißen Sand hockend verbracht hatte, den Mantel über den Kopf gezogen, während er über Kontinente und Meere ein Frauengesicht zu sich herholte und aus seinem Ausdruck des Kummers die Kraft zum Widerstand schöpfte.

»Als die Sonne unterging, marschierte er nach Berber hinein«, sagte Captain Willoughby, und das war alles, was er zu sagen hatte. Ethne Eustace jedoch genügte das. Sie atmete auf, ihr Gesicht entspannte sich, und in ihren grauen Augen erschien ein Schimmern und auf ihren Lippen ein Lächeln.

»Er ging nach Berber hinein«, wiederholte sie leise.

»Und mußte feststellen, daß die alte Stadt auf Befehl des Emirs zerstört worden war und daß am Südrand eine neue errichtet wurde«, fuhr Willoughby fort. »All die Hinweise, mit deren Hilfe Feversham das Haus wiedererkennen sollte, in dem die Briefe versteckt lagen, waren verschwunden. Die Dächer waren heruntergerissen, die Häuser geschleift, die Vordermauern abgetragen. Schmale Gassen, gesäumt von Höfen, so beschrieb Feversham den Ort – hierhin und dorthin verlaufend und zu den Sternen hin offen. Hier und dort mag sich ein zerstörter Turm erhoben haben, Überbleibsel eines reichen Hauses. Doch wo die Hütte Jussufs gestanden hatte, der früher auf dem Markt Steinsalz verkauft hatte – darauf ließ sich in dem riesigen Terrain bröckelnder Ruinen bestimmt kein Hinweis finden. Die Füchse hatten sich dort bereits eingerichtet.«

Das Lächeln schwand aus Ethnes Gesicht, doch wieder schaute sie auf die weiße Feder in ihrer Hand, und sie lachte mit großer Zufriedenheit. Das Gebilde war gelb von Wüstenstaub. Es war der Beweis, daß diese Geschichte kein Wort des Versagens enthalten würde.

»Sprechen Sie weiter«, sagte sie.

Willoughby schilderte, wie der Neger mit dem Esel losgeschickt wurde, um Abou Fatma am Obak-Brunnen aufzusuchen.

»Feversham hielt sich zwei Wochen lang in Berber auf«, fuhr Willoughby fort. »Eine Woche, während der er jeden Morgen an den Brunnen kam und auf die Rückkehr seines Negers von Obak wartete, und eine Woche, in der dieser Neger nach Jussuf suchte, der früher einmal auf dem Markt Steinsalz verkauft hatte. Miss Eustace, so sehr Sie sich auch bemühen mögen, ich bezweifle, daß Sie sich vorstellen können, was diese vierzehn Tage für Feversham bedeutet haben müssen – die Angst, die Gefahr, die ständige Erwartung, daß eine Stimme ihn zum Stehenbleiben auffordern und eine Hand ihn an der Schulter packen würde, die stets gegenwärtige Erkenntnis, daß, wenn diese Hand seine Schulter berührte, der Tod der geringste Teil seiner Strafe sein würde. Ich stelle mir die Stadt vor – eine Stadt niedriger Häuser und breiter Sandstraßen, hier und dort von klaffenden Gruben durchzogen, denen man den Lehm für den Hausbau entnommen hatte, und am Himmel die sengende Sonne und ein heißer, schattenloser Himmel. Kein Winkel bot Dunkelheit oder Versteck. Und den ganzen Tag hindurch wälzte sich drängend und rufend eine Menschenmenge durch diese Straßen – denn es gehört zur Politik der Mahdisten, die Städte zu füllen, damit alle bewacht werden können und jeder der Spion seines Nachbarn sein kann. Feversham wagte es nicht, bei Nacht den Schutz eines Daches zu suchen, denn er traute seiner Sprache nicht. Bei Tage konnte er sich an den Buden zu essen kaufen, doch er fürchtete jedes Gespräch. Nachts schlief er in irgendeinem Winkel der verlassenen Altstadt, in dem weiten Terrain zerstörten Mauerwerks. Umgekehrt durfte er nicht bei Tage durch die Nebengassen schleichen, damit niemand ihn nach seinem Anliegen frage; ebensowenig durfte er offen lauschen, in der Hoffnung, Jussufs Namen ausgesprochen zu hören, damit andere Bummler ihn nicht scherzhaft anredeten und ins Gespräch zu ziehen versuchten. Auch durfte er es nicht wagen, bei Tage die verfallenen Ruinen zu durchstreifen. Von Sonnenaufgang bis Sonnenuntergang mußte er energisch die Straßen der Stadt hinauf- und hinablaufen wie ein Mann, der Dringendes zu erledigen hat. Und das Ganze währte vierzehn Tage, Miss Eustace! Ein aufreibendes beschwerliches Leben, meinen Sie nicht? Ich wünschte, ich könnte Ihnen so lebhaft davon erzählen, wie er es mir an jenem Abend auf dem Balkon des Palastes von Suakin schilderte.«

Auch Ethne wünschte sich das von ganzem Herzen. Harry Feversham hatte seinem Bericht an jenem Abend sehr reale Züge verliehen, so daß noch nach fünfzehn Monaten der phantasielose Willoughby in seiner eigenen Wiedergabe einen Kontrast und Mangel erkannte.

»Vor uns erstreckte sich der ruhige Hafen und das Rote Meer, über uns strahlten die afrikanischen Sterne. Feversham sprach sehr leise, doch mit besonderem Nachdruck und starr auf mein Gesicht gerichteten Augen, als zwinge er mich, mit ihm zu empfinden und ihn zu verstehen. Er wandte nicht einmal die Augen ab, als er sich eine Zigarre anzündete. Denn inzwischen hatte ich ihm eine Zigarre gereicht und ihm einen Stuhl angeboten, wirklich, Miss Eustace, das versichere ich Ihnen. Zum erstenmal seit vier Jahren saß er bei einer Person seines Standes, in Gesellschaft eines Landsmanns, mit dem er auf etwa gleichem Fuße verkehrte. Er selbst sagte es mir. Ich wünschte, ich könnte mich an alles erinnern, was er mir gesagt hat.« Willoughby hielt inne und strengte sein Gedächtnis an. Doch schließlich gab er die Anstrengung auf.

»Also«, fuhr er fort, »nachdem sich Feversham zwei Wochen lang in Berber herumgetrieben hatte, entdeckte der Neger Jussuf, der kein Salz mehr verkaufte, sondern am Flußufer eine kleine *dhurra*-Anpflanzung versorgte. Von Jussuf erhielt Feversham Informationen, die ihn zu dem Haus führten, in dessen Innenmauern die Briefe versteckt waren. Aber Jussuf erwies sich als nicht vertrauenswürdig. Möglicherweise wurde Feversham von seinem Akzent verraten. Eher noch ist anzunehmen, daß Jussuf Feversham für einen Spion hielt und es ratsam fand, die Flucht nach vorn anzutreten und Muhammad-al-Kheir, dem Emir, seinen Anteil am Verschwinden der Briefe zu gestehen. Allerdings sind das nur Mutmaßungen. Wichtig ist nur eine

Tatsache. Am gleichen Abend sah sich Feversham allein in Alt-Berber um.«

»Allein!« rief Ethne. »Ja?«

»Er fand das Haus an einer schmalen Gasse, das sechste in der Reihe. Die Vordermauer war eingestürzt, während die beiden Seitenwände und die Rückwand noch standen. In jener Innenmauer waren die Briefe versteckt, drei Fuß über dem Boden und zwei Fuß von der rechten Ecke entfernt. Feversham bohrte sein Messer in die Lehmziegel; er höhlte ein Loch aus, in das er die Hand stecken konnte. Die Mauer war dick, und er mußte tief graben, wobei er von Zeit zu Zeit innehielt, um nach dem Päckchen zu tasten. Endlich erfaßten es seine Finger und zogen es heraus; als er seinen Fund eben in einer Falte seiner *dschub* versteckte, fiel von hinten Lampenschein auf ihn.«

Ethne zuckte zusammen, als säße sie selbst in der Falle. Jenes Gewirr zerstörter Hausmauern, zwischen denen hier und dort ein Turm zum Himmel aufragte, die einsamen Gassen, die Totenstille unter den Sternen, die Schreie, der Trommelschlag und die grellen Lichter von der neuen Stadt, Harry Feversham allein mit den Briefen, ein Teil seiner Ehre wiederhergestellt, und schließlich das Aufzucken der Lampe an jenem einsamen Ort – die Szene und der Ablauf der Ereignisse standen Ethne so deutlich vor Augen, daß sie trotz der Feder in ihrer Hand kaum glauben konnte, Harry Feversham sei mit dem Leben davongekommen.

»Ja, ja?« fragte sie.

»Er stand mit dem Gesicht zur Mauer. Das Licht kam aus der Gasse hinter ihm. Er machte nicht kehrt; vielmehr konnte er aus dem Augenwinkel den reglosen Faltenwurf eines weißen Umhangs ausmachen. Sorgfältig verschnürte er das Päckchen, mit einer Umsicht und Fassung, die ihn damals selbst erstaunten. Der Schock hatte ihm zu einer Konzentration und geistigen Klarheit verholfen, wie er sie bisher nicht erlebt hatte. Er berichtete selbst, daß seine Finger gezittert hätten, während sie die Knoten banden, doch es war ein Zittern der Erregung, einer Erregung, die keine Nervosität beinhaltete. Sein Verstand arbeitete schnell, aber umsichtig und nüchtern. Er kam zu einem klaren Entschluß darüber, was zu tun war. Seine Fähigkeiten standen ihm ungewöhnlich klar und in höchster Bereitschaft zu Gebote. Er hatte das Messer in der Hand, und plötzlich fuhr er herum und rannte los. Zwei Männer erwarteten ihn. Feversham bestürmte den Mann mit der Laterne. Er bemerkte eine Speerspitze, duckte sich, drückte sie mit dem linken Arm zur Seite, sprang vor und stach mit der rechten Hand zu. Der Araber fiel ihm zu Füßen, und die Laterne verlosch. Feversham sprang über den weißgekleideten Körper und lief in östlicher Richtung auf die offene Wüste zu. Aber nicht voller Panik; nie zuvor war er so gefaßt gewesen. Der zweite Soldat verfolgte ihn. Feversham hatte diese Verfolgung vorausgesehen. Wenn er entkommen wollte, mußte er sogar verfolgt werden. Er bog um eine Ecke, duckte sich hinter eine Mauer und sprang dem vorbeilaufenden Araber an die Schulter. Und wieder stach er sofort zu.«

An dieser Stelle seines Berichts hielt Captain Willoughby inne und wandte sich Ethne zu. Er wollte etwas loswerden, das ihn verwirrte und gleichzeitig beeindruckte, und in seinen Worten schwang der Wunsch mit, eine Erklärung zu bekommen.

»Das Seltsamste an diesen wenigen heftigen Minuten«, sagte er, »war der Umstand, daß Feversham keine Angst verspürte. Ich begreife das nicht – können Sie es? Er hatte keine Angst – von dem ersten Augenblick, da das Licht der Laterne von hinten auf ihn fiel, bis zum letzten, als er sich nach Osten wandte und durch die zerstörten Gassen und eingerissenen Mauern auf die Wüste und den Brunnen von Obak zurannte, hatte er keine Angst.«

Für Captain Willoughby war dies der rätselhafteste Teil an Harry Fevershams Geschichte. Hier war ein Mann, der vor der Möglichkeit eines soldatischen Kampfes so sehr zurückschreckte, daß er, anstatt ihr ins Auge zu sehen, lieber seinen Abschied nahm; doch als er dann selbst in große und unmittelbare Gefahr geriet, empfand er keine Angst. Da war es kein Wunder, daß Captain Willoughby Ethne um eine Erklärung anging.

Für Harry Feversham hatte darin kein Rätsel gelegen; ihn bewegte vielmehr eine große Bitterkeit der Seele. Er hatte in Suakin auf der Veranda gesessen und mit jenem Messer an Captain Willoughbys Tisch herumgeschnitzt, mit dem er in Berber die Briefe ausgegraben hatte und das ihm dann als Waffe willkommen gewesen war, als die Laterne hinter ihm aufblitzte – der einzige schimmernde Lichtpunkt im weiten Feld der Ruinen. Harry Feversham hatte das daran klebende Blut absichtlich nicht entfernt, vielmehr hatte er das Messer auf seiner Flucht durch gut zweihundertundvierzig Meilen Wüste nach Suakin sorgsam behütet; nach den weißen Federn war es sein größter Schatz, nicht nur weil es seine Meldung bei Captain Willoughby bestätigen würde, sondern weil es ihm ermöglichte, im Rückblick selbst daran zu glauben. Braunverklebter Rost zog sich über die ganze Länge der Klinge, und während der ersten beiden Tage und Nächte seiner Flucht, allein, sich versteckend und loslaufend und wieder ein Versteck suchend, geplagt von der ständigen Angst vor Verfolgern, hatte er das Messer immer wieder aus dem Gewand genommen und ungläubigen Blickes darauf gestarrt und es an sich gedrückt, als finde er Trost darin. Am Abend des zweiten Tages – sein kleiner Vorrat an Datteln und Wasser war längst erschöpft – hatte er sich zwischen den Dünen von Obak verirrt und war ziellos herumgelaufen, bis er schließlich, geschwächt von Hunger und Durst, gestolpert war und mit dem Gesicht nach unten im Sand lag, erfüllt von der bitteren Erkenntnis, daß sich Abou Fatma und der Brunnen irgendwo in der Nähe befinden mußten, kaum eine Meile entfernt. Doch selbst in jenem Augenblick der Erschöpfung war das Messer ihm Talisman und Hilfe gewesen. Er umfaßte den rauhen Holzgriff, der zu klein war für die Hand eines Weißen, und fuhr mit den Fingern über den rauhen Rost an der Klinge, und die Waffe sprach ihm Mut zu, da er doch schon einmal auf die Probe gestellt worden war und nicht versagt hatte. Doch lange bevor er die weißen Häuser Suakins zu Gesicht bekam, verschwand das Hochgefühl wieder, und das Messer wurde zum Symbol für die sinnlosen Qualen seiner Jugendzeit und die elende Torheit, die in der Rückgabe seines Offizierspatents gipfelte. Jetzt verstand er die Worte, die Lieutenant Sutch im Grill Room des Criterion Restaurants geäußert hatte, als er sich Hamlet zum Beispiel nahm. »Das, was er voraussah, was er in Gedanken wälzte, was er sich in Tat und Konsequenz vorstellte – vor dem er zurückschreckte. Doch als der Augenblick des Handelns kommt, scharf und unmittelbar, versagt er da?« An diese Worte denkend saß Harry Feversham eines Maiabends vier Jahre später auf Captain Willoughbys Veranda, schnitzte mit seinem Messer am Tisch herum und sagte mit aufgewühlter, verbitterter Stimme immer wieder: »Es war eine Illusion – doch eine Illusion, die einer Frau großes Leid gebracht hat, die ich lieber vor allem Kummer bewahrt hätte. Doch ich bin dafür hart bestraft, denn die Illusion hat zugleich mein Leben zerstört.«

Captain Willoughby verstand diese Worte nicht, ebensowenig wie General Feversham sie verstanden hätte oder Ethne sie verstanden hatte. Doch Willoughby konnte sich der Worte erinnern und sie wiedergeben, und Ethne war durch fünf Jahre Elend gereift seit dem Abend, da Harry Feversham ihr in dem kleinen Zimmer in Lennon House von seiner Jugend erzählte, von dem Verlust der Mutter, von dem unüberbrückbaren Abgrund zwischen seinem Vater und ihm und von der Angst vor der Schande, die seine Nächte heimgesucht und die Welt für ihn bei Tage verzerrt hatte.

»Ja, es war eine Illusion!« rief sie. »Ich verstehe das. Ich hätte es längst verstehen können, doch ich wollte nicht. Als die Federn eintrafen, sagte er mir, warum sie geschickt worden waren, ganz offen, den Blick auf mich gerichtet. Als mein Vater von ihnen erfuhr, wartete er ganz ruhig ab und trat ihm gegenüber.«

Es gab andere Beweise von der gleichen Art, die sich Ethnes

Kenntnis entzogen. So war Harry Feversham nach Broad Place in Surrey gereist und hatte vor dem alten General nicht weniger standhaft sein Geständnis abgelegt. Aber Ethne wußte genug. »Er scheute vor der Möglichkeit zurück, sich als Feigling zu erweisen, nicht vor dem Risiko, verletzt zu werden!« rief sie aus. »Wäre ich nur ein wenig älter gewesen, mir der Dinge weniger sicher, weniger engstirnig! Ich hätte ihm zuhören müssen. Ich hätte verstehen müssen. Ich wäre auf jeden Fall nicht grausam zu ihm gewesen.«

Nicht zum erstenmal überkam sie Reue wegen der vierten Feder, die sie zu den dreien gelegt hatte. In ihrem Banne saß sie schweigend da. Captain Willoughby jedoch war ein halsstarriger Mann, der zu keiner Zeit einen Irrtum eingestand. Er erkannte, daß Ethnes Zerknirschtheit indirekt auch ihn belastete, und das zu tragen war er nicht gewillt.

»Ja; aber solche feinen Unterschiede sind in der Praxis zu wenig greifbar«, sagte er. »Man kann die Welt nicht mit feinen Unterschieden lenken; ich kann mich also nicht zu der Überzeugung verstehen, daß uns dreien irgendeine Schuld zukommt, und wenn das so ist, haben Sie ja am allerwenigsten Grund zu Selbstvorwürfen.«

Ethne machte sich nicht die Mühe nachzugrübeln, was er mit seiner letzten Bemerkung über sie gemeint hatte. Denn als er sich jetzt selbstgefällig zurücklehnte, loderte plötzlich der Zorn gegen ihn in ihr auf. Von seiner Geschichte gebannt, hatte sie sich nicht weiter mit dem Erzählenden beschäftigt. Nachdem er nun fertig war, musterte sie ihn von Kopf bis Fuß. Störrische Dummheit schien ihr der hervorstechende Charakterzug dieses Mannes zu sein. Wie konnte er es wagen, auch nur über den geringsten seiner Zeitgenossen zu richten, geschweige denn über Harry Feversham? fragte sie sich und mußte im gleichen Moment daran denken, daß sie sich seinem Urteil ja angeschlossen hatte. Scham fuhr ihr kribbelnd durch das Blut; mit zusammengekniffenen Lippen saß sie da und beobachtete Willoughby aus den Augenwinkeln. Sie hielt sich bereit, heftig aufzufahren, sollte er nur noch einmal die Lippen öffnen. In seinem Bericht war eine gewisse Herablassung gegenüber Feversham zum Ausdruck gekommen. »Soll er es nur noch einmal wagen!« dachte Ethne. Aber Captain Willoughby sagte nichts mehr, so daß schließlich Ethne das Schweigen brach. »Wer von Ihnen hat denn den Einfall gehabt, die Federn zu schicken?« fragte sie herausfordernd. »Doch nicht Sie?«

»Nein, ich glaube, es war Trench«, antwortete er.

»Ah, Trench!« rief Ethne aus. Heftig schlug sie eine geballte Faust, die Hand, die die Feder hielt, in die andere Handfläche. »Den Namen werde ich mir merken!«

»Aber ich trage seine Verantwortung mit«, versicherte ihr Willoughby. »Ich scheue nicht davor zurück. Ich bedauere es sehr, daß wir Ihnen Kummer und Ärger bereitet haben, doch ich kann in dieser Sache keinen Fehler sehen. Heute nun nehme ich meine Feder zurück und widerrufe meine Anschuldigung. Aber das ist Ihr Werk.«

»Mein Werk?« fragte Ethne. »Was meinen Sie damit?«

Überrascht wandte sich Captain Willoughby seiner Gesprächspartnerin zu.

»Ein Mann kann wohl im Sudan leben und doch ein wenig über Frauen wissen und über ihre große Gabe des Verzeihens. Sie gaben Feversham die Federn, damit er seine Ehre zurückerlangen konnte. Das liegt auf der Hand.«

Ehe Captain Willoughby den Satz zu Ende gesprochen hatte, war Ethne aufgesprungen. In bemerkenswert regloser Haltung stand sie einige Schritte vor ihm, das Gesicht abgewandt. In seiner Ignoranz hatte Willoughby wie schon so mancher andere dumme Mann mit einer Genauigkeit und Heftigkeit das Ziel getroffen, wie er es durch Gebrauch seines Verstandes niemals vermocht hätte. Ganz überraschend hatte er Ethne einen Weg aufgezeigt, den sie hätte einschlagen können, den sie aber nicht gegangen war, und die Heftigkeit ihrer Reue verriet ihr nur zu deutlich, daß es der richtige Weg gewesen wäre. Aber sie zeigte sich dem gewachsen. Sie wollte sich nicht vor sich selbst rechtfertigen, auch wollte sie nicht zulassen, daß Willoughby weiter in seinem Irrtum befangen war. Sie machte sich klar, daß sie es an Nächstenliebe und Gerechtigkeit hatte fehlen lassen, und sie war froh darum, da aus ihrem Versagen Harry Feversham die Gelegenheit zur Größe erwachsen war.

»Wollen Sie wiederholen, was Sie da eben gesagt haben«, bat sie mit leiser Stimme, »und bitte ganz langsam.«

»Sie gaben Feversham die Federn zurück ...«

»Er hat Ihnen das selbst gesagt?«

»Ja.« Und Willoughby fuhr fort: »Damit er mit späterer Kühnheit die Männer, die die Federn geschickt hatten, dazu bringen könne, sie zurückzunehmen, und auf diese Weise seine Ehre zurückgewinnen.«

»Das hat er Ihnen nicht gesagt?«

»Nein. Das habe ich erraten. Wissen Sie, oberflächlich betrachtet war Fevershams Schande nicht wiedergutzumachen. Vielleicht hätte sich die Möglichkeit dazu nie eröffnet – die Wahrscheinlichkeit war nicht gegeben. Wie die Dinge lagen, mußte Feversham im Basar von Suakin drei Jahre lang warten, ehe sich die Chance bot. Nein, Miss Eustace, beim Entwurf dieses Plans mußte die Zuversicht einer Frau im Spiel gewesen sein – und die Ermutigung einer Frau, die den Mann, der solches wagte, in seinem Entschluß niemals wankend werden ließ.«

Ethne lachte und wandte sich wieder zu ihm um. Zärtlicher Stolz zeichnete sich auf ihrem Gesicht ab – und mehr als Zärtlichkeit. Der Stolz schien sie auf seltsame Weise zu umstrahlen, schien ihren Augen eine unvorstellbare Güte und ihrem Lächeln und der Tönung ihrer Wangen einen unirdischen Glanz zu verleihen, so daß Willoughby bei ihrem Anblick spontan aus sich herausging.

»Ja«, rief er, »Sie waren die Frau, die seine Sühne geplant hat!«

Wieder lachte Ethne, es war ein Lachen des Glücks.

»Hat er Ihnen von einer vierten weißen Feder erzählt?« fragte sie.

»Nein.«

»Ich will Ihnen die Wahrheit sagen«, fuhr sie fort und setzte sich wieder. »Der Plan stammt einzig und allein von ihm. Auch habe ich ihn nicht zu seiner Ausführung ermutigt. Denn bis heute wußte ich absolut nichts davon. Seit dem Abend des Balles in Donegal habe ich von Mr. Feversham keine Nachricht mehr erhalten und wußte also auch nicht, was aus ihm geworden war. Ich forderte ihn auf, die drei Federn zu nehmen, weil sie ihm gehörten und weil ich ihm zeigen wollte, daß ich einverstanden war mit den Anschuldigungen, deren Symbol sie waren. Erscheint Ihnen das grausam? Ich tat sogar noch mehr. Ich brach eine vierte weiße Feder von meinem Fächer und gab sie ihm ebenfalls mit. Ich finde, das sollten Sie wissen. Ich wollte ein für allemal einen Schlußstrich ziehen, nicht nur unter meine Bekanntschaft mit ihm, sondern auch unter jeden freundlichen Gedanken, mit dem er mich bedenken mochte, und unter jeden freundlichen Gedanken, den ich für ihn hegte. Ich wollte ganz sicher gehen, er sollte keinen Zweifel mehr haben, daß wir von nun an immer nur Fremde sein würden, jetzt wie – dereinst«, und die letzten Worte äußerte sie mit einem Flüstern. Captain Willoughby wußte nicht, was sie damit meinte. Durchaus möglich, daß die wahre Bedeutung nur Lieutenant Sutch und Harry Feversham aufgegangen wäre.

»Als ich so gehandelt hatte, war ich traurig und bekümmert«, fuhr sie fort. »Ja, ich glaube, mein Handeln hat mir seither ewig leid getan. In diesen fünf Jahren habe ich wohl keinen Augenblick jene vierte weiße Feder und die ruhige Würde vergessen können, mit der er sie nahm. Heute aber bin ich froh darüber!« Und obwohl sie leise sprach, lag in ihrer Stimme der volle Klang ihres Stolzes. »Oh, wie froh! Denn dies war sein Einfall, seine Tat. Beides kommt allein von ihm, wie ich es auch nicht anders haben wollte. Ich hatte nichts damit zu tun, und darauf bin ich sehr stolz. Er brauchte den Glauben, die Ermutigung einer Frau nicht!«

»Und doch schickte er Ihnen dies«, sagte Willoughby und deutete mit einiger Verwirrung auf die Feder in Ethnes Hand.

»Ja«, gab sie zurück. »Ja. Er wußte, daß ich froh sein würde, davon zu erfahren.« Und plötzlich preßte sie die Feder an ihre Brust. So saß sie eine Weile mit leuchtenden Augen da, bis Willoughby plötzlich aufsprang und auf die Lücke in der Hecke deutete, durch die sie die Einfriedung betreten hatten.

»Donnerwetter! Jack Durrance!« rief er.

Durrance stand in der Lücke, die den einzigen Ein- und Ausgang bildete.

Sechzehntes Kapitel
Captain Willoughby zieht sich zurück

Ethne hatte Colonel Durrances Existenz völlig vergessen. Seit dem Augenblick, da Captain Willoughby ihr die schmutzige kleine Feder, die einmal weiß gewesen war und jetzt gelblich schimmerte, in die Hand gelegt hatte, hatte sie nur noch an Harry Feversham gedacht. Sie hatte Willoughby in die Einfriedung geführt, und sein Bericht hatte sie gefesselt und ihr Gedächtnis ganz und gar in Anspruch genommen, während sie aus der Erinnerung die Unzulänglichkeiten seiner Schilderung mit diesem oder jenem Detail von Harrys Gesten oder Stimme oder Aussehen ergänzte. Sie war aus jenem Augustgarten voll Sonnenlicht und bunten Blumen entführt worden, und die fünf höchst anstrengenden Jahre, in denen sie den Kopf hochgehalten und der Welt ein mutiges Lächeln gezeigt hatte, waren aus ihrem Erleben gelöscht. Wie anstrengend diese Zeit gewesen war, erkannte sie wohl zum erstenmal richtig, als sie den Kopf hob und Durrance in der Heckenöffnung stehen sah.

»Psst!« sagte sie zu Willoughby; und ihr Gesicht erbleichte, und ihre Augen schlossen sich in einem kurzen Krampf des Schmerzes. Aber sie hatte keine Zeit, ihren Gefühlen nachzugeben. Ihre kurze Unterhaltung mit Captain Willoughby war ein Urlaub gewesen, ein Urlaub, der nun zu Ende war. Jetzt mußte sie zu der Verantwortung zurückkehren, die jene fünf Jahre ihr auferlegt hatten, und zwar sofort. Wenn sie schon der schweren Aufgabe des Vergessens nicht gerecht werden konnte – und sie wußte sehr gut, daß sie es nie können würde –, mußte sie das Nächstbeste tun, sie durfte sich niemals anmerken lassen, daß sie nichts vergessen hatte. Durrance mußte weiter in dem Glauben leben, daß sie mehr als nur Freundschaft in die Ehe einbrachte.

Er stand am Eingang der Heckenumfriedung, die er nun betrat. Er war mit seinen Mutmaßungen so schnell bei der Hand, daß es nicht gut war, ihn mit Captain Willoughby zusammentreffen zu lassen, er durfte nicht einmal erfahren, daß der Mann hier gewesen war. Ethne sah sich nach einem Fluchtweg um, obwohl sie genau wußte, daß das ein vergebliches Bemühen war. Vor ihnen erstreckte sich das Wasser, und hinten und auf beiden Seiten wurden sie durch dichte Hecken eingeschlossen. Es gab nur einen Eingang zu diesem Ort, und Durrance selbst stand dort und versperrte den Weg.

»Still«, flüsterte sie. »Sie kennen ihn?«

»Natürlich. Wir waren drei Jahre lang in Suakin zusammen. Ich hatte gehört, er sei erblindet. Es freut mich zu sehen, daß das nicht der Fall ist.« Willoughby hatte gesehen, wie ungezwungen sich Durrance bewegte.

»Sprechen Sie leiser«, forderte Ethne. »Es stimmt doch. Er *ist* blind.«

»Man würde es nie vermuten. In einem solchen Fall erscheinen Trostworte seltsam sinnlos. Was soll ich ihm sagen?«

»Sagen Sie nichts!«

Noch immer stand Durrance dicht am Heckeneingang und schien die beiden Menschen auf der Bank direkt anzuschauen.

»Ethne«, sagte er mehr, als daß er rief; und die leise, nicht fragend klingende Stimme vervollständigte die Illusion, daß er sehen könne.

»Er kann unmöglich blind sein«, sagte Willoughby. »Er sieht uns.«

»Er sieht nichts.«

Wieder rief Durrance: »Ethne«, doch jetzt mit lauterer Stimme und in zweifelndem Ton.

»Hören Sie? Er weiß es nicht genau«, flüsterte Ethne. »Sitzen Sie still.«

»Warum?«

»Er darf nicht erfahren, daß Sie hier sind.« Damit Willoughby sich nicht bewegte, umfaßte sie energisch seinen Arm. Willoughby stellte keine weiteren Fragen. Ethnes Verhalten brachte ihn zum Schweigen. Sie saß sehr starr da, so reglos, wie sie es von ihm erwartete, und seltsam geduckt; sie hielt sogar den Atem an. Gleichzeitig blickte sie Durrance mit großer Angst an, ihr Gesicht war angespannt, und kein Muskel regte sich darin, so daß Willoughby bei ihrem Anblick eine gewisse Erregung verspürte, die allein wegen ihrer bemerkenswerten Anspannung in ihm wuchs. Unerklärlicherweise begann er selbst Angst zu empfinden, daß er und sie aufgespürt werden könnten.

»Er kommt auf uns zu«, flüsterte er.

»Kein Wort – keine Bewegung.«

»Ethne!« rief Durrance erneut. Er drang tiefer in die Umfriedung vor, wobei er sich der Bank näherte. Ethne und Captain Willoughby saßen starr da und beobachteten ihn. Er kam zur Bank und blieb direkt vor ihnen stehen. Gewiß kann er uns sehen, sagte sich Willoughby. Die Augen waren auf sie gerichtet; er stand entspannt da, als wolle er zu sprechen beginnen. Sogar Ethne wurde unsicher, obwohl sie genau wußte, daß er nichts sehen konnte.

»Ethne!« sagte er noch einmal, diesmal jedoch mit der leisen Stimme, mit der er anfangs gesprochen hatte. Aber da wieder keine Antwort kam, zuckte er die Achseln und wandte sich dem Wasserlauf zu. Auf diese Weise war den beiden sein Rücken zugewendet, doch Ethne hatte gelernt, auch die unmerklichsten Anzeichen seines Verhaltens zu deuten, nachdem ihr neuerdings sein Gesicht so wenig zu sagen hatte. An seiner Körperhaltung, an der Neigung seines Kopfes, sogar an der Achtlosigkeit, mit der er seinen Stock schwang, erkannte sie deutlich, daß er lauschte, und zwar mit großer Anstrengung. Ihre Hand legte sich fester um Willoughbys Arm. So verharrten sie etwa eine Minute lang, bis Durrance sich plötzlich umdrehte und einen schnellen Schritt auf die Bank zu machte. Ethne aber kannte den Mann und seine Einfälle; sie war auf ein solches Manöver gefaßt gewesen. Sie rührte sich nicht, nicht einmal ein Rascheln ihres Rocks war zu hören, und ihre Hand hielt Willoughby zurück.

»Um alles in der Welt, wo kann sie nur sein«, sagte Durrance laut vor sich hin und verließ die Umfriedung. Ethne gab Captain Willoughbys Arm erst frei, als Durrance aus ihrem Blickfeld verschwunden war.

»Das war knapp«, sagte Willoughby, als er endlich wieder sprechen durfte. »Was wäre gewesen, wenn Durrance sich auf uns gesetzt hätte?«

»Warum sich mit dieser Frage beschäftigen, da er es nun einmal nicht getan hat?« fragte Ethne gelassen. »Sie haben mir alles gesagt?«

»Soweit ich mich erinnern kann.«

»Und was Sie mir berichteten, trug sich im Frühling zu?«

»Im Frühling des letzten Jahres«, antwortete Willoughby.

»Ja. Ich möchte Ihnen eine Frage stellen. Warum haben Sie mir die Feder nicht letzten Sommer gebracht?«

»Mein Urlaub im letzten Jahr war nur sehr kurz. Ich verbrachte ihn in den Bergen nördlich von Suakin auf der Jagd nach Steinböcken.«

»Ich verstehe«, sagte Ethne leise. »Ich hoffe, Sie hatten eine gute Jagd.«

»Sie war nicht übel.«

Im letzten Sommer war Ethne noch frei gewesen. Wäre Willoughby mit seinen guten Nachrichten nach Hause gekommen, anstatt auf dem Dschebel Araft Steinböcke zu schießen, hätte dies den alles entscheidenden Unterschied in ihrem

Leben ausgemacht, und so gellte in ihrem Herzen der Schrei: »Warum sind Sie nicht gekommen?« Äußerlich aber ließ sie sich den nicht wiedergutzumachenden Schaden, den Willoughbys Verzögerung angerichtet hatte, nicht anmerken. Sie besaß die Selbstbeherrschung einer Frau, die durch harte Prüfungen gegangen ist, und äußerte sich dermaßen gleichmütig, daß Willoughby hinter ihren Fragen nichts anderes als normale Neugier vermutete.

»Sie hätten schreiben können«, meinte sie.

»Feversham ließ nicht erkennen, daß die Sache eilig war. Sie wäre außerdem nur ausführlich und umständlich in einem Brief zu erklären gewesen. Er forderte mich auf, Sie zu besuchen, wenn ich dazu die Gelegenheit hätte, und die ist nun mal nicht früher gekommen. Ehrlich gesagt hielt ich es für wahrscheinlich, daß Feversham vor mir zurückkehren würde.«

»O nein!« gab Ethne zurück. »Das ist nicht möglich. Noch sind die beiden anderen Federn zurückzugeben, ehe er mich bitten wird, die meine wieder an mich zu nehmen.«

Willoughby schüttelte den Kopf. »Feversham kann Castleton und Trench niemals dazu bringen, ihre Anschuldigungen zurückzunehmen.«

»Warum nicht?«

»Major Castleton fiel, als bei Tamai das Karree durchbrochen wurde.«

»Fiel?« rief Ethne, und sie lachte kurz und befriedigt auf. Willoughby drehte sich um und starrte sie an; er glaubte, seinen Ohren nicht zu trauen. Aber ihr Gesicht zeigte ihm ganz deutlich, daß sie sich freute. Ethne war Keltin und hing dem keltischen Glauben an, daß der Tod keine große Bedeutung hatte. Außerdem konnte sie hassen und gegenüber den Männern, die sie haßte, hart wie Eisen sein. Und diese drei Männer haßte sie zutiefst. Gewiß, sie hatte sich auf ihre Seite gestellt, sie hatte zum Zeichen, daß sie ihrer Meinung war, Harry Feversham eine Feder, die vierte Feder, gegeben – aber darüber zerbrach sie sich jetzt nicht den Kopf. Sie war sehr froh zu erfahren, daß Major Castleton diese Welt verlassen hatte.

»Und Colonel Trench ebenfalls?« fragte sie.

»Nein«, erwiderte Willoughby. »Sie sind enttäuscht? Er ist sogar schlimmer dran. Er wurde auf einem Kundschaftervorstoß gefangengenommen. Er sitzt in Omdurman.«

»Ah!« sagte Ethne.

»Ich kann mir nicht vorstellen«, sagte Willoughby streng, »daß Sie wissen, was eine Gefangenschaft in Omdurman bedeutet. Wenn Sie es wüßten, würden Sie ein gewisses Mitleid empfinden, egal wie sehr Sie den Gefangenen verabscheuten.«

»Ich nicht«, sagte Ethne störrisch.

»Dann will ich Ihnen schildern, was die Gefangenschaft dort bedeutet.«

»Nein. Ich möchte nichts über Colonel Trench hören. Außerdem müssen Sie jetzt gehen. Aber zuerst sagen Sie mir noch eines«, fügte sie hinzu und erhob sich. »Was wurde aus Mr. Feversham, nachdem er Ihnen die Feder gegeben hatte?«

»Ich sagte ihm, er hätte alles getan, was man unter den Umständen von ihm erwarten könnte; und er nahm meinen Rat an. Denn er ging an Bord des ersten Dampfers, der auf dem Weg nach Suez in Suakin anlegte, und verließ den Sudan.«

»Ich muß herausfinden, wo er ist. Er muß zurückkommen. Brauchte er Geld?«

»Nein. Er bezog noch immer seinen Wechsel vom Vater. Er sagte, er habe mehr als genug.«

»Das freut mich zu hören«, sagte Ethne; und sie bat Willoughby, in der Umfriedung zu warten, bis sie zurückkehre; dann trat sie durch die Lücke in der Hecke, um sich zu überzeugen, daß der Weg frei war. Der Garten war leer. Durrance war verschwunden, und die breite Steinterrasse wie auch das Haus mit seinen gestreiften Markisen wirkten verschlafen. Es war beinahe ein Uhr mittags, und sogar die Vögel in den Bäumen waren verstummt. Die Ruhe im Garten wollte Ethnes Sinnen beinahe seltsam erscheinen. Nur die Bienen summten behäbig in den Blumenbeeten, und von den Wiesenhängen auf der anderen Seite des Wasserlaufs tönte eine Jungenstimme herüber. Sie kehrte zu Captain Willoughby zurück.

»Sie können jetzt gehen«, sagte sie. »Ich kann nicht behaupten, daß Sie mein Freund sind, Captain Willoughby, doch es war nett von Ihnen, daß Sie mich aufgesucht und mir Ihre Geschichte erzählt haben. Sie fahren sofort nach Kingsbridge zurück? Ich will es hoffen. Denn Colonel Durrance darf nichts von Ihrem Besuch erfahren, und auch nichts von dem, was Sie mir berichtet haben.«

»Durrance war ein Freund von Feversham – sein bester Freund«, wandte Willoughby ein.

»Er weiß nichts davon, daß Mr. Feversham überhaupt Federn geschickt wurden. Folglich braucht er auch nicht zu wissen, daß eine davon zurückgenommen worden ist«, antwortete Ethne. »Ihm ist nicht bekannt, warum meine Verlobung mit Mr. Feversham gelöst wurde. Er soll es auch nicht erfahren. Ihre Geschichte würde ihm Aufklärung bringen, und diese Aufklärung darf er nicht erhalten.«

»Warum?« fragte er. Von Natur aus störrisch, wollte er den Grund für sein Schweigen-Müssen erfahren, ehe er sich dazu verpflichtete. Ethne nannte ihm diesen sofort und mit einfachen Worten.

»Ich bin mit Colonel Durrance verlobt«, sagte sie. Sie war von der Angst bewegt, Durrance ahne bereits, daß kein stärkeres Gefühl als Freundschaft sie an ihn binde. Wenn er erführe, daß der Grund, der zu der Lösung der Verlobung mit Harry Feversham geführt hatte, auf höchst bravouröse Weise aus der Welt geschafft worden war, bestand hinsichtlich des Weges, den einzuschlagen er für seine Pflicht halten würde, kein Zweifel. Er würde sich von ihr trennen, von dem einzigen, was ihm noch geblieben war – und sie war bis zum Äußersten entschlossen, es nicht dazu kommen zu lassen. Sie war durch Ehrenwort an ihn gebunden, und es wäre ein schlechtes Zeichen ihrer Freude darüber gewesen, daß Harry Feversham seine Ehre wiedergefunden hatte, wenn sie sofort die ihre hätte fahren lassen.

Captain Willoughby schürzte die Lippen und pfiff leise.

»Mit Jack Durrance verlobt!« rief er. »Dann scheine ich ja meine Zeit verschwendet zu haben, indem ich Ihnen die Feder zurückbrachte«; und er deutete darauf. Sie hielt das Gebilde in der offnen Hand, die sie nun heftig zurückzucken ließ, als fürchte sie einen Augenblick lang, er wolle ihr das Stück wieder rauben.

»Ich bin dafür sehr dankbar«, gab sie zurück.

»Das ist doch alles ein bißchen wirr, oder?« bemerkte Willoughby. »Und vielleicht ein bißchen ungerecht gegenüber Feversham, wie? Und ein bißchen ungerecht gegenüber Jack Durrance, wenn man's recht bedenkt.« Dann blickte er Ethne an und bemerkte, wie vorsichtig sie mit der Feder umging; er erinnerte sich an das Strahlen, mit dem sie seiner Geschichte gelauscht hatte, an den Eifer, mit dem sie ihre Fragen gestellt hatte; und er fügte hinzu: »Würde mich nicht wundern, wenn es auch Ihnen gegenüber ziemlich ungerecht ist, Miss Eustace.«

Ethne antwortete ihm nicht, und zusammen verließen sie die Umfriedung und gingen auf die Stelle zu, an der Willoughby sein Boot festgemacht hatte. Sie führte ihn hastig das Ufer hinab zum Wasser, in der Hoffnung, daß er unbeobachtet wieder abfahren würde.

Darin hatte Ethne aber nicht mit Mrs. Adair gerechnet, die in Ethnes Verhalten schon den ganzen Vormittag über Stoff zum Nachdenken gefunden hatte. Vom Salonfenster aus hatte sie Ethne und Durrance am Fuß der Terrassenstufen zusammentreffen sehen, sie hatte beobachtet, wie sie zusammen in Richtung Wasser geschritten waren, sie hatte Willoughbys Boot in der breiten Lücke zwischen den Bäumen landen und einen Mann aussteigen sehen, dem Ethne entgegenging. Mrs. Adair war keine Frau, die in einem solchen Augenblick ihren Beobachtungsposten verließ, und im Schutz der Gardinen verfolgte sie die

Ereignisse mit der Neugier einer Dorfbewohnerin, die ihre Gardine schließt, um den Fremden unten in der Straße um so besser beobachten zu können. Ethne und der Mann aus dem Boot wandten sich ab und verschwanden zwischen den Bäumen. Durrance blieb vergessen und allein zurück. Mrs. Adair mußte sofort an die Umfriedung am Ufer denken. Das Gespräch dauerte eine Weile, und da das Paar nicht sofort wieder auftauchte, ging ihr eine Frage durch den Kopf: »Ob der Fremde Harry Feversham ist?« Ethne hatte in diesem Teil der Welt nämlich keine Freunde. Die Frage interessierte Mrs. Adair brennend. Sie sehnte sich nach einer Antwort, und natürlich besonders nach einer Antwort, die Ethne Eustace der Heimlichkeit überführte. Mrs. Adairs Interesse steigerte sich bis zur Erregung, als sie sah, wie Durrance, der des Wartens müde geworden war, Ethnes Weg folgte. Aber was dann geschah, interessierte sie sogar noch mehr.

Durrance tauchte wieder auf, zu ihrer Überraschung allein, und kam auf direktem Weg zum Haus, die Terrasse herauf und in den Salon.

»Haben Sie Ethne gesehen?« fragte er.

»Ist sie nicht in dem kleinen Garten am Wasser?« fragte Mrs. Adair.

»Nein. Ich bin hineingegangen und habe gerufen. Der Garten war leer.«

»Ach«, sagte Mrs. Adair. »Dann weiß ich nicht, wo sie ist. Wollen Sie gehen?«

»Ja, nach Hause.«

Mrs. Adair unternahm nichts, um ihn zurückzuhalten.

»Vielleicht können Sie heute abend mit uns essen. Acht Uhr.«

»Vielen Dank. Es wird mir eine Freude sein«, sagte Durrance, wandte sich aber nicht sofort zum Gehen. Er blieb am Fenster stehen und ließ die Quaste der Gardinenschnur spielerisch hin und her schwingen.

»Ich habe erst heute erfahren, daß es Ihr Plan war, ich solle nach Hause zurückkehren, während Ethne bei Ihnen wohnt, bis ich herausgefunden hatte, ob eine Heilung möglich ist oder nicht. Das war sehr nett von Ihnen, Mrs. Adair, und ich bin Ihnen sehr dankbar.«

»Es war ein ganz naheliegender Vorschlag, sobald ich von Ihrem Unglück erfahren hatte.«

»Und wann war das?« fragte er beiläufig. »Vermutlich am Tag, nachdem Calders Telegramm aus Wadi Halfa Ethne erreichte.«

Mrs. Adair ließ sich durch seine gespielte Gleichgültigkeit nicht täuschen. Sie wußte, daß sein an sie gerichteter Dank das Vorspiel zu dieser Frage gewesen war.

»Oh, Sie wissen also von dem Telegramm«, sagte sie. »Ich nahm das Gegenteil an.« Denn an dem Tag, als Durrance nach England zurückkehrte, hatte Ethne sie gebeten, nicht davon zu sprechen.

»Natürlich wußte ich davon«, gab er zurück; und ohne auf eine Antwort zu warten, trat er auf die Terrasse hinaus.

Mrs. Adair schlug sich das Geheimnis des Telegramms zunächst aus dem Kopf. Viel mehr beschäftigte sie ihre Vermutung, daß Durrance in dem kleinen Garten am Ufer gestanden und laut nach Ethne gerufen hatte, während kaum zwölf Meter von ihm entfernt, vielleicht sogar in Reichweite, sie und ein anderer sich sehr still verhalten und keine Antwort gegeben hatten. Ihre Vermutung sollte sich als richtig erweisen. Sie sah Ethne und ihren Begleiter wieder auf den Rasen heraustreten. War es Feversham? Sie mußte die Antwort auf diese Frage erfahren. Sie sah, wie die beiden den Uferhang zum Boot hinabgingen, verließ ihren Posten am Fenster und begann zu laufen.

Und so geschah es, daß Willoughby in die enttäuschten Augen Mrs. Adairs blickte, als er die Leine losgemacht hatte. Mrs. Adair rief Ethnes Namen, die neben Captain Willoughby stand, und kam die Uferschräge herab.

»Ich habe vom Salonfenster aus gesehen, wie Sie über den Rasen gegangen sind«, sagte sie.

»Ja?« gab Ethne zurück und sagte nichts weiter. Mrs. Adair

jedoch entfernte sich nicht wieder, und so entstand ein peinliches Schweigen. Schließlich mußte Ethne nachgeben.

»Ich habe mich mit Captain Willoughby unterhalten«; und sie wandte sich zu ihm um. »Ich nehme nicht an, daß Sie Mrs. Adair kennen?«

»Nein«, erwiderte er und nahm den Hut ab. »Aber ich kenne Mrs. Adair dem Namen nach sehr gut. Ich kenne Freunde von Ihnen, Mrs. Adair – zum Beispiel Durrance; und natürlich kannte ich ...«

Ein Blick Ethnes ließ ihn verstummen. Er begann sich energisch damit zu beschäftigen, den Bug des Bootes vom Ufer zu schieben.

»Natürlich – was?« fragte Mrs. Adair mit einem Lächeln.

»Natürlich hatte ich von Ihnen gehört, Mrs. Adair.«

Mrs. Adair war klar, daß dies nicht die Worte waren, die Willoughby auf der Zunge gelegen hatten, als Ethne wortlos den Blick auf ihn gerichtet und ihn zum Verstummen gebracht hatte. Er hatte einen weiteren Namen nennen wollen. »Captain Willoughby«, wiederholte sie insgeheim. Dann sagte sie:

»Sie gehören vielleicht zu Colonel Durrances Regiment?«

»Nein, ich gehöre zum North Surrey Regiment.«

»Ah! Mr. Fevershams altes Regiment«, sagte Mrs. Adair freundlich. Captain Willoughby war mit einer Arglosigkeit in ihre kleine Falle getappt, die in ihr den Wunsch nach einer näheren Bekanntschaft weckte. Was immer Willoughby auch wußte, es würde leicht aus ihm herauszuholen sein. Ethne dagegen hatte zuweilen eine Art, die Mrs. Adair ratlos machte. Jetzt sah sie Mrs. Adair offen an und sagte gelassen:

»Captain Willoughby und ich haben von Mr. Feversham gesprochen.« Gleichzeitig streckte sie dem Captain die Hand hin. »Leben Sie wohl«, sagte sie.

Hastig unterbrach Mrs. Adair:

»Colonel Durrance ist nach Hause gegangen, aber er ißt heute abend mit uns. Ich war gekommen, um Ihnen das zu sagen, aber ich bin froh, daß ich hier bin, denn nun habe ich Gelegenheit, Ihren Freund zum Mittagessen einzuladen, wenn es ihm recht ist.«

Captain Willoughby, der bereits ein Bein über die Bordwand geschwungen hatte, kehrte eifrig wieder an Land zurück. »Das ist wirklich sehr nett von Ihnen, Mrs. Adair«, begann er.

»Wirklich sehr nett«, fuhr Ethne fort, »aber Captain Willoughby hat mich darauf hingewiesen, daß er nur einen kurzen Urlaub verbringt, und wir haben kein Recht, ihn noch weiter aufzuhalten. Leben Sie wohl.«

Vergeblich warf Captain Willoughby Miss Eustace einen flehentlichen Blick zu. Er war die ganze Nacht von London unterwegs gewesen, er hatte in Kingsbridge ein denkbar karges Frühstück zu sich genommen, so daß ihm die Vorstellung einer Mittagsmahlzeit im Augenblick sehr gefiel. Doch ihr Blick ruhte mit einem stummen, unerbittlichen Befehl auf seinem Gesicht. Er verbeugte sich, stieg geknickt in sein Boot und stieß sich vom Ufer ab.

»Mir gegenüber ist das vielleicht auch ein bißchen ungerecht, Miss Eustace«, sagte er. Ethne lachte und kehrte mit Mrs. Adair auf die Terrasse zurück. Ein- oder zweimal öffnete sich ihre Hand und offenbarte den Blicken ihrer Begleiterin eine kleine weiße Feder, dabei lachte sie wieder, ein klares und ziemlich leises Lachen. Doch sie gab keine Erklärungen hinsichtlich Captain Willoughbys Anliegen. An Mrs. Adairs Stelle hätte sie auch keine erwartet. Die Sache ging nur sie etwas an.

Siebzehntes Kapitel
Die Melusine-Ouvertüre

Mrs. Adair stellte von sich aus keine Fragen. Hinter ihrem bleichen, ruhigen Äußeren verbarg sich eine Frau von ränkevoller, intrigierender Denkungsart. Sie schaute lieber durch ein

Schlüsselloch, selbst wenn ihr die ganze Tür offenstand; und Erkenntnisse, die durch kleine Schliche errungen werden konnten, waren aus ihrer Sicht stets erstrebenswerter und kostbarer als jede Information, die mit einer einfachen Frage zu erlangen war. Aus diesem verdrehten Prinzip heraus mied sie grundsätzlich die direkte Frage und fand einen Tag gut gelungen, wenn sie am Abend einen Gefährten dazu überlistet hatte, ihr eine triviale, unwichtige Nachricht spontan zu offenbaren, die sie mit einer offenen Frage schon beim Frühstück hätte in Erfahrung bringen können.

So stand sie zwar vor einem Rätsel hinsichtlich der kleinen weißen Feder, an der Ethne so viel zu liegen schien, so fragte sie sich zwar, welch gute Nachricht über Harry Feversham Captain Willoughby gebracht haben mochte, und zerbrach sich vergeblich den Kopf darüber, was vor so vielen Jahren in Ramelton geschehen sein mochte – doch ließ sie sich während des Mittagessens nichts von alledem anmerken; im Gegenteil, sie beschäftigte ihren Gast mit einer Konversation über nebensächliche Themen. Mrs. Adair konnte eine gute Gastgeberin sein, wenn sie wollte, und in diesem Augenblick wollte sie. Doch es nützte ihr nichts.

»Ich habe das Gefühl, Sie hören keines meiner Worte!« rief sie schließlich aus.

Ethne lachte und bekannte sich schuldig. Unmittelbar nach dem Essen begab sie sich in ihr Zimmer und gestattete sich einen Nachmittag des Alleinseins. An ihrem Fenster sitzend, wiederholte sie sich langsam die Geschichte, die Willoughby ihr am Vormittag erzählt hatte, und ihr Herz erbebte davon wie von göttlich gespielter Musik. Das Bedauern, daß er damit nicht schon vor einem Jahr gekommen war, als sie noch frei war, mutete gering an neben der eigentlichen Geschichte. Es wog die Freude nicht auf, die sie ihr brachte, es war ihr sogar völlig aus den Gedanken geschwunden. Ihr Stolz, der sich nie erholt hatte von dem Schlag, den Harry Feversham ihr in der Halle von Lennon House zugefügt hatte, war völlig wiederhergestellt – und zwar durch den Mann, der den Streich geführt hatte. Sie glühte vor Stolz und war Harry Feversham sehr dankbar, daß er ihn unter so großer Gefahr für sich selbst wiederhergestellt hatte. Sie spürte neue Freudengefühle im Sonnenlicht, eine Beschleunigung ihres Blutes. An jenem Augustnachmittag war ihr die Jugend wiedergeschenkt worden.

Ethne schloß eine Schublade ihres Ankleidetisches auf und zog das Portrait heraus, das sie von Harry Fevershams Geschenken als einziges behalten hatte. Nun frohlockte sie, daß sie es behalten hatte. Es war das Bild eines Mannes, der für sie tot war – das wußte sie sehr wohl, denn der Gedanke an Untreue gegenüber Durrance kam ihr gar nicht in den Sinn. Dieser Mann aber war ihr Freund. Sie betrachtete die Darstellung beglückt und zufrieden, weil Harry Feversham für seine Eingebung keinen Zuspruch von ihr benötigt hatte und auch keine Ermutigung, all die Jahre hindurch auf der Höhe seiner Eingebung auszuharren. Als sie das Bild wieder fortlegte, verstaute sie die Feder in derselben Schublade und schloß beides zusammen fort.

Dann kehrte sie an ihr Fenster zurück. Eine leichte Brise ließ die Schatten der hohen Bäume auf dem Rasen tanzen, und das Sonnenlicht wirkte gedämpft und rötlich. Doch Ethne war in ihrer Grafschaft verwurzelt, wie Harry Feversham schon vor langer Zeit entdeckt hatte, und in diesem Augenblick sehnte sie sich mit ganzem Herzen danach. Es war August. Jetzt sprießte das erste Heidekraut auf den Hügeln von Donegal, und sie wünschte sich, daß die gute Nachricht sie dort erreicht hätte. Daß sie es nicht getan hatte, war im Augenblick der einzige Wermutstropfen. Hier befand sie sich in einem fremden Land; dort, so bildete sie sich beinahe ein, hätten die braunen Berge mit dem da und dort zutagetretenden Granit und die Stimmen der Bäche ihr neues Glück geteilt. Großer Kummer und große Freude hatten für Ethne Eustace eines gemein – beide zogen sie in Richtung Heimat, weil dort das Erdulden leichter und die Freude vollkommener war.

Doch eine lebendige Bindung zu Donegal befand sich unmittelbar neben ihr, war doch Dermods alter Collie ihr unzertrennlicher Gefährte geworden. Ihm vertraute sie alles an, und wenn ihre Stimme zuweilen tränenerstickt brach, nun, so würde der Hund nichts davon erzählen. Mit der Zeit verstand sie viel von dem, was Willoughby ausgelassen und was Feversham nie erzählt hatte. Zum Beispiel die drei Jahre des Versteckspiels in der kleinen, dichtbevölkerten Stadt Suakin, aus der die Soldaten in den Kampf marschierten und staubbedeckt und blutend und siegbekränzt zurückkehrten. Bei ihrer Annäherung mußte sich Harry Feversham davonschleichen, damit nicht irgendeiner seiner alten Freunde – vielleicht Durrance oder Willoughby oder Trench – ihn bemerke und seine Verstellung durchschaue. Die Panik, die ihn beim ersten Anblick der dunkelbraunen Mauern Berbers befiel, die Nacht in der Ruinenstadt, die torkelnde Suche nach dem Brunnen zwischen den sich verändernden Dünen von Obak – Ethne konnte sich diese Ereignisse bildhaft vorstellen, und während sie an jedes dieser Vorkommnisse dachte, fragte sie sich: »Wo war ich damals? Was machte ich gerade?«

Sie verweilte in einem goldenen Nebel, bis sich das Licht auf dem stillen Wasser des Baches zu verändern begann und die Krähen lärmend aus den Baumwipfeln wirbelten, um sich auf die Nacht vorzubereiten und sie auf den Abend hinwiesen.

Beim Abendessen verbreitete Ethne eine solche Hochstimmung, daß die anderen sich überrascht zeigten. Mrs. Adair mußte zugeben, daß ihre Augen selten sternenheller gefunkelt, daß ihre Wangen selten so frisch geglüht hatten. Mehr denn je war sie davon überzeugt, daß Captain Willoughby eine aufregende Nachricht gebracht hatte; und mehr denn je bekümmerten sie ihre vergeblichen Versuche, sich vorzustellen, worum es sich handeln mochte. Trotz ihrer Verwirrung trug Mrs. Adair aber ihren Anteil zu den Gesprächen bei, und das Essen verlief derart frei von Verlegenheit, wie man es seit Durrances Rückkehr nach Guessens noch nicht erlebt hatte. Denn auch er legte die Last der Zurückhaltung ab; seine Stimmung glich sich Ethnes guter Laune an, er beantwortete Lachen mit Lachen, und aus seinem Gesicht wich der übliche Ausdruck der Anspannung, der Ausdruck eines Mannes, der mit allen Kräften lauscht, um den Verlust seiner Augen auszugleichen.

»Ich glaube, heute abend wirst du auf deiner Violine spielen«, sagte er lächelnd, als sie den Tisch verließen.

»Ja«, antwortete sie. »Das werde ich tun – von ganzem Herzen.«

Durrance lachte und hielt die Tür auf. In den letzten beiden Monaten hatte die Violine verschlossen in ihrem Kasten geruht. Für Durrance war diese Geige eine Art Maßstab und Prüfstein geworden. War Ethnes Welt in Ordnung, wurde der Kasten geöffnet und das Instrument durfte sprechen; lief diese Welt aber nicht nach Wunsch, mußte sie schweigen, damit sie nicht zuviel sagte und alte Wunden öffnete und den Blicken anderer Menschen offenbarte. Ethne selbst wußte, daß ihre Violine ein indiskreter Freund war. Heute abend jedoch sollte sie hervorgeholt werden.

Mrs. Adair verweilte, bis Ethne außer Hörweite war.

»Ihnen ist die Veränderung aufgefallen, die mit ihr eingetreten ist?« fragte sie.

»Ja. Und ob!« antwortete Durrance. »Darauf hat man ja gewartet, sie erhofft, sie schon nicht mehr zu erhoffen gewagt.«

»Freuen Sie sich über den Wechsel?«

Durrance warf den Kopf in den Nacken. »Wundern Sie sich, daß ich mich darüber freue? Freundlich, nett, selbstlos – das ist sie immer gewesen. Doch heute abend wird mehr als Freundlichkeit offenbar, zum erstenmal offenbar.«

Ein Ausdruck des Mitleids erschien auf Mrs. Adairs Gesicht, und sie verließ ohne ein weiteres Wort das Zimmer. Durrance bezog die große Veränderung in Ethne allein auf sich selbst. Mrs. Adair öffnete die Gardinen im Salon, schob das Fenster auf und ließ den Mondschein herein; als sie dann Ethne den Geigenkasten öffnen sah, trat sie auf die Terrasse hinaus. Sie hatte das

Gefühl, in ihrer Gesellschaft nicht geduldig stillsitzen zu können. So fand Durrance Ethne allein im Salon. Sie saß am offenen Verandafenster und stimmte bereits ihr Instrument. Durrance setzte sich hinter ihr in die Schatten.

»Was soll ich dir spielen?« fragte sie.

»Die Melusine-Ouvertüre«, antwortete er. »Du spieltest sie an jenem ersten Abend, als ich nach Ramelton kam. Ich erinnere mich so gut daran, wie du sie spieltest. Spiele sie heute wieder. Ich möchte einen Vergleich ziehen.«

»Ich habe das Stück zwischendurch auch schon gespielt.«

»Nie für mich.«

Sie waren allein im Zimmer; die Fenster standen offen; es war eine mondhelle Nacht. Kurzentschlossen ging Ethne zur Lampe und löschte sie. Sie kehrte zu ihrem Stuhl zurück, während Durrance im Schatten verweilte und vorgebeugt lauschte, die Hände auf die Knie gestützt – doch mit einer Intensität, von der er sich den Abend über nichts hatte anmerken lassen. Er führte, so sagte er sich, eine letzte Prüfung durch, von der die Entscheidung über sein und ihr Leben abhängen sollte. Ethnes Geige würde ihm klare Auskunft geben, ob er recht hatte oder nicht. Würde Freundschaft aus dem Instrument sprechen oder mehr als Freundschaft?

Ethne spielte die Ouvertüre, und während sie spielte, vergaß sie, daß Durrance im Zimmer hinter ihr saß. Die Luft im Garten war still und sommerwarm und von einem besonderen Duft; auf dem Fluß lag das Mondlicht wie eine dichte Silberdecke; die Bäume standen träumend unter den Sternen; und als die Musik laut über den stummen Rasen tönte, überkam Ethne die Vorstellung, daß die Töne wohl den Bach hinabreisen könnten, hinaus über die Salcombe-Mündung und die mondhellen Meere, und daß sie leise, doch herrlich klar wie Märchenmusik an die Ohren eines Mannes dringen könnten, der irgendwo in der Ferne unter dem hellen Licht der Sterne des Südens schlief, den kühlen Nachtwind der Wüste im Gesicht.

Als Freunde und Offiziere beim Rugby: Jack Durrance (Wes Bentley) und Harry Feversham (Heath Ledger).

Unter den Zuschauern beim Rugbyspiel befindet sich auch die schöne Ethne Eustace (Kate Hudson).

Auf dem Offiziersball wird die Verlobung von Ethne mit Harry bekanntgegeben.

Am Abend, bevor die britische Armee in den Krieg zieht. Harry und Jack.

Harry gesteht Ethne, daß er den Dienst in der Armee quittiert hat.

Als Zivilist beobachtet Harry die Abreise der Soldaten.

Bei einem Zwischenfall im Sudan ist Jack zum ersten Mal gezwungen, auf einen Menschen zu schießen.

Die britische Kompanie zieht gegen den Feind.

Harry hat sich als Araber verkleidet, um seinen Freunden nahe zu sein.

Harry (Mitte) folgt seinen Freunden quer durch die Wüsten des Sudan.

Auf seiner Reise lernt Harry die schöne Denka (Alek Wek) kennen.

Abou Fatma (Djimon Hounsou), Harrys Beschützer und Berater.

Nachdem Ethne die Verlobung mit Harry gelöst und sich Jack versprochen hat, wartet sie sehnsüchtig auf Nachrichten aus dem Sudan.

Harry und Abou Fatma tief im Sudan.

Abou Fatma will die britischen Soldaten vor einem bevorstehenden Angriff warnen, wird aber gefangengenommen.

Als Briten getarnt, stürmen die Truppen des Mahdi gegen die Briten.

Unter den Angreifern befindet sich auch Harry, aber er will seinen Freunden beistehen.

Nach dem Tod des Colonel übernimmt Jack das Kommando.

Harry und Abou Fatma haben Jack retten können, aber Harry hat erfahren, daß Ethne mittlerweile mit Jack verlobt ist.

Rührend kümmert sich Ethne um Jack, der verletzt aus dem Krieg heimgekehrt ist.

Um auch dem letzten seiner Freunde helfen zu können, läßt sich Harry (Mitte) von den Aufständischen gefangennehmen.

»Wenn er mich doch nur hören könnte!« dachte sie. »Wenn er nur erwachen und erkennen könnte, daß er da eine Botschaft der Freundschaft hört!«

Bestimmt von dieser Vorstellung, spielte sie mit einem Können, wie sie es nie zuvor aufgebracht hatte; sie formte ihre Violine zu einer Stimme des Mitgefühls. Und je länger sie spielte, desto mehr wuchs das Phantasiebild an und veränderte sich. Die Musik wurde zu einer Brücke, die freitragend über die Welt führte, eine Brücke, auf der in eben diesen wenigen Minuten sie und Harry Feversham sich treffen und sich die Hand geben konnten. Natürlich würden sie gleich wieder auseinandergehen, und jeder würde dem ihm bestimmten Weg folgen. Doch auf diesen getrennten Wegen würden die wenigen Minuten jedem eine große Hilfe sein. Die Akkorde klangen in die Stille. Es wollte Ethne scheinen, als machten sie den Stolz deutlich, der an diesem Tag zu ihr zurückgekehrt war. Ihr Phantasiebild wuchs sich zur Gewißheit aus. Nicht mehr dachte sie: »Wenn er mich nur hörte!«, sondern: »Er *muß* es hören!« Und so mitgerissen war sie von ihren Gedanken, daß plötzlich eine seltsame Hoffnung in ihr aufstieg und sie in ihren Bann schlug.

»Wenn er antworten könnte!«

Die letzten Töne zog sie in die Länge, auf die Antwort wartend; und als die Musik zur Stille erstorben war, saß sie mit der Violine auf den Knien da und blickte eifrig in den mondhellen Garten.

Und eine Antwort kam, doch sie wehte nicht den Fluß herauf und über den Rasen. Sie tönte aus den dunklen Schatten des Zimmers hinter ihr, und sie wurde mit Durrances Stimme gesprochen.

»Ethne, was meinst du, wo habe ich diese Ouvertüre zuletzt gehört?«

Zusammenfahrend kam Ethne zu Bewußtsein, daß Durrance mit ihr im Zimmer war, und sie antwortete wie ein Mensch, der abrupt aus tiefem Schlaf gerissen wird.

»Nun, du hast es mir vorhin gesagt. In Ramelton, bei deinem ersten Besuch in Lennon House.«

»Ich habe sie seither wieder gehört, allerdings nicht von dir gespielt. Eigentlich wurde sie gar nicht richtig gespielt, sondern nur eine Melodie daraus, und nicht einmal die richtige, sondern nur die Andeutung einer Melodie, zögernd auf einer Zither gezupft, mit vielen falschen Tönen, und zwar von den Händen eines Griechen in einem kahlen, weißgekalkten Café in Wadi Halfa, im Schein einer einzigen grellen Lampe.«

»Diese Ouvertüre?« fragte sie. »Wie seltsam!«

»Gar nicht so seltsam. Denn der Grieche war Harry Feversham.«

Die Antwort war also doch gekommen. Ethne bezweifelte nicht, daß dies die Antwort war. Reglos saß sie im Mondschein; hätte sich jemand über sie gebeugt, hätte der Betreffende allerdings feststellen müssen, daß ihre Augen geschlossen waren. Ein langes Schweigen trat ein. Sie befaßte sich nicht mit der Frage, warum Durrance sein Wissen so lange für sich behalten hatte und ausgerechnet jetzt davon sprach. Sie fragte nicht, was aus Harry Feversham geworden war, daß er in einem bescheidenen Café in Wadi Halfa Zither spielen mußte. Aber es wollte ihr scheinen, daß er zu ihr gesprochen hatte wie sie zu ihm. Die Musik war also doch zur Brücke geworden, und dabei war nicht absonderlich, daß er Durrances Stimme benutzt hatte, um zu ihr zu sprechen.

»Wann war das?« fragte sie schließlich.

»Im Februar dieses Jahres. Ich werde dir davon erzählen.«

»Ja, bitte erzähl.«

Und Durrance sprach aus den Schatten des Zimmers.

Achtzehntes Kapitel
Die Antwort auf die Ouvertüre

Ethne drehte sich weder zu Durrance um, noch veränderte sie sonstwie ihre Haltung. Sie saß da, die Violine auf die Knie gestützt, und schaute durch den mondhellen Garten auf den Silberstreifen in der Baumlücke; und sie hielt sich absichtlich starr. Auf diese Weise festigte sie die Illusion, daß Harry Feversham persönlich zu ihr spreche, sie vermochte zu vergessen, daß er sich mit der Stimme Durrances äußerte. Beinahe vergaß sie sogar, daß Durrance sich im Zimmer befand. Sie lauschte mit jener Intensität, die sie von Durrance kannte, und dem Wunsch, daß die Stimme langsam spreche, damit der Bericht viel Zeit in Anspruch nehme und sie jedes Detail eifersüchtig in ihr Herz schließen könne.

»Es war am Abend vor meinem Ritt nach Osten in die Wüste – vor dem letzten Ausritt«, sagte Durrance, und die Sehnsucht und das Bedauern, mit denen er die Worte »letzter Ausritt« aussprach, ließen Ethne diesmal völlig unberührt.

»Ja«, sagte sie. »Das war im Februar. Mitte des Monats, nicht wahr? Erinnerst du dich an den Tag? Ich würde gern den genauen Tag wissen, wenn du dich erinnerst.«

»Der fünfzehnte«, antwortete Durrance; und Ethne wiederholte nachdenklich das Datum.

»Ich war den ganzen Februar in Glenalla«, sagte sie. »Was habe ich am fünfzehnten gemacht? Ach, egal.«

Am Vormittag, als Willoughby ihr seine Geschichte erzählte, hatte sie zuweilen Überraschung empfunden, daß sie von den Ereignissen nicht schon im Augenblick ihres Eintretens sozusagen instinktiv gewußt hatte. Diese Überraschung stellte sich jetzt wieder ein. Seltsam, daß sie bis zu diesem Augustabend, bis zu diesem Sommergarten voller Mondlicht und geschlossener Blumen warten mußte, ehe sie von der Zusammenkunft zwischen Feversham und Durrance am 15. Februar erfuhr. Und

Reue überkam sie wegen dieser Verzögerung. »Mein eigener Fehler«, redete sie sich ein. »Hätte ich mir das Vertrauen in ihn bewahrt, hätte ich sofort davon gewußt. Ich bin zu Recht bestraft.« Ihr kam gar nicht der Gedanke, daß Durrance etwas anderes als eine gute Nachricht bringen würde. Die frohe Kunde, die sie heute schon gehört hatte, würde sich fortsetzen, würde erweitert und vervollständigt werden, so daß dieser Tag sich zur Vollkommenheit runden würde. Davon war sie überzeugt.

»Nun?« fragte sie. »Sprich weiter!«

»Den ganzen Tag über war ich damit beschäftigt, im Büro meine Arbeiten abzuschließen. Um zehn Uhr drehte ich den Schlüssel im Schloß, voller Erleichterung, daß ich diese Tür sechs Wochen lang nicht mehr öffnen mußte, und schlenderte nordwärts am Nilufer entlang, von Wadi Halfa in die kleine Stadt Tewfikieh. Als ich die Hauptstraße erreichte, sah ich eine kleine Menschenmenge vor dem Café stehen, angestrahlt von dem Licht aus dem Lokal – Araber, Neger, ein paar Griechen und mehrere ägyptische Soldaten. Als ich näherkam, hörte ich den Klang von Violine und Zither, die einen Walzer angestimmt hatten. Beide Instrumente wurden höchst unzulänglich gespielt. Ich verharrte am äußeren Rand der Menge und blickte über die Schultern der vor mir stehenden Männer in den Raum. Vier kahle, gekalkte Wände, eine Bar stand in einer Ecke, ein oder zwei Holzbänke zogen sich an den Wänden hin, eine einzelne, schirmlose Paraffinlampe schwang grelleuchtend an der Decke. Eine Gruppe fahrender Musikanten spielte der Horde von Negern und Arabern und Ägyptern vor, um sich Unterkunft und das Geld für eine Mahlzeit zu verdienen. Es waren vier, soweit ich sehen konnte, alles Griechen. Zwei waren offensichtlich Mann und Frau. Beide waren alt und verkommen und gingen praktisch in Lumpen; der Mann war ein hagerer Bursche mit bleichem Gesicht, grauem Haar und schwarzem Schnurrbart; die Frau dick, mit grobem Gesicht und unförmigem Körper. Von den anderen beiden schien eine ihre Tochter zu sein, ein siebzehnjähriges Mädchen, im Grunde nicht gutaussehend, doch gepflegt und sorgfältig herausgeputzt, was ihr in der elenden und bescheidenen Umgebung einen gewissen Reiz gab. Die Qualität ihrer Kleidung überzeugte mich schließlich, daß sie die Tochter war, und ehrlich gesagt rührte mich ein wenig der Gedanke, daß Vater und Mutter in Lumpen gingen, damit sie um jeden Preis ordentlich gekleidet sein konnte. Ein sauberes Band hielt ihr Haar im Zaum, ein unzerrissenes Gewand aus weißem Stoff umhüllte sie adrett, sogar die Schuhe waren in Ordnung. Das vierte Mitglied der Truppe war ein junger Mann; er saß am Fenster und beugte sich mit dem Rücken zu mir über seine Zither. Ich vermochte jedoch zu erkennen, daß er einen Bart trug. Als ich zu den Zuhörern stieß, spielte der alte Mann die Violine, auch wenn man im Grunde dazu nicht spielen sagen kann. Der Lärm, den er machte, erinnerte eher an das Quietschen des Griffels, der über eine Schiefertafel fährt; es ging einem durch und durch; und die Geige selbst schien vor Schmerzen zu schreien. Und während er fiedelte und der junge Mann auf seiner Zither herumhämmerte, drehten sich die alte Frau und das Mädchen langsam im Walzertakt. Das hört sich vielleicht lustig an, aber wenn du die Szene gesehen hättest! ... Es krampfte mir förmlich das Herz zusammen. Ich glaube, in meinem ganzen Leben habe ich noch kein so trauriges Bild gesehen. Draußen die kleine Menschenmenge, die über die Truppe lachte und auf ihre Kosten alle möglichen gemeinen Scherze äußerte, und drinnen die vier Weißen – die alte Frau, ungeschickt, schwerfällig, schweißüberströmt, sich langsam drehend und vor Anstrengung keuchend; das Mädchen geschmeidig und jung; die beiden Männer mit ihrer quälend-dissonanten Musik; und unmittelbar darüber die großartigen Planeten und Sterne des afrikanischen Himmels, und ganz in der Nähe die stumme und weite Würde der mondhellen Wüste. Stell dir das vor! Es schmerzte geradezu, wie wenig die kleine Vorstellung in diesen Rahmen paßte.«

Er schwieg einen Augenblick, während sich Ethne die von ihm beschriebene Szene vorstellte. Sie sah Harry Feversham über die Zither geneigt und fragte sich sofort: »Was machte er bei der Truppe?« Es war klar, daß ihm nicht daran lag, nach England zurückzukehren. Es war gewiß, daß er nicht zu ihr zurückkommen würde, bevor sie nach ihm geschickt hatte. Und Captain Willoughbys Schilderung hatte sie entnommen, daß er keine Nachricht von ihr erwartete. Er hatte Willoughby keinen Ort genannt, an dem ein Brief ihn erreichen konnte. Aber was machte er verkleidet in Wadi Halfa, bei dieser Wandertruppe? Er hatte Geld; soviel hatte Willoughby ihr mitgeteilt.

»Du hast mit ihm gesprochen?« fragte sie plötzlich.

»Mit wem? Oh, mit Harry?« gab Durrance zurück. »Ja, hinterher, als ich feststellte, daß er es war, der die Zither spielte.«

»Ja, und wie stelltest du das fest?« fragte Ethne.

»Der Walzer ging zu Ende. Die alte Frau ließ sich erschöpft auf die Bank an der gekalkten Wand sinken; der junge Mann hob den Kopf von seiner Zither, der alte Mann kratzte einen neuen Ton auf seiner Geige, und das Mädchen trat vor, um zu singen. In ihrer Stimme lagen Jugend und Frische, doch sonst wenig Musikalität. Ihr Gesang war so unzulänglich wie der Rest der Vorstellung. Trotzdem lächelte der alte Mann, die Mutter schlug mit dickem Fuß den Takt und nickte ihrem Mann voller Stolz über die Leistung der Tochter zu. Und wieder machten in der Menge die unpassenden Worte, die unübersetzbaren Scherze der Araber und Neger die Runde. Es war schrecklich, findest du nicht auch?«

»Ja«, antwortete Ethne, doch langsam und mit abwesender Stimme. Wie sie kein Mitgefühl für Durrance empfunden hatte, als er zu sprechen begann, so brachte sie auch jenen drei vom Schicksal Verstoßenen keines entgegen. Zu sehr beschäftigte sie das Rätsel von Harry Fevershams Anwesenheit in Wadi Halfa. Sie lauschte zu intensiv auf die Botschaft, die er ihr schickte. Durch das offene Fenster warf der Mond dicht neben ihren Füßen einen breiten Silberstreifen auf den Boden. Im Zuhören starrte sie darauf, als wäre dieses Licht ein Fenster, durch das sie, wenn sie nur eindringlich genug schaute, jenes erleuchtete Café in der Hauptstraße der kleinen Stadt Tewfikieh an der Grenze des Sudan sehen könnte.

»Nun?« fragte sie. »Und als das Lied zu Ende war?«

»Da begann der junge Mann, der mir den Rücken zukehrte«, fuhr Durrance fort, »auf der Zither ungeschickt ein Lied zu spielen. Er schlug so viele falsche Töne an, daß sich zuerst keine Melodie herausschälte. In der Menge steigerten sich das Lachen und der Lärm, und ich wollte mich eben abwenden, wobei mir ziemlich elend zumute war, als einige Klänge, eine Folge von zufällig richtig gespielten Noten, mich plötzlich innehalten ließen. Ich hörte genauer hin, und allmählich trat eine gespenstisch wirkende Melodie zutage – ein kraftlos-dünnes Lied ohne Seele, das Gespenst einer Tonfolge, und doch vertraut. Ich stand mitten auf der Sandstraße, zwischen Behausungen, die von einer Reihe verkümmerter Bäume gesäumt waren, und ich wurde aus dem Osten entführt, zurück nach Ramelton, zurück zu einem Sommerabend unter dem schmelzenden Himmel von Donegal, zu einem Abend, da du am offenen Fenster saßest, wie du es jetzt tust, und die Melusine-Ouvertüre spieltest, wie du sie eben gerade gespielt hast.«

»Es war eine Melodie aus dieser Ouvertüre?« rief sie.

»Ja, und es war Harry Feversham, der das Stück spielte. Ich vermutete es nicht sofort. Ich war damals nicht so schnell mit meiner Auffassungsgabe.«

»Aber jetzt bist du es«, sagte Ethne.

»Auf jeden Fall rascher als damals. Ich hätte es ahnen müssen. Zunächst war ich aber nur neugierig. Ich fragte mich, wie es kam, daß ein griechischer Wandermusiker diese Melodie kannte. Jedenfalls beschloß ich, ihn für seinen Vortrag zu belohnen. Ich sagte mir, daß du das gern gesehen hättest.«

»Ja«, flüsterte Ethne.

»Als er dann aus dem Café kam und mit dem Hut in der Hand in der spöttelnden Menge herumging, warf ich ihm einen Sovereign in den Hut. Überrascht zusammenfahrend drehte er sich zu mir um. Und trotz des Barts erkannte ich ihn. Außerdem rief er, ehe er sich beherrschen konnte: ›Jack!‹«

»Dann hast du dich also nicht geirrt«, sagte Ethne mit verwunderter Stimme. »Nein, der Mann, der die Zither spielte, war –« der Vorname lag ihr auf den Lippen, doch sie brachte die Geistesgegenwart auf, ihn nicht auszusprechen – »war Mr. Feversham. Aber er hatte von Musik keine Ahnung. Daran erinnere ich mich gut.« Sie lachte auf, als sie an Fevershams Unfähigkeit dachte, an Musik Gefallen zu finden, es sei denn, sie tönte von ihrer Violine. »Er hatte nicht das Ohr dafür. Die Dissonanz, die seine Aufmerksamkeit erweckt hätte, ist noch nicht erfunden worden. Er hätte sich bestimmt an kein Stück aus der Melusine-Ouvertüre erinnern können.«

»Und doch war es Harry Feversham«, antwortete er. »Irgendwie hat er sich daran erinnert. Ich kann das sogar verstehen. Sicher gab es wenig genug, an das er sich zu erinnern wünschte, und das Wenige wollte er sich bestimmt mit ganzer Kraft klar wieder in den Sinn bringen. Ich vermute ferner, daß er mit viel Übung seiner Zither einen ungefähren Nachklang dessen entringen konnte, an das er sich erinnerte. Kannst du dir nicht vorstellen, wie er sich die Melodie im Kopf zurechtlegt, sie immer wieder summt, sie unzählige Male pfeift, immer wieder mit Fehlern und falschen Tönen behaftet, bis er das Stück eines Tages ganz sicher in seinen Gedanken fixieren konnte? Ich kann es mir ausmalen. Kannst du dir nicht vorstellen, wie er die Töne dann vorsichtig und eifrig aus den Saiten greift? Ich sehe es vor mir. Ja, ich sehe es vor mir.«

So bekam Ethne ihre Antwort, und Durrance interpretierte sie sogar für sie. Stumm saß sie da, zutiefst bewegt von der Geschichte, die er ihr erzählt hatte. Wie passend, daß diese Ouvertüre, ihr Lieblingsstück, ihr die Botschaft brachte, daß Feversham sie nicht vergessen hatte, daß er ihrer trotz der vierten weißen Feder in Freundschaft gedachte. Nicht umsonst hatte sich Harry Feversham solche Mühe gegeben, jene Melodie zu lernen. Ethne war in einem Maße aufgewühlt, wie sie es nicht mehr für möglich gehalten hatte. Sie fragte sich, ob Harry, während er in dem kahlen, kleinen weißen Café saß und den vor dem Fenster versammelten Negern und Griechen und Arabern seine Musik vorspielte, sich, wie sie heute abend, erträumt hatte, daß irgendwie ein Echo dieser Melodie, so dünn und schwach sie auch klingen mochte, um die Welt wandern würde. Sie erkannte als Gewißheit, daß, so sehr sie sich in Zukunft auch bemühen mochte, Harry Feversham zu vergessen, dies Bemühen immer vergeblich sein würde. Das Bild des erleuchteten Cafés in der Wüstenstadt würde nie mehr völlig aus ihren Gedanken verschwinden; trotzdem hatte sie nicht die Absicht, deswegen von ihrer Entschlossenheit abzuweichen, das Vergessen vorzuschützen. Die bloße Erkenntnis, daß sie Harry einmal zu Unrecht verstoßen hatte, festigte ihre Entschlossenheit, Durrance nicht darunter leiden zu lassen.

»Letztes Jahr habe ich dir in der Hill Street gesagt«, fuhr Durrance fort, »daß ich Feversham nie wiedersehen wollte. Aber darin irrte ich. Das Widerstreben lag ganz auf seiner Seite, während ich den Vorsatz sofort aufgab. Denn kaum erkannte er, daß er meinen Namen gerufen hatte, versuchte er sich von mir fort in die Menge zu schieben, er begann Griechisch zu plappern, doch ich packte ihn am Arm und ließ ihn nicht mehr los. Er hatte dir ein großes Unrecht angetan. Das weiß ich; das wußte ich damals. Aber in jenem Augenblick konnte ich nicht daran denken. Ich wußte nur, daß Jahre zuvor Harry Feversham mein Freund gewesen war, mein einziger enger Freund; daß wir im gleichen College-Boot in Oxford zusammen gerudert hatten, er als Schlagmann, ich auf Platz sieben; daß die Streifen seines Trikots mir bei drei aufeinanderfolgenden Rennen auf den letzten hundert Spurtmetern bei den Barken vor den Augen geflimmert hatten. An Sommernachmittagen hatten wir zusammen in Sandford Lasher gebadet. Wir hatten auf der Insel Kennington zusammen zu Abend gegessen; wir hatten die Vorlesungen geschwänzt und waren den Cher hinauf nach Islip gepaddelt. Und hier war er nun in Wadi Halfa, ein Wandermusiker, ein Ausgestoßener, dermaßen tief im Unglück versunken, daß er für seine Unterkunft und das Geld für eine Mahlzeit in jene öde kleine Wüstenstadt kommen und jämmerlich die Zither spielen mußte vor Eingeborenen und griechischen Schreiberlingen.«

»Nein«, unterbrach ihn Ethne, »nicht deswegen ist er nach Wadi Halfa gekommen.«

»Warum dann?« fragte Durrance.

»Ich kann es mir nicht vorstellen. Aber Geldsorgen hatte er nicht. Sein Vater zahlte ihm weiter den Wechsel, und er akzeptierte das Geld.«

»Bist du sicher?«

»Ganz sicher. Ich habe es heute erst erfahren«, sagte Ethne.

Dies zu sagen war ein Fehler, doch ausnahmsweise war Ethne an diesem Abend unaufmerksam. Sie bemerkte den Fehler nicht einmal, zu sehr schlug sie Durrances Geschichte in ihren Bann. Durrance war seinerseits nicht minder in Anspruch genommen, so daß die Worte zunächst auf beiden Seiten unbeachtet verhallten.

»Du hast also nicht erfahren, was Mr. Feversham nach Halfa geführt hat?« fragte sie. »Hast du ihn nicht gefragt? Warum nicht? Warum?«

Sie war enttäuscht, und die Bitterkeit ihrer Enttäuschung gab dem Ausruf seine Leidenschaft. Hier hatte sie die jüngsten Nachrichten, und man trug sie ihr unvollkommen zu, wie die abgerissene Hälfte eines Briefes. Das Fehlende mochte niemals ergänzt werden.

»Ich war ein Dummkopf«, sagte Durrance. In seiner Stimme lag beinahe ebensoviel Bedauern wie eben in der ihren; und wegen dieses Bedauerns bemerkte er die Leidenschaft nicht, mit der sie gesprochen hatte. »Das werde ich mir nicht so schnell verzeihen. Weißt du, er war mein Freund. Ich hatte ihn am Arm, und ich ließ ihn los. Ich war ein Dummkopf.« Und er schlug sich mit der Faust vor die Stirn.

»Er versuchte es mit Arabisch«, fuhrt Durrance fort, »und flehte mich an, er und seine Gefährten wären arm und friedfertig, und ich solle mein Geld zurücknehmen, wenn ich dächte, ich hätte ihm zuviel gegeben, und die ganze Zeit versuchte er, sich meinem Griff zu entziehen. Aber ich hielt ihn fest. Ich sagte: ›Harry Feversham, so geht das nicht‹, und da gab er auf und sprach Englisch, wenn er auch flüsterte: ›Laß mich los, Jack, laß mich los.‹ Die Menge umstand uns. Offensichtlich hatte Harry einen Grund, nicht aufzufallen; vielleicht war es seine Scham, die Scham über seinen tiefen Sturz. Ich sagte: ›Besuch mich in meinem Quartier in Halfa, sobald du frei bist‹, und ließ ihn los. Die ganze Nacht hindurch erwartete ich ihn auf der Veranda, aber er kam nicht. Am Morgen mußte ich in die Wüste aufbrechen. Beinahe hätte ich mit einem Freund von mir, der zu meinem Abritt gekommen war, über ihn gesprochen, mit Calder – du hast von ihm gehört. Der Mann, der dir das Telegramm geschickt hat«, sagte Durrance auflachend.

»Ja, ich erinnere mich«, antwortete Ethne.

Und das war der zweite Fehler, den sie an diesem Abend beging. Der Empfang von Calders Telegramm gehörte zu den Dingen, von denen Durrance nichts wissen sollte. Aber wieder merkte sie nicht einmal, daß sie einen Fehler gemacht hatte. Sie beschäftigte sich nicht mit der Frage, woher Durrance wußte oder ahnte, daß das Telegramm überhaupt abgeschickt worden war.

»Im allerletzten Augenblick«, erzählte Durrance weiter, »als sich mein Kamel schon wieder aufgerichtet hatte, beugte ich mich zur Seite, um mit ihm zu sprechen, um ihn aufzufordern, Feversham zu besuchen. Doch ich tat es nicht. Weißt du, ich wußte nichts von dem Monatswechsel. Ich dachte nur, daß er ziemlich tief gesunken sei. Es wollte mir ihm gegenüber nicht fair erscheinen, einen anderen davon ins Bild zu setzen. Und so ritt ich ab und hielt den Mund.«

Ethne nickte. So sehr sie sich wegen der fehlenden Informationen grämte, konnte sie doch nicht anders, als seiner Handlungsweise zuzustimmen.

»Du hast Feversham also nie wiedergesehen?«

»Ich war neun Wochen unterwegs. Ich kam als Blinder zurück«, antwortete er schlicht, und die Schlichtheit dieser Worte ging Ethne zu Herzen. Er entschuldigte sich für seine Blindheit, die ihn daran gehindert hatte, Nachforschungen anzustellen. Allmählich regte sich in ihr die Erkenntnis, daß hier ja Durrance zu ihr redete und kein anderer, doch er sprach weiter, und was er sagte, ließ jeden Gedanken an Vorsicht verfliegen.

»Ich fuhr sofort nach Kairo, und Calder begleitete mich. Dort erzählte ich ihm von Harry Feversham und daß ich ihn in Tewfikieh wiedergetroffen hätte. Ich bat Calder, sich zu erkundigen, wenn er nach Halfa zurückkomme, und Harry Feversham zu finden und ihm nach Möglichkeit zu helfen; ich bat ihn auch, mir das Ergebnis mitzuteilen. Vor einer Woche erhielt ich einen Brief von Calder, der mich bekümmert, sehr bekümmert.«

»Was hat er geschrieben?« fragte Ethne angstvoll und wandte sich auf ihrem Stuhl vom Mondlicht ab und den Schatten und Durrance zu. Sie beugte sich vor, um sein Gesicht auszumachen, das jedoch in der Dunkelheit verborgen blieb. Plötzlich durchfuhr Angst ihren Körper und ließ ihr Blut erstarren, doch aus der Schwärze tönte Durrances Stimme.

»Daß die beiden Frauen und der alte Grieche mit einem Dampfer nach Norden gefahren sind, in Richtung Assuan.«

»Dann ist Mr. Feversham in Wadi Halfa geblieben? Das stimmt doch, nicht wahr?« fragte sie eifrig.

»Nein«, antwortete Durrance. »Harry Feversham ist nicht geblieben. Am Tag nach meinem Aufbruch in den Osten ist er an Halfa vorbeigewandert. Er marschierte am Morgen los – nach Süden.«

»In die Wüste?«

»Ja, aber in die Wüste des Südens, in Feindesland. Er ist so losgezogen, wie ich ihn gesehen hatte, mit seiner Zither. Man hat ihn gesehen, und es gibt keinen Zweifel.«

Ethne schwieg eine Weile. Dann fragte sie:

»Du hast den Brief bei dir?«

»Ja.«

»Ich würde ihn gern lesen.«

Sie verließ ihren Stuhl und ging zu Durrance. Er zog den Brief aus der Tasche und reichte ihn ihr, und sie trug ihn zum Fenster. Der Mond schien sehr hell. Ethne stellte sich dicht ans Fenster, eine Hand auf das Herz gepreßt, und las den Text einmal und ein zweites Mal. Der Brief war eindeutig; der Grieche, dem das Café gehörte, in dem die Musikertruppe aufgetreten war, sagte aus, daß Joseppi, unter welchem Namen er Feversham kannte, mit einer Wasserhaut und einem Vorrat an Datteln nach Süden gewandert war, obwohl er den Grund nicht wußte oder nicht verraten wollte. Ethne lag eine Frage auf der Zunge, doch es dauerte eine Weile, bis sie sich darauf verlassen konnte, daß ihre Lippen sie deutlich und ohne Stocken hervorbringen konnten.

»Was wird mit ihm geschehen?«

»Bestenfalls Gefangenschaft, schlimmstenfalls der Tod. Tod durch Hunger oder Durst oder durch die Derwische. Doch es besteht immerhin die Hoffnung, daß er nur gefangengenommen wird. Weißt du, er ist Weißer. Seine Häscher könnten ihn für einen Spion halten; sie nähmen sicher an, er wisse von unseren Plänen und unserer Truppenstärke. Wahrscheinlich würde man ihn nach Omdurman schicken. Ich habe Calder geschrieben. Spione kommen und gehen in Wadi Halfa. Oft erfahren wir von Dingen, die sich in Omdurman ereignen. Wenn Feversham dorthin gebracht wird, erfahre ich früher oder später davon. Aber er muß den Verstand verloren haben. Eine andere Erklärung finde ich nicht.«

Ethne hatte eine andere Erklärung, und sie wußte, daß ihre Erklärung die richtige war. Sie war unvorsichtig und sprach sie vor Durrance laut aus.

»Colonel Trench«, sagte sie, »sitzt in Omdurman gefangen.«

»O ja«, antwortete Durrance. »Feversham wird nicht ganz allein sein. Darin liegt ein Trost, und vielleicht läßt sich etwas arrangieren. Wenn ich von Calder Neues erfahre, gebe ich dir Bescheid. Vielleicht läßt sich etwas machen.«

Offensichtlich hatte Durrance ihre Bemerkung nicht richtig gedeutet. Auf jeden Fall tappte er hinsichtlich des Motivs im dunkeln, das Feversham in den Süden getrieben hatte, außerhalb des Einflußbereichs der ägyptischen Patrouillen. Und er mußte im dunkeln bleiben. Denn selbst jetzt ließ Ethne in ihrer Entschlossenheit nicht nach, weiter so zu tun, als habe sie alles vergessen. Den Brief krampfhaft in der Hand haltend, stand sie am Fenster. Sie durfte keinen Schrei ausstoßen, sie durfte nicht ohnmächtig werden; sie mußte starr und stumm verweilen und im richtigen Augenblick mit ruhiger Stimme sprechen, obwohl sie nun wußte, daß Harry Feversham nach Süden gewandert war, um zu Colonel Trench in Omdurman zu stoßen. Das alles ging aber über ihre Kräfte. Denn als Colonel Durrance wieder das Wort ergriff, wurde der Wunsch übermächtig, diesem Zimmer zu entfliehen und mit der schrecklichen Nachricht allein zu sein. Lockend riefen die kühle Stille des Gartens, die dunklen Schatten der Bäume.

»Vielleicht fragst du dich«, sagte Durrance, »warum ich dir ausgerechnet heute abend offenbart habe, was ich bisher für mich behielt. Ich wagte nicht, es dir früher zu sagen. Den Grund will ich dir erklären.«

Ethne bemerkte das Frohlocken in seiner Stimme nicht, sie fragte sich auch nicht, wie seine Erklärung aussehen mochte, sie wußte nur, daß sie es im Augenblick nicht ertragen konnte, sie anzuhören. Der bloße Klang einer menschlichen Stimme war ihr unerträglich geworden. Sie merkte kaum noch, daß Durrance überhaupt sprach; sie hörte nur, daß irgendeine Stimme ertönte und daß diese Stimme schweigen mußte. Sie stand dicht am Verandafenster; ein lautloser Schritt, und sie war über den Sims und frei. Durrance setzte seinen Monolog in der Dunkelheit fort, konzentriert auf seine Worte, doch Ethne hörte nicht zu. Vorsichtig raffte sie die Röcke, damit sie nicht raschelten, und trat durch das Fenster. Das war der dritte Fehler, den sie an diesem ereignisreichen Abend machte.

Neunzehntes Kapitel
Mrs. Adair schaltet sich ein

Ethne meinte, ihre Flucht wäre unbeobachtet geblieben. Doch Mrs. Adair saß im Schatten des Hauses auf der Terrasse, ganz in der Nähe des offenen Salonfensters. Sie sah Ethne über die Terrasse huschen und die Stufen in den Garten hinabeilen und wunderte sich über die Verstohlenheit ihrer Bewegungen. Von einer Art Verzweiflung gepackt, schien Ethne förmlich zu fliehen. Der Vorfall kam Mrs. Adair erstaunlich vor. Sie hatte bemerkt, wie Ethne die Lampe löschte, und der plötzliche Wechsel des Zimmers vom Licht ins Dunkel, mit seinem Hauch von Geheimnis und dem privaten Geplauder von Liebenden, war eine Qual für sie gewesen. Lauschend hatte sie dagesessen, und die in den Garten hinausschwebende Musik, die vor Glück zu vibrieren schien, die eine Sehnsucht ausdrückte, und das anschließende leise Gespräch in dem abgedunkelten Zimmer hatten ihre Phantasie angeregt und die Flamme der Eifersucht hoch emporlodern lassen. Und plötzlich war Ethne geflohen. Die Möglichkeit eines Streits schlug sich Mrs. Adair sofort aus dem Kopf, wußte sie doch sehr gut, daß Ethne nicht zu der Sorte Mädchen gehörte. Aber dann passierte etwas noch Erstaunlicheres. In dem Zimmer, das Ethne verlassen hatte, fuhr Durrance fort zu sprechen. Der Klang seiner Stimme erreichte Mrs. Adairs Ohren, wenn sie auch die einzelnen Worte nicht verstehen konnte. Ihr war sofort klar, daß er annahm, Ethne befinde sich noch bei ihm. Mrs. Adair stand auf und näherte sich auf Zehenspitzen dem offenen Fenster. Sie hörte Durrance unbeschwert lachen und lauschte auf die Worte, die er äußerte. Sie waren nun deutlich zu verstehen, obgleich sie den Mann, der sie sprach, nicht ausmachen konnte. Er saß im Schatten.

»Ich begann mir klarzumachen«, sagte er, »sogar schon an jenem ersten Nachmittag vor zwei Monaten in der Hill Street, daß es auf deiner Seite nur Freundschaft gab. Meine Blindheit half mir. Hätte ich dein Gesicht und deine Augen sehen können, wäre ich fraglos auf alles eingegangen, was du mich hättest glauben machen wollen. Diesen Schutz aber hattest du nicht mehr. Ich dagegen war irgendwie wacher geworden. Kurz, ich begann zu sehen. Zum erstenmal in meinem Leben sah ich alles klar und deutlich.«

Mrs. Adair bewegte sich nicht. Durrance schien seinerseits keine Antwort und auch keinen Laut der Zustimmung zu erwarten. Er sprach mit jener freudigen Stimme, die man bei der Aufzählung von Schwierigkeiten einsetzt, die einen nicht länger behindern, von Rätseln, die längst ihre Lösung gefunden haben. Er war voll darauf konzentriert, klar zu formulieren, was seine Gedanken beschäftigte.

»Vermutlich hätte ich unsere Verlobung sofort ein für allemal lösen sollen, denn ich bin noch immer und so fest wie eh und je davon überzeugt, daß von beiden Seiten mehr als Freundschaft eingebracht werden muß. Doch ich war egoistisch geworden. Ich hatte dich gewarnt, Ethne, Egoismus ist der eigentliche Charakterfehler des Blinden. Ich wartete und zögerte den Zeitpunkt der Eheschließung hinaus. Ich äußerte Vorwände. Ich bestärkte dich in dem Glauben, es gebe Heilungschancen, obwohl ich die ganze Zeit wußte, daß sie nicht bestanden. Denn ich hoffte, wie das der Mensch so an sich hat, daß deine Freundschaft mit der Zeit zu mehr als Freundschaft anwachsen mochte. Solange diese Möglichkeit bestand, solange – Ethne, konnte ich dich nicht gehen lassen. Ich horchte also auf einen neuen sanften Klang in deiner Stimme, auf eine neue Heiterkeit in deinem Lachen, auf einen neuen und tiefen Herzensklang in der Musik, die du mir spieltest – und ich sehnte mich danach, oh, wie sehr! Nun ja, heute abend habe ich die Brücken hinter mir abgebrochen. Ich habe dir die Erkenntnis zugegeben, daß Freundschaft die Grenze deiner Gedanken an mich bestimmt. Ich habe dir offenbart, daß es keine Hoffnung gibt, mein Augenlicht werde zurückkehren. Ich habe sogar gewagt, dir zu schildern, was ich so lange geheimgehalten habe – mein Zusammentreffen mit Harry Feversham und die Gefahren, in die er sich gestürzt hat. Und warum? Weil ich heute abend zum erstenmal eben jene Anzeichen vernommen habe, auf die ich wartete. Die neue Sanftheit, der neue Stolz in deiner Stimme, die Heiterkeit deines Lachens, sie habe ich den ganzen Abend deutlich gehört. Du hast Zurückhaltung und Anspannung völlig aufgegeben. Und als du spieltest, war mir, als spielte nicht nur jemand mit deinem Können und deiner Erfahrung, sondern auch jemand, der sein Herz in vollen Tönen durch die Musik sprechen ließ, so wie du es bis heute abend nie getan hast. Ethne! Ethne!«

Doch Ethne hielt sich in diesem Augenblick in dem kleinen umfriedeten Garten auf, in den sie am Vormittag Captain Willoughby geführt hatte. Hier war sie allein; Dermods Collie war ihr gefolgt; sie hatte die Einsamkeit und die Stille erlangt, die zur unabdingbaren Notwendigkeit geworden waren. Noch wenige weitere Worte aus Durrances Mund, und sie hätte den Zwang zur Vorsicht nicht länger ertragen. Der Anschein der Zuneigung, den sie in den letzten Monaten so mühsam rings um ihn errichtet hatte wie eine Mauer, eine Mauer, über die er niemals schauen durfte, wäre mit einem Schlag eingerissen worden. Dabei hatte Durrance bereits über die Mauer geschaut – starrte verblüfften Blickes in diesem Augenblick darüber hinweg; aber das wußte Ethne nicht. Das Mondlicht schlief silbern auf dem Wasser des Baches; die hohen Bäume träumten den Sternen entgegen; das Plätschern der Wellen am Ufer war nicht lauter als die

Musik eines dahinströmenden Flusses. Sie setzte sich auf die Bank und versuchte, ein wenig von der Ruhe dieser Sommernacht in ihr Herz zu holen, versuchte, von den ringsum wachsenden Dingen der Natur zu lernen, versuchte etwas von ihrer Geduld und ihrem außerordentlichen Beharrungsvermögen in sich aufzunehmen.

Die Ereignisse des Tages hatten jedoch ihre Kräfte überfordert, und sie fand keine Ruhe. Erst heute früh war in diesem Garten die gute Nachricht eingetroffen – und sie hatte Harry Feversham wiedergefunden. Denn so sah sie Willoughbys Nachricht. Heute früh hatte sie ihn wiedergefunden, und am gleichen Abend war die schlechte Nachricht eingetroffen, und sie hatte ihn wieder verloren – und wahrscheinlich bis ans Ende ihres Erdendaseins. Harry Feversham gedachte bis zum letzten Penny für seinen Fehler zu bezahlen, und Ethne lehnte sich verzweifelt gegen diese Gründlichkeit auf, die er von niemand anderem als ihr selbst gelernt hatte. »Gewiß hätte er sich zufriedengeben können«, dachte sie. »Indem er seine Ehre in den Augen eines Mannes von dreien wiederherstellte, hat er doch wahrlich genug getan – er hat sie in den Augen aller zurück.«

Er aber war in den Süden gewandert, um sich zu Colonel Trench in Omdurman zu gesellen. Über diese armselige, schattenlose Stadt, über die scheußlichen Barbareien, die dort begangen wurden, über die Schrecknisse seines Gefängnisses wußte Ethne nichts. Captain Willoughbys Andeutungen genügten aber, um ihre Phantasie auf das Schrecklichste zu beflügeln. Er hatte ihr erklären wollen, was eine Gefangenschaft in Omdurman bedeutete, und sie rang die Hände, als sie daran dachte, daß sie sich geweigert hatte zuzuhören. Welche Grausamkeiten mochten dort verübt werden? Gerade jetzt, genau zu dieser Stunde, in dieser Sommernacht ... Doch sie wagte es nicht, ihren Gedanken in dieser Richtung freien Lauf zu lassen.

Das Plätschern der Wellen am Ufer war wie die Musik eines Flusses. Es lenkte Ethnes Gedanken auf einen bestimmten Fluß, der ihr in den Ohren gesungen und gemurmelt hatte, als sie vor fünf Jahren eine andere Sommernacht bis zum Morgengrauen durchgewacht hatte. Nie zuvor hatte sie sich so sehr nach ihrer Heimat und der Nähe ihrer braunen Hügel und Bäche gesehnt. Nein, nicht einmal heute nachmittag, als sie an ihrem Fenster gesessen und die Veränderung des Lichts auf dem Wasserlauf beobachtet hatte. Donegal war so etwas wie ein heiliger Ort für sie; wenn sie dort weilte, schien es sie in gewisser Weise über irdische Anfechtungen zu erheben; und während sich ihr Herz in großer Sehnsucht danach verzehrte, stieg plötzlich heftige Abscheu vor den Verstellungen, Schlichen und Listen in ihr auf, die sie sich hatte zuschulden kommen lassen und die sie fortsetzen mußte. Zugleich wurde sie von einer großen Müdigkeit übermannt. Aber sie ließ nicht von ihrer Entschlossenheit ab. Es durften keine zwei Leben vernichtet sein, nur weil sie auf der Welt existierte. Morgen würde sie ihre Kräfte zusammennehmen und von neuem beginnen. Durrance durfte nie erfahren, daß ein anderer Mann existierte, dem sie in ihren Gedanken den Vorzug gab.

Unterdessen beendete Durrance sein Geständnis im Wohnzimmer.

»Du verstehst also«, sagte er, »daß ich vor heute abend nicht von Harry Feversham sprechen konnte, hatte ich doch die Sorge, daß dir weh tun würde, was ich zu berichten hatte. Ich war besorgt, daß du dich seiner trotz der fünf Jahre noch erinnern würdest. Natürlich wußte ich, daß du meine Freundin bist. Aber ich war unsicher, ob du im Grunde deines Herzens für ihn nicht mehr bist als das. Heute abend jedoch konnte ich dir unbesorgt alles offenbaren.«

Nun allerdings erwartete er eine Antwort. Mrs. Adair, die noch am Fenster stand, hörte, wie er sich in der Dunkelheit bewegte.

»Ethne!« sagte er mit Überraschung in der Stimme. Und da wieder keine Antwort kam, stand er auf und ging auf den Stuhl zu, auf dem Ethne gesessen hatte. Mrs. Adair konnte ihn jetzt sehen. Seine Hände ertasteten und umfaßten die Stuhllehne. Er beugte sich darüber, als glaube er, Ethne beuge sich vor und stütze die Hände auf die Knie.

»Ethne!« sagte er noch einmal, und in dieser Wiederholung ihres Namens lagen mehr Sorge und Zweifel als Überraschung. Es wollte Mrs. Adair scheinen, als fürchte er, sie habe leise zu weinen begonnen. Er begann sich zu fragen, ob er daraus, daß Ethne heute abend ihre Jugendfrische wiedergewonnen hatte, den richtigen Schluß gezogen hatte – ob nicht am Ende doch der Schatten Fevershams zwischen ihnen stand. Mit der Hand tastend, beugte er sich noch weiter vor, und plötzlich sirrte eine Saite von Ethnes Geige. Sie hatte das Instrument auf dem Stuhl liegengelassen, und seine Finger hatten es berührt.

Durrance richtete sich auf und stand reglos und stumm da, wie ein Mann, der einen Schock erlitten hat und nicht weiter weiß. Ein- oder zweimal fuhr er sich mit der Hand über die Stirn und näherte sich dann dem offenen Fenster, ohne noch einmal nach Ethne zu rufen.

Mrs. Adair bewegte sich nicht und hielt den Atem an. Sie war nur noch durch die Breite des Fenstersimses von ihm getrennt. Das Mondlicht fiel voll auf Durrance, und sie sah, wie sich allmählich die Gewißheit auf seinem Gesicht abzeichnete, daß jemand dicht vor ihm stand.

»Ethne«, sagte er ein drittes Mal. Vorsichtig streckte er die Hand aus und berührte sie am Kleid.

»Das ist nicht Ethne!« rief er zusammenzuckend.

»Nein, ich bin nicht Ethne«, antwortete Mrs. Adair leise. Durrance trat einen Schritt vom Fenster zurück und sagte zunächst nichts.

»Wohin ist sie gegangen?« fragte er schließlich.

»In den Garten. Sie lief hastig und stumm über die Terrasse und die Stufen hinab. Ich habe sie von meinem Stuhl aus gesehen. Dann hörte ich Sie allein sprechen.«

»Können Sie sie im Garten sehen?«

»Nein. Sie ging über den Rasen auf die Bäume und ihre tiefen Schatten zu. Im Garten gibt es augenblicklich nur das Mondlicht.«

Durrance trat über die Schwelle der Terrassentür und verharrte neben Mrs. Adair. Der letzte Fehler, den Ethne gemacht hatte, verriet sie dem Manne, dessen innere Sinne geschärft waren. Nur ein Grund war möglich für ihre plötzliche, unerklärte, verstohlene Flucht. Er hatte ihr offenbart, daß Feversham von Wadi Halfa aus nach Süden ins Wildland gewandert war, ohne Zurückhaltung hatte er seine Besorgnis hinsichtlich Fevershams Geschick geäußert, in der Annahme, daß sie ihn vergessen habe, und war sogar geneigt gewesen, ihr die harte Gleichgültigkeit vorzuwerfen, mit der sie die Nachricht aufgenommen hatte. Diese Härte war nichts anderes als eine Maske gewesen, und sie war geflohen, weil sie nicht mehr die Kraft hatte, sie sich vor das Gesicht zu halten. Sein erster Verdacht war richtig gewesen. Feversham stand nach wie vor zwischen Ethne und ihm und trennte sie auf Armeslänge.

»Sie lief, als stecke sie in großen Schwierigkeiten und wisse kaum noch, was sie täte«, fuhr Mrs. Adair fort. »Haben Sie diese Unruhe in ihr ausgelöst?«

»Ja.«

»Das schloß ich auch schon aus Ihren Worten, soweit ich Sie mitbekommen habe.«

Mrs. Adair wollte ihn kränken und hatte das Gefühl, daß ihr das gelungen war, obwohl Durrances Gesicht keinerlei Regung zeigte. Es war ein geringer Ausgleich für die Wochen der Demütigung, die sie ertragen hatte. Es ließe sich einiges zu Mrs. Adairs Gunsten sagen, mildernde Umstände, die ihr Handeln in einem anderen Licht erscheinen lassen. Denn sie stand wie Ethne an diesem Abend unter einem zu großen Druck. Ihr ruhiges, bleiches Gesicht barg die hitzigen Leidenschaften des Südens, von denen sie bis zur Grenze des Erträglichen geplagt worden war. In Durrances Ausbruch und Geständnis, nachdem Ethne aus dem Zimmer geflohen war, hatte etwas Groteskes und sogar Schreckliches gelegen. Er schüttete einem leeren Stuhl sein Herz aus. Währenddessen hatte sie vor dem Fenster gestanden, erfüllt von der bitteren Sehnsucht, er hätte so zu ihr gesprochen, und von der bitteren Erkenntnis, daß er das nie tun würde. Sie fühlte sich zutiefst erniedrigt. Die Ironie der Situation quälte sie; es war, als spielten grimmige, egoistische Götter hilflosen Sterblichen einen grausamen Scherz. Und jenseits aller Gedanken schmerzte die Erinnerung an die gelöschte Lampe und die gedämpften Stimmen, die in der Dunkelheit miteinander sprachen. So legte sie es nun darauf an, Schmerz zu bereiten, und freute sich, ein Ziel zu finden, selbst wenn dabei der Mann getroffen wurde, den sie begehrte.

»Eins verstehe ich nicht«, sagte Durrance. »Ich meine die Veränderung, die wir beide heute abend an Ethne bemerkt haben. Ich irrte mich in der Ursache. Ich war ein Dummkopf! Aber es muß einen Grund dafür geben. Ihr war die Gabe des Lachens zurückgegeben worden. Sie war plötzlich wieder so, wie sie vor fünf Jahren gewesen ist.«

»Genau«, antwortete Mrs. Adair. »So wie sie war, ehe Mr. Feversham aus Ramelton verschwand. Sie begreifen schnell, Colonel Durrance. Ethne hat heute früh gute Nachrichten über Mr. Feversham erhalten.«

Hastig drehte sich Durrance zu ihr um, eine abrupte Bewegung, die Mrs. Adair mit großer Freude erfüllte. Es war ihr gelungen, eine Gefühlsreaktion in ihm auszulösen – und das war seiner normalen Selbstbeherrschung auf jeden Fall vorzuziehen.

»Wissen Sie das ganz genau?« fragte er.

»So genau wie den Umstand, daß Sie ihr heute abend eine schlechte Nachricht überbracht haben«, erwiderte sie.

Aber Durrance brauchte diese Antwort gar nicht mehr zu hören. Ethne hatte am Abend noch einen Fehler gemacht, der im ersten Augenblick zwar unbemerkt geblieben war, Durrance jetzt aber wieder einfiel. Sie hatte offenbart, daß Feversham von seinem Vater noch einen Monatswechsel bezog. »Ich habe es erst heute erfahren«, hatte sie gesagt.

»Ja, Ethne hat heute Neuigkeiten über Feversham empfangen«, sagte er langsam. »Hat sie sich vor fünf Jahren geirrt? Angeblich hat Harry Feversham ihr ein Unrecht angetan. Aber war das vielleicht mehr ein Mißverständnis als ein Unrecht? Hat sie ihn falsch beurteilt? Hat sie heute erfahren, daß Sie sich in ihm geirrt hat?«

»Ich will Ihnen sagen, was ich weiß. Es ist nicht viel. Aber ich halte es für fair, daß Sie es erfahren.«

»Einen Augenblick bitte, Mrs. Adair«, sagte Durrance energisch. Die Fragen hatten eher ihm selbst gegolten als seiner Begleiterin, und er wußte nicht recht, ob er eine Antwort von ihr hören wollte. Abrupt wandte er sich von ihr ab und dem Garten zu, die Hände auf die Balustrade gestützt.

Es schien ihm doch ein Verrat zu sein, sich von Mrs. Adair enthüllen zu lassen, was Ethne selbst offenbar verbergen wollte. Aber er wußte, warum Ethne diese Dinge zu verheimlichen wünschte. Er sollte nicht ahnen, daß sie noch Liebe zu Harry Feversham empfand. Andererseits wollte er keinen Schritt von seiner eigenen Überzeugung abgehen. Die Ehe zwischen einem Krüppel wie ihm und einer lebensfrohen und aktiven Frau wie Ethne konnte nicht gutgehen, wenn nicht beide mehr als Freundschaft mitbrachten. Hier schien Untreue die beste Treue zu sein. Er wandte sich wieder Mrs. Adair zu.

»Sagen Sie mir, was Sie wissen, Mrs. Adair. Vielleicht läßt sich für Feversham etwas tun. Vielleicht kann man von Assuan oder Suakin aus etwas unternehmen. Die Nachricht – die gute Nachricht – kam vermutlich, als ich heute nachmittag zu Hause war.«

»Nein, heute früh, während Sie hier waren. Sie wurde von einem gewissen Captain Willoughby gebracht, der früher Offizier in Mr. Fevershams Regiment war.«

»Heute ist er Stellvertretender Gouverneur von Suakin«, sagte

Durrance. »Ich kenne den Mann. Wir waren in jener Stadt drei Jahre lang zusammen. Und er brachte Nachrichten von Feversham? Ja?«

»Er kam von Kingsbridge herabgesegelt. Als er in der Bucht landete, schritten Sie und Ethne gerade über den Rasen. Ethne ließ Sie stehen und ging dem Fremden entgegen. Ich sah sie zusammentreffen, denn ich schaute zufällig aus dem Fenster.«

»Ja, Ethne ging voraus. Sie hatte einen Mann gesehen, den Sie nicht kannte. Ich erinnere mich.«

»Die beiden unterhielten sich eine Zeitlang, dann führte Ethne ihn sofort zu den Bäumen, ohne sich umzudrehen. Die beiden gingen in den kleinen umschlossenen Garten am Ufer«, und Durrance fuhr zusammen. »Ja, Sie sind den beiden gefolgt«, fuhr Mrs. Adair neugierig fort. Sie wußte nicht, wie Durrance die beiden dort hatte verfehlen können.

»Dann waren sie also dort«, sagte er langsam, »sie saßen die ganze Zeit auf der Bank in der Umfriedung.«

Mrs. Adair wartete auf eine bessere Erklärung des Rätsels, bekam sie aber nicht.

»Nun?« fragte er.

»Sie blieben lange in dem Garten. Als sie wieder ins Freie kamen, waren Sie längst über die Felder nach Hause gegangen. Ich war im Garten, ja, zufällig hielt ich mich am Wasser auf.«

»Sie haben Captain Willoughby also gesehen? Vielleicht sogar mit ihm gesprochen?«

»Ja. Ethne stellte ihn mir vor, wollte aber nicht zulassen, daß er blieb. Sie drängte ihn in sein Boot zurück, damit er möglichst schnell nach Kingsbridge zurückfahre.«

»Woher wissen Sie aber, daß Captain Willoughby gute Nachricht von Harry Feversham brachte?«

»Ethne sagte mir, sie hätten von ihm gesprochen. Ihr Verhalten und ihr Lachen bewiesen mir ganz klar, daß die Nachrichten gut gewesen waren.«

»Ja«, sagte Durrance und nickte zustimmend. Captain

Willoughbys Bericht hatte Ethne jenen neuen Stolz, jene Heiterkeit vermittelt, die er so unmittelbar auf sich bezogen hatte. Anzeichen für das notwendige Etwas, das über Freundschaft hinausging – so hatte er sie sich erklärt; und bis jetzt hatte er recht behalten. Aber nicht er hatte sie ausgelöst. Sein scharfer Verstand hatte ihn in die Irre geleitet. Er schwieg einige Sekunden lang, und Mrs. Adair forschte im Mondlicht auf seinem Gesicht nach einem Anzeichen dafür, daß er Ethnes Verstohlenheit mißbillige. Aber ihre Suche blieb vergeblich.

»Und das ist alles?« fragte Durrance.

»Nicht ganz. Captain Willoughby brachte ein Andenken von Mr. Feversham. Ethne trug es in der Hand zum Haus. Ihr Blick ruhte immer wieder darauf; ihre Lippen lächelten es an. Ich glaube, es gibt für sie auf der ganzen Welt nichts Kostbareres.«

»Ein Andenken?«

»Eine kleine weiße Feder«, sagte Mrs. Adair, »fleckig und staubig. Wissen Sie das Rätsel dieser Feder zu lösen?«

»Noch nicht«, erwiderte Durrance. Mehrmals ging er gedankenverloren auf der Terrasse hin und her. Dann begab er sich ins Haus und holte aus der Halle seine Mütze. Er kehrte zu Mrs. Adair zurück.

»Sehr freundlich von Ihnen, daß Sie mir alles erzählt haben«, sagte er. »Aber dürfte ich Ihre Freundlichkeit noch mit einer weiteren Frage in Anspruch nehmen? Als ich allein im Salon war und Sie ans Fenster traten, wieviel haben Sie da gehört? Wie lauteten die ersten Worte?«

Mrs. Adairs Antwort befreite ihn von einer Angst. Ethne hatte von seinem Geständnis nichts mitbekommen.

»Ja«, sagte er, »sie trat ans Fenster, um im Mondschein einen Brief zu lesen. Sie muß das Zimmer verlassen haben, kaum daß sie ihn fertiggelesen hatte. Folglich hat sie nicht gehört, daß ich keine Hoffnung mehr hege, das Augenlicht zurückzugewinnen, und daß ich diese Hoffnung nur als Vorwand benutzte, um unsere Hochzeit hinauszuschieben. Darüber bin ich froh – sehr froh.« Er gab Mrs. Adair die Hand und wünschte ihr eine gute Nacht. »Wissen Sie«, fügte er geistesabwesend hinzu, »wenn ich erfahre, daß Harry Feversham in Omdurman steckt, kann man vielleicht etwas für ihn tun – vielleicht läßt sich von Suakin oder Assuan aus etwas unternehmen. In welche Richtung ist Ethne gelaufen?«

»Zum Wasser hinab.«

»Hoffentlich hatte sie den Hund bei sich?«

»Der Hund ist ihr gefolgt«, sagte Mrs. Adair.

»Das stimmt mich froh«, sagte Durrance. Er wußte sehr wohl, welchen Trost das Tier Ethne in dieser schlimmen Stunde bringen würde; und vielleicht beneidete er den Hund auch ein wenig. Mrs. Adair wunderte sich, daß er in einem solch kummervollen Augenblick einen Gedanken an eine so geringe Linderung von Ethnes Sorgen verschwendete. Sie blickte ihm nach, wie er durch den Garten zum Zauntritt ging. Gelassen schritt er auf dem Weg aus wie ein Mann, der sehen kann. Sein Schritt und seine Haltung verrieten nicht, daß ihm an diesem Abend das einzige genommen worden war, das ihm noch geblieben war.

Zwanzigstes Kapitel
Ost und West

Als Durrance über die Felder zu seinem Haus zurückgekehrt war, erwartete ihn dort sein Leibdiener.

»Sie können das Licht ausmachen und zu Bett gehen«, sagte Durrance; und er ging durch die Halle in sein Arbeitszimmer. Der Name paßte nicht recht zu dem Zimmer, das immer mehr eine Waffenkammer gewesen war als ein Arbeitszimmer.

Eine Zeitlang saß er in seinem Sessel, dann ging er langsam durch das dunkle Zimmer. Pokale und Siegespreise, die Durrance in vergangenen Zeiten gewonnen hatte, standen zahlreich herum. Jede dieser Trophäen erkannte er nach ihrer Form und ihrem Standort wieder, und sie zu berühren bereitete ihm eine Art Trost. Eine nach der anderen nahm er zur Hand, betastete sie zärtlich und fragte sich, ob sie noch so sauber und glänzend geputzt waren wie früher. Diesen Pokal, ein langstieliges Gebilde, hatte er bei einem Jagdrennen des Regiments in Colchester gewonnen; deutlich erinnerte er sich an den Tag mit den Wolken und dem grauen Himmel und dem matten Glanz der gepflügten Felder zwischen den Hecken. Den Zinnbecher, der auf seinem Schreibtisch stand und ein passendes Behältnis für seine Bleistifte bildete, hatte er als Erstsemesterstudent in Oxford erworben. Auf dem Kaminsims stand der in Silber gearbeitete Huf eines Lieblingspferdes. Seine Trophäen machten ein riesiges Tagebuch aus dem Zimmer. Er betastete seine Erinnerungsstücke an eine gute Vergangenheit und erreichte schließlich seine Flinten und Büchsen.

Nacheinander nahm er sie aus den Gestellen. Ihm bedeuteten sie ungefähr das, was Ethnes Geige ihr bedeutete, und jede Waffe konnte ihm Geschichten erzählen, die nur für seine Ohren bestimmt waren. Er saß da, ein Remington-Gewehr über den Knien, und durchlebte noch einmal einen langen heißen Tag in den Bergen westlich von Berenice, einen Tag, in dessen Verlauf er einen Löwen durch offenes, steiniges Gelände beschlichen und kurz vor Sonnenuntergang auf dreihundert Meter getötet hatte. Eine andere Waffe erzählte ihm von seinem ersten Steinbock, den er in den Khor Baraka erlegt hatte, und von Antilopen, die er in den Höhen nördlich von Suakin beschlichen hatte. Da gab es eine kleine Greener-Flinte, die er in kalten Winternächten in einem Boote auf diesem Nebenarm des Salcombe-Deltas benutzt hatte. Mit dieser Waffe hatte er seine erste Stockente geschossen; und er hob die Flinte an, fuhr mit der linken Hand an der Unterseite des Laufes entlang und spürte, wie sich der Kolben angenehm in die Schulterbeuge schmiegte. Aber die Stimmen der Waffen begannen plötzlich übermäßig laut zu tönen, ähnlich wie Ethnes Violine in den Tagen, nachdem Harry Feversham verschwunden war und sie allein zurückgelassen hatte, für ihre Ohren mit zu schrillen Tönen erklungen war. Während er an den Verschlüssen herumspielte und sich klarmachte, daß er das Visier nicht mehr zu sehen vermochte, wurde ihm die Rechnung seiner Verluste auf eine sehr endgültige und unanfechtbare Weise präsentiert.

Er legte die Waffen fort und spürte plötzlich den Wunsch, seine Blindheit zu mißachten – so zu tun, als behindere sie ihn nicht, und zwar so nachdrücklich, bis sie sich schließlich tatsächlich nicht mehr als Hemmnis erweisen würde. Dieser Wunsch wuchs in ihm, schüttelte ihn wie ein Gefühl der Leidenschaft und verschlug ihn aus den Ländern des matten Sternenscheins geradewegs in den Osten. Der Geruch des Ostens und seine Geräusche, die Kuppeln seiner Moscheen, die heiße Sonne, das Menschengewühl in den Straßen und der stahlblaue Himmel – dies alles zerrte an seinem Herzen, bis es ihn nicht mehr in seinem Sessel hielt und er unruhig durch das Zimmer marschierte.

Er träumte sich nach Port Said, eingereiht in die lange Reihe der Dampfer, die dem Wasserlauf des Kanals folgten. In seinen Ohren hallten die Lieder der Araber, die das Schiff mit Kohle beluden, und zwar so laut, daß er sie förmlich vor sich sah, wie sie bei Nacht die Planken zwischen den Kohlenbarken und dem Schiffsdeck hinauf- und hinabliefen – eine endlose Kette nackter Gestalten, die monoton vor sich hinsangen, hellschimmernd im roten Schein der Kohlebecken. Den Kanal verlassend, fuhr er an den roten Bergen der Sinai-Halbinsel vorbei in die Kühle des Golfs von Suez hinaus. Im Zickzack bewegte er sich das Rote Meer hinab, während tief am nördlichen Himmel, dicht über der Reling des Achterdecks, der Große Bär leuchtete und im Süden das Kreuz des Südens zu flammen begann. Das Schiff legte in Tor und Yambo an, und schließlich sah er die großen weißen Häuser Dschiddas aus dem Meer aufsteigen und bewunderte die dunklen, salzzerfressenen Schnitzereien an den Fensterflügeln;

er schritt durch die Dämmerung seiner überdachten Basare mit der Freude des Heimwehkranken, der nach langen Jahren in die Heimat zurückkehrt; und von Dschidda fuhr er zwischen sich zusammenziehenden Korallenriffen hinüber zum landumschlossenen Hafen Suakins.

Westlich von Suakin erstreckte sich die Wüste mit allem, was sie für diesen Mann bedeutete, den sie in ihren Bann geschlagen und verstoßen hatte – das leise Stampfen der Kamelhufe im Sand, die riesigen, steilen Felskegel, die jäh wie aus einem wellenlosen Ozean aufragen, Felsen, auf die man den ganzen Tag lang zumarschiert, ohne daß sie näherrücken; das kurze, prächtige Aufflammen der Farben des Sonnenuntergangs im Westen, das Rascheln des Windes im schnell verfliegenden Zwielicht, wenn der Westen im reinsten Hellgrün erstrahlt, während der Osten das dunkelste Blau zeigt, und das Herabstürzen der Planeten, die aus dem Nichts heraus zur Erde rasen. Der Erbe der Fremde träumte sich in sein Erbe zurück, während er hin und her marschierte, ohne seiner Blindheit zu gedenken, erfüllt von Sehnsucht wie von einem Fieber; bis er plötzlich zu seiner Überraschung die Amseln und Schwalben im Garten schwirren und singen hörte und wußte, daß die Dämmerung die Welt vor seinen Fenstern grau gefärbt hatte.

Die vertrauten Laute weckten ihn aus seinem Traum. Für ihn gab es keine Reisen mehr; sein Gebrechen hatte ihn eingesperrt, hatte ihm eine Kette um das Bein geschmiedet. Am Treppengeländer tastete er sich nach oben ins Bett. Als die Sonne aufging, schlief er ein.

In Dongola jedoch, südlich von Wadi Halfa in der weiten Nilkrümmung gelegen, flammte die Sonne bereits am Himmel, und die Menschen waren wach. Ein interessantes Ereignis erwartete sie heute früh unter den wenigen Palmen vor dem Haus von Emir Wad El Nejoumi. Ein weißer Gefangener, der vor einer Woche von einem Arabertrupp nahe dem Brunnen von El Agia an der großen Arbaîn-Straße festgenommen und über Nacht in den Ort gebracht worden war, erwartete das Urteil des Emirs. Wie ein Lauffeuer verbreitete sich die Neuigkeit durch die Stadt; schon strömten Männer und Frauen und Kinder zu diesem seltenen und interessanten Schauspiel zusammen. Vor den Palmen erstreckte sich ein freier Platz bis zum Tor des Hauses, in dem der Emir wohnte; dahinter führte ein Sandhang flach und kahl zum Fluß.

Harry Feversham stand unter den Bäumen, von vier Ansar-Soldaten bewacht. Die Kleidung war ihm abgenommen worden, am Körper trug er nichts weiter als eine zerlumpte *dschub* und auf dem Kopf ein zusammengerolltes Baumwolltuch, das ihn vor der Sonne schützte; seine nackten Schultern und Arme waren verbrannt und mit Blasen bedeckt. Seine Fußgelenke steckten in Ketten; die Handgelenke waren mit Palmfaserschnüren gefesselt; ein Eisenkragen lag um seinen Hals, daran war eine Kette befestigt, die von einem der Soldaten gehalten wurde. Er stand da und lächelte die spottende Menge ringsum an und schien sich zu freuen wie ein Mann, der den Verstand verloren hat.

Und genau das war die Rolle, die er spielte. Wenn er sie durchhalten konnte, wenn er seine Häscher verwirren konnte, so daß sie nicht wußten, ob er wirklich wahnsinnig oder ein Agent war, der den unzufriedenen Stämmen von Kordofan Hilfe und Waffen versprechen wollte, dann bestand die Möglichkeit, daß man nicht wagte, ihn selbst zu beseitigen, sondern ihn nach Omdurman schickte. Doch das war überaus schwer. Im Haus saß der Emir mit seinen Beratern zusammen und entschied über sein Schicksal; am Flußufer hob sich ganz in der Nähe ein hoher Galgen schwarz und höchst unheimlich vom gelben Sand ab. Harry Feversham war sehr froh wegen der Kette um seinen Hals und der Eisen an seinen Beinen. Sie halfen ihm, die Panik unter Kontrolle zu halten, überzeugten sie ihn doch, daß so etwas völlig sinnlos gewesen wäre.

Die Stunden des Wartens, während die Sonne immer höher stieg und niemand am Tor erschien, waren die schlimmsten seines Lebens. Während der zwei Wochen in Berber hatte ihn die

Hoffnung auf Flucht beflügelt, und als der Laternenschein in den Ruinen von hinten auf ihn gefallen war, hatte er so schnell handeln müssen, daß für Angst oder Überlegung keine Zeit mehr geblieben war. Diese Zeit hatte er jetzt, zuviel Zeit.

Er hatte Zeit, sich seine Zukunft vorzustellen und auszumalen. Er spürte, wie ihn der Mut verließ, wie ihn ein Gefühl der Schwäche überkam, genau wie in jener weit zurückliegenden Zeit, da er die Hunde in einem Gebüsch hatte scharren und winseln hören und zitternd im Sattel geblieben war. Verstohlen warf er einen Blick auf den Galgen und stellte sich vor, wie ihm die Geier auf den Schultern sitzen und um seine Augen flattern würden. Aber in den Jahren der Bewährung war der Mann gereift. Ihn schüttelte nicht in erster Linie die Furcht vor körperlichen Schmerzen und auch nicht die Furcht, daß er den Galgen als Feigling besteigen würde, sondern eine viel größere Angst – daß, wenn er jetzt hier in Dongola stürbe, Ethne niemals die vierte Feder zurücknehmen würde, daß seine starke Hoffnung auf das »Dereinst« sich dann niemals erfüllen könnte. Er war sehr froh über den Metallkragen um seinen Hals und die Fesseln an seinen Füßen. Er nahm seinen Verstand zusammen, allein, wie er war, ohne Gefährten, der sein Schicksal mit ihm teilte, und er lachte und winkte und grimassierte vor seinen Folterern. Ein häßliches altes Weib tanzte vor ihm und fuchtelte mit den Armen, während sie ein monotones Lied vortrug. Die Gesten waren pantomimisch gedacht und drohten ihm die scheußlichsten Entstellungen an. Die Worte beschrieben in einfacher und ungeschminkter Sprache die Todesqualen, die ihm bevorstanden, und die ewigen Höllenfoltern, die er danach würde erleiden müssen. Feversham verstand die Worte und erschauderte innerlich; nach außen hin jedoch ahmte er nur ihre Bewegungen nach und nickte und muhte sie an, als singe sie ihm ein Lied vom Paradies. Andere nahmen ihre Kriegshörner zur Hand, hielten sie dem Gefangenen an die Ohren und bliesen, so laut sie konnten.

»Hörst du, Kaffir?« rief ein Kind und tanzte voller Entzücken vor ihm herum. »Hörst du unsere *ombeyehs*? Blast lauter! Blast lauter!«

Aber der Gefangene klatschte nur in die Hände und schrie seine Begeisterung über die Musik hinaus.

Schließlich trat ein hochgewachsener Krieger mit einem langen, schweren Speer zu der Gruppe. Bei seiner Annäherung stieg ein Schrei auf, und man machte dem Mann Platz. Er blieb vor dem Gefangenen stehen und hob den Speer, ließ ihn vor und zurück schwingen, um seinen Arm vor dem Stoß geschmeidig zu machen – ähnlich wie ein Schläger sich auf seinen Einsatz beim Kricket vorbereitet. Feversham warf verzweifelte Blicke in die Runde und reckte, als er keinen Ausweg sah, der spitzen Waffe abrupt die Brust entgegen. Der Speer aber erreichte sein Ziel nicht. Denn kaum holte der Krieger aus der Schulter aus, zerrte einer der vier Wächter heftig von hinten an der Halskette, und der Gefangene wurde halb erwürgt auf den Rücken gerissen. Dreimal wiederholte sich dieses Spielchen zum allgemeinen Entzücken der Zuschauer, dann erschien ein Soldat im Tor des Nejoumi-Hauses.

»Bringt den Kaffir herein!« rief er, und gefolgt von den Flüchen und Drohungen der Menge, wurde der Gefangene unter dem Torbogen hindurch über einen Hof in ein dunkles Zimmer gezerrt.

In den ersten Sekunden konnte Feversham nichts erkennen. Dann begannen sich seine Augen an die Dunkelheit zu gewöhnen, und er machte einen großen bärtigen Mann aus, der auf einer *angareb* saß – der im Sudan üblichen Bettstatt –, und zwei andere, die neben ihm auf dem Boden hockten. Der Mann auf der *angareb* war der Emir.

»Du bist ein Spion der Regierung aus Wadi Halfa«, sagte er.

»Nein, ich bin Musiker«, erwiderte der Gefangene und lachte unbeschwert wie ein Mann, der einen Scherz gemacht hat. Nejoumi machte eine Handbewegung, woraufhin dem Gefangenen ein Instrument mit zahlreichen gerissenen Saiten gereicht wurde. Feversham setzte sich auf den Boden und erzeugte mit langsam tastenden Fingern, schweratmend über das Instrument gebeugt, eine zittrige Melodie. Es war die Melodie, die Durrance am Abend vor seinem letzten Ritt in die Wüste auf der Straße in Tewfikieh gehört hatte; die Melodie, die Ethne erst am Abend zuvor im stillen Salon in Southpool gespielt hatte. Es war die einzige Melodie, die Feversham kannte. Als er fertig war, wiederholte Nejoumi:

»Du bist ein Spion!«

»Ich habe Ihnen die Wahrheit gesagt«, antwortete Feversham halsstarrig, und Nejoumi schlug einen neuen Ton an. Er ließ etwas zu essen kommen, und Feversham wurde rohe Kamelleber hingestellt, bedeckt mit Salz und rotem Pfeffer. Selten war einem Menschen weniger nach Essen zumute gewesen als Feversham in diesem Augenblick, trotzdem aß er von dem unappetitlichen Gericht in dem Bewußtsein, daß man ihm Widerstreben als Angst auslegen würde und daß Anzeichen von Angst ihn zum Tode verurteilen konnten. Und während er aß, fragte ihn Nejoumi mit einschmeichelnder Stimme nach den Befestigungen Kairos und der Stärke der Garnison in Assuan und nach den Gerüchten über ein Zerwürfnis zwischen dem Khedive und dem Sirdar.

Aber auf jede Frage erwiderte Feversham:

»Woher soll ein Grieche von solchen Dingen wissen?«

Nejoumi erhob sich von der *angareb* und gab einen barschen Befehl. Die Soldaten ergriffen Feversham und zerrten ihn wieder in den Sonnenschein hinaus. Sie gossen Wasser auf die Palmschnur, die seine Handgelenke umschloß, so daß die Fasern anschwollen und sich tief in sein Fleisch gruben.

»Sprich, Kaffir! Du bringst Versprechungen nach Kordofan!«

Feversham schwieg. Hartnäckig klammerte er sich an den Plan, den er sich so ausführlich und sorgfältig zurechtgelegt hatte. Denn keine Abweichung davon, geboren in einem Augenblick der Angst, da er nicht klar denken konnte, würde ihm zum Vorteil gereichen, davon war er überzeugt. Plötzlich wurde ihm ein Strick um den Hals gelegt, und man stieß und zerrte ihn unter den Galgen.

»Sprich, Kaffir!« forderte Nejoumi, »dann sollst du dem Tod entgehen.«

Feversham lächelte, verzog das Gesicht und schüttelte schlaff den Kopf. Es verblüffte ihn, daß er standhaft bleiben konnte, daß er nicht auf die Knie sank und um Gnade flehte. Noch mehr erstaunte ihn, daß er nicht einmal die Versuchung verspürte, sich auf diese Weise zu erniedrigen. Er fragte sich, ob die weit verbreitete Geschichte stimmte, daß Verbrecher in englischen Gefängnissen ruhig und würdevoll zum Galgen gingen, weil man sie betäubt hatte. Denn auch ohne Betäubungsmittel schien er sich mit nicht weniger Würde zu verhalten. Sein Herzschlag war schnell, doch nur im Banne einer gewissen Erregung. Er dachte in diesem Moment nicht einmal an Ethne; und schon gar nicht bedrängte ihn die tiefe Angst, daß seine große Hoffnung sich nie erfüllen würde. Er mußte die vorgegebene Rolle spielen, und er spielte sie; und das war alles.

Nejoumi musterte ihn einen Augenblick mürrisch. Dann wandte er sich an die Männer, die sich bereitgehalten hatten, Feversham die *angareb* zu entziehen, auf der er stand.

»Morgen«, sagte er, »wird der Kaffir nach Omdurman gebracht.«

Erst in diesem Augenblick begann Feversham den Schmerz zu spüren, den die Palmfasern seinen Handgelenken zufügten.

Einundzwanzigstes Kapitel
Ethne macht einen weiteren Fehler

Mit einigem Unbehagen sann Mrs. Adair über die Folgen jener Enthüllungen nach, die sie Durrance gemacht hatte. Sie war sich im Zweifel, wie er reagieren würde. Durchaus möglich, daß er Ethne offen von dem Irrtum erzählte, dem er erlegen war. Vielleicht gestand er ihr ein, die Unwirklichkeit ihres Gefühls für ihn und das Faktum ihrer Liebe zu Feversham entdeckt zu haben, und wenn er dieses Geständnis äußerte, mochte er sich noch so sehr bemühen, ihren Anteil an seiner Aufklärung zu verbergen, es würde ihm nicht gelingen. Und dann würde sie sich Ethne stellen müssen. Sie fürchtete den Augenblick, da der offene Blick der Gefährtin gelassen auf ihr ruhen und ihr Mund eine Erklärung verlangen würde. So war es zunächst eine große Erleichterung für sie festzustellen, daß sich an dem Verhältnis zwischen Ethne und Durrance äußerlich nichts geändert hatte. Sie begegneten sich und sprachen miteinander, als sei jener Tag, da Willoughby im Garten gelandet war, und der Abend, an dem Ethne auf ihrer Geige die Melusine-Ouvertüre gespielt hatte, aus ihrem Erleben getilgt worden. Zuerst war Mrs. Adair erleichtert, doch als die Angst vor der unmittelbaren persönlichen Gefahr geschwunden war und sie erkennen mußte, daß ihre Einmischung offenbar ohne Wirkung geblieben war, zeigte sie sich verwirrt. Und bald darauf war sie ärgerlich und enttäuscht zugleich.

Durrance war in der Tat sehr schnell zu einer Entscheidung gekommen. Ethne wollte, daß er nichts wußte; in ihrem Kummer war es ihr ein Trost zu glauben, daß sie wenigstens diesem Manne, dessen echte Freundin sie war, Glück gebracht hatte. Er sah keinen Grund, diesen Glauben zu zerstören – wenigstens im Augenblick nicht. Ehe er die Schritte unternahm, die er im Sinne hatte, mußte er mit Gewißheit feststellen, ob Ethne von Feversham durch ein Mißverständnis oder durch einen unüberbrückbaren Abgrund getrennt war. Auch mußte er Gewißheit haben über Harry Fevershams Schicksal. Deshalb tat er so, als wisse er nichts; er gewöhnte es sich sogar ab, aufmerksam und kritisch zu lauschen, gab es doch dafür keinen Grund mehr; er zwang sich dazu, Zufriedenheit zur Schau zu stellen, er spielte sein Gebrechen herunter und schützte vor, in Ethnes Gesellschaft dafür mehr als einen Ausgleich zu finden.

»Weißt du«, sagte er zu ihr, »man kann sich an das Blindsein gewöhnen und es als etwas ganz Natürliches ansehen. An dich aber gewöhnt man sich nicht, Ethne. Jedesmal, wenn man dir begegnet, entdeckt man Dinge, die das Entzücken neu und frisch erwecken. Außerdem besteht immer noch die Möglichkeit einer Heilung.«

Er fand den Lohn für sein Verhalten, denn Ethne begriff, daß sein Verdacht verflogen war, und vermochte in ihrem Elend Halt zu finden in seiner unverwüstlich guten Laune. Und sie durchlebte eine wirklich elende Zeit. Wiewohl sie einen Tag lang die Leichtigkeit des Herzens wiedergefunden hatte, von der sie erfüllt gewesen war, ehe die drei weißen Federn in Ramelton eintrafen, so war nun etwas von dem Kummer zurückgekehrt, der auf ihr Kommen gefolgt war. Einen Unterschied gab es immerhin. Ihr Stolz war wiederhergestellt, und ihre schwache Hoffnung klammerte sich an Durrances Worte, daß Harry vielleicht gerettet werden konnte. Doch wieder erlebte sie lange und schlaflose Nächte und dumpf pochenden Kopfschmerz, während sie auf das Grau des Morgens wartete. Denn sie konnte sich nicht mehr vormachen, in Harry Feversham einen Freund zu sehen, der tot war. Er lebte noch – in welcher Not wagte sie nicht, sich vorzustellen, und brannte gleichwohl darauf, es zu erfahren. In seltenen Momenten war die Ungeduld sogar stärker als ihr Wille.

»Vermutlich ist eine Flucht aus Omdurman möglich«, sagte sie eines Tages und zwang ihre Stimme zu einem gleichgültigen Tonfall.

»Möglich? Ja, ich nehme es an«, antwortete Durrance heiter. »Natürlich ist so etwas schwierig und dauert auf jeden Fall seine Zeit. Zum Beispiel hat man den Versuch unternommen, Trench und andere herauszuholen, doch bis jetzt ist es nicht gelungen. Das Problem ist der Mittelsmann.«

Ethne warf Durrance einen schnellen Blick zu.

»Der Mittelsmann?« fragte sie; dann fuhr sie fort: »Ich glaube, ich verstehe allmählich«, und richtete sich abrupt auf. »Du meinst einen Araber, der sich zwischen Omdurman und der ägyptischen Grenze frei bewegen kann?«

»Ja. Gewöhnlich handelt es sich um irgendeinen Derwisch-Händler oder Kaufmann, der mit den Stämmen des Sudan Handel treibt; diese Leute tauchen in Wadi Halfa oder Assuan oder Suakin auf und tun, was getan werden muß. Natürlich ist das Risiko groß. Würde das Vorhaben eines solchen Mannes entdeckt, hätte er in Omdurman nicht mehr lange zu leben. Folglich darf es nicht verwundern, daß er der Gefahr zuweilen im letzten Augenblick aus dem Wege geht. Oft sind diese Leute Betrüger. Man arrangiert sich mit ihnen in Ägypten und zahlt die erforderlichen Beträge. Nach sechs Monaten oder einem Jahr kommt der Betreffende allein zurück und äußert Entschuldigungen über Entschuldigungen. Es war Sommer und die Jahreszeit für eine Flucht nicht günstig. Oder die Gefangenen wurden besser bewacht. Oder er selbst geriet in Gefahr. Und er braucht mehr Geld. Durchaus möglich, daß seine Geschichte wahr ist, also gibt man ihm mehr Geld, und er kehrt erneut zurück, und wieder allein.«

Ethne nickte.

»Genau.«

Ohne es zu wissen, hatte ihr Durrance eine Frage beantwortet, mit der sie sich beschäftigt hatte. Sie war überzeugt, daß Feversham auf irgendeine Weise Colonel Trench helfen wollte, doch wie seine eigene Gefangennahme zu diesem Ziel führen sollte, konnte sie sich nicht vorstellen. Jetzt aber begriff sie; er wollte sein eigener Mittelsmann sein, und ihre Hoffnungen verdichteten sich aufgrund dieser neuen Information. Denn es war anzunehmen, daß er sich seine Pläne sorgfältig überlegt hatte. Ihm lag bestimmt sehr daran, daß ihr die zweite Feder zurückgeschickt wurde. Und wenn er Trench aus Omdurman herausholen konnte, würde er nicht zurückbleiben.

Ethne schwieg eine Weile. Sie und Durrance saßen auf der Terrasse, und der Sonnenuntergang lag rot auf dem Wasser des Flusses.

»Das Leben im Gefängnis von Omdurman ist sicher nicht einfach«, sagte sie und zwang sich erneut zur Gleichgültigkeit.

»Einfach!« rief Durrance. »Nein, es ist gewiß nicht einfach. Eine Hütte, überfüllt mit Arabern, ohne Licht oder frische Luft, das Dach womöglich zwei Fuß über dem eigenen Kopf, eingepfercht von Sonnenuntergang bis zum Morgen; wahrscheinlich müssen die Gefangenen die ganze Nacht hindurch in der übelriechenden Höhle stehen, so beengt werden die Verhältnisse sein. Stell dir so etwas hier in England vor, an einem Abend wie diesem. Und dann mal dir aus, wie es an einem Augustabend im Sudan sein müßte! Besonders wenn man Erinnerungen hätte, sagen wir, an einen Ort wie diesen, Erinnerungen, die die Qual noch schlimmer machen.«

Ethne blickte in den kühlen Garten hinaus. In diesem Augenblick mochte Harry Feversham in jenem dunklen, übelriechenden Loch stecken und nach Luft schnappen, mit trockener Kehle, von der Hitze geplagt, vor den Augen eine Vision der Grashänge Rameltons, in den Ohren die perlende Musik des Lennon.

»Man würde sich den Tod wünschen«, sagte Ethne langsam. »Es sei denn …« Sie wollte hinzufügen: »Es sei denn, man hätte sich mit einer bestimmten Absicht dorthin begeben«, doch sie sprach den Satz nicht aus. Durrance brachte ihn für sie zu Ende …

»Es sei denn, es gäbe eine Fluchtchance«, sagte er. »Und diese Chance besteht – wenn Harry Feversham in Omdurman ist.«

Er hatte Angst, sich über die Schrecknisse des Gefängnisses in Omdurman bereits zu freimütig geäußert zu haben, und fügte hinzu: »Natürlich ist das, was ich da eben beschrieben habe, das reinste Hörensagen. Man hat dafür keine Bestätigung. Den Gefangenen geht es vielleicht gar nicht so schlecht, wie wir annehmen.« Und dann ließ er das Thema fallen. Ethne kam ebenfalls nicht mehr darauf zurück. Zuweilen fragte sie sich, wie Durrance ihr abruptes Verschwinden aus dem Salon aufgefaßt hatte, an jenem Abend, da er ihr von seinem Zusammentreffen mit Harry Feversham erzählte. Doch er hatte nie die Sprache darauf gebracht, und sie hielt es für geboten, sich seinem Beispiel anzuschließen. Die eine spürbare Veränderung in seinem Verhalten, das Ablegen jener Vorsicht, die sie so sehr bekümmert hatte, stillte ihre Ängste. Es wollte ihr scheinen, als habe er für alles eine ganz einfache und natürliche Erklärung gefunden. Zuweilen stellte sie sich auch die Frage, warum Durrance ihr von der Begegnung in Wadi Halfa und von Fevershams anschließender Wanderung in den Süden erzählt hatte. Aber dafür fand sie eine Erklärung – vielleicht eine seltsame Erklärung, die ihr aber einfach und zufriedenstellend erschien. Sie glaubte, daß die Nachricht eine Botschaft und Durrance lediglich deren Werkzeug gewesen war. Sie war nur für ihre Ohren bestimmt und nur ihr verständlich, und Durrance hatte von einer höheren Macht den Auftrag erhalten, sie ihr zu übermitteln. Sie war nicht lange genug geblieben, um seinen wirklichen Grund zu hören.

So hielten die beiden ihre Verstellung den September hindurch aufrecht. Wenn Durrance sich in Devonshire aufhielt, kam er jeden Morgen über die Felder zu Ethne in The Pool, und Mrs. Adair, die die beiden beobachtete, wie sie plauderten und lachten, ohne einen Schatten der Verlegenheit oder Entfremdung zu zeigen, wurde immer zorniger und hatte immer mehr Mühe, sich zu bezwingen und das Spiel weitergehen zu lassen. Es war ein Monat innerer Spannungen für alle drei, und jeder von ihnen empfand große Erleichterung, wenn Durrance nach London fuhr, um seinen Augenarzt aufzusuchen. Diese Besuche nahmen an Zahl und Länge zu. Selbst Ethne war dankbar deswegen. Sie konnte die Maske für kurze Zeit abwerfen; sie hatte Gelegenheit, müde zu sein; sie fand die Zurückgezogenheit, die es ihr ermöglichte, Kraft zu schöpfen, damit sie bei Durrances Rückkehr wieder heiter sein konnte. Es kamen Stunden, da Verzweiflung sie überwältigte. »Wird es mir gelingen, die Verstellung aufrechtzuerhalten, wenn wir verheiratet sind, wenn wir immer zusammen sind?« fragte sie sich. Doch sie verdrängte die Frage unbeantwortet; sie wagte nicht in die Zukunft zu schauen, damit sie nicht schon jetzt die Kraft zum Weitermachen verlor.

Nach dem dritten Besuch sagte Durrance zu ihr:

»Weißt du noch, daß ich einmal einen berühmten Augenarzt in Wiesbaden erwähnt habe? Es scheint ratsam zu sein, ihn aufzusuchen.«

»Man hat dir das empfohlen?«

»Ja, und zwar soll ich allein reisen.«

Ethne warf ihm einen kurzen, verstehenden Blick zu.

»Du glaubst, ich würde mich in Wiesbaden langweilen«, sagte sie. »Das brauchst du nicht zu befürchten. Ich kann sicher irgendeinen Familienangehörigen bewegen, mich zu begleiten.«

»Nein. Es geht um mich«, antwortete Durrance. »Vielleicht muß ich in ein Sanatorium. Es ist besser, ganz ruhig zu leben und eine Weile niemanden zu sehen.«

»Bist du sicher?« fragte Ethne. »Es wäre mir schmerzlich anzunehmen, du schlägst mir diesen Plan nur vor, weil du meinst, ich wäre in Glenalla glücklicher.«

»Nein, das ist nicht der Grund«, antwortete Durrance, und seine Antwort entsprach der Wahrheit. Er hielt es für erforderlich, daß sie sich trennten. Er litt nicht weniger als Ethne unter der Tyrannei ständiger Verstellung. Nur weil er wußte, wie wichtig es ihr war, ihren Entschluß zu verwirklichen, daß ihretwegen nicht zwei Leben vernichtet werden sollten, konnte er sich davon zurückhalten zu gestehen, daß er die Wahrheit kannte. »Ich kehre nächste Woche nach London zurück«, fügte er hinzu, »und wenn ich zurückkomme, kann ich dir sagen, ob ich nach Wiesbaden fahren soll oder nicht.«

Später war Durrance froh, daß er seinen Plan erwähnt hatte, ehe Calders Telegramm aus Wadi Halfa eintraf. So konnte Ethne seine Trennung von ihr nicht mit dem Eintreffen von Neuigkeiten über Feversham in Verbindung bringen. Das Telegramm kam eines Nachmittags, und Durrance brachte es am Abend zum anderen Haus hinüber und zeigte es Ethne. Der Text bestand nur aus vier Worten:

»Feversham gefangen in Omdurman.«

Bestimmt von einer jener Regungen von Feingefühl, die aufgrund seines Leidens und langen Nachdenkens neu in ihm geweckt worden waren, entfernte sich Durrance von Ethnes Seite, kaum daß er ihr das Telegramm gegeben hatte; er begab sich zu Mrs. Adair, die im Salon saß und ein Buch las. Er hatte das Telegramm zusammengefaltet, so daß Ethne, als sie das Papier auseinandergefaltet und die Worte gelesen hatte, auf der Terrasse allein war. Sie erinnerte sich an Durrances Beschreibung des Gefängnisses, und ihre Phantasie entzündete sich an seinen Worten. Die Stille eines Septemberabends lag über den Feldern, leichter Dunst stieg vom Fluß auf und wallte über das Ufer zum Rasen hinauf. In jenem heißen Land am Zusammenfluß der Nilarme waren die Gefängnistüren längst geschlossen. »Dann muß er also zehnfach für seinen Fehler bezahlen!« rief sie in Auflehnung gegen diese Ungerechtigkeit. »Dabei lag der Fehler bei seinem Vater und auch bei mir – mehr noch als bei ihm selbst. Denn keiner von uns hat ihn verstanden.«

Sie machte sich Vorwürfe wegen der vierten Feder. Mit geschlossenen Augen lehnte sie an der Steinbalustrade und fragte sich, ob Harry diese Nacht überleben würde, ob er überhaupt noch am Leben war. Schon die bloße Kühle der Steine, gegen die ihre Hände sich preßten, wurde zum bittersten Vorwurf.

»Jetzt kann immerhin etwas unternommen werden.« Durrance trat durch die Tür zum Salon und sprach, um ihr sein Kommen anzuzeigen. »Er war und ist mein Freund. Ich kann ihn dort nicht sitzenlassen. Ich schreibe heute abend noch an Calder. An Geld soll es nicht fehlen. Er ist mein Freund, Ethne. Du wirst es erleben. Von Suakin oder Assuan aus wird man etwas unternehmen.«

Die Hilfe, die er leisten wollte, schrieb er ausschließlich seiner

Freundschaft zu. Ethne sollte nicht annehmen, er glaube, sie habe ein weitergehendes Interesse an Harry Feversham.

Abrupt wandte sie sich zu ihm um, ihn beinahe unterbrechend.

»Major Castleton ist tot?« fragte sie.

»Castleton?« rief er aus. »In Fevershams Regiment gab es einen Castleton. Ist das der Mann?«

»Ja. Er ist tot?«

»Er fiel bei Tamai.«

»Bist du sicher – ganz sicher?«

»Als Osman Dignas Leute angriffen und durchbrachen, befand er sich im Karree der Zweiten Brigade dicht am Abgrund. Ich war in der gleichen Formation. Ich habe gesehen, wie Castleton getötet wurde.«

»Ich bin froh«, sagte Ethne.

Sie äußerte sich schlicht und klar. Captain Willoughby hatte die erste Feder zurückgebracht. Und es bestand die Möglichkeit, daß Colonel Trench die zweite brachte. Schon einmal war Harry Feversham unter größten Schwierigkeiten und größter Gefahr zum Erfolg gekommen. Diesmal waren die Gefahren noch größer, die Schwierigkeiten türmten sich höher; soviel begriff sie. Aber sie sah in seinem ersten Erfolg das Omen weiteren Gelingens. Sicher hatte Feversham seine Pläne sorgfältig geschmiedet; er hatte Geld, um sie in die Tat umzusetzen; außerdem war sie eine Frau mit starkem Glauben. Doch es erleichterte sie zu wissen, daß der Absender der dritten Feder niemals mehr erreicht werden konnte. Außerdem haßte sie ihn, und diese Sache war damit ausgestanden.

Durrance war verblüfft. Er war der Typ Soldat, der nicht so selten ist, wie die Erzähler von Kriegsgeschichten ihre Leser glauben machen. Hektor von Troja war sein Vorfahr; er war weder unbeherrscht in seinen Äußerungen, noch rachsüchtig in seinen Taten, er war kein altgewordener Schuljunge, der gern große Worte machte, sondern ein stiller Mann, der ohne Aufhebens seine Arbeit tat; ein Mann, der bei Bedarf streng und unbeugsam sein konnte, der aber seinem Wesen nach sanft und mitfühlend war. Und Ethne Eustaces barbarische Äußerung verstand er nicht.

»Du hast Colonel Castleton so verabscheut?« rief er.

»Ich kannte ihn gar nicht.«

»Und doch bist du froh, daß er tot ist?«

»Sehr froh«, sagte Ethne eigensinnig.

Und indem sie so von Major Castleton sprach, machte sie einen weiteren Fehler, der Durrance nicht entging. In seiner Waffenkammer in Guessens sitzend, erinnerte er sich daran und dachte darüber nach. Ihre Bemerkung vervollständigte die Erklärung, die er sich für Harry Fevershams Entehrung und Verschwinden zurechtgelegt hatte. Allmählich bot sich das Bild seinem geschärften Verstand immer klarer dar. Der Hinweis lag in Captain Willoughbys Besuch und dem Andenken, das er mitgebracht hatte. Eine weiße Feder konnte nichts anderes bedeuten als den Vorwurf der Feigheit. Durrance konnte sich nicht erinnern, bei Harry Feversham jemals Anzeichen von Feigheit bemerkt zu haben, und so erstaunte ihn diese Anklage immer wieder zutiefst.

Aber um die Tatsache kam er nicht herum. Am Abend des Balls in Lennon House war etwas geschehen, und seit jenem Tag war Harry ein Ausgestoßener gewesen. Einmal angenommen, ihm wäre eine weiße Feder nach Lennon House nachgeschickt worden und er hätte die Sendung in Ethnes Gegenwart geöffnet? Oder mehr als eine weiße Feder? Ethne hatte nach ihrem langen Gespräch mit Willoughby jene weiße Feder in der Hand gehalten, als gäbe es nichts Kostbareres auf der ganzen Welt.

Soviel hatte Mrs. Adair ihm berichtet.

Daraus folgte, daß die Feigheit wiedergutgemacht war, zumindest teilweise. Diese Schlußfolgerung ergab sich aus Ethnes neugewonnenem jugendlichem Schwung. Sie hielt die Feder in

Ehren, weil sie nicht länger ein Symbol der Feigheit war, sondern ein Symbol für überwundene Feigheit.

Harry Feversham aber war nicht zurückgekehrt, sondern trieb sich noch immer in den abgelegenen Winkeln der Welt herum. Folglich war Willoughby nicht der einzige, der die Anschuldigung vorgebracht hatte – es gab noch andere, zwei andere. Einen der beiden hatte Durrance längst identifiziert. Als Durrance angedeutet hatte, Harry könne nach Omdurman gebracht werden, hatte Ethne sofort erwidert: »Colonel Trench ist in Omdurman!« Sie brauchte keine Erklärung für Harrys Verschwinden aus Wadi Halfa, für seine Wanderung in den südlichen Sudan. Dahinter stand eine Absicht, er wollte gefangengenommen und nach Omdurman gebracht werden. Außerdem hatte Ethne von der Unzuverlässigkeit des Mittelsmannes gesprochen und Durrance damit erneut bei seinen Mutmaßungen geholfen. Feversham spürte die Verpflichtung, Trench zu helfen. Wenn man davon ausging, daß Feversham seine Rettungspläne geschmiedet hatte und in die Wüste gewandert war, um sein eigener Mittelsmann zu sein, folgte daraus, daß eine zweite Feder nach Ramelton geschickt worden war und daß Trench sie geschickt hatte.

Heute abend nun konnte Durrance Major Castleton auf die Liste zu Trench und Willoughby setzen. Für Ethnes Befriedigung über den Tod eines Mannes, den sie nicht kannte, gab es nur eine Erklärung. Wäre Major Castleton noch am Leben, hätte Feversham dieselbe Verpflichtung auch gegenüber ihm gehabt. So konnte man vermuten, daß eine dritte Feder nach Lennon House gesandt worden war und daß Major Castleton der Absender war.

Durrance grübelte über diese Lösung des Problems nach, die ihm mit der Zeit immer plausibler erschien. Es gab einen Mann, der ihm die Wahrheit hätte sagen können und der sich geweigert hatte, der sich zweifellos auch weiter weigern würde. Aber gerade die Hilfe dieses Mannes gedachte Durrance in Anspruch zu nehmen, und um das zu erreichen, mußte ihm die Geschichte klar und überzeugend von den Lippen kommen, und nicht in Form einer Frage.

»Ja«, sagte er, »ich glaube, nach meinem nächsten Aufenthalt in London kann ich Lieutenant Sutch einen Besuch abstatten.«

Zweiundzwanzigstes Kapitel
Durrance läßt seine Zigarre ausgehen

Captain Willoughby war in seinem Klub als Langweiler bekannt. Er war ein verbissener Erzähler sinnloser Geschichten über Leute, die keinem seiner Zuhörer bekannt waren. Und er ließ sich nicht ablenken, denn er hörte nicht zu, er redete nur. Selbst den größten Dämpfer ließ er ausdruckslos lächelnd über sich ergehen und setzte, in seine eigenen dumpfen Gedanken versunken, die weitschweifigen Monologe fort. Im Rauchzimmer oder am Abendbrottisch zermalmte er jedes Gespräch wie eine Dampfwalze. In dieser Beziehung war er unwiderstehlich. Nichtssagende Anekdoten wechselten sich mit platten Aphorismen ab, und ob nun Anekdote oder Aphorismus, er sprach auf jeden Fall mit der Miene eines Mannes, der immer wieder von seiner eigenen Weisheit überrascht wird. Wartete man zu lange, verließ einen mit der Zeit der Wille zur Flucht, und man saß in einem Netz aus purer Langeweile fest. Doch nur wer ihn nicht kannte, wartete zu lange, die übrigen Mitglieder des Klubs erhoben sich bei seinem Erscheinen und ergriffen die Flucht.

So geschah es, daß er eine halbe Stunde nach seinem Eintreffen im Klub gewöhnlich eine große Ecke des Raums für sich allein hatte, die Ecke, die bis zu seinem Auftreten die belebteste gewesen war. Denn er machte es sich zur Regel, die größte versammelte Gruppe als Publikum zu wählen. So saß er Anfang Oktober eines Nachmittags allein im Klub, als der Kellner zu ihm trat und ihm eine Visitenkarte reichte.

Captain Willoughby griff eifrig danach, denn er wünschte sich Gesellschaft, und seine Bekannten hatten den Klub verlassen, um unaufschiebbare, dringende Angelegenheiten zu erledigen. Doch als er die Karte gelesen hatte, erschlaffte sein Gesicht. »Colonel Durrance!« sagte er und kratzte sich nachdenklich am Kopf. Noch nie hatte ihm Colonel Durrance einen freundschaftlichen Besuch abgestattet – warum sollte er das ausgerechnet jetzt tun? Es sah so aus, als habe Durrance irgendwie von seiner Reise nach Kingsbridge erfahren.

»Weiß Colonel Durrance, daß ich im Klub bin?« fragte er.

»Jawohl, Sir«, erwiderte der Kellner.

»Na schön. Führen Sie ihn herein.«

Zweifellos war Durrance gekommen, um Fragen zu stellen, denen er diplomatisch ausweichen mußte. Captain Willoughby stand nicht der Sinn danach, sich tiefer in Miss Ethne Eustaces Angelegenheiten ziehen zu lassen. Feversham und Durrance mußten ihren Kampf ohne seine Hilfe ausfechten. Er verließ sich durchaus auf seine diplomatischen Fähigkeiten, verspürte aber wenig Lust, sie in diesem besonderen Fall einzusetzen, und sah Durrance daher mißtrauisch entgegen. Durrance jedoch hatte offenbar gar keine Fragen auf dem Herzen. Willoughby erhob sich, ging quer durch den Raum und führte seinen Besucher in die verlassene Ecke.

»Rauchen Sie?« fragte er und faßte sich. »Ach, verzeihen Sie.«

»Oh, ich rauche durchaus«, antwortete Durrance. »Es stimmt nicht ganz, daß man den Tabak nicht genießen kann, ohne den Qualm zu sehen. Wenn ich meine Zigarre ausgehen ließe, wüßte ich das sofort. Aber Sie werden sehen, ich lasse sie nicht ausgehen.« Mit langsamen Bewegungen zündete er sich die Zigarre an und lehnte sich im Stuhl zurück.

»Was für ein Glückstreffer, Sie zu finden, Willoughby«, fuhr er fort, »denn ich bin nur heute in der Stadt. Ich fahre ab und zu von Devonshire herein, um meinen Augenarzt aufzusuchen, und Sie zu sprechen lag mir sehr am Herzen. Bei meinem letzten

Besuch teilte Mather mir mit, daß Sie irgendwo auf dem Lande wären. Sie erinnern sich doch an Mather, nehme ich an? Er war mit uns in Suakin.«

»Natürlich erinnere ich mich gut an ihn«, sagte Willoughby herzlich. Über Mather zu sprechen war er mehr als bereit; er hegte die Hoffnung, daß Durrance in der Diskussion über Mather jene andere Angelegenheit vergessen würde, die ihn mit Sorge erfüllte.

»Wir beide interessieren uns brennend für eine Frage«, fuhr Durrance fort, »und Sie können uns da weiterhelfen. Ist Ihnen jemals ein Araber namens Abou Fatma begegnet?«

»Abou Fatma«, sagte Willoughby langsam, »ein Angehöriger der Hadendoas?«

»Nein, er gehört zum Kabbabisch-Stamm.«

»Abou Fatma?« wiederholte Willoughby, als höre er den Namen zum ersten Mal. »Nein, dem bin ich nie begegnet«; und er sagte nichts mehr. Es wollte Durrance scheinen, daß der Augenblick zu schweigen unnatürlich gewählt war; man hätte erwarten können, daß Willoughby »Warum fragen Sie?« oder eine ähnliche Frage hinzufügte. Doch er schwieg. In Wirklichkeit fragte er sich, wie Durrance um alles in der Welt von Abou Fatma erfahren hatte, dessen Namen er selbst vor einem Jahr auf der Veranda des Palastes von Suakin zum ersten und letzten Mal gehört hatte. Aber er hatte die Wahrheit gesagt. Er war Abou Fatma nie begegnet, wenn Feversham auch von ihm gesprochen hatte.

»Das erhöht meine Neugier noch mehr«, fuhr Durrance fort. »Mather und ich waren 84 zusammen auf dem letzten Erkundungsritt, und wir begegneten Abou Fatma, der sich in einem Gebüsch bei Fort Sinkat versteckt hatte. Er erzählte uns von den Gordon-Briefen, die er in Berber versteckt hatte. Ah! Jetzt erinnern Sie sich an den Namen.«

»Ich habe nur meine Pfeife aus der Tasche geholt«, sagte Willoughby. »Aber wo Sie von den Briefen sprechen, fällt mir der Name in der Tat ein.«

»Sie wurden Ihnen vor etwa fünfzehn Monaten in Suakin überbracht. Mather zeigte mir die Meldung im *Evening Standard*. Nun interessiert es mich zu erfahren, ob Abou Fatma nach Berber zurückgekehrt ist und die Briefe gerettet hat. Da Sie ihm aber nie begegnet sind, folgt daraus, daß er es nicht gewesen sein kann.«

Captain Willoughby begann es zu bedauern, daß er so voreilig jede Bekanntschaft mit Abou Fatma aus dem Stamm der Kabbabisch abgestritten hatte.

»Nein; es war nicht Abou Fatma«, sagte er nach einem bedeutungsvollen Zögern. Er fürchtete die nächste Frage, die Durrance ihm stellen würde. Er stopfte seine Pfeife und versuchte, sich eine Antwort zu überlegen. Aber zunächst äußerte Durrance gar keine Frage.

»Ich habe mir so meine Gedanken gemacht«, sagte er langsam. »Ich hielt es eigentlich für unwahrscheinlich, daß Abou Fatma nach Berber zurückkehren würde. Ja, wer immer diese Aufgabe anging, begab sich in Lebensgefahr, und das ohne naheliegenden Grund, wo Gordon doch tot war.«

»Genau«, sagte Willoughby mit erleichterter Stimme. Anscheinend gab sich Durrance mit der Information zufrieden, daß nicht Abou Fatma die Briefe aus dem Versteck geholt hatte. »Genau. Ohne Grund, wo Gordon doch tot war.«

»Ohne naheliegenden Grund, habe ich wohl gesagt«, äußerte Durrance gelassen. Willoughby drehte sich zur Seite und musterte seinen Gesprächspartner mißtrauisch. Er fragte sich, ob Durrance nicht doch von seinem Besuch in Kingsbridge wußte und von den Gründen, die ihn dorthin geführt hatten. Durrance jedoch saß zurückgelehnt in seinem Sessel, das Gesicht zur Decke gerichtet, und rauchte seine Zigarre. Nachdem seine Neugier nun befriedigt war, schien er das Interesse an der Geschichte der Gordon-Briefe verloren zu haben. Jedenfalls stellte er keine weiteren, für Captain Willoughby unangenehmen Fragen über dieses Thema – wozu auch keine Veranlassung mehr bestand. Wenn er sich so überlegte, wie Harry Feversham sich in

Willoughbys Augen von der Anklage der Feigheit hätte befreien können, schien ihm die Bergung der Briefe aus der Ruinenmauer in Berber der einzige Weg zu sein. Die Bewohner Suakins waren seit jenem letzten Erkundungsritt nicht mehr in direkter Gefahr gewesen. Die riesigen Truppentransporter waren zwischen den Korallenriffen hindurch in Richtung Suez abgedampft, und kein Hilferuf hatte sie zurückgeholt. In jenem weißen Palast am Roten Meer riskierte Willoughby lediglich seine Gesundheit. Es konnte keinen Augenblick gegeben haben, da Feversham sagen konnte: »Ihr Leben wäre ohne mich, den Sie einen Feigling nennen, verwirkt gewesen.« Durrance, der sich alle Nachrichten und Klatschgeschichten, die ihm in Wadi Halfa oder während seiner Urlaubsperioden zugetragen worden waren, hatte durch den Kopf gehen lassen, hatte sich die Frage gestellt, ob jener Flüchtling aus Khartum, der ihm eines schläfrigen Mainachmittags in den stummen Ruinen von Sinkat seine Geschichte erzählt hatte, diese Worte nicht in Suakin wiederholt hatte, in Fevershams Nähe. Er war überzeugt, daß diese Vermutung richtig war.

Willoughbys Zurückhaltung war dafür eine weitere ausreichende Bestätigung. Zweifellos war Willoughby von Ethne angewiesen worden, den Mund zu halten. Colonel Durrance war auf Zurückhaltung gefaßt, er sah darin sogar eine Untermauerung seiner Vermutungen. Außerdem hatte ihm sein geübtes Ohr verraten, daß Willoughby auf seine Gegenwart mit Unbehagen reagierte und sich seine Worte gut überlegte. Es waren Pausen eingetreten, in denen – davon war Durrance so fest überzeugt, als besäße er sein Augenlicht noch – sein Gesprächspartner ihn mißtrauisch anstarrte und sich fragte, wieviel oder wie wenig er wußte. In seiner Stimme hatte ein Ton der Wachsamkeit und Vorsicht gelegen, der Durrances Ohren unangenehm vertraut war, denn mit eben diesem Unterton hatte auch Ethne gesprochen. Außerdem hatte Durrance kleine Fallen aufgestellt – seine Bemerkung: »Ohne naheliegenden Grund, habe ich wohl gesagt« hatte dazu gehört – und ein kleines Zusammenzucken hier und da offenbarte Durrance, daß sich Willoughby in seinen Fallstricken verfangen hatte.

Allerdings wollte er nicht, daß Willoughby sich hinsetzte und Ethne schrieb, daß Durrance Erkundigungen einzog. Mit dieser Möglichkeit war zu rechnen, das wußte er, und er versuchte, dagegen Vorkehrungen zu treffen, so gut er es vermochte.

»Ich will Ihnen sagen, warum ich Sie sprechen wollte«, sagte er. »Wegen Harry Feversham.« Captain Willoughby, der sich bereits innerlich beglückwünschte, eine kitzlige Situation gut überstanden zu haben, fuhr in seinem Sessel heftig zusammen. Aber Durrance legte es nicht darauf an, auf die Erregung seines Gesprächspartners einzugehen, und fuhr hastig fort: »Irgend etwas ist mit Feversham geschehen. Es muß inzwischen gut fünf Jahre zurückliegen. Vermutlich hat er etwas getan oder etwas unterlassen – jedenfalls ist das Geheimnis gut bewahrt worden –, und er verließ seinen Lebenskreis, und von seinen alten Bekannten hat ihn niemand mehr gesehen. Sie kehren doch jetzt in den Sudan zurück, Willoughby?«

»Ja«, antwortete Willoughby. »In einer Woche.«

»Nun also, Harry Feversham ist im Sudan«, sagte Durrance und beugte sich zu dem anderen vor.

»Das wissen Sie?« rief Willoughby.

»Ja, denn ich bin ihm diesen Frühling in Wadi Halfa begegnet«, fuhr Durrance fort. »Er war ziemlich tief gesunken«, und er schilderte Willoughby die Begegnung vor dem Café in Tewfikieh. »Seltsam, nicht wahr? Daß ein Mann, den man gut kannte, in Sekundenschnelle untergeht, gewissermaßen vor den eigenen Augen verschwindet, im Handumdrehen, wie in der Oubliette eines alten französischen Schlosses. Ich möchte, daß Sie sich um ihn kümmern, Willoughby, daß Sie Ihr Möglichstes tun, ihm wieder auf die Beine zu helfen. Geben Sie mir Bescheid, wenn er Ihnen über den Weg läuft. Harry Feversham war mein Freund – einer meiner wenigen wahren Freunde.«

»In Ordnung«, sagte Willoughby aufgeräumt. Sein Tonfall

verriet Durrance sofort, daß er keinen Verdacht mehr hegte. »Ich werde die Augen offenhalten nach Feversham. Ich weiß, daß er Ihnen ein guter Freund war.«

Er streckte die Hand nach den Streichhölzern aus, die neben ihm auf dem Tisch lagen. Durrance hörte den Schwefel kratzen und das Streichholz aufflammen. Willoughby zündete sich die Pfeife an. Es war eine ziemlich alte Bruyère-Pfeife, die eine Reinigung gebraucht hätte; während er die Flamme an den Tabak hielt und am Mundstück saugte, gurgelte sie leise vor sich hin.

»Ja, ein guter Freund«, sagte Durrance. »Sie und ich, wir speisten mit ihm in seiner Wohnung hoch über dem St. James's Park, kurz bevor wir England verließen.«

Auf diese zufällige Äußerung hörte Willoughbys Bruyère-Pfeife plötzlich auf zu gurgeln. Es folgte ein kurzes Schweigen, dann fluchte Willoughby heftig und stampfte gleich darauf energisch auf den Teppich. Diese einfache Folge von Ereignissen beflügelte Durrances Phantasie, und er legte sich sofort ein kleines Bild zurecht. Er saß in einem Sessel und rauchte eine Zigarre, auf einem runden Tisch zu seiner Linken befand sich ein Gefäß mit Streichhölzern, während auf der anderen Seite Willoughby in einem zweiten Sessel saß. Captain Willoughby, der beim Anzünden seiner Pfeife plötzlich durch einen achtlos hingeworfenen Satz unterbrochen wird. Captain Willoughby, der auf seine dumpfe Art mißtrauisch in das Gesicht des Blinden starrt, bis das vergessene Streichholz ihm die Finger verbrennt und er es fluchend fallenläßt und auf dem Boden austritt. Bis zu diesem Augenblick hatte Durrance überhaupt nicht mehr an jenes Abendessen gedacht. Durchaus möglich, daß es gründliche Überlegung verdiente.

»Sie und ich und Feversham waren dabei«, fuhr er fort. »Feversham hatte uns eingeladen, um uns von seiner Verlobung mit Miss Eustace zu erzählen. Er war kurz zuvor aus Dublin zurückgekehrt. Es war das letzte Zusammentreffen mit ihm.« Er zog an seiner Zigarre und fügte hinzu: »Übrigens war damals ein dritter Mann dabei.«

»Ach ja?« fragte Willoughby. »Das alles ist so lange her.«

»Ja – Trench.«

»Ja, richtig, Trench war dabei. Leider wird es wohl eine Weile dauern, bis wir mit dem armen Trench wieder am selben Tisch sitzen können.«

Die Beiläufigkeit dieser Äußerung war gut gespielt; er beugte sich vor, riß ein neues Streichholz an und entzündete seine Pfeife. Gleichzeitig legte Durrance seine Zigarre auf der Tischkante ab.

»Und wir werden nie wieder mit Castleton speisen«, sagte er langsam.

»Castleton war aber nicht dabei!« rief Willoughby aus – und zwar schnell genug, um deutlich werden zu lassen, daß das kleine Essen in Fevershams Wohnung zwar lange zurückliegen mochte, ihm aber doch deutlich in Erinnerung war.

»Nein, aber er wurde erwartet«, sagte Durrance.

»Nein, nicht einmal erwartet«, berichtigte ihn Willoughby. »Er speiste woanders. Sie erinnern sich, er schickte das Telegramm.«

»Ach ja! Es traf ein Telegramm ein«, sagte Durrance.

Mit jener kleinen abendlichen Runde mußte man sich näher beschäftigen. Willoughby, Trench, Castleton – diese drei Männer waren der Anlaß für Harry Fevershams Schande und Verschwinden. Durrance versuchte sich alle Einzelheiten des Abends ins Gedächtnis zurückzurufen; doch er war damals selbst ziemlich in Gedanken gewesen. Er erinnerte sich, wie er am Fenster über dem St. James's Park stand, er wußte noch, wie er den Zapfenstreich vom Paradefeld der Wellington-Kaserne hörte – und dann war ein Telegramm abgegeben worden.

Durrance ließ vor seinem inneren Auge ein neues Bild erstehen. Harry Feversham, am Tisch sitzend und immer wieder das Telegramm lesend. Trench und Willoughby wartend, stumm, vielleicht sogar erwartungsvoll, während er selbst nicht auf die Szene achtete, sondern aus dem hellen Zimmer in die Stille und Kühle des Parks starrte.

»Castleton aß an dem Abend mit irgendeinem großen Tier vom Kriegsministerium«, sagte Durrance, und eine kleine Bewegung neben ihm ließ ihn erkennen, daß er seinem Ziel näherkam. Er plauderte noch eine Weile über die Zukunftsaussichten des Sudan, dann erhob er sich.

»Also, ich kann mich darauf verlassen, Willoughby, daß Sie Feversham helfen, wenn Sie ihm jemals begegnen. Wenden Sie sich an mich, wenn Sie dazu Geld brauchen.«

»Ich werde mein Bestes tun«, sagte Willoughby. »Sie wollen gehen? Übrigens hätte ich heute eine Wette gegen Sie gewinnen können.«

»Inwiefern?«

»Sie haben behauptet, Sie ließen niemals ihre Zigarren ausgehen. Die da aber ist längst erkaltet.«

»Ich habe sie glatt vergessen. Meine Gedanken waren bei Feversham. Leben Sie wohl.«

Vor der Tür des Klubs nahm er eine Droschke. Willoughby war froh, den anderen los zu sein, zugleich war er sehr zufrieden mit seinem diplomatischen Geschick. Es wäre schon sehr verwunderlich gewesen, sagte er sich, wenn er den armen alten Durrance nicht hätte täuschen können; und er kehrte in das Rauchzimmer zurück, um sich mit einem Whisky und Soda zu stärken.

Durrance jedoch hatte sich nicht täuschen lassen. An diesem Nachmittag hatte er Antwort auf eine letzte offene Frage gefunden. Er erinnerte sich inzwischen, daß während des Abendessens keine Bemerkung darüber gefallen war, von wem das Telegramm käme. Feversham hatte den Text wortlos gelesen und es ebenso wortlos zusammengeknüllt und ins Feuer geworfen. Heute aber hatte Willoughby ihm offenbart, daß es von Castleton gekommen war, Castleton, der mit einem hohen Beamten des Kriegsministeriums zu Abend gegessen hatte. Daraus ließ sich der Akt der Feigheit, der die drei weißen Federn nach Ramelton gebracht hatte, ohne weiteres ableiten. Gleich am nächsten Tag hatte Feversham Durrance in der Row mitgeteilt, daß er seinen Abschied eingereicht habe, und Durrance wußte, daß das noch nicht geschehen war, als das Telegramm eintraf. Dieses Telegramm konnte nur eine Nachricht gebracht haben, daß nämlich Fevershams Regiment zum aktiven Dienst abkommandiert würde. Je mehr Durrance darüber nachdachte, desto sicherer war er, daß er hier endlich auf die Wahrheit gestoßen war. Nichts war natürlicher, als daß Castleton die gute Nachricht an seine Freunde telegraphierte, wobei er sie natürlich zur Verschwiegenheit anhielt. Nun kannte Durrance die ganze Geschichte – oder zumindest den ganzen Ablauf der Ereignisse. Denn warum Feversham dann von Panik ergriffen wurde, warum er den Feigling spielte, kaum daß er mit Ethne Eustace verlobt war – kurz, in einem Augenblick, da jede männliche Eigenschaft, über die er verfügte, am klarsten und stärksten hätte hervortreten sollen – diese Frage blieb für Durrance unbeantwortet – und sollte es auch stets bleiben. Aber er verdrängte diese Frage, er reihte sie in jene Überlegungen ein, die er als klein und unbedeutend einzuschätzen gelernt hatte. Die einfache und echte Wahrheit – der einzig wichtige Umstand – trat klar zutage. Harry Feversham büßte für seine eine feige Handlung in überreichlichem Maße.

»Ich werde den alten Sutch verblüffen«, dachte er und lachte auf. Noch am gleichen Abend nahm er den Nacht-Postzug nach Devonshire und erreichte sein Zuhause vor der Mittagsstunde.

Dreiundzwanzigstes Kapitel
Mrs. Adair rechtfertigt sich

Im Salon von The Pool verabschiedete sich Durrance von Ethne. Er hatte dafür gesorgt, daß für diesen Abschied nur wenig Zeit blieb; schon stand die Kutsche an der Vortreppe von Guessens, das Gepäck war auf dem Dach festgeschnallt, und sein Diener wartete an der Tür.

Ethne kam mit ihm auf die Terrasse hinaus. Mrs. Adair stand oben an der Treppe. Durrance streckte ihr die Hand hin, doch sie wandte sich an Ethne und sagte:

»Ich möchte gern noch einmal mit Colonel Durrance sprechen, ehe er abfährt.«

»Schön«, sagte Ethne. »Dann verabschieden wir uns hier«, wandte sie sich an Durrance. »Du schreibst aus Wiesbaden? Bitte bald!«

»Sobald ich eintreffe«, antwortete Durrance. Er ging mit Mrs. Adair die Stufen hinab und ließ Ethne auf der Terrasse stehen. Die letzte Szene der Verstellung war zu Ende gespielt, die Monate der Spannung und des gegenseitigen Belauerns waren zu Ende, und beide waren dankbar für die Befreiung von dieser Last. Durrance zeigte seine Erleichterung sogar in der forschen Art seines Ausschreitens neben Mrs. Adair. Sie jedoch hielt das Tempo nicht mit und äußerte sich, als sie das Wort ergriff, mit bedrückter Stimme.

»Sie reisen also ab«, sagte sie. »In zwei Tagen werden Sie in Wiesbaden sein und Ethne in Glenalla. Wir gehen auseinander. Ich werde mich hier einsam fühlen.«

Sie hatte ihr Ziel erreicht; zumindest für eine gewisse Zeit hatte sie Ethne und Durrance getrennt; zu Ende war die Folter ihres Anblicks und ihrer Stimmen; doch irgendwie brachte die Einmischung ihr wenig Befriedigung.

»Wenn Sie alle fort sind, wird mir das Haus sehr leer vorkommen«, sagte sie; und sie trat an Durrances Seite und ging mit ihm in den Garten hinab.

»Zweifellos kommen wir wieder«, sagte Durrance beruhigend.

Mrs. Adair sah sich in ihrem Garten um. Blumen und Sonnenschein waren fort; Wolken bedeckten den Himmel, das Grün des Grases wirkte matt, das Wasser stand grau in der Lücke zwischen den Bäumen, und die von den Ästen gefallenen Blätter lagen rot und braun auf dem Rasen.

»Wie lange bleiben Sie in Wiesbaden?« fragte sie.

»Das vermag ich kaum zu sagen. Doch so lange, wie es angeraten ist«, erwiderte er.

»Damit kann ich nichts anfangen. Vermutlich wollen Sie sich nicht festlegen.«

Durrance antwortete ihr nicht; und sie mißbilligte sein Schweigen. Sie hatte keine Ahnung von seinen Plänen; sie wußte nicht, ob er sein Verlöbnis mit Ethne lösen oder sie darauf festlegen wollte und wurde von Neugier verzehrt. Es mochte lange dauern, bis sie ihn wiedersah, und die ganze lange Zeit hindurch würden heftige Zweifel sie plagen.

»Sie mißtrauen mir?« fragte sie trotzig und mit einem Anflug von Ärger in der Stimme.

Durrance antwortete ihr sanft.

»Habe ich keinen Grund, Ihnen zu mißtrauen? Warum haben Sie mir von Captain Willoughbys Besuch erzählt? Warum haben Sie sich eingemischt?«

»Ich fand, Sie müßten es wissen.«

»Ethne dagegen wollte das Geheimnis gewahrt sehen. Das zu wissen freut mich, freut mich sogar sehr. Aber es führt kein Weg daran vorbei, daß Sie es offenbart haben, und Sie waren Ethnes Freundin.«

»Die Ihre auch, hoffe ich«, antwortete Mrs. Adair und rief aus: »Aber wie hätte ich weiter schweigen können? Verstehen Sie mich denn nicht?«

»Nein.«

Durrance hätte vielleicht Verständnis gehabt, doch er hatte sich nie gründlich mit Mrs. Adair beschäftigt, was sie auch wußte. Diese Erkenntnis schmerzte sie, und sein schlichtes »Nein« traf sie zutiefst.

»Ich habe hart gesprochen, nicht wahr?« fragte sie. »Ich offenbarte Ihnen die Wahrheit so direkt wie möglich. Fördert das nicht Ihr Verstehen?«

Wieder sagte Durrance: »Nein«, und die knappe Antwort ließ sie zornig jede Vorsicht aufgeben, und urplötzlich plapperte sie alles aus, was in ihr vorgegangen war. Und als sie erst einmal begonnen hatte, gab es kein Halten mehr. Sie stand gewissermaßen außerhalb ihrer selbst und sah, daß ihre Worte der reinste Wahnsinn waren; trotzdem sprach sie weiter.

»Ich äußerte mich absichtlich so brutal. Ich war außerordentlich gekränkt, weil Sie nicht erkennen wollten, was auf der Hand lag, wenn Sie es nur hätten sehen wollen. Ich wollte Ihnen wehtun. Vermutlich bin ich deswegen eine böse Frau. Sie und Ethne saßen da im dunklen Zimmer und sprachen miteinander; und hier saß ich allein auf der Terrasse. Und heute war es dasselbe. Sie und Ethne im Zimmer, ich allein auf der Terrasse. Ich frage mich, ob das immer so sein wird. Aber Sie sagen es mir nicht – Sie sagen nichts dazu!« In einer Geste der Verzweiflung schlug sie die Hände zusammen, doch Durrance hatte keine tröstenden Worte für sie. Stumm schritt er neben ihr her über den Gartenweg zum Zauntritt, ein wenig schneller gehend, so daß Mrs. Adair sich beeilen mußte, um mit ihm Schritt zu halten. Dieses Schnellergehen war eine Art Antwort, doch Mrs. Adair ließ sich davon nicht beirren. Der Wahn hatte Besitz von ihr ergriffen.

»Ich glaube nicht, daß es mir soviel ausgemacht hätte«, fuhr sie fort, »wenn Ethne wirklich an Ihnen gelegen wäre. Aber sie brachte nie mehr Gefühl für Sie auf als wie für einen Freund, nur einen Freund. Und was ist Freundschaft schon wert?« fragte sie verächtlich.

»Gewiß doch etwas«, sagte Durrance.

»Freundschaft verhindert nicht, daß Ethne vor ihrem Freund zurückscheut«, rief Mrs. Adair. »Sie scheut vor Ihnen zurück. Soll ich Ihnen den Grund sagen? Weil Sie blind sind. Sie hat Angst. Wohingegen ich – ich will Ihnen die Wahrheit sagen – wohingegen ich froh bin. Ich war froh, als die erste Nachricht von Ihrer Erblindung aus Wadi Halfa eintraf, ich war froh, als ich Sie in der Hill Street erblickte, die ganze Zeit bin ich froh gewesen – sehr froh. Denn ich erkannte, daß sie vor Ihnen zurückschreckte. Von Anfang an schreckte sie zurück vor dem Gedanken, wie sehr ihr Leben eingeschränkt und belastet sein würde«, und die Verachtung in Mrs. Adairs Stimme steigerte sich noch, auch wenn sie nun flüsternd weitersprach. »Ich habe keine Angst davor«, sagte sie und wiederholte die Worte leidenschaftlich immer wieder: »Ich habe keine Angst. Ich habe keine Angst.«

Durrance hatte das Gefühl, als wäre ihm in seinem ganzen Leben noch nichts so Schreckliches, so Unerwartetes zugestoßen wie dieser Ausbruch der Frau, die Ethnes Freundin war.

»Ethne schrieb Ihnen aus Mitleid nach Wadi Halfa«, fuhr sie fort, »das war alles. Sie schrieb aus Mitleid; und als der Brief fort war, hatte sie Angst vor dem, was sie getan hatte; und in ihrer Angst brachte sie nicht den Mut auf, Ihnen zu offenbaren, daß sie Angst hatte. Sie hätten es ihr nicht vorgeworfen, wenn sie es offen zugegeben hätte; Sie wären ihr Freund geblieben. Aber sie brachte nicht den Mut auf.«

Durrance wußte, daß es für Ethnes Zögern und Ängste eine andere Erklärung gab. Ihm war auch bekannt, daß diese andere Erklärung die richtige war. Doch morgen würde er die Mündung des Salcombe verlassen haben, und Ethne würde auf dem Weg zum Irischen Meer und nach Donegal sein. Es lohnte nicht, sich gegen Mrs. Adairs Anwürfe zu wenden. Außerdem war er inzwischen dem Zauntritt nahe, der den Garten von The Pool von den Feldern trennte. Sobald er dieses Hindernis überwunden hatte, würde er Mrs. Adairs ledig sein. Er gab sich damit zufrieden, leise zu sagen:

»Sie sind Ethne gegenüber nicht gerecht.«

Bei diesen einfachen Worten fiel der Wahn von Mrs. Adair ab. Sie erkannte, wie nutzlos all ihre Worte gewesen waren, ihre prahlerischen Bemerkungen über ihren Mut, ihre Verleumdungen Ethnes. Sie mochte die Wahrheit gesprochen haben oder nicht – es würde nichts ändern. Stets war Durrance im Zimmer bei Ethne und niemals auf der Terrasse bei Mrs. Adair. Das ganze Ausmaß ihrer Erniedrigung kam ihr zu Bewußtsein, und sie brachte Entschuldigungen vor.

»Ich bin wohl eine böse Frau. Doch schließlich habe ich nicht das glücklichste Leben gehabt. Vielleicht läßt sich doch einiges zu meinen Gunsten anführen.« Selbst in ihren Ohren klang das jämmerlich und schwach; doch nun hatten sie den Zauntritt erreicht, und Durrance hatte sich zu ihr umgewandt. Sie bemerkte, daß sein Gesicht etwas von seiner Strenge verloren hatte. Er stand ruhig vor ihr, bereit, sich anzuhören, was sie sagen wollte. Er mußte daran denken, daß er diese Frau in früheren Tagen, als er noch sehen konnte, stets mit würdevollem Auftreten und zurückhaltender Sprache gleichgesetzt hatte. Es wollte ihm kaum möglich erscheinen, daß hier dieselbe Frau zu ihm sprach, und die Schärfe des Gegensatzes weckte seine Bereitwilligkeit zu glauben, daß sich tatsächlich Argumente zu ihren Gunsten finden lassen würden.

»Wollen Sie mir davon erzählen?« fragte er sanft.

»Ich habe beinahe sofort nach Verlassen der Schule geheiratet. Ich war noch sehr jung. Ich wußte nichts und wurde mit einem Mann verheiratet, über den ich nichts wußte. Es war das Werk meiner Mutter, die zweifellos annahm, sie handle in meinem Interesse. Sie sicherte mir so etwas wie eine gesellschaftliche Stellung und ein bequemes Leben und enthob mich der Gefahr, jemals in Armut zu geraten. Blindlings, ahnungslos ging ich auf alles ein, was sie mir einredete. Ich hätte mich auch kaum weigern können, denn meine Mutter war eine gebieterische Frau, und ich war das Gehorchen gewöhnt. Ich tat, was sie mir sagte, und heiratete pflichtgemäß den Mann, den sie mir aussuchte. Zweifellos kommt so etwas ziemlich oft vor, doch die Häufigkeit macht so ein Vorkommnis nicht erträglicher.«

»Aber Mr. Adair!« rief Durrance. »Ich kannte ihn doch! Sicher war er älter als Sie, aber er war von freundlichem Wesen. Auch glaube ich, daß er für sie empfand.«

»Ja. Er war die Freundlichkeit in Person, und er empfand für mich. Beides ist richtig. Die Erkenntnis, daß er mich mochte, war das einzige Bindeglied, wenn Sie verstehen, was ich meine.

Anfangs war ich wohl zufrieden. Ich hatte ein Haus in der Stadt und ein zweites hier. Aber es war langweilig.« Und sie streckte die Arme aus. »Oh, wie langweilig es war! Kennen Sie die kleinen Seitengassen in einer Industriestadt? Reihen kleiner Häuser, dicht nebeneinander, und kein Entkommen vor ihrer häßlichen Gleichförmigkeit, jedes mit den gleichen Fenstern, der gleichen Tür, der gleichen Schwelle. Am Himmel ein Rauchschleier, und noch das geringste Grün, bis hin zu den Topfpflanzen im Fenster, war schmutzig und verrußt. Eine Straße von der Sorte, wo jeder verrückte religiöse Schwarmgeist, der ein wenig Farbe in das graue Leben zu bringen verspricht, nach Belieben Anhänger findet. Nun also, wenn ich über mein Leben nachdachte, kam mir stets eine dieser schmalen Straßen in den Sinn. Zweifellos gibt es Frauen, viele Frauen, denen das Führen eines großen Hauses, die Saison in London, die übliche Runde der Besuche genügen würde. Ich hatte das Pech, nicht dazu zu gehören. Langweilig! Sie haben hunderttausend Dinge zu tun und können sich nicht vorstellen, wie bedrückend langweilig mein Leben war. Und damit nicht genug!« Sie zögerte, konnte nun aber auf halbem Wege nicht stehenbleiben. Es gab kein Zurück mehr. So brachte sie es zu Ende.

»Wie ich eben sagte, heiratete ich, ohne etwas von dem zu wissen, was wichtig war. Zuerst nahm ich an, es wäre das Schicksal aller Frauen, so zu leben wie ich. Aber bald kamen mir die ersten Zweifel. Ich bekam mit, daß dem Leben mehr abzugewinnen war als Langeweile; daß zumindest andere mehr daraus machten, während ich leer ausging. An dieser Erkenntnis führte kein Weg vorbei. Man kam an einem Mann und einer Frau vorbei, die miteinander ausritten, und im Vorbeigehen schaute man zufällig in das Gesicht der Frau; oder vielleicht sah man die Frau auch allein und unterhielt sich eine Weile mit ihr, und das Glück, das in ihrem Gesicht und in ihrer Stimme lag, verriet mit absoluter Gewißheit, daß es noch so viel mehr zu finden gab. Nur hatte meine Mutter mir die Chance auf dieses Mehr verbaut.«

Durrances Gesicht hatte mittlerweile alle Strenge verloren, und Mrs. Adair sprach mit großer Einfachheit und Direktheit. Die Heftigkeit, die sie zuvor offenbart hatte, war spurlos verschwunden. Sie appellierte nicht an sein Mitleid, sie entschuldigte sich nicht einmal; sie erzählte nur gelassen und leise ihre Geschichte.

»Und dann kamen Sie«, fuhr sie fort. »Ich lernte Sie kennen und sah Sie wieder. Sie gingen Ihren Pflichten nach und kehrten zurück; und jetzt erfuhr ich nicht nur, daß es ein Mehr gab, sondern was dieses Mehr bedeutete. Aber natürlich war es mir weiterhin verwehrt. Trotzdem fühlte ich mich glücklicher. Ich dachte, ich könnte damit zufrieden sein, Sie zum Freund zu haben, zu sehen, wie Sie vorankämen, und Stolz darüber zu empfinden. Aber wissen Sie – dann kam Ethne des Weges, und Sie wandten sich ihr zu. Augenblicklich – oh, augenblicklich! Hätten Sie sich nur nicht gar so schnell um sie bemüht! Schon nach kurzer Zeit war ich von Trauer erfüllt und bedauerte es, daß Sie jemals in mein Leben getreten waren.«

»Davon hatte ich keine Ahnung«, sagte Durrance. »Ich habe nichts geahnt. Es tut mir leid.«

»Ich legte es darauf an, daß Sie nichts merkten«, sagte Mrs. Adair. »Gleichzeitig versuchte ich, Sie zu halten, bot dafür all meinen Scharfsinn auf. Keine andere Heiratsvermittlerin auf der Welt hat sich jemals solche Mühe gegeben, zwei Menschen zusammenzubringen, wie ich es bei Ethne und Mr. Feversham tat. Und es gelang mir.«

Durrance war schockiert über die Äußerung. Er lehnte sich an den Zauntritt und hätte lachen mögen. Hier lag der Ursprung für die ganze Tragödie. Aus welchen kleinen Anfängen war sie erwachsen! Ein banaler Gedanke, doch auf persönliche Umstände bezogen konnte er einem schon den Atem verschlagen. Und so geschah es Durrance, als er sich nun in Gedanken in jene Tage zurückversetzte, da er eigene Wege gegangen war, ohne auf die Menschen zu achten, mit denen er in Berührung kam, ohne zu ahnen, daß sie schon in jenem Augenblick sein Leben bis zu seinem Sterbetag beeinflussen würden. Fevershams Schande und Ruin, Ethnes unglückliche Jahre, die ermüdende Schauspielerei der letzten Monate – dies alles hatte seinen Ursprung vor vielen Jahren, als Mrs. Adair Feversham und Ethne zusammenbrachte, um Durrance für sich behalten zu können.

»Es gelang mir«, fuhr Mrs. Adair fort. »Sie erzählten mir eines Morgens in der Row, daß ich es geschafft hatte. Wie froh ich darüber war! Sie merkten nichts davon, dessen bin ich sicher. Im nächsten Augenblick nahmen sie mir aber alle Freude, indem Sie mir mitteilten, daß Sie in den Sudan abreisten. Drei Jahre lang waren Sie fort. Es waren keine glücklichen Jahre für mich. Dann kamen Sie zurück. Mein Mann war tot, aber Ethne war frei. Ethne wies Sie ab, doch dann erblindeten Sie, und sie erhörte Sie doch noch. Sie sehen selbst, welche Höhen und Tiefen ich durchlebt habe. Die letzten Monate hier waren allerdings die schlimmsten.«

»Es tut mir wirklich sehr leid«, sagte Durrance. In seinen Augen hatte Mrs. Adair recht. Es gab wirklich einiges, was zu ihren Gunsten sprach. Die Welt war ziemlich schlimm mit ihr umgesprungen. Er konnte sich vorstellen, was sie durchgemacht hatte, da er selbst ganz ähnliches Leid erfuhr. Es war ihm durchaus einsichtig, warum sie an jenem Abend auf der Terrasse Ethnes Geheimnis verraten hatte, und er konnte sie nur rücksichtsvoll behandeln.

»Es tut mir sehr leid, Mrs. Adair«, wiederholte er lahm. Ihm fielen keine anderen Worte ein, und er streckte ihr die Hand hin.

»Leben Sie wohl«, sagte sie, und Durrance stieg über den Zauntritt und wanderte über die Felder auf sein Haus zu.

Als er längst fort war, stand Mrs. Adair noch immer am Durchgang durch die Hecke. Sie hatte ihre Pfeile verschossen und dabei nur sich selbst getroffen und den Mann, dem ihr Herz gehörte.

Soviel war ihr klar. Sie schaute auch ein wenig in die Zukunft und begriff, daß, wenn Durrance Ethne nicht doch an ihr Versprechen band, sie heiratete und mit in ihre Heimat zog, er nach Guessens zurückkehren würde. Diese Überlegung brachte Mrs. Adair die Torheit ihres Ausbruchs noch klarer zu Bewußtsein. Hätte sie den Mund gehalten, hätte sie einen echten und beständigen Freund zum Nachbarn gehabt, und das wäre immerhin etwas gewesen. Es wäre sehr viel gewesen. Aber da sie sich offenbart hatte, konnten sie nie wieder ohne Verlegenheit zusammentreffen; so höflich sie auch miteinander umgehen würden, in ihren Gedanken würde stets die Erinnerung stehen an die Worte, die sie gesprochen und die er gehört hatte, an jenem Nachmittag, an dem er nach Wiesbaden aufbrach.

Vierundzwanzigstes Kapitel
Auf dem Nil

Es war ein gefühlloses Land, bewohnt von einer gefühllosen Sorte Menschen, sagte sich Calder, der einen dreimonatigen Urlaub antrat und von Wadi Halfa den Nil hinab nach Assuan fuhr. Er lehnte auf der Oberdeckreling des Dampfers und blickte in das längsseits festgemachte Boot hinab. Auf dem Unterdeck stand zwischen den eingeborenen Passagieren eine *angareb*, auf der die reglose, in ein schwarzes Gewand gehüllte Gestalt eines Menschen lag. Die *angareb* und ihre Last waren früh am Morgen in Korosko von zwei Arabern an Bord getragen worden; die beiden saßen nun lachend und miteinander plaudernd im Heck des Bootes. Auf der Bettstatt hätte ein toter Mann oder eine tote Frau liegen können, so wenig kümmerten sie sich darum. Calder hob den Blick und schaute nach links und rechts über grelleuchtenden Sand und ödes Gestein, das grob zur schroffen Form von Pyramiden abgeschliffen war. Der schüttere, schmale Grünstreifen an beiden Ufern war die einzige Reaktion, die der Sudan auf

Frühling und Sommer mit ihren wohltuenden Regenfällen kannte. Ein gefühlloses Land, bewohnt von einem gefühllosen Volk.

Wieder blickte Calder zu der *angareb* auf dem Deck der Barke und auf die langgestreckte Gestalt hinab. Er wußte nicht zu sagen, ob es sich um einen Mann oder eine Frau handelte. Der schwarze Schleier lag dicht am Gesicht an und ließ die Nase, die Augenhöhlen und den Mund erkennen, doch ob Lippen und Kinn von einem Bart geziert waren, wurde nicht offenbar.

Das schräg einfallende Sonnenlicht näherte sich der *angareb* immer mehr. Die dicht daneben sitzenden Eingeborenen zogen sich in den Schatten des Oberdecks zurück, doch niemand stellte die *angareb* um, und die beiden Männer, die am Heck miteinander lachten, verschwendeten keinen Gedanken an ihren Schützling. Calder sah zu, wie das grelle, gelbe Licht von den Füßen aufwärts über den Liegenden kroch. Schließlich brannte es ihm erbarmungslos hell ins Gesicht. Dennoch rührte sich das Lebewesen unter dem Schleier nicht. Der Stoff flatterte nicht über den Lippen, die Beine blieben gerade ausgestreckt, die Arme lagen dicht an der Seite an.

Calder brüllte zu den beiden Männern im Heck hinab.

»Stellt die *angareb* in den Schatten!« rief er. »Und zwar schnell!«

Widerstrebend erhoben sich die Araber und gehorchten.

»Ist das ein Mann oder eine Frau?« fragte Calder.

»Ein Mann. Wir bringen ihn ins Krankenhaus in Assuan, wir glauben aber nicht, daß er überlebt. Er ist vor drei Wochen von einer Palme gefallen.«

»Ihr gebt ihm nichts zu essen oder zu trinken.«

»Er ist zu krank.«

Es war eine alltägliche Geschichte – die logische Folge des Glaubens, daß Leben und Tod geschrieben stehen und unweigerlich so eintreten werden, wie es geschrieben steht. Der Mann, der da so still unter dem schwarzen Stoff lag, hatte wahrscheinlich nichts anderes als eine Prellung gehabt, die mit einfachen Mitteln innerhalb einer Woche hätte auskuriert werden können. Aber dann hatte man ihn liegen lassen, so wie er jetzt auf der *angareb* lag, der Sonne und den Fliegen preisgegeben, ungewaschen, ohne Ernährung oder Wasser gegen seinen Durst. Die Prellung war zur Wunde geworden, die Wunde hatte geeitert, und als es zur Heilung zu spät war, hatte der ägyptische Mudir von Korosko von dem Unfall erfahren und schickte den Mann nun mit dem Dampfer nach Assuan. Aber obwohl die Geschichte alltäglich war, konnte Calder sie sich nicht aus dem Kopf schlagen. Die Reglosigkeit des Kranken auf der Bettstatt faszinierte ihn irgendwie, und als kurz vor Sonnenuntergang ein kräftiger Wind aufkam und gegen den Strom wehte, empfand er sogar Trost bei dem Gedanken, daß der Kranke eine gewisse Erleichterung darin finden würde. Und als sein Gegenüber beim Abendessen ihn mit deutschem Akzent ansprach, fragte er, einem Impuls folgend: »Sie sind nicht zufällig Arzt?«

»Nicht Arzt«, sagte der Deutsche, »aber Medizinstudent in Bonn. Ich bin von Kairo heraufgereist, um den Zweiten Katarakt zu sehen, durfte aber nicht weiter als bis Wadi Halfa fahren.«

Calder unterbrach ihn sofort: »Dann werde ich in Ihren Urlaub eingreifen und Sie bitten, mir mit ihrem Fachwissen zur Seite zu stehen.«

»Ihnen? Mit Vergnügen, obwohl ich niemals angenommen hätte, daß Sie krank sind«, sagte der Student und lächelte gutmütig hinter seiner Brille.

»Das bin ich auch nicht. Ich erbitte Ihre Hilfe für einen Araber.«

»Der Mann auf der Bettstatt?«

»Ja, wenn Sie so freundlich wären. Ich muß Sie allerdings vorwarnen – er hat sich vor drei Wochen verletzt, und ich kenne diese Menschen. Seit seinem Unfall hat ihn bestimmt niemand berührt. Es wird kein schöner Anblick sein. Es ist kein gutes Land für unversorgte Wunden.«

Der deutsche Student zuckte die Achseln. »Erfahrung kann nicht schaden«, sagte er, und die beiden Männer verließen den Tisch und stiegen zum Oberdeck hinauf.

Während des Essens war der Wind aufgefrischt und peitschte, stromaufwärts blasend, Wellen auf, in denen der Dampfer und seine Barke hin und her hüpften, während Wasser über Bord hereinschwemmte.

»Er war dort unten«, sagte der Student, beugte sich über die Reling und starrte zum Unterdeck des längsseits daliegenden Bootes hinab. Es war dunkle Nacht. Über jenem Unterdeck schwankte nur eine einzige, in der Mitte des Oberdecks befestigte Lampe und verbreitete in einem kleinen Kreis flackernde Helligkeit und zuckende Schatten. Außerhalb des Lichtkreises herrschte undurchdringliche Schwärze – bis auf den Bug, wo das an Bord schwappende Wasser eine weiße Gischtbahn aufwarf. Man sah sie wie vom Wind zerwirbelten Schneefall, zu hören war sie wie Peitschenschläge, die das Deck trafen.

»Man hat ihn fortgebracht«, sagte der Deutsche. »Zweifellos hat man ihn fortgebracht. Im Bug ist niemand.«

Calder neigte den Kopf und starrte eine Weile stumm in die Dunkelheit.

»Ich glaube, die *angareb* ist dort«, sagte er schließlich. »Ich bin davon überzeugt.«

Gefolgt von dem Deutschen hastete er die Kajütentreppe zum Unterdeck hinab und eilte zur Reling. Jetzt hatte er ein klares Bild. Die *angareb* stand mitten in der Wasserflut an der Stelle, an die sie auf Calders Befehl am Vormittag gebracht worden war. Und die Gestalt auf der *angareb* lag so reglos wie zuvor unter dem schwarzen Tuch, ohne ein Zeichen von Leben und Gefühl zu geben, obwohl die kalte Gischt sich beständig auf ihrem Gesicht brach.

»So hatte ich mir das vorgestellt.« Calder verschaffte sich eine Laterne und stieg mit dem deutschen Studenten über die Außenwandung in die Barke. Er rief die beiden Araber zu sich.

»Holt die *angareb* vom Bug weg«, befahl er und fuhr fort, als sie gehorcht hatten: »Jetzt nehmt die Decke weg. Mein Freund, der Arzt ist, soll die Wunde sehen.«

Die beiden Männer zögerten, dann wandte einer mit unverschämter Miene ein: »Es gibt Ärzte in Assuan, wohin wir ihn bringen.«

Calder hob die Laterne und zog persönlich das Tuch von dem Verwundeten. »Wenn Sie ihn bitte untersuchen würden«, sagte er zu seinem Begleiter. Der deutsche Student begann seine Untersuchung des verletzten Schenkels, während Calder die Laterne über seinen Kopf hielt. Wie Calder vorausgesehen hatte, war es keine angenehme Sache, denn die Wunde schwärte. Der deutsche Student war froh, den Stoff wieder darüber legen zu können.

»Ich kann nichts tun«, sagte er. »Vielleicht in einem Krankenhaus, mit Bädern und Binden ...! Erleichterung wird er auf jeden Fall finden; aber mehr? Ich weiß es nicht. Hier könnte ich nicht das geringste erreichen. Sprechen die beiden Männer Englisch?«

»Nein«, antwortete Calder.

»Dann kann ich Ihnen etwas mitteilen. Der Mann hat sich nicht beim Sturz von einer Palme verletzt. Das ist eine Lüge. Die Verletzung rührt von der Klinge eines Speers oder einer ähnlichen Waffe her.«

»Sind Sie sicher?«

»Ja.«

Plötzlich beugte sich Calder über den Araber auf der *angareb*. Der Mann rührte sich zwar nicht, doch war er bei Bewußtsein. Calder hatte ihn unverwandt gemustert und bemerkt, daß seine Augen den gesprochenen Worten gefolgt waren.

»Du verstehst Englisch?« fragte Calder.

Der Araber vermochte nicht mit den Lippen zu antworten, doch ein Ausdruck des Verstehens trat in sein Gesicht.

»Woher kommst du?« fragte Calder.

Die Lippen versuchten sich zu bewegen, doch nicht einmal

ein Flüstern war zu hören. Dafür sprachen aber die Augen, wiewohl umsonst; denn allenfalls konnten sie den starken Wunsch vermitteln zu sprechen. Calder ließ sich genau neben dem Kopf des Mannes auf ein Knie sinken, hielt die Laterne dicht heran und zählte die Städte auf.

»Aus Dongola?«

Kein Glanz in den Augen des Arabers antwortete auf diesen Namen.

»Aus Metemeh? Aus Berber? Aus Omdurman? Ah!«

Der Araber antwortete auf dieses Wort. Er schloß die Lider. Noch lebhafter fuhr Calder fort:

»Du bist dort verwundet worden? Nein. Wo dann? In Berber? Ja. Du warst in Omdurman im Gefängnis und konntest entkommen? Nein. Und doch bist du verwundet worden.«

Calder ließ sich ganz auf die Knie sinken und dachte nach. Seine Überlegungen weckten neue Erregung in ihm. Er beugte sich zum Ohr des Arabers vor und fragte leise weiter:

»Du hast jemandem bei der Flucht geholfen? Ja. Wem? El Kaimakam Trench? Nein.« Er zählte die Namen anderer weißer Gefangener in Omdurman auf, und auf jeden Namen antworteten die Augen des Arabers mit »Nein«. »Dann war es Effendi Feversham?« fragte er, und die Augen bejahten diese Frage so klar, als hätten die Lippen sich geäußert.

Mehr Informationen vermochte Calder allerdings nicht zu erlangen. »Auch ich trage die Verpflichtung in mir, Effendi Feversham zu helfen«, sagte er, aber vergeblich. Der Araber konnte nicht sprechen, er konnte nicht einmal seinen Namen aussprechen, und seine Begleiter würden nichts sagen. Was immer diese beiden wußten oder vermuteten, sie hatten keine Lust, sich in die Sache hineinziehen zu lassen, und blieben bei einer Geschichte, die sie jeder Verantwortung enthob. Verwandte in Korosko hatten erfahren, daß sie nach Assuan fuhren, und sie gebeten, sich um den Verwundeten zu kümmern, der ihnen fremd war, und sie waren einverstanden gewesen. So sehr Calder die beiden auch befragte, etwas Konkreteres bekam er nicht aus ihnen heraus. Dicht vor sich sah er die Information, die er erstrebte, jene Nachricht über Harry Feversham, nach der sich Durrance mit jedem Brief erkundigte, doch sie war ihm wie in einem verschlossenen Buch entzogen. Er stand neben dem hilflosen Mann auf der *angareb*. Dort lag der Mann, durchaus willig zu sprechen, doch das Ausmaß der Schwäche, die ihn befallen hatte, legte ihm den Finger auf die Lippen. Calder konnte nichts weiter tun, als dafür zu sorgen, daß er im Krankenhaus von Assuan bestens versorgt wurde. »Wird er genesen?« fragte Calder, und die Ärzte schüttelten zweifelnd den Kopf. Vielleicht gab es eine Chance, eine ganz geringe Chance, doch selbst dann würde die Heilung nur sehr langsam vonstatten gehen.

Calder setzte seine Reise nach Kairo und Europa fort. Eine Gelegenheit, Harry Feversham zu helfen, war ungenützt verstrichen; denn der Araber, der nicht einmal seinen Namen aussprechen konnte, war Abou Fatma aus dem Kabbabisch-Stamm, und daß er als hilfloser Verwundeter auf dem Nildampfer zwischen Korosko und Assuan lag, bedeutete, daß Harry Fevershams sorgfältig ausgearbeiteter Plan zur Rettung Colonel Trenchs fehlgeschlagen war.

Fünfundzwanzigstes Kapitel
Lieutenant Sutch verläßt die Halbsold-Liste

In dem Augenblick, da Calder, enttäuscht darüber, daß er von dem einzigen Manne, der darüber Bescheid wissen konnte, keine Nachrichten über Feversham erfahren hatte, in Assuan den Zug bestieg, fuhr Lieutenant Sutch über eine hochgelegene Straße in Hampshire durch ein Heide- und Ginstergebiet; und auch er machte sich wegen Harry Feversham Gedanken. Wie so mancher, der weitgehend allein lebt, hatte es sich Lieutenant Sutch angewöhnt, die Gedanken laut vor sich hin zu sprechen. Und während er langsam und zögernd dahinfuhr, sagte er mehr als einmal: »Ich wußte gleich, daß es Ärger geben würde. Von Anfang an wußte ich, daß es Ärger geben würde.«

Der Hügelkamm, dem er folgte, neigte sich plötzlich einer Senke entgegen. Sutch sah, wie die Straße vor ihm steil abfiel und durch Kiefernwälder zu einem kleinen Bahnhof führte. Der Anblick der in der Nachmittagssonne schimmernden Gleise und der Telegraphenmasten, die in gerader Linie davonführten, bis sie in der Ferne miteinander zu verschmelzen schienen, steigerte Sutchs Unbehagen noch mehr. Er zügelte sein Pferd und starrte stirnrunzelnd auf das rotgedeckte Dach des Bahnhofsgebäudes.

»Ich habe Harry versprochen, nichts zu verraten«, sagte er; und da die Worte ihm nur notdürftig Trost spendeten, wiederholte er sie: »Ich hab's im Grillroom des Criterion auf Treu und Ehre versprochen.«

Klar und schrill ertönte das Pfeifen einer fernen Lokomotive. Der Laut riß Lieutenant Sutch aus seinen düsteren Überlegungen. Wie ein Band wallte der weiße Rauch eines näherkommenden Zuges in der Ferne.

»Ich möchte zu gern wissen, was ihn zu mir führt«, sagte er zweifelnd und fügte hinzu, in dem Bemühen, sich Mut zu machen: »Nun ja, es hat keinen Sinn, den Kopf einzuziehen.« Er gab dem Pony mit der Peitsche einen leichten Schlag und fuhr in schneller Fahrt den Hügel hinab. Er erreichte den Bahnhof, als der Zug am Bahnsteig hielt. Nur zwei Fahrgäste verließen den Zug. Es waren Durrance und sein Diener, und sie traten sofort auf die Straße heraus. Lieutenant Sutch rief Durrance, der an die Seite des Wagens kam.

»Dann haben Sie mein Telegramm also noch rechtzeitig erhalten!« sagte Durrance.

»Zum Glück traf es mich zu Hause an.«

»Ich habe einen Koffer mitgebracht. Darf ich mich Ihnen für eine Nacht aufdrängen?«

»Aber ja doch«, sagte Sutch, doch der Klang seiner Stimme strafte in Durrances Ohren die Herzlichkeit seiner Worte Lügen. Durrance jedoch war auf eine zurückhaltende Begrüßung vorbereitet und hatte das Telegramm absichtlich im letzten Moment abgeschickt. Hätte er eine Anschrift genannt, wäre ihm vermutlich noch eine Absage ins Haus geflattert. Mit diesem Verdacht lag er durchaus richtig. Das Telegramm hatte Durrances Besuch zwar lediglich angekündigt und nichts von seinen Absichten gesagt; seine Absendung wies Sutch jedoch darauf hin, daß etwas Ernstes, etwas Überraschendes in den Beziehungen zwischen Ethne Eustace und Durrance geschehen war. Zweifellos war Durrance gekommen, um seine Erkundigungen über Harry Feversham fortzusetzen, Erkundigungen, die Sutch auf keinen Fall beantworten durfte und die er den ganzen Nachmittag und Abend hindurch parieren mußte. Aber dann sah er, wie Durrance mit erhobenem Fuß nach dem Tritt des Wagens tastete, und wurde abrupt daran erinnert, daß sein Besucher ja blind war. Er streckte die Hand aus, packte Durrance am Arm und half ihm herauf. Er sagte sich, daß es sicher nicht schwierig war, einen Blinden zu täuschen. Ethne hatte dieselbe Vorstellung gehabt und eine ähnliche Erleichterung verspürt, wie Sutch sie jetzt erlebte. Der Lieutenant war sogar so erleichtert, daß ihn ein Impuls des Mitgefühls überkam.

»Es hat mir sehr leid getan, Durrance, von Ihrem Unglück zu hören«, sagte er, als sich der Wagen hügelaufwärts in Bewegung setzte. »Ich weiß auch, was es bedeutet, plötzlich aufgehalten und zum alten Eisen gesteckt zu werden, in einem Augenblick, da man gerade Fortschritte zu machen begann, da die Welt sich einem öffnen wollte, auch wenn meine Beinwunde im Vergleich zu Ihrer Blindheit eine Lappalie ist. Ich spreche hier nicht von Ausgleich und Geduld – davon reden Leute, denen es gut geht, die ein bequemes Leben haben und kein Leid kennen. *Wir* aber wissen, daß es für einen jungen und aktiven Mann, der sich in einer Karriere bewährt, die Bewegung und Aktivität erfordert, keinen Ausgleich geben kann, wenn diese Karriere plötzlich ohne seine Schuld zu Ende ist.«

»Ohne seine Schuld«, wiederholte Durrance. »Ich bin ganz Ihrer Meinung. Nur der Mann, dessen Karriere durch eigene Schuld ihr Ende findet, erhält einen Ausgleich.«

Sutch warf seinem Begleiter einen scharfen Blick zu. Durrance hatte langsam und gedankenvoll gesprochen. Sutch fragte sich, ob seine Worte sich auf Harry Feversham bezogen. Wußte er genug, um einen solchen Bezug herzustellen? Oder trafen seine Worte nur zufällig so genau ins Ziel?

»Einen Ausgleich welcher Art?« fragte Sutch unbehaglich.

»Zum einen und im wesentlichen die Chance, sich selbst zu erkennen. Er wird abrupt gestoppt, seine Karriere ist zu Ende, vielleicht fällt er in Schande.« Bei diesem Wort zuckte Sutch leicht zusammen. »Nun ja, der Schock seiner Schande ist vielleicht seine große Gelegenheit. Begreifen Sie das nicht? Endlich die Gelegenheit, sich selbst zu ergründen. Bis zu dem Augenblick der Schande ist sein Leben Heuchelei und Illusion gewesen; der Mann, der er zu sein glaubte, hat nie existiert, und jetzt endlich weiß er das. Sobald er es weiß, kann er daran gehen, seine Schande aus der Welt zu schaffen. Oh, es gibt einen Ausgleich für diesen Mann. Sie und ich kennen einen solchen Fall.«

Sutch zweifelte nicht mehr, daß Durrance von Harry Feversham sprach. Er wußte etwas, auch wenn sich Sutch nicht vorstellen konnte, wie er an dieses Wissen gekommen war. Doch aus seiner Sicht waren Durrances Informationen nicht ganz zutreffend, und in dieser Ungenauigkeit lag eine Ungerechtigkeit gegenüber Harry Feversham. Hauptsächlich aus diesem Grund verzichtete Sutch darauf, so zu tun, als verstehe er Durrances Anspielung nicht. Die ins Land gegangenen Jahre hatten seine hohe Meinung von Harry nicht verändern können, er sorgte sich sogar um ihn mit einer geradezu fraulich anmutenden Liebe, und er ertrug es nicht, daß sein Ansehen irgendwie geschmälert wurde.

»Der Fall, den Sie meinen, liegt nicht genau auf dieser Linie«, wandte er ein. »Sie sprechen von Harry Feversham.«

»Der sich für einen Feigling hielt und keiner war. Er begeht einen Fehler, der seiner Karriere ein Ende macht, er stellt diesen Fehler fest und macht sich daran, seine Schande zu tilgen. Gewiß paßt das zu dem, was ich vorhin sagte.«

»Ja, ich verstehe«, räumte Sutch ein. »Es gibt da eine andere Auffassung, nach meiner Erkenntnis eine falsche Auffassung, die ich eben im ersten Augenblick für die Ihre hielt – daß sich nämlich Harry für einen mutigen Mann hielt und plötzlich erkennen mußte, daß er ein Feigling war. Aber wie sind Sie auf die Wahrheit gestoßen? Außer mir wußte niemand die ganze Wahrheit.«

»Ich bin mit Miss Eustace verlobt«, sagte Durrance.

»Sie hat nicht alles gewußt. Sie wußte von der Schande, doch nichts von der Entschlossenheit, sie aus der Welt zu schaffen.«

»Aber jetzt weiß sie davon«, sagte Durrance und fügte betont hinzu: »Sie freuen sich darüber – sehr sogar.«

Sutch war sich nicht bewußt, seine Freude durch eine Bewegung oder einen Ausruf verraten zu haben. Auf seinem Gesicht zeichnete sie sich gewißlich ab, aber Durrance konnte sein Gesicht nicht sehen. Lieutenant Sutch war verwirrt, stritt die Äußerung aber nicht ab.

»Es stimmt«, sagte er gefaßt. »Es freut mich sehr, daß sie Bescheid weiß. Ich verstehe durchaus, daß es aus Ihrer Sicht besser wäre, wenn sie nichts wüßte. Aber ich kann nicht anders, ich freue mich.«

Durrance lachte, und es war durchaus kein unfreundliches Lachen. »Wegen dieser Freude mag ich Sie um so mehr«, sagte er.

»Aber woher weiß es Miss Eustace?« fragte Sutch. »Wer hat es ihr erzählt? Ich habe nichts gesagt, und es gibt niemanden, der es ihr hätte offenbaren können.«

»Sie irren sich. Denken Sie an Captain Willoughby. Er kam vor sechs Wochen nach Devonshire. Er brachte eine weiße Feder mit, die er Miss Eustace gab, als Beweis, daß er seine Anschuldigung der Feigheit gegen Harry Feversham zurückziehe.«

Sutch ließ das Pony mitten auf dem Weg halten und gab sich keine Mühe mehr, die Freude zu verbergen, die diese gute Nachricht in ihm auslöste. Er vergaß sogar Durrances Gegenwart neben sich. Reglos und stumm saß er da, eingehüllt in eine Woge des Glücks, wie er sie in seinem ganzen Leben noch nicht erlebt hatte. Er war ein alter Mann weit über sechzig; er hatte ein Alter erreicht, in dem das Blut langsamer fließt, die täglichen Annehmlichkeiten ein wenig grau und nüchtern geworden sind und die Freude ihr Fieber verloren hat. Jetzt aber stieg in seinem Herzen ein überschäumendes Glücksgefühl auf, wie es nur die Jugend kennt. Vor fünf Jahren hatte er auf einem Dover-Pier zugeschaut, wie eine Postfähre in Dunkelheit und Regen verschwand, und hatte darum gebetet, er möge lange genug leben, um diesen großartigen Augenblick noch zu erleben. Und er war am Leben geblieben, und der Augenblick war endlich gekommen. Sein Herz schwoll an vor Dankbarkeit. Es wollte ihm scheinen, als fiele plötzlich strahlender Sonnenschein über die Welt, als sei die Welt plötzlich viel bunter und freudenvoller geworden. Seit dem Abend, an dem er in der Pall Mall vor dem Kriegsministerium gestanden und Harry Feversham ihn am Arm berührt und ihm seine Verzweiflung anvertraut hatte, war Lieutenant Sutch von bedrückenden Schuldgefühlen heimgesucht worden. Harry war Muriel Fevershams Sohn, und eben aus diesem Grund hätte Sutch in seiner Jugend über ihn wachen und ihn bemuttern sollen, denn seine Mutter war tot; und er hätte Vaterstelle für ihn übernehmen müssen, denn der eigene Vater verstand ihn nicht. Doch er hatte versagt. Er hatte eine ihm anvertraute, heilige Aufgabe nicht erfüllt, und immer wieder hatte er sich vorgestellt, wie Muriel Fevershams Augen ihn tadelnd über die Barriere des Himmels hinweg anblickten. In seinen Träumen hatte er ihre Stimme vernommen, die ihm leise, oh, ganz leise sagte: »Da ich tot war, da ich an einen Ort entführt wurde, von dem aus ich nur sehen, aber nicht helfen konnte, hättest du doch eingreifen müssen. Gerade um meinetwillen hättest du helfen können, du, dessen sonstige irdische Arbeit beendet war.« Und die lange Reihe seiner inaktiven Jahre hatte sich anklagend vor ihm aufgetürmt. In diesem Moment jedoch war die Schuld von seinen Schultern gehoben worden, und das durch Harry Fevershams eigene Hand. Die Nachricht kam nicht gänzlich unerwartet, doch zeigte ihm die frischgewonnene heitere Zuversicht, wie sehr er darauf gezählt hatte.

»Ich wußte es!« rief er aus. »Ich wußte, daß er nicht versagen würde! Oh, ich freue mich, daß Sie heute gekommen sind, Colonel Durrance. Wissen Sie, es war zum Teil auch mein Fehler, daß Harry Feversham überhaupt der Feigheit bezichtigt werden konnte. Ich hätte mit ihm sprechen können – dazu hatte ich an einem der Krim-Abende in Broad Place Gelegenheit, und ein Wort zur rechten Zeit hätte viel ändern können. Aber ich hielt den Mund. Und dafür habe ich mir ewig Vorwürfe gemacht. Ich bin dankbar für die Nachricht, die Sie mir gebracht haben. Sie können mir Einzelheiten mitteilen? Captain Willoughby war in Gefahr, und Harry hat ihm geholfen?«

»Nein, so war es eigentlich nicht.«

»Dann erzählen Sie! Erzählen Sie!«

Er wollte kein Wort versäumen. Durrance trug die Geschichte von den Gordon-Briefen und von der Bergung durch Feversham vor. Für Lieutenant Sutch ging sein Bericht viel zu schnell zu Ende.

»Oh, was bin ich froh, daß Sie gekommen sind!« rief er.

»Sie verstehen jetzt immerhin«, sagte Durrance, »daß ich nicht gekommen bin, um die Fragen zu wiederholen, die ich Ihnen im Hof meines Klubs stellte. Im Gegenteil, ich kann Ihnen sogar noch Informationen liefern.«

Sutch spornte das Pony an und fuhr weiter. Er hatte Durrance nichts gesagt, das seine Angst offenbaren konnte, der andere sei nur deswegen gekommen, um eben diese Fragen zu wiederholen; und er zeigte sich ein wenig verwirrt ob der Genauigkeit von

Durrances Schlußfolgerungen. Die großartige Neuigkeit, die er gehört hatte, hinderte ihn allerdings daran, über diese Verwirrung nachzudenken.

»Miss Eustace hat Ihnen also die Geschichte erzählt«, sagte er, »und Ihnen die Feder gezeigt.«

»O nein«, erwiderte Durrance. »Sie hat kein Wort darüber verloren, sie hat mir auch nicht die Feder gezeigt. Sie verbot Willoughby sogar, ein Wort darüber zu verlieren, sie schickte ihn aus Devonshire nach London zurück, ehe ich überhaupt von seinem Besuch erfuhr. Das enttäuscht Sie«, fügte er hastig hinzu.

Lieutenant Sutch war erstaunt. Es stimmte, daß er enttäuscht war, daß er eifersüchtig auf Durrance war, wünschte er doch, daß Harry Feversham in den Gedanken des Mädchens den ersten Platz einnehme. Für sie hatte Harry jene schwierige und gefahrvolle Aufgabe übernommen. Sutch wünschte, sie möge sich seiner so erinnern, wie er sie sich in der Erinnerung bewahrte. Folglich enttäuschte es ihn, daß sie mit der Nachricht nicht sofort zu Durrance gekommen war und die Verlobung gelöst hatte. Zweifellos wäre das für Durrance schlimm gewesen, aber daran ließ sich nichts ändern.

»Wie haben Sie dann davon erfahren?« fragte Sutch.

»Jemand anderes erzählte mir davon. Ich erfuhr, daß Willoughby gekommen war, daß er eine weiße Feder gebracht und Ethne sie von ihm angenommen hatte. Wer mir das berichtet hat, ist unwichtig. Jedenfalls erhielt ich auf diese Weise einen Anhaltspunkt. Ich lauerte Willoughby in London auf. Er ist nicht besonders intelligent; er versuchte, Ethnes Wunsch zu folgen und nichts zu sagen, trotzdem bekam ich die gewünschte Information aus ihm heraus. Den Rest der Geschichte konnte ich mir allein zusammenreimen. Ethne war ab und zu nicht auf der Hut. Es überrascht Sie, daß ich so klug war, die Wahrheit mit Hilfe meines eigenen Verstandes zu finden?« fragte Durrance auflachend.

Lieutenant Sutch fuhr auf seinem Sitz zusammen. Natürlich

war es reiner Zufall, daß Durrances Vermutungen immer wieder ins Schwarze trafen; trotzdem stimmte es ihn unbehaglich.

»Ich habe kein Wort gesagt, aus dem sich irgendwie schließen ließe, ich sei überrascht«, sagte er gereizt.

»So ist es; trotzdem sind Sie überrascht«, fuhr Durrance fort. »Ich kann es Ihnen nicht verdenken. Sie können natürlich nicht wissen, daß ich erst richtig zu sehen begonnen habe, seit ich blind bin. Soll ich Ihnen ein Beispiel nennen? Ich bin heute zum erstenmal in dieser Gegend, auch bin ich zum erstenmal in Ihrem Bahnhof ausgestiegen. Nun, ich kann Ihnen sagen, daß Sie mich zwischen Kiefernbäumen einen Berg hinaufgefahren haben und daß wir uns jetzt in offenem Gelände befinden, auf dem Heidekraut wächst.«

Hastig wandte sich Sutch zu Durrance um.

»Die Steigung haben Sie natürlich bemerkt. Aber die Kiefern?«

»Die Luft war irgendwie schwül. Ich wußte, daß das von Bäumen kam. Daß es Kiefern waren, habe ich geraten.«

»Und das offene Gelände?«

»Der Wind weht frei darüber hin. Außerdem erzeugt er ein trockenes, steifes Rascheln. Dieses Geräusch habe ich immer nur dann gehört, wenn er durch Heidekraut fuhr.«

Anschließend brachte er das Gespräch wieder auf Harry Feversham und sein Verschwinden und auf den Grund für sein Verschwinden. Sutch fiel auf, daß er nichts von der vierten weißen Feder sagte, die Ethne zu den dreien hinzugetan hatte. Die Geschichte der drei, die per Post nach Ramelton gekommen waren, kannte er dagegen bis in alle Einzelheiten.

»Ich kannte die Männer, die die Federn geschickt haben«, sagte er. »Trench, Castleton, Willoughby. Ich lief ihnen täglich in Suakin über den Weg, ganz gewöhnliche Offiziere, der eine ziemlich scharfsinnig, der zweite durchschnittlich, der dritte entschieden ein Dummkopf. Ich sah sie gelassen der Routine ihrer Arbeit nachgehen. Heute will mir das seltsam erscheinen.

Durch irgend etwas hätten sie hervortreten müssen, durch irgend ein Zeichen, daß sie Boten des Schicksals waren. Doch nichts dergleichen war zu bemerken. Es waren ganz normale Regimentsoffiziere. Kommt Ihnen das nicht auch seltsam vor? Hier waren Männer, die Elend und Entfremdung und jahrelanges Leid auslösen konnten, ohne auch nur ein einziges Wort zu sagen, und sie gingen ihren Pflichten nach, und man konnte sie in keiner Weise von anderen Männern unterscheiden, bis man nach langer Zeit von einer Auswirkung dessen getroffen wurde, was sie getan und wahrscheinlich längst vergessen hatten.«

»Ja«, sagte Sutch. »Dieser Gedanke war mir auch schon durch den Kopf gegangen.« Wieder fragte er sich, welche Absicht Durrance nach Hampshire führte, da er doch offenbar keine Informationen haben wollte; aber Durrance klärte ihn nicht sofort auf. Sie erreichten das Haus des Lieutenants. Es stand einsam an der Straße und blickte über eine weite, hügelige Landschaft. Sutch führte Durrance in den Stall und zeigte ihm seine Pferde, er erklärte ihm die Anlage seines Gartens und die Anordnung der Blumen. Noch immer schwieg sich Durrance über den Grund seines Besuches aus; er sprach nicht länger von Harry Feversham, sondern zeigte großes Interesse am Garten des Lieutenants. Dieses Interesse war jedoch nicht völlig gespielt. Die beiden Männer hatten etwas gemeinsam, wie Sutch schon im Augenblick ihres Zusammentreffens geäußert hatte – die abrupte Beendigung einer vielversprechenden Karriere. Einer der beiden war alt, der andere noch vergleichsweise jung, und den Jüngeren interessierte es zu erfahren, wie der Ältere die endlosen, sinnlosen Jahre allein hinter sich gebracht hatte. Ein ähnlich einsames Leben stand Durrance bevor, und er wollte unbedingt wissen, welche Linderung sich finden ließ, welche kleinen Interessen man entwickeln konnte, wie man diese Zeit am besten hinter sich brachte.

»Sie leben nicht in Sichtweite des Meeres«, sagte er schließlich, als sie nach ihrem Rundgang durch den Garten nebeneinander an der Tür standen.

»Nein, das wage ich nicht«, antwortete Sutch, und Durrance nickte mitfühlend und verständnisvoll.

»Das verstehe ich. Das Meer liegt Ihnen zu sehr am Herzen. Das volle Ausmaß Ihres Verlusts wäre Ihnen ständig vor Augen.«

Sie betraten das Haus. Noch immer kam Durrance nicht auf das Ziel seines Besuchs zu sprechen. Die beiden Männer aßen zusammen und saßen allein beim Wein. Durrance schwieg sich aus. So war es Lieutenant Sutch, der schließlich auf das Thema Harry Feversham zurückkam. Den ganzen Nachmittag hindurch hatte sich ein Gedanke in seinem Kopf gefestigt, und da Durrance keine Anstalten machte, ihn zu äußern, sprach er schließlich selbst davon.

»Harry Feversham muß nach England zurückkehren. Er hat genug getan, um seine Ehre wiederherzustellen.«

Harry Fevershams Rückkehr mochte für Durrance einigermaßen unangenehm sein, und so äußerte Lieutenant Sutch seine Worte voller Verlegenheit, doch zu seiner Überraschung ging Durrance sofort darauf ein.

»Ich habe darauf gewartet, daß Sie das sagen. Sie sollten ohne Beeinflussung durch mich darauf kommen, daß Harry zurückkehren muß. Und deswegen bin ich hier.«

Lieutenant Sutch empfand große Erleichterung. Er war auf Widerworte gefaßt gewesen, bestenfalls auf ein widerstrebendes Einverständnis, und in der Größe seiner Erleichterung ergriff er wieder das Wort:

»Seine Rückkehr wird Ihnen oder Ihrer Frau im Grunde nichts ausmachen, da Miss Eustace ihn vergessen hat.«

Durrance schüttelte den Kopf.

»Sie hat ihn nicht vergessen.«

»Aber sie wahrte ihr Schweigen, selbst nachdem Willoughby ihr die Feder zurückgebracht hatte. Das haben Sie mir heute nachmittag selbst gesagt. Sie hat Ihnen kein Wort offenbart. Sie verbot Willoughby sogar, mit Ihnen zu sprechen.«

»Sie ist sehr loyal«, gab Durrance zurück. »Sie hat sich mir versprochen, und nichts auf der Welt, keine Aussicht auf höchstes Glück, kein Gedanke an Harry könnte sie dazu bringen, ihr Versprechen zu brechen. Ich kenne sie. Aber ich weiß auch, daß sie sich mir nur aus Mitleid zuwandte, weil ich blind bin. Ich weiß, daß sie Harry nicht vergessen hat.«

Lieutenant Sutch lehnte sich in seinem Sessel zurück und lächelte. Am liebsten hätte er laut aufgelacht. Er bat nicht um Einzelheiten, er zweifelte nicht an Durrances Worten. Er war überwältigt von Stolz, daß Harry Feversham trotz seiner Schande und langen Abwesenheit, daß sein Liebling Harry Feversham sich die Liebe dieses Mädchens bewahrt hatte. Kein Zweifel, sie war sehr loyal. Es gab keine gute menschliche Eigenschaft, die Sutch ihr in diesem Augenblick nicht zugeschrieben hätte. Je edler sie war, desto größer war sein Stolz, daß Harry Feversham in ihrem Herzen immer noch den ersten Platz einnahm. Lieutenant Sutch sonnte sich förmlich in dieser Erkenntnis. Für den, der Harry Feversham auch nur ein wenig kannte, lag im Grunde nichts Verwunderliches, dachte er, nichts Erstaunliches in der Treue des Mädchens; sie war lediglich ein Anlaß zur Freude. Natürlich würde Durrance das Feld räumen müssen, aber er hätte Feversham erst gar nicht in die Quere kommen dürfen. Darin war Sutch grausam, erfüllt von der Grausamkeit, zu der allein die Liebe fähig ist.

»Sie sind sehr froh darüber«, sagte Durrance leise. »Sehr froh, daß Ethne ihn nicht vergessen hat. Dieser Umstand mag ein wenig unangenehm sein für mich, der ich nicht mehr viel im Leben habe. Es wäre weniger unangenehm gewesen, wenn Sie mir vor zwei Jahren, als ich Sie an jenem Sommerabend im Hof des Klubs darum bat, die Wahrheit gesagt hätten.«

Reue überkam Lieutenant Sutch. Die Sanftheit, mit der Durrance gesprochen hatte, und der Anflug der Erschöpfung in seiner Stimme brachten ihm etwas von der Grausamkeit zu Bewußtsein, die in seiner Freude und in seinem Stolz zum Ausdruck kam. Immerhin sprach Durrance die Wahrheit. Wenn er an jenem Abend im Klub sein Wort gebrochen hätte, wenn er Fevershams Geschichte erzählt hätte, wäre Durrance viel erspart geblieben.

»Ich konnte es nicht!« rief er aus. »Ich mußte Harry auf das Feierlichste versprechen, niemandem davon zu erzählen, bis er selbst zurückkäme. Ich war in großer Versuchung, Ihnen die Wahrheit zu offenbaren, doch ich hatte mein Wort gegeben. Selbst wenn Harry nie zurückkäme, selbst wenn ich Gewißheit darüber hätte, daß er tot war, selbst dann durfte ich nur seinem Vater Mitteilung machen, und sogar der Vater sollte nicht alles erfahren, was sich zu seinen Gunsten hätte anführen lassen.«

Er schob den Tisch zurück und trat ans Fenster. »Es ist heiß hier«, sagte er. »Haben Sie etwas dagegen?« Und ohne auf eine Antwort zu warten, drehte er den Riegel und schob den Fensterladen hoch. Eine Weile stand er am offenen Fenster, stumm und unentschlossen. Offensichtlich wußte Durrance nichts von der vierten Feder, die von Ethnes Fächer abgebrochen worden war, er kannte nicht das Gespräch zwischen ihm und Feversham im Grill Room des Criterion Restaurants. Bei jener Gelegenheit waren von Harrys Seite gewisse Worte gefallen, die Durrance jetzt eigentlich hören sollte, das gebot die Fairneß. Reue und Mitleid drängten Sutch, sie zu wiederholen, seine Liebe zu Harry Feversham hielt ihn an, sie nicht über seine Lippen kommen zu lassen. Wieder hätte er anführen können, daß Harry ihn zum Schweigen verpflichtet hätte, doch dieser Einwand wäre nur ein Vorwand gewesen. Er wußte sehr wohl, daß Harry, wäre er anwesend gewesen, die Worte wiederholt hätte, und Lieutenant Sutch war bewußt, welchen Schaden das Schweigen bereits angerichtet hatte. Schließlich bezwang er seine Liebe und kehrte an den Tisch zurück.

»Es gibt da etwas, das Sie wissen sollten, das fordert die Fairneß«, sagte er. »Als Harry aufbrach, um die Gelegenheit zu suchen, seine Ehre wiederherzustellen, hegte er nicht die Hoffnung, nicht einmal den Wunsch, daß Miss Eustace auf ihn warten würde. Sie war der Ansporn für sein Handeln, aber nicht einmal das wußte sie. Nach Harrys Vorstellung sollte sie es auch nicht erfahren. Er hatte keinen Anspruch auf sie. Er hatte nicht einmal mehr die Hoffnung, daß sie irgendwann einmal wieder seine Freundin sein würde – zumindest nicht in diesem Leben. Als er Ramelton verließ, vermeinte er, sich für den Rest seines sterblichen Lebens von ihr zu trennen. Es ist nur fair, daß Sie das erfahren. Sie sagen mir, Miss Eustace sei keine Frau, die von ihrem Wort zurücktritt. Nun, ich kann nur wiederholen, was ich Ihnen an jenem Abend im Klub sagte. Es würde keinem Gebot der Freundschaft zuwiderlaufen, wenn Sie Miss Eustace heirateten.«

Diese kleine Rede fiel Lieutenant Sutch rechtschaffen schwer, und er war sehr froh, als sie heraus war. Wie immer die Antwort ausfiel, es war richtig gewesen, daß die Worte geäußert worden waren, und er wußte, daß er es ewig bereut hätte, wenn er jetzt geschwiegen hätte. Trotzdem wartete er gespannt auf die Antwort.

»Es ist sehr freundlich von Ihnen, mir das zu sagen«, entgegnete Durrance und lächelte den Lieutenant voller Dankbarkeit an. »Denn ich kann mir denken, welche Überwindung diese Worte Sie gekostet haben. Aber indem Sie sie äußerten, haben Sie Harry Feversham keinen Schaden zugefügt. Denn ich sagte Ihnen bereits, Ethne hat ihn nicht vergessen; und ich habe dazu meine eigene Auffassung. Die Ehe zwischen einem Mann, der wie ich blind ist, und irgendeiner Frau, von Ethne ganz zu schweigen, wäre nicht fair oder richtig, wenn nicht auf beiden Seiten mehr als Freundschaft bestünde. Harry muß nach England zurückkehren. Und zu Ethne. Sie müssen nach Ägypten fahren und Ihr Bestes tun, um ihn zurückzubringen.«

Sutch war die Spannung genommen. Er war seinem Gewissen gefolgt, ohne dabei Harry Feversham untreu zu werden.

»Ich breche gleich morgen auf«, sagte er. »Harry ist noch im Sudan?«

»Natürlich.«

»Warum natürlich?« fragte Sutch. »Willoughby hat seine Anschuldigung zurückgenommen; Castleton ist tot – er fiel bei Tamai; und Trench – das weiß ich, denn ich habe mich über die Karriere dieser drei informiert – Trench ist in Omdurman gefangen.«

»Harry Feversham ebenfalls.«

Sutch starrte seinen Besucher an. Im ersten Augenblick verstand er die Worte gar nicht richtig, so plötzlich kam der Schock. Als ihm dann die Wahrheit bewußt wurde, weigerte er sich, daran zu glauben. Und sofort wurde offenkundig, wie töricht es war, das Offensichtliche nicht anzuerkennen. Er setzte sich gegenüber Durrance in den Sessel und wußte nicht, was er sagen sollte. Die Stille dauerte sehr lange.

»Was soll ich tun?« fragte er schließlich.

»Ich habe mir alles überlegt«, erwiderte Durrance. »Sie müssen nach Suakin reisen. Ich gebe Ihnen einen Brief an Willoughby mit, der dort Stellvertretender Gouverneur ist, und einen zweiten an einen dort wohnenden griechischen Kaufmann, den ich kenne und an den Sie sich nach Belieben um Geld wenden können.«

»Auf meine Ehre, das ist anständig von Ihnen, Durrance«, unterbrach Sutch und vergaß, daß er mit einem Blinden sprach; er streckte dem anderen über den Tisch die Hand hin. »Ich würde keinen Penny nehmen, wenn es irgend ginge. Aber ich bin ein armer Mann. Bei meiner Seele, das ist wirklich anständig von Ihnen.«

»Hören Sie mich bitte an« sagte Durrance. Er konnte die ausgestreckte Hand nicht sehen, doch seine Stimme zeigte, daß er sie kaum ergriffen hätte. Er führte den letzten Streich gegen die Chance, sein Glück zu erlangen. Aber er wollte keinen Dank dafür. »In Suakin folgen Sie den Ratschlägen des griechischen Kaufmanns und organisieren nach besten Kräften die Rettung. Es wird eine langwierige Sache werden, und Sie werden viele

Enttäuschungen erleben, ehe Sie zum Erfolg kommen; aber Sie müssen beharrlich bleiben, bis dieser Erfolg sich einstellt.«

Es schloß sich eine Diskussion über die Einzelheiten an, über die Zeit, die eine Botschaft von Suakin nach Omdurman brauchte, über die Unzuverlässigkeit mancher arabischer Spione und über die Gefahren, denen sich die zuverlässigen Helfer aussetzten. Sutchs Haus wurde nach Landkarten durchsucht; Durrance beschrieb die verschiedenen Routen, auf denen die Gefangenen entkommen konnten – die große Vierzig-Tage-Straße von Kordofan nach Westen, den geraden Weg von Omdurman nach Berber und Suakin und die Wüstenreise durch den Bauch der Steine, vorbei am Murat-Brunnen nach Korosko. Es war spät, als Durrance alles berichtet hatte, was ihm notwendig erschien, und Sutch keine Fragen mehr einfielen.

»Sie bleiben in Suakin, das Ihr Stützpunkt sein wird«, sagte Durrance und faltete die Karten zusammen.

»Ja«, antwortete Sutch; und er stand auf. »Ich reise ab, sobald Sie mir die Briefe gegeben haben.«

»Ich habe sie längst geschrieben.«

»Dann breche ich morgen auf. Sie können sich darauf verlassen, daß ich Sie und Miss Eustace darüber unterrichte, wie sich meine Bemühungen entwickeln.«

»Geben Sie mir Bescheid«, sagte Durrance. »Ethne darf nichts wissen. Sie hat keine Ahnung von meinem Plan, und sie darf auch erst davon erfahren, wenn Feversham persönlich zurückkehrt. Sie hat ihre Auffassung, so wie ich die meine vertrete. Ihretwegen sollen nicht zwei Leben vernichtet sein. Das ist ihr Vorhaben. Sie ist der Meinung, daß sie in gewissem Umfang persönlich der Anlaß für Harry Fevershams Schande war – daß er ohne sie den Abschied nicht eingereicht hätte.«

»Ja.«

»Sie sind derselben Meinung? Jedenfalls glaubt sie das. Ihretwegen ist also schon ein Leben zerstört. Wenn ich nun zu ihr ginge und sagte: ›Ich weiß, daß du aus Güte und Freundlichkeit so tust, als läge dir an mir, daß du tief im Innern aber nicht mehr als meine Freundin bist‹, nun, dann würde ich ihr weh tun, und zwar auf grausame Weise. Denn dann wäre das, was vom zweiten Leben noch übrig ist, ebenfalls vernichtet. Aber holen Sie Feversham zurück! Dann kann ich mich äußern – dann kann ich unbeschwert sagen: ›Da du nur meine Freundin bist, möchte ich lieber dein Freund sein und nichts sonst. Und damit ist kein Leben zerstört.‹«

»Ich verstehe«, sagte Sutch. »So sollte ein wahrer Mann sprechen. Bis Feversham zurückkehrt, bleibt die Verstellung. Sie tut, als empfinde sie für Sie, Sie geben vor, nicht zu wissen, daß sie an Harry denkt. Während ich in den Osten fahre, um ihn nach Hause zu holen, kehren Sie zu ihr zurück.«

»Nein«, sagte Durrance. »Ich kann nicht zurück. Die Anstrengung der Verstellung war für uns beide zuviel. Ich reise nach Wiesbaden. Dort gibt es einen Augenarzt, der mir als Vorwand dient. Ich werde in Wiesbaden warten, bis Sie Harry nach Hause geholt haben.«

Sutch öffnete die Tür, und die beiden Männer traten in die Halle hinaus. Die Dienstboten waren längst zu Bett gegangen. Auf einem Tisch standen zwei Kerzen neben einer Lampe. Schon mehrmals hatte Sutch vergessen, daß sein Besucher blind war, und übersah diesen Umstand auch jetzt wieder. Er zündete beide Kerzen an und hielt eine seinem Gast hin. Durrance erriet aus den Geräuschen, die Sutch gemacht hatte, was da vorging.

»Ich brauche keine Kerze«, sagte er lächelnd. Das Licht fiel auf sein Gesicht, und Sutch bemerkte plötzlich, wie müde und alt es aussah. Tiefe Linien zogen sich von der Nase zu den Mundwinkeln, und auch die Wangen waren gefurcht. Sein Haar schimmerte grau wie das eines alten Mannes. Durrance hatte selbst so wenig Aufhebens von seinem Gebrechen gemacht, daß Sutch es im Spektrum menschlichen Leidens als eher geringfügig eingeschätzt hatte; in Durrances Gesicht erkannte er jetzt seinen Irrtum. Dicht neben der Kerzenflamme, gerahmt von der

Dunkelheit des Flurs, zeigte es sich bleich und angespannt und ausgezehrt – als das Gesicht eines alten, ausgelaugten Mannes auf den breiten Schultern eines Mannes in den besten Jahren.

»Ich habe bisher sehr wenig von meinem Mitgefühl gesprochen«, sagte Sutch. »Ich wußte nicht, ob Ihnen das recht sein würde. Aber es tut mir leid. Es tut mir ehrlich leid.«

»Danke«, sagte Durrance schlicht. Ein oder zwei Sekunden lang verharrte er stumm vor seinem Gastgeber. »Als ich im Sudan war und durch die Wüsten reiste, kam ich immer wieder an weißen Kamelskeletten vorbei, die am Wegrand lagen. Kennen Sie den Charakter des Kamels? Es ist ein unfreundliches, wenig anmutiges Tier, doch es marschiert, bis es tot umfällt. Es sinkt um und stirbt, während es die Last noch auf dem Rücken hat. Schon damals schien mir das das einzig richtige und wünschenswerte Ende zu sein. Sie können sich vorstellen, wie sehr ich die Tiere heute um diesen Vorteil beneide. Gute Nacht.«

Er tastete nach dem Treppengeländer und ging nach oben in sein Zimmer.

Sechsundzwanzigstes Kapitel
General Fevershams Portraits werden besänftigt

Obwohl Lieutenant Sutch sich spät schlafen legte, war er früh wieder auf den Beinen. Er weckte den Haushalt, packte mehrmals seine Sachen um und erzeugte eine derartige Unruhe und Verwirrung, daß alles doppelt so lange dauerte wie sonst. In den dreißig Jahren, die Lieutenant Sutch in diesem Hause lebte, hatte es noch nie soviel Lärm und Aufregung gegeben. Seine Bediensteten mochten noch so schnell durch das Haus hasten und diesen oder jenen vergessenen Bestandteil seiner alten Reiseausrüstung suchen – sie konnten ihn nicht zufriedenstellen. Sutch war von einem geradezu jungenhaften Fieber ergriffen. Und das war vielleicht kein Wunder. Dreißig Jahre lang war er inaktiv gewesen – er hatte auf der Halbsold-Liste der Welt gestanden, um seine eigene Formulierung zu verwenden; und am Ende dieser langen Periode war ihm nun wundersamerweise eine Aufgabe zugefallen – es gab etwas Wichtiges zu tun, etwas, das Energie und Taktgefühl und Entscheidungsfreude verlangte. Kurz, Lieutenant Sutch wurde wieder in Dienst gestellt. Fieberhafter Eifer, diesen Dienst anzutreten, erfüllte ihn. Angstvoll bedachte er die kurze Zeit, die noch vergehen mußte, ehe er abreisen konnte, besorgt, es könne sich plötzlich ein Hindernis auftürmen und ihn erneut zur Untätigkeit verdammen.

»Heute nachmittag werde ich fertig sein«, sagte er beim Frühstück eifrig zu Durrance. »Die Nachtfähre zum Kontinent erwische ich noch. Wir könnten zusammen nach London fahren; London liegt ja auf Ihrem Weg nach Wiesbaden.«

»Nein«, sagte Durrance. »Ich muß vorher in England noch einen Besuch machen. Ich habe mir das erst gestern abend im Bett überlegt. Sie haben mich darauf gebracht.«

»Oh«, bemerkte Sutch, »und wen gedenken Sie zu besuchen?«

»General Feversham«, erwiderte Durrance.

Sutch legte Messer und Gabel aus der Hand und blickte sein Gegenüber voller Überraschung an.

»Um alles in der Welt, warum wollen sie General Feversham sprechen?«

»Ich möchte ihm schildern, wie Harry seine Ehre wiederhergestellt hat – und wie er sich noch immer darum bemüht. Sie haben mir gestern abend gesagt, Sie wären durch ein Versprechen gebunden, ihm nichts von der Absicht oder gar dem Erfolg des Sohnes mitzuteilen, bis der Sohn persönlich zurückgekehrt sei. Ich aber habe kein Versprechen gegeben. Ich finde, dieses Versprechen benachteiligt den General. Nichts auf der Welt hat ihm mehr Schmerzen bereiten können als der Beweis, daß sein Sohn ein Feigling ist. Harry hätte rauben und morden können. Dem alten Mann wäre lieber gewesen, er hätte diese Verbrechen begangen. Ich fahre heute früh nach Surrey hinüber und berichte ihm, daß Harry zu keiner Zeit ein Feigling gewesen ist.«

Sutch schüttelte den Kopf.

»Er wird das nicht verstehen können. Natürlich wird er Ihnen sehr dankbar sein. Er wird froh sein, daß Harry die Schande wiedergutgemacht hat, doch er wird nie begreifen, warum es dazu hat kommen können. Und er wird nur froh sein, weil die Familienehre wiederhergestellt ist.«

»Dieser Meinung bin ich nicht«, sagte Durrance. »Ich glaube, der alte Mann ist seinem Sohn ziemlich zugetan, obwohl er das natürlich nie zugeben würde. Ich mag General Feversham.«

Lieutenant Sutch hatte in den letzten fünf Jahren wenig Kontakt mit General Feversham gehabt. Er konnte ihm seinen Anteil an der Verantwortung für Harry Fevershams Niedergang nicht verzeihen. Hätte der General die Fähigkeit besessen, den Charakter seines Sohnes zu erkennen und zu verstehen, wären die weißen Federn niemals nach Ramelton geschickt worden. Sutch stellte sich vor, wie der alte Mann finster auf der Terrasse von Broad Place saß, ohne zu ahnen, daß ihn ein Teil der Schuld traf, im Gegenteil eher geneigt, sich als Märtyrer zu geben, weil sich doch sein Sohn als Schande für all die toten Fevershams erwiesen hatte, deren Portraits sich düster an den hohen Wänden der Halle reihten. Sutch glaubte sich außerstande, jemals geduldig mit General Feversham zu sprechen; er war überzeugt, daß kein Argument jenen halsstarrigen Mann von seinen Ansichten abbringen konnte. Er hatte sich noch gar nicht mit dem Gedanken befaßt, ob die von Durrance überbrachten Nachrichten nach Broad Place weitergeleitet werden sollten.

»Sie sind anderen gegenüber sehr rücksichtsvoll«, sagte er zu Durrance.

»Das ist kein Vorzug, den ich mir zugute halten kann. Ich übe Rücksicht gegenüber anderen und folge damit einem Instinkt der Selbsterhaltung, das ist alles«, antwortete Durrance. »Egoismus ist der natürliche, anmaßende Fehler des Blinden. Das ist mir bewußt, deshalb hüte ich mich davor.«

Seiner Absicht folgend, reiste er an jenem Vormittag über Nebenstrecken nach Surrey und erreichte Broad Place im rötlichen Schimmer des Nachmittags. General Feversham stand wenige Monate vor der Vollendung seines achtzigsten Lebensjahrs, und obgleich sein Rücken so gerade und seine Haltung so aufrecht war wie an jenem Abend vor vielen Jahren, als er seinen Krim-Freunden Harry vorstellte, wirkte er irgendwie geschrumpft, und sein Gesicht schien kleiner geworden zu sein. Erst vor zwei Jahren war Durrance mit dem General über seine Terrasse geschritten, doch trotz seiner Blindheit bemerkte er die in dieser Zeit eingetretenen Veränderungen. Der alte Feversham bewegte sich mit stockendem Schritt, und in seine Stimme hatte sich ein kindischer Ton geschlichen.

»Sie haben sich vorzeitig zu den Veteranen geschlagen, Durrance«, sagte er. »Ich habe in einer Zeitung darüber gelesen. Ich hätte Ihnen geschrieben, wäre mir eine Anschrift bekannt gewesen.«

Wenn er zu wissen glaubte, weshalb Durrance ihn besuchte, ließ er es sich nicht anmerken. Er klingelte, und Tee wurde in die große Halle gebracht, in der die Gemälde hingen. Er erkundigte sich nach diesem und jenem Offizier im Sudan, den er kannte; er diskutierte mit seinem Besucher über die Schändlichkeiten des Kriegsministeriums und äußerte die Befürchtung, daß das Land dem Abgrund zutreibe.

»Es geht alles zum Teufel, Sir, durch Pech oder schlechte Verwaltung!« rief er gereizt. »Selbst Sie, Durrance, Sie sind nicht derselbe, der vor zwei Jahren mit mir über meine Terrasse schritt.«

Der General war noch nie wegen seines Taktgefühls bekannt gewesen, und das einsame Leben, das er führte, hatte darin sicher nicht bessernd gewirkt. Durrance hätte mit einem *tu quoque* antworten können, nahm jedoch davon Abstand.

»Ich komme allerdings in derselben Angelegenheit«, sagte er.

Feversham richtete sich starr in seinem Stuhl auf.

»Und ich gebe Ihnen dieselbe Antwort. Ich habe über Harry

Feversham nichts zu sagen. Ich will nicht über ihn sprechen.« Er äußerte sich mit der gewohnt energischen, gefühllosen Stimme. Genausogut hätte er von einem Fremden sprechen können. Selbst der Name wurde ohne den geringsten Ausdruck des Kummers geäußert. Durrance begann sich zu fragen, ob der Quell der Zuneigung in General Fevershams Herz nicht völlig ausgetrocknet war.

»Dann möchten Sie nicht gern erfahren, wo Harry Feversham in den letzten fünf Jahren gewesen ist und wie er gelebt hat?«

Es trat eine Pause ein – keine lange Pause, doch immerhin eine Pause –, ehe General Feversham antwortete.

»Nicht im geringsten, Colonel Durrance.«

Die Antwort fiel unmißverständlich aus, aber Durrance verließ sich auf das Zögern, das ihr vorausgegangen war.

»Auch nicht, mit welcher Angelegenheit er sich beschäftigt hat?« fuhr er fort.

»Ich bin absolut nicht daran interessiert. Er soll nicht hungern, und meine Anwälte teilen mir mit, daß er seinen Monatswechsel einlöst. Mit diesem Wissen gebe ich mich zufrieden, Colonel Durrance.«

»Dann muß ich es riskieren, mir Ihren Zorn zuzuziehen, General«, sagte Durrance. »Es gibt Augenblicke, da es geraten ist, sich über die Wünsche des vorgesetzten Offiziers hinwegzusetzen. Und einen solchen Augenblick haben wir jetzt. Natürlich können Sie mich des Hauses verweisen. Wenn nicht, werde ich Ihnen die Geschichte Ihres Sohnes und meines Freundes schildern, sein Leben, seit er aus England verschwand.«

General Feversham lachte.

»Natürlich kann ich Sie nicht aus dem Haus weisen«, sagte er und fügte streng hinzu: »Aber ich mache Sie darauf aufmerksam, daß Sie Ihre Stellung als mein Gast auf unfaire Weise ausnutzen.«

»Ja, daran besteht kein Zweifel«, antwortete Durrance gelassen; und dann erzählte er seine Geschichte – die Bergung der

Gordon-Briefe aus Berber, sein Zusammentreffen mit Harry Feversham in Wadi Halfa und Harrys Gefangenschaft in Omdurman. Er brachte den Bericht auf den allerneuesten Stand, denn er endete mit der Ankündigung von Lieutenant Sutchs Abreise nach Suakin. General Feversham hörte sich alles an, ohne den anderen zu unterbrechen, ohne sich überhaupt in seinem Sessel zu rühren. Durrance vermochte nicht zu erkennen, in welcher Stimmung er zuhörte, doch bezog er eine gewisse Ermutigung aus dem Umstand, daß der andere überhaupt zuhörte, ohne sich weiter dagegen aufzulehnen.

Als Durrance geendet hatte, verharrte der General eine Weile, ohne etwas zu sagen. Er hob die Hand und beschirmte seine Augen, als könne der Erzähler ihn sehen, und diese Haltung behielt er eine Zeitlang bei. Auch als er schließlich das Wort ergriff, nahm er die Hand nicht fort. Der Stolz verbot es ihm, den Portraits an den Wänden zu offenbaren, daß er einer so natürlichen Schwäche fähig war wie der Freude darüber, daß sein Sohn seine Ehre wiedergewonnen hatte.

»Was ich nicht verstehe«, sagte er langsam, »warum Harry überhaupt seinen Abschied eingereicht hat. Das habe ich schon damals nicht verstanden; ich verstehe es noch weniger, nachdem Sie mir nun von seiner kühnen Tat berichtet haben. Es ist und bleibt ein seltsamer, unerklärlicher Umstand, wie es ihn ab und zu im Leben gibt – und mehr kann man dazu nicht sagen. Aber ich bin sehr froh, daß Sie mich vorhin gezwungen haben, Ihnen zuzuhören, Durrance.«

»Ich habe mit einer bestimmten Absicht so gehandelt. Natürlich liegt die Entscheidung bei Ihnen, doch ich für mein Teil wüßte nicht, warum Harry nicht nach Hause zurückkehren und all das wieder aufnehmen sollte, was er verloren hat.«

»Er kann nicht alles zurückhaben«, sagte Feversham. »Und das wäre auch nicht richtig. Schließlich hat er die Sünde begangen und muß dafür büßen. Zum einen kann er seine Karriere nicht wieder aufnehmen.«

»Nein; das stimmt. Doch er kann sich eine andere suchen. Er ist noch nicht so alt, daß er keinen anderen Berufsweg finden könnte. Und das ist alles, was er verloren haben wird.«

General Feversham senkte die Hand und setzte sich in seinem Sessel zurecht. Er warf Durrance einen kurzen Blick zu; er öffnete den Mund, um eine Frage zu stellen, überlegte es sich aber anders.

»Nun«, sagte er energisch und als wäre die Sache nicht besonders wichtig, »wenn Sutch Harrys Flucht aus Omdurman ermöglichen kann, sehe ich keinen Grund, warum er nicht nach Hause zurückkehren sollte.«

Durrance stand auf. »Vielen Dank, General. Wenn Sie mich zum Bahnhof fahren lassen, nehme ich einen Zug in die Stadt. Um sechs Uhr fährt einer.«

»Aber Sie bleiben doch über Nacht!« rief General Feversham.

»Unmöglich. Ich fahre morgen früh nach Wiesbaden ab.«

Feversham läutete und gab Befehl, eine Kutsche vorfahren zu lassen. »Es hätte mich sehr gefreut, wenn Sie hätten bleiben können«, sagte er und wandte sich an Durrance. »Ich habe nur noch wenige Besucher. Um ehrlich zu sein, habe ich nicht den Wunsch, viele Leute um mich zu haben. Man wird alt und zum Opfer seiner Gewohnheiten.«

»Aber Sie haben doch Ihre Krim-Abende«, sagte Durrance heiter.

Feversham schüttelte den Kopf. »Seit Harry fort ist, hat es diese Abende nicht mehr gegeben. Mir stand nicht mehr der Sinn danach«, sagte er langsam. Eine Sekunde lang verschwand die Maske, und sein strenges Gesicht belebte sich. In den fünf einsamen Greisenjahren hatte er viel gelitten, auch wenn keiner seiner Bekannten bis zu diesem Augenblick auf seinem Gesicht einen Ausdruck gesehen oder von seinen Lippen eine Äußerung gehört hatte, die zu dieser Vermutung Anlaß gab. Der Welt hatte er die harte Fassade gezeigt. Es war für ihn eine Sache des Stolzes, daß niemand mit dem Finger auf ihn zeigen und sagen konnte: »Da ist ein Mann, den das Schicksal gefällt hat.« Bei dieser Gelegenheit jedoch, in diesen wenigen Worten offenbarte er Durrance das Ausmaß seines Kummers. Durrance begriff, wie unerträglich das Geplauder seiner Freunde über die vergangenen Kriegstage in den schneegefüllten Schützengräben für ihn gewesen wäre. Eine Anekdote über irgendeine mutige Tat hätte ihn ebenso geschmerzt wie eine Schilderung von Feigheit. In dieser schlichten Äußerung wurde die ganze Geschichte seines einsamen Lebens in Broad Place offenbar – es hatte keine Krim-Abende mehr gegeben, weil ihm nicht mehr der Sinn danach stand.

Die Kutschenräder ratterten durch den Kies.

»Leben Sie wohl«, sagte Durrance und streckte die Hand aus.

»Übrigens«, sagte Feversham, »es muß viel Geld kosten, die Flucht aus Omdurman zu organisieren. Sutch ist ein armer Mann. Wer trägt die Rechnung?«

»Ich.«

Feversham nahm Durrances Hand in festem Griff. »Das ist natürlich mein Vorrecht«, sagte er.

»Gewiß. Ich lasse Sie wissen, was es kostet.«

»Vielen Dank.«

General Feversham begleitete seinen Besucher zur Tür. Ihm ging eine Frage durch den Kopf, die aber nicht einfach zu stellen war. Unbehaglich stand er auf der Schwelle.

»Habe ich nicht erzählen hören, Durrance«, sagte er betont beiläufig, »daß Sie mit Miss Eustace verlobt wären?«

»Ich glaube, ich habe vorhin gesagt, daß Harry alles wiedererlangen würde, außer seiner Karriere«, antwortete Durrance.

Er stieg in die Kutsche und fuhr zum Bahnhof. Seine Arbeit war getan. Für ihn gab es nichts weiter zu tun, als in Wiesbaden zu warten und darum zu beten, daß Sutch erfolgreich sein würde. Er hatte den Plan entworfen; es oblag jenen, die sehen konnten, ihn auszuführen.

General Feversham stand auf der Vortreppe und blickte der

Kutsche nach, bis sie zwischen den Kiefern verschwunden war. Dann kehrte er langsam in die Halle zurück. »Es gibt keinen Grund, warum er nicht zurückkommen sollte«, sagte er. Er blickte zu den Bildern empor. Den toten Fevershams in ihren Uniformen drohte keine Schande mehr. »Keinen Grund auf der Welt«, wiederholte er. »Und Gott gebe, daß er bald zurückkommt.« Die Gefahren der Flucht aus der Derwisch-Stadt, die abseits in der Wüste lag, nahmen in seiner Vorstellung immer bedrohlichere Gestalt an. Er mußte sich eingestehen, daß er sich sehr müde und alt fühlte, und während der Nacht wiederholte er immer wieder sein Gebet »Bitte, Gott, gib, daß Harry bald zurückkehrt«, während er starr auf der Bank saß, die früher der Lieblingsplatz seiner Frau gewesen war, und über die mondhelle Landschaft zu den Sussex Downs hinüberblickte.

Siebenundzwanzigstes Kapitel
Das Haus aus Stein

Es war die Zeit, bevor um das Haus aus Stein in Omdurman die große Lehmmauer errichtet wurde. Das üble Gefängnis und das umliegende Terrain war derzeit nur von einer Dornenhecke eingezäunt. Das Bauwerk erhob sich am Ostrand der Stadt, die wahrhaft die schäbigste Hauptstadt eines Reiches sein mußte, seit die Geschichte ihren Anfang genommen hatte. Keine Blume sprießte in ihren Gassen, es gab kein Gras und keinen einzigen Baum, der unter seinem grünen Dach Schatten spenden konnte. Eine steinige braune Felsebene, von der Sonne verbrannt, und darauf eine ausgedehnte, schmale Stadt aus Behausungen, in denen es von Ungeziefer und Krankheitskeimen wimmelte.

Zwischen dem Gefängnis und dem Nil standen keine Häuser, und in jener Zeit durften die Gefangenen während des Tageslichts mit ihren Ketten die halbe Meile aufgewühlten Geländes zum Nilufer hinabstolpern, um dort zu trinken oder sich zu waschen. Für einen Eingeborenen oder Neger war eine Flucht unter diesen Umständen nicht weiter schwierig. Denn an dem schrägen Ufer machten die Nilboote fest, die zahlreich eintrafen, da der Flußverkehr, soweit es ihn gab, hier seinen Hafen hatte und die ausgedehnte Uferfläche einen guten Marktplatz abgab. Folglich herrschte auf der Fläche zwischen dem Fluß und dem Haus aus Stein den ganzen Tag über eine lebhafte, lärmende Geschäftigkeit, Gefangene kamen mit ihren Freunden zusammen, um Fluchtpläne zu schmieden, oder verschwanden auf der Stelle in der dichten Menge, auf dem Weg zum ersten Schmied, dem der zu erzielende Preis wichtiger war als das Risiko, das er einging. Doch selbst auf dem Weg zur Schmiede fielen die Fesseln nicht weiter auf. In Omdurman gab es zahlreiche Sklaven, die entsprechend ausgestattet waren, und in jener langgezogenen, braunen und baumlosen Stadt gab es kaum eine Straße, in der nicht der klirrende Schritt von Menschen zu hören war, die sich in Ketten bewegten.

Für die Europäer jedoch stand die Flucht auf einem anderen Blatt. Es gab nicht so viele weiße Gefangene, daß nicht jeder einzelne ein gezeichneter Mann gewesen wäre. Überdies waren für ihre Flucht Kamele erforderlich, die in Abständen in der Wüste stationiert wurden, außerdem viel Geld, eine gründliche Vorbereitung und vor allem ergebene Eingeborene, die ihr Leben riskierten. Die Kamele ließen sich erwerben und in Position bringen, daraus folgte aber nicht, daß die Treiber auf ihren Posten bleiben würden; die umständlichen Vorbereitungen ließen sich treffen, nur um vielleicht im letzten Augenblick durch die Peitsche des Wärters umgestoßen zu werden, der den Gefangenen nur deswegen beinahe totschlug, weil er Geld bei ihm vermutete; der ergebene Helfer hätte ja im letzten Augenblick vor der Gefahr zurückscheuen können. Colonel Trench begann die Hoffnung zu verlieren. Seine Freunde setzten sich für ihn ein, das wußte er. Denn zuweilen forderte ihn der Junge, der ihm

Essen ins Gefängnis brachte, auf, er möge sich bereithalten; bei anderen Gelegenheiten, wenn er beispielsweise bei einer Parade der Kalifentruppen im Triumph als Symbol für das Schicksal aller Türken vorgeführt wurde, schob sich ein Mann an sein Kamel heran und flüsterte ihm ermutigende Worte zu. Doch aus diesem Zuspruch wurde nie etwas. Tagtäglich sah er die Sonne über der Flußbiegung hinter den hohen Palmen Khartums aufgehen und am Himmel emporbrennen, und ein Monat nach dem anderen ging endlos ins Land.

An einem Abend gegen Ende August, in dem Jahr, in dem Durrance blind aus dem Sudan zurückkehrte, saß er in einem Winkel der Umfriedung und sah in qualvoller Erwartung die Sonne der Ebene des Westens entgegensinken. Denn so unerträglich die Hitze und die Last des Tages auch sein mochten, sie waren nichts im Vergleich zu den Schrecknissen, die jede Nacht von neuem brachte. Der Augenblick des Zwielichts kam und mit ihm Idris-es-Saier, der große Neger aus dem Gawaamah-Stamm, und die anderen Wächter.

»In das Haus aus Stein!« rief er.

Flehend und fluchend, begleitet vom gnadenlosen Klatschen der Peitschen, die unaufhörlich die Rücken der Nachzügler trafen, drängten sich die Gefangenen vor dem schmalen Eingang zum Gefängnishaus. Drinnen befanden sich bereits etwa dreißig Gefangene, die im Endstadium von Schwäche oder Erkrankung auf dem Lehmboden lagen oder sich an die Wand lehnten. Zweihundert weitere Gefangene wurden an diesem Abend hineingetrieben und bis zum Morgen eingeschlossen. Der Raum maß etwa dreißig Fuß im Quadrat, von denen vier von einem wuchtigen Pfeiler eingenommen wurden, der das Dach abstützte. Es gab kein Fenster in den Mauern: einige kleine Öffnungen nahe dem Dach täuschten einen Hauch frischer Luft vor, und in diese schmutzige, übelriechende Behausung wurden die schreienden und um sich schlagenden Gefangenen gedrängt. Die Tür wurde hinter ihnen geschlossen, absolute Schwärze löste das Zwielicht ab, so daß ein Gefangener nicht einmal im Umriß die Köpfe der Nachbarn ausmachen konnte, die ihn einpferchten.

Colonel Trench kämpfte wie die übrigen. Nahe der Tür gab es eine Ecke, die er in diesem Augenblick mit derart rasender Begierde zu erreichen suchte, wie er sie in den Tagen seiner Freiheit niemals empfunden hatte. Sobald er die Ecke erobert hätte, wäre er vor den Hieben, den stampfenden Füßen, den Verwundungen durch die Ketten seiner Nachbarn einigermaßen geschützt; außerdem hätte er während der zehn endlosen, luftlosen Stunden eine Stütze für seinen Rücken.

»Wenn ich umfiele! Wenn ich umfiele!«

Diese Angst begleitete ihn stets, wenn er abends hineingetrieben wurde. Sie wirkte in ihm wie eine Droge, die den Wahnsinn heraufbeschwört. Denn wenn ein Mann in der schreienden, drängenden Menge zu Boden ging, kam er nicht wieder hoch – er wurde hilflos zertrampelt. Jeden Morgen sah Trench, wie solche Opfer aus dem Gefängnis gezerrt wurden; und er war ein kleiner Mann. Aus diesem Grunde kämpfte er, wie ein wildes Tier tobend, um seine Ecke, mit seinen Fesseln zustoßend, mit den Ellenbogen um sich schlagend, unter dem großen Arm eines Mannes hinwegtauchend, sich zwischen zwei andere drängend, an deren Kleidung er zerrte, Fingernägel und Fäuste einsetzend und sogar mit der Kette, die am Eisenring um seinen Hals hing, gegen die Köpfe anderer schlagend. Schließlich erreichte er seine Ecke, schweißnaß in der Hitze und nach Atem ringend; den Rest der Nacht würde er damit zubringen, sie gegen alle Nachdrängenden zu verteidigen.

»Wenn ich umfiele!« keuchte er. »O Gott, wenn ich umfiele!« Und er brüllte seinen Nachbarn an – in dem Lärmen war etwas anderes als ein Schrei gar nicht vernehmbar: »Bist du das, Ibrahim?« Und ein ähnlicher Schrei antwortete: »Ja, Effendi.«

Trench empfand Erleichterung. Zwischen Ibrahim, einem hochgewachsenen Araber aus dem Stamm der Hadendoas, und ihm hatte sich eine aus der gemeinsamen Not geborene Freundschaft entwickelt. Es gab in Omdurman keine Gefängnisverpflegung; jeder Gefangene hing von eigenem Geld oder den Zuwendungen freier Freunde ab. Trench erreichte dann und wann ein Geldbetrag seiner Freunde, heimlich durch einen Eingeborenen von Assuan oder Suakin heraufgebracht; es gab aber auch lange Perioden, in denen ihn keine Hilfe erreichte, und dann lebte er von der Güte der Griechen, die den Übertritt zum Mahdistischen Glauben geschworen hatten, oder hungerte mit soviel Geduld, wie er aufbringen konnte. Es gab auch Zeiten, da Ibrahim keine Freunde hatte, die ihm ins Gefängnis etwas zu essen schickten. Und so half jeder dem anderen in der Not. Nachts standen sie nebeneinander an der Wand.

»Ja, Effendi, ich bin hier«, und mit der Hand in der Schwärze herumtastend, hielt er Trench im Gleichgewicht.

In einem anderen Winkel des Gefängnisses tobte ein Kampf von mehr als üblicher Heftigkeit, und die Gefangenen standen so dicht, daß mit dem Vorrücken eines Kämpfers und dem Zurückweichen des anderen die ganze kompakte Masse in einer Art Rhythmus hin und her und zur Seite schwankte. Doch in dieser Bewegung versuchten die Gefangenen verzweifelt, auf den Beinen zu bleiben, und setzten dabei sogar die Zähne ein, und über das Lärmen und angestrengte Keuchen, über das Klirren der Ketten und die hinausgebrüllten Verwünschungen erhob sich ab und zu ein verzweifelt schluchzender Schrei um Gnade, oder ein unmenschlich schrilles Aufheulen, das so schnell wieder erstarb, wie es aufgellte, ein Zeichen, daß ein Mann unter die heftig stampfenden Füße geraten war. Wurfgeschosse und vom Boden aufgekratzter, übelriechender Schmutz flogen durch das Gefängnis, und da niemand wußte, aus welcher Ecke sie kamen, wurden Köpfe gegen Köpfe geschlagen in dem Bemühen, den heranfliegenden Gegenständen auszuweichen. Und alles lief in schwärzester Dunkelheit ab.

Zwei Stunden lang stand Trench in dem dunklen Gefängnis,

das vom Toben der Gefangenen widerhallte und in dem es unerträglich schwül war vor Hitze – und acht weitere Stunden standen ihm bevor, ehe die Tür wieder aufgehen würde und er in die frische Luft hinausstolpern und sich in der Umfriedung schlafen legen konnte. Er stellte sich auf die Zehenspitzen, um den Kopf über die Schultern seiner Nachbarn zu heben. Trotzdem vermochte er kaum zu atmen, die Luft, die in seine Lungen drang, war feucht und stank. Seine Kehle war wie ausgetrocknet, die Zunge war im Mund angeschwollen und fühlte sich pelzig an wie eine getrocknete Feige. Es wollte ihm scheinen, als hätte sich Gottes Vorstellungskraft keine schlimmere Hölle einfallen lassen können als das Haus aus Stein in Omdurman an einem Augustabend. Allenfalls konnte er Feuer hinzufügen, dachte er, aber nur Feuer.

»Wenn ich umfiele!« brüllte er, und im gleichen Augenblick wurde das Bild seiner Hölle vervollkommnet, denn die Tür ging auf, und Idris-es-Saier erschien in der Öffnung.

»Macht Platz!« brüllte er. »Macht Platz!« Und er schleuderte Feuer zwischen die Gefangenen, um sie von der Tür zu vertreiben. Brennende Grasbüschel wirbelten durch die Dunkelheit und landeten auf den Körpern der Gefangenen. So dicht standen die armen Menschen, daß sie den Geschossen nicht ausweichen konnten, an manchen Stellen vermochten sie nicht einmal die Arme zu heben, um sie sich von Schultern oder Köpfen zu reißen.

»Macht Platz!« brüllte Idris. Die Peitschen der anderen Wächter unterstrichen seinen Befehl, die Riemen trafen jeden, der sich in Reichweite befand, und auf diese Weise wurde an der Tür ein wenig Raum geschaffen. In die freie Stelle wurde ein Mann gestoßen, hinter dem man die Tür sofort wieder schloß.

Trench stand in der Nähe der Tür; im vagen Schein, der durch die Türöffnung hereingefallen war, hatte er einen Blick auf den neuen Gefangenen werfen können, einen schwer mit Eisen behangenen Mann von schmaler Statur, gekrümmt vor Schmerzen.

»Er wird umfallen«, sagte er. »Er wird heute nacht noch umfallen. Gott, wenn ich selbst umfiele!« Und plötzlich drängte sich die Masse gegen ihn, und die Flüche gellten lauter und schriller als je zuvor.

Der neue Gefangene war die Ursache. Er klammerte sich an der Tür fest, das Gesicht gegen die Bretter gepreßt, durch deren Ritzen tatsächlich frische Luft wehen mochte. Die Männer hinter ihm zerrten ihn von der günstigen Stelle fort, drängten ihn, schoben ihn zurück, um seine Position einzunehmen. Wie ein Keil, der von einem Hammer getroffen wird, wurde er zwischen diesen und jenen Gefangenen geschoben, bis er schließlich heftig gegen Captain Trench prallte.

In dem Alptraum jenes Gefängnisses hatten die üblichen Regungen von Menschenliebe keine Chance. Bei Tage, im Freiraum der Umfriedung, fanden die Gefangenen oft durch das Band ihres gemeinsamen Leids zusammen, wobei die Gläubigen den Ungläubigen halfen und umgekehrt. Aber ohne Gnade und Unterlaß in den Stunden der Dunkelheit um sein Leben zu kämpfen, war das einzige Gebot im Haus aus Stein. Darin unterschied sich Colonel Trench nicht von den übrigen. Der Wunsch zu leben, wenn auch nur lange genug, um am Morgen einen Tropfen Wasser zu trinken und einen Zug der frischen Luft in sich hineinzusaugen, beherrschte zur Gänze sein Sinnen. Einen anderen Gedanken kannte er nicht.

»Zurück!« brüllte er energisch. »Zurück, oder ich schlage zu!« Und als er sich mühte, den Arm über den Kopf zu heben, um besser zuschlagen zu können, hörte er den Mann, der gegen ihn geschleudert worden war, unzusammenhängende englische Worte brabbeln.

»Fallen Sie nicht!« rief Trench und packte den anderen Gefangenen am Arm. »Ibrahim, hilf mir! Gott, wenn er umfiele!« Und während die Menge wieder ins Schwanken geriet und die schrillen Schreie und Verwünschungen erneut aufgellten, ohrenbetäubend, das Gehirn durchdringend, stützte Trench seinen Leidensgenossen und hörte, den Kopf neigend, nach vielen Monaten zum erstenmal wieder den Klang seiner Muttersprache. Und dieser Klang brachte die Gebote der Zivilisation zu ihm zurück.

Er verstand nicht, was der andere sagte, dazu war der Lärm zu groß. Aber er erfaßte gleichsam die Schatten von Worten, die ihm einst vertraut gewesen, die zu ihm geäußert worden waren, die er selbst ausgesprochen hatte, ohne darüber nachzudenken. Im Haus aus Stein hatten sie einen wunderbaren Klang. Ja, eine Art Zauber schien von ihnen auszugehen. Wiesen voller Gras, ein kühler Himmel und klare Bäche zeichneten sich in ruhigen, grauen Bildern vor seinem inneren Auge ab. Einen Augenblick lang spürte er nichts von der trockenen Kehle, vom Gestank des Gefängnisses, von der bedrückenden Dunkelheit. Doch er spürte, wie der Mann, den er zu stützen versuchte, schwankte und den Halt verlor, und wieder schrie er Ibrahim zu:

»Wenn er umfiele!«

Ibrahim half, wie nur er es vermochte. Gemeinsam kämpften sie, mühten sich ab, bis die Umstehenden nachgaben.

»*Shaitan!* Sie sind wahnsinnig!« riefen sie.

Die beiden Männer schufen in dem Winkel einen Freiraum. Sie ließen den Engländer zu Boden sinken, bis er in der Ecke saß, und stellten sich dann vor ihn, damit er nicht zertrampelt würde. Und wenn das Toben und Lärmen einmal kurz nachließ, hörte Trench hinter sich das Gebrabbel englischer Laute.

»Er stirbt, ehe es Tag wird!« rief er Ibrahim zu; »er hat Fieber!«

»Setzen Sie sich neben ihn«, sagte der Hadendoa. »Ich halte die anderen zurück.«

Trench bückte sich, hockte sich in die Ecke. Ibrahim spreizte die Beine und bewachte Trench und seinen neuen Freund. Den Kopf vorneigend, konnte Trench die Worte verstehen. Es waren die Worte eines Mannes im Delirium, gesprochen mit flehender Stimme. Anscheinend erzählte er eine Geschichte über das Meer.

»Ich sah die Positionslichter der Jachten – und die Spiegelungen verkürzten sich und zogen sich in die Länge mit den Wellen auf dem Wasser – es spielte eine Kapelle, als wir an der Spitze des Piers vorbeikamen. Was spielte sie noch? Nicht die Ouvertüre – und ich glaube nicht, daß ich überhaupt eine zweite Melodie im Kopf habe …« Und er stimmte ein irre klingendes Kichern an. »Wenn es um die Beurteilung von Musik ging, war ich immer ziemlich schwach, nicht wahr? Außer wenn du spieltest«, und wieder kehrte er zum Meer zurück. »Als das Schiff aus der Bucht dampfte, erstreckte sich rechts eine Reihe von Hügeln – du weißt doch, die Hänge waren bewaldet – aber vielleicht hast du das vergessen. Dann kam Bray, ein kleines Märchenland aus Lichtern, dicht am Wasser am Ende der Hügelkette … du erinnerst dich sicher an Bray, wir haben dort ein- oder zweimal zu Mittag gegessen, nur du und ich, bevor alles geregelt war … es wollte mir seltsam erscheinen, die Dubliner Bucht zu verlassen und dich weit im Norden zwischen den Bergen zu wissen … seltsam und irgendwie nicht richtig … denn das war das Wort, das du benutztest – es ist nicht richtig, daß jemand soviel Schmerz erleiden muß … aber die Schiffsmaschine stoppte nicht, sie dröhnte und drehte sich und klapperte weiter, als wäre nicht das geringste geschehen … darüber konnte man schon ein wenig in Zorn geraten … das Märchenland war bereits zu einer Art goldenem Fleck geschrumpft … und dann gab es nichts anderes als das Meer und den Salzwind … und die Dinge, die zu tun waren.«

In seinem Delirium stemmte sich der Mann plötzlich auf einen Ellenbogen und tastete mit der anderen an seiner Brust herum, als suche er etwas. »Ja, die Dinge, die zu tun waren«, wiederholte er mit lallender Stimme und ließ den Kopf auf die Brust sinken. Was er dann sagte, war nicht mehr zu verstehen. Trench legte ihm einen Arm um die Schulter und richtete ihn auf. Mehr aber vermochte er nicht zu tun, und selbst für ihn war hier dicht über dem Boden die stinkende Hitze kaum zu ertragen. Weiter vorn in der schrecklichen Dunkelheit setzte sich das Schrillen der Stimmen fort, die Schreie um Gnade, das Schwanken und Kämpfen. In einer Ecke hatten Männer einen wilden Gesang angestimmt, in einer anderen tanzten etliche in ihren Fesseln oder versuchten es wenigstens; vor Trench hielt Ibrahim Wache, und neben Trench lag in diesem Haus aus Stein, in dieser Stadt außerhalb der Welt, ein Mann, der vielleicht eines Tages an erleuchteten Jachten vorbei aus der Dubliner Bucht gefahren war und der Bray, jenes Märchenland aus Lichtern, zu einem goldenen Schimmer hatte schwinden sehen. Der Gedanke an Meer und Salzwind, an das Lichtfunkeln der sich brechenden Bugwelle, das erhellte Deck, womöglich das Läuten der Stundenglocke, dazu die kühle, graue Nacht ringsum – dies alles erzeugte in Trench, der im Grunde ein praktisches und phantasieloses Wesen war, eine solche Sehnsucht, daß er hätte weinen mögen. Aber da begann der Fremde neben ihm wieder zu sprechen.

»Komisch, daß die drei Gesichter immer dieselben waren ... der Mann im Zelt mit der Lanzette in der Hand, der Mann in seinem kleinen Zimmer nahe Piccadilly ... und das meine. Komisch und irgendwie nicht richtig. Nein, ich glaube, es war auch nicht ganz richtig. Sie werden außerdem ziemlich groß, gerade wenn man im Dunkeln ein bißchen schlafen will – sehr groß, und sie kommen ganz dicht heran und gehen nicht wieder weg ... sie flößen einem ziemliche Angst ein ...« Und plötzlich klammerte er sich mit kräftigem, nervösem Griff an Trench, wie ein Junge, der von plötzlicher Angst geschüttelt wird. Und mit dem beruhigenden Ton, den ein Erwachsener gegenüber einem Jungen anschlagen mochte, antwortete Trench. »Es ist ja alles gut, alter Knabe, es ist alles in Ordnung.«

Doch Trenchs Leidensgenosse hatte seine Angst bereits abgeworfen. Er hatte seine Jugend verlassen und probte ein Gespräch, das irgendwann in der Zukunft stattfinden sollte.

»Wirst du sie zurücknehmen?« fragte er schüchtern und mit stockender Stimme. »Wirklich? Die anderen haben sie zurückgenommen, bis auf den Mann, der bei Tamai fiel. Und du tust es auch!« Er sprach, als könne er ein großes Glück, das ihm widerfahren war, gar nicht fassen. Dann veränderte sich seine Stimme; plötzlich sprach er wie ein Mann, der seine Leiden herunterspielen möchte. »Oh, natürlich ist es nicht gerade die angenehmste Zeit meines Lebens gewesen. Aber damit hat man schließlich auch nicht gerechnet. Schlimmstenfalls konnte man sich immer auf das Dereinst freuen ... vorausgesetzt, man ergriff nicht die Flucht ... Ich weiß nicht recht, wenn wirklich alles in die Waagschale geworfen wird, könnte sich durchaus herausstellen, daß du von uns beiden die schlimmere Zeit durchgemacht hast. Ich kenne dich doch ... es muß dich durch und durch gekränkt haben, deinen Stolz wie auch dein Herz, und das auf lange Zeit, so sehr wie an jenem Morgen, als das Tageslicht durch die Fensterläden schimmerte. Und man konnte nichts tun! Und du konntest dich nicht einmal auf das Dereinst freuen ... für dich war alles aus und vorbei ...« Und wieder begann er sinnlose Wortfetzen zu murmeln.

Colonel Trenchs Entzücken über den Klang seiner Muttersprache war einer großen Neugier über den Mann und seine Äußerungen gewichen. Vor langer Zeit, gegenüber dem Droschkenstand an der Südwestecke des St. James's Square stehend, hatte sich Trench einmal selbst beschrieben. »Ich bin eine methodisch-forschende Person«, hatte er gesagt, und diese Beschreibung war durchaus zutreffend. Hier wurde nun eine Lebensgeschichte vor seinen Ohren ausgebreitet, offenbar nicht die glücklichste Lebensgeschichte, die im Kern sogar eine Tragödie zu enthalten schien. Trench begann über die Bedeutung des Wortes »dereinst« nachzudenken, das in den Äußerungen kam und ging wie das Motiv in einem Musikstück und das vermutlich sogar das Lebensmotiv des Mannes war, der hier sprach.

Die Hitze in dem engen Raum wurde unerträglich, die Dunkelheit noch bedrückender, doch das Geschrei ließ allmählich nach, die Lautstärke der Rufe ließ nach, der Klang war weniger schrill; Erschöpfung, Müdigkeit, Stumpfheit taten ihre Wirkung. Wieder neigte Trench den Kopf zu dem Landsmann hinab und verstand die Worte deutlicher.

»Ich habe an jenem Morgen dein Licht gesehen ... du machtest es plötzlich aus ... hattest du meine Schritte auf dem Kies gehört? ... Ich nahm es an, und es schmerzte mich.« Und plötzlich verfiel er in eine eindringliche Beteuerung: »Nein, nein, ich habe nie geglaubt, daß du warten würdest. Das war auch gar nicht mein Wunsch. Vielleicht dereinst, sagte ich mir, aber nichts mehr, bei meinem Wort. Sutch hat sich da wirklich geirrt ... Natürlich bestand immer die Gefahr, daß man selbst zu Schaden kam – getötet wurde, weißt du, oder erkrankte und starb – ehe man dich bitten konnte, deine Feder zurückzunehmen; und dann hätte nicht einmal mehr die Chance des Dereinst bestanden. Aber dieses Risiko mußte man eingehen.«

Die Anspielung war nicht direkt genug, als daß Colonel Trench sie hätte verstehen können. Er hörte wohl das Wort »Feder«, vermochte es jedoch noch nicht mit etwas in Verbindung zu bringen, das er selbst einmal getan hatte. Mehr denn je interessierte er sich für jenes »Dereinst«; er begann zu ahnen, was es bedeuten könnte, und war erfüllt von Verwunderung bei dem Gedanken, wie viele Männer mit ruhigem, normalem Auftreten durch die Welt gingen, während sie insgeheim absonderliche Phantasievorstellungen und romantische Überzeugungen hegten, die nur zum Vorschein kamen, wenn eine Krankheit dem Gehirn die Kontrolle raubte.

»Nein, daß ich dir an jenem Abend nichts von meinen Plänen offenbarte, lag wohl auch daran, daß ich nicht wollte, daß du wartest oder auch nur eine Ahnung von dem hast, was ich versuchen wollte.« Und dann waren die Vorhaltungen zu Ende, und er begann mit interessierter Stimme zu sprechen: »Weißt du was? Es ist mir erst nach meinem Eintreffen im Sudan aufgegangen, aber ich glaube, Durrance war dir zugetan.«

Der Name wirkte auf Trench wie ein Schock. Dieser Mann

kannte Durrance! Es handelte sich nicht nur um einen unbekannten Landsmann, sondern er kannte Durrance, der auch Trench bekannt war. Es gab ein Bindeglied zwischen ihnen, sie hatten einen gemeinsamen Freund. Er kannte Durrance, hatte vielleicht mit ihm in derselben Abteilung gekämpft, in Tokar oder Tamai oder Tamanieb, genau wie Trench es getan hatte. So wich denn nun Trenchs Interesse für die Lebensgeschichte des Mannes der Neugier über die Identität des Unbekannten. Er versuchte, etwas zu erkennen, obwohl er wußte, daß das in dem schwarzen, widerlichen Loch unmöglich war. Er konnte jedoch weiter zuhören und daraus vielleicht Aufschluß gewinnen. Denn wenn der Fremde Durrance kannte, mochte er auch Trench kennen. Trench hörte zu; aber die schrille, sinnlos plappernde Stimme verriet ihm nichts. Er wartete auf verständliche Worte, die schließlich auch erklangen.

»Als ich den Männern von dir erzählt hatte, Ethne, stand Durrance am Fenster.« Und Trench sprach den Namen leise vor sich hin. Dieser Landsmann, dieser Freund Durrances glaubte in seinem Delirium also mit einer Frau zu sprechen – mit einer Frau namens Ethne. Trench erinnerte sich an diesen Namen nicht; doch schon fuhr die Stimme in der Dunkelheit fort:

»Während ich davon sprach, meinen Abschied einzureichen, nachdem das Telegramm gekommen war, stand er am Fenster meines Zimmers und blickte auf den Park hinaus. Er wandte mir den Rücken zu. Ich dachte, er hätte mir etwas vorzuwerfen. Aber jetzt glaube ich eher, er fand sich damit ab, dich zu verlieren. ... Ich wüßte es zu gern genau.«

Trench äußerte einen Laut des Erstaunens, bei dessen Klang Ibrahim sich umdrehte.

»Ist er tot?«

»Nein, er lebt, er lebt.«

Es war unmöglich, sagte sich Trench. Er erinnerte sich deutlich an Durrance, der mit dem Rücken zum Zimmer an einem Fenster stand. Er erinnerte sich, wie ein Telegramm abgegeben wurde, das zu lesen lange Zeit dauerte – und das bis auf Durrance alle Anwesenden in eine unerklärliche Spannung versetzte. Er erinnerte sich auch an einen Mann, der von seiner Verlobung sprach und davon, seinen Abschied einzureichen. Aber es konnte doch nicht dieser Mann sein. Hatte die Frau Ethne geheißen? Eine Frau in Donegal – ja; und dieser Mann hatte davon gesprochen, mit dem Schiff die Dubliner Bucht verlassen zu haben. Und er hatte von einer Feder gesprochen.

»Gütiger Gott!« flüsterte Trench. »Hat die Frau Ethne geheißen? Ja? Ja?«

Doch zunächst erhielt er keine Antwort. Es wurde von einer Stadt voller Lehmmauern gesprochen, von einer unerträglich heißen Sonne, die über einem weißen Wüstenrund brannte, von einem Mann, der den ganzen Tag im Sand lag, die Leinenkapuze über den Kopf gezogen, und der über dreitausend Meilen hinweg ein Gesicht zu sich holte, das bei Sonnenuntergang ganz dicht bei ihm war, woraufhin er Mut faßte und zum Tor hinabging. Die nächsten vier Worte allerdings ließen Trench heftig zusammenfahren.

»Drei kleine weiße Federn«, lauteten die Worte. Trench lehnte sich an die Mauer. Jene Botschaft ging auf seinen Einfall zurück. »Drei kleine weiße Federn«, wiederholte die Stimme. »Am Nachmittag davor saßen wir unter den Ulmen unten am Lennon – erinnerst du dich, Harry – nur du und ich. Und dann kamen drei kleine weiße Federn; und da war die Welt zu Ende.«

Trench hegte keinen Zweifel mehr. Der Mann zitierte Worte, Worte, die zweifellos an dem Abend, da die drei Federn kamen, von der unbekannten Ethne gesprochen worden waren. »Harry«, hatte sie gesagt. »Erinnerst du dich, Harry?« Trench war sich seiner Sache sicher.

»Feversham!« rief er. »Feversham!« Und er schüttelte den Mann, den er in den Armen hielt, und rief ihn erneut an. »Unter den Ulmen am Lennon.« Eine Vision von grünen, golddurchwirkten Schatten, von Sonnenlicht, das zwischen Blättern zuckte, überkam Trench und lockte ihn wie das Trugbild in der Wüste, von dem Feversham gesprochen hatte. Am Nachmittag, bevor die Federn eintrafen, hatte sich Feversham unter den Ulmen am Lennon aufgehalten, und jetzt war er im Haus aus Stein in Omdurman. Aber warum? Trench stellte sich diese Frage, und die Antwort ließ nicht lange auf sich warten.

»Willoughby hat seine Feder zurückgenommen« – und damit brach Fevershams klare Rede ab. Er murmelte nur noch unzusammenhängende Wortbrocken. Er schien zwischen Sanddünen zu rennen, die sich beständig veränderten, die ihn förmlich umtanzten, während er lief, so daß er nicht mehr wußte, welche Richtung er eingeschlagen hatte. Außerdem war er der totalen Erschöpfung nahe, so daß seine Stimme im Delirium verdrossen und schwach zu klingen begann. »Abou Fatma!« rief er; und der Schrei war der Schrei eines Mannes, dem die Kehle ausgedörrt ist und dessen Körper den Dienst zu versagen beginnt. »Abou Fatma! Abou Fatma!« Im Laufen stolperte er, raffte sich wieder auf, eilte weiter und verlor von neuem das Gleichgewicht; und um ihn herum häufte sich der Sand zu Pyramiden, ragte zu langen Hängen und Anhöhen empor und ebnete sich mit ungewöhnlicher, boshafter Schnelligkeit wieder ein. »Abou Fatma!« rief Feversham und begann mit schwacher, eigensinniger Stimme zu reden: »Ich weiß, daß der Brunnen hier ist – ganz in der Nähe – keine halbe Meile von hier. Ich weiß, daß er hier ist – ich weiß es.«

Der Schlüssel für diese Worte fehlte Trench. Er wußte nichts von Fevershams Abenteuer in Berber; er konnte nicht wissen, daß der genannte Brunnen der Obak-Brunnen war und daß Feversham, erschöpft von der Eile seines Marsches und nach einem langen Tag ohne Wasser, sich zwischen den Wanderdünen verirrt hatte. Ihm war allerdings bekannt, daß Willoughby seine Feder zurückgenommen hatte, und er wagte eine Vermutung hinsichtlich des Motivs, das Feversham in das Haus aus Stein geführt hatte. Aber auch in diesem Punkt sollte er nicht lange im Zweifel gelassen werden, denn nach einiger Zeit hörte er seinen eigenen Namen von Fevershams Lippen.

Reue ergriff Colonel Trench. Die Übersendung der Federn war sein Einfall gewesen, allein sein Einfall. Die Verantwortung für diese Tat konnte er weder auf Willoughby noch auf Castleton wälzen; es war allein sein Werk. Er wußte noch, daß er die Idee damals ziemlich schlau und geistreich gefunden hatte – eine gebotene und gerechte Rache. Gerecht mochte sie gewesen sein, doch er hatte nicht an die Frau gedacht. Er hatte keinen Gedanken daran verschwendet, daß sie zugegen sein könnte, wenn die Federn eintrafen. Er hatte den ganzen Vorfall sogar beinahe vergessen gehabt. Über die Folgen hatte er sich nie Gedanken gemacht, Folgen, die nun riesig vor ihm aufragten und ihn zu erdrücken drohten.

Seine Reue sollte sich noch steigern. Denn die Nacht war noch lange nicht zu Ende. In den dunklen, langsam dahinschleichenden Stunden stützte er Feversham und hörte ihn sprechen. Jetzt hielt sich Feversham im Basar von Suakin versteckt – während der Belagerung.

»Während der Belagerung«, dachte Trench. »Während wir dort waren, trieb er sich bei den Kameltreibern im Basar herum und lernte ihre Sprache und wartete seine Chance ab. Drei Jahre lang!«

Dann wieder fuhr Feversham mit einer Zither in der Gesellschaft von Wandermusikern den Nil hinauf nach Wadi Halfa, bemüht, sich vor allen zu verstecken, die sich seiner erinnern und ihm seinen Namen entgegenschleudern konnten. Trench erfuhr von einem Mann, der Wadi Halfa heimlich verließ, den Nil überquerte und in der Rolle eines Geistesgestörten nach Süden wanderte, darbend und ohne Wasser, bis er eines Tages von einer mahdistischen Karawane aufgegriffen und als Spion nach Dongola geschleppt wurde. In Dongola waren Dinge geschehen, deren bloße Beschreibung Trench erbeben ließ. Er erfuhr von Palmfaserschnüren, die dem Gefangenen um die Handgelenke gebunden wurden und über die man Wasser goß, bis sie anschwollen und die Handgelenke aufplatzen ließen: aber das war nur die geringste Brutalität. Im Zuhören sehnte Trench den Morgen herbei und fragte sich, ob er jemals kommen würde.

Endlich hörte er, wie die Riegel zurückgezogen wurden; er sah die Tür aufgehen, er sah das prächtige Tageslicht. Er stand auf und schützte seinen neuen Gefährten mit Ibrahims Hilfe, bis der erste Ansturm vorbei war. Dann half er ihm in die Umfriedung hinaus. Ausgelaugt, abgemagert an Körper und Gesicht, mit dunklen Bartstoppeln und funkelnden, tief eingesunkenen Augen, war es gleichwohl Harry Feversham. Trench ließ ihn in einer Ecke der Umfriedung niederlegen, wo es Schatten geben würde, Schatten, der in wenigen Stunden nötig sein würde. Dann hastete er mit den anderen zum Nil hinab und holte Wasser. Als er es Feversham einflößte, schien der andere ihn einen Augenblick lang zu erkennen. Aber dieses Erkennen währte nur kurz, dann begann die zusammenhanglose Schilderung seiner Abenteuer erneut. So trafen sich die beiden Männer nach fünf Jahren im Haus aus Stein wieder – zum erstenmal seit dem Abend, da Trench als Fevershams Gast in der Wohnung hoch über dem St. James's Park zu Abend gegessen hatte.

Achtundzwanzigstes Kapitel
Fluchtpläne

Drei Tage lang redete Feversham im Delirium, und drei Tage lang holte Trench ihm Wasser aus dem Nil, teilte seine Nahrung mit ihm und sorgte für ihn; drei Nächte hindurch stand er mit Ibrahim im Haus aus Stein vor Feversham und wehrte die anderen Gefangenen ab. Am vierten Morgen jedoch kam Feversham zu sich und erblickte emporschauend das über ihn gebeugte Gesicht Trenchs. Im ersten Augenblick schien ihm das Antlitz in sein Delirium zu gehören – als eines jener Alptraumgesichter, die in den dunklen Nächten seiner Jugend immer größer zu werden pflegten und dicht an sein Bett zu rücken schienen. Mühevoll streckte er den Arm aus und schob es zur Seite. Aber dann blickte er sich um. Er lag im Schatten des Gefängnisses, und der grellblaue Himmel über ihm, der nackte, festgetretene Boden unter ihm, und die Gestalten der Mitgefangenen, die ihre Ketten herumschleppten oder, einer Krankheit erlegen, auf dem Boden dahinsiechten – dies alles gewann langsam Bedeutung für ihn. Er wandte sich an Trench, griff nach ihm, als fürchte er, die nächste Sekunde würde ihn wieder entführen, dann lächelte er.

»Ich bin im Gefängnis von Omdurman«, sagte er. »Tatsächlich im Gefängnis! Dies ist *Umm Hagar*, das Haus aus Stein. Es ist zu schön, um wahr zu sein.«

Mit einer Miene größter Erleichterung lehnte er sich an die Mauer. Trench empfand die Worte, den Ton der Befriedigung, in dem sie geäußert wurden, als zynische Ironie. Ein Mann, der sich seiner Gleichgültigkeit gegenüber Schmerz oder Freuden rühmte, der sich als ein Wesen von solcher Lebenserfahrung hinstellte, daß Freude und Sorge keine Regung mehr entfachen, kein Stirnrunzeln mehr auslösen konnten, und der diese Pose bis zum Letzten durchhielt – ein solcher Mann hätte nach Trenchs Ansicht Fevershams Worte in diesem Ton vorbringen können. Aber so ein Mensch war Feversham nicht, das hatte sein Delirium bewiesen. Folglich war die Befriedigung echt, die Worte waren ernst gemeint. Die Gefahren Dongolas waren überwunden, er hatte Trench gefunden, er war in Omdurman. Dieses Gefängnis war das langersehnte Ziel, und er hatte es erreicht. Genausogut hätte er jetzt Hunderte von Meilen weiter nördlich am Nil an einem Galgen baumeln können, die Geier auf den Schultern, das Ziel, für das er lebte, unerreicht. Doch er befand sich in der Umfriedung des Hauses aus Stein in Omdurman.

»Sie sind schon lange hier«, stellte er fest.

»Drei Jahre.«

Feversham sah sich in der Dornenumfriedung um. »Drei Jahre dieses Lebens«, murmelte er. »Ich fürchtete schon, Sie nicht mehr lebend anzutreffen.«

Trench nickte.

»Die Nächte sind das Schlimmste, die Nächte dort drinnen. Es ist geradezu ein Wunder, daß man sie eine Woche lang durchsteht. Doch inzwischen habe ich schon tausend Nächte durchgemacht.« Und selbst ihm, der diese Nächte ertragen hatte, kam seine Ausdauer unglaublich vor. »Tausend Nächte im Haus aus Stein!« rief er.

»Aber wir können doch bei Tag zum Nil hinabgehen«, sagte Feversham und richtete sich besorgt auf, als sein Blick auf die Dornenbüsche fiel. »Soviel Freiheit wird uns doch gegeben. Man hat es mir gesagt. Ein Araber in Wadi Halfa hat es mir anvertraut.«

»Und es stimmt«, gab Trench zurück. »Schauen Sie doch!« Er deutete auf die irdene Wasserschale neben sich. »Die habe ich heute früh am Nil gefüllt.«

»Ich muß fort«, sagte Feversham und richtete sich auf. »Ich muß noch heute früh fort von hier«, und da er mit erhobener Stimme und voller Erregung sprach, flüsterte Trench ihm zu:

»Pst! Es gibt hier viele Gefangene, und viele geben weiter, was sie zu hören bekommen.«

Feversham ließ sich wieder zu Boden sinken – aus Schwäche ebenso wie als Reaktion auf Trenchs Warnung.

»Aber sie verstehen doch nicht, was wir sagen«, widersprach er mit einer Stimme, aus der abrupt die Erregung gewichen war.

»Sie sehen aber, daß wir ernsthaft miteinander reden. Idris würde innerhalb einer Stunde davon wissen, der Kalif noch vor Sonnenuntergang. Wenn man uns überhaupt miteinander sprechen sähe, hätte das schwerere Fesseln und die Peitsche zur Folge. Liegen Sie still. Sie sind geschwächt, und ich bin ebenfalls sehr müde. Wir werden schlafen, und am Nachmittag gehen wir zum Nil hinunter.«

Trench legte sich neben Feversham nieder und war nach wenigen Minuten eingeschlafen. Feversham betrachtete ihn und sah nun, nachdem das Gesicht sich entspannt hatte, die Spuren der drei Jahre doch sehr deutlich in seinen Zügen. Gegen Mittag erwachte er wieder.

»Niemand bringt Ihnen zu essen?« fragte er, und Feversham antwortete:

»Doch. Ein Junge müßte kommen. Er müßte uns auch Neuigkeiten bringen.«

Sie warteten, bis das Tor der Umfriedung geöffnet wurde und die Freunde oder Frauen der Gefangenen eintraten. Sofort verwandelte sich die Umfriedung in einen Käfig voller wilder Tiere. Zunächst erhoben die Wächter ihren Zoll. Von dem *aseeda* – dem feuchten und gekneteten *dhurra*-Kuchen, der in der Stadt als Hauptnahrungsmittel galt – wurde kaum mehr zu den Gefangenen durchgelassen, als für die Erhaltung des Lebens notwendig war, und selbst um diese kargen Rationen kämpften die Starken mit den Schwachen und die Vierergruppen gegen die Gemeinschaften, die nur drei Köpfe zählten. Männer, die ausgemergelt waren wie Skelette, humpelten und hüpften aus allen Richtungen zum Eingang, so schnell sie sich unter der Last ihrer Kette bewegen konnten. Hier stürzte ein Gefangener, der von Hunger geschwächt war, und blieb in stumpfer Verzweiflung liegen in dem Bewußtsein, daß es für ihn an diesem Tag keine Mahlzeit geben würde. Dort warfen sich andere auf die Boten, die Nahrung brachten, und rissen ihnen die Pakete aus der Hand, ungeachtet der Peitschen der Wärter, die ihnen den Rücken aufrissen. Dreißig Mann bewachten die Umfriedung, und jeder war mit seiner Peitsche aus Nashorn-Leder bewaffnet, doch dies war der einzige Augenblick am Tage, an dem die Peitsche weder gefürchtet noch anscheinend gespürt wurde.

Unter den Trägern, die Nahrung brachten, befand sich auch ein kleiner Junge, der im Hintergrund blieb und sich unentschlossen in der Umfriedung umsah. Es dauerte jedoch nicht lange, bis man ihn entdeckte; er wurde niedergeschlagen, die

Speisen wurden ihm aus der Hand gerissen; aber der Junge hatte kräftige Lungen, und sein Geschrei ließ Idris-es-Saier persönlich über die drei Männer kommen, die ihn angegriffen hatten.

»Zu wem willst du?« fragte Idris und schob die Gefangenen zur Seite.

»Zu Joseppi dem Griechen«, antwortete der Junge, und Idris deutete auf die Ecke, in der Feversham lag. Der Junge kam näher. Dabei streckte er die leeren Hände aus, als wolle er erklären, wie es komme, daß er nichts zu essen bringe. Doch er rückte ganz nahe heran, hockte sich neben Feversham nieder und setzte seine Erklärungen mit Worten fort. Beim Sprechen löste er eine Gazellenhaut, die unter der *dschub* um seine Taille befestigt war, und ließ sie neben Feversham zu Boden fallen. Die Gazellenhaut enthielt ein Hühnchen, das Feversham und Trench als Frühstück, Mittag- und Abendessen diente. Eine Stunde später durften sie die Umfriedung verlassen und sich zum Fluß hinabbegeben. Sie gingen mit langsamen Schritten und blieben oft stehen, und während einer solchen Rast sagte Trench:

»Wir können uns hier unterhalten.«

Weiter unten am Ufer entluden Gefangene etliche Boote, andere wateten bis zu den Knien im schlammigen Wasser herum. Das Ufer wimmelte von Männern, die ohne ersichtlichen Grund aufgeregt herumschrien. Die Wächter waren in Sichtweite, konnten aber einzelne Worte nicht verstehen.

»Ja, hier können wir uns unterhalten. Warum sind Sie gekommen?«

»Ich wurde in der Wüste gefangengenommen, an der Arbaîn-Straße«, sagte Feversham langsam.

»Ja, Sie spielten einen verrückten Musiker, der mit seiner Zither von Wadi Halfa heraufgewandert war. Ich weiß Bescheid. Aber es war Ihr Wunsch, verhaftet zu werden. Sie wollten sich mir in Omdurman anschließen. Ich weiß Bescheid.«

»Woher?«

»Sie haben es mir erzählt. In den letzten drei Tagen haben Sie mir viel erzählt«; und Feversham sah sich plötzlich besorgt um. »Sehr viel«, fuhr Trench fort. »Sie wollten sich mir anschließen, weil ich Ihnen vor fünf Jahren eine weiße Feder geschickt habe.«

»Und war das alles, was ich Ihnen offenbart habe?« fragte Feversham besorgt.

»Nein«, erwiderte Trench und ließ das Wort verklingen. Er saß aufrecht da, während Feversham auf der Seite lag, und blickte zum Nil hinab, den Kopf in den Händen haltend, damit er Feversham nicht sah und auch nicht von ihm gesehen werden konnte. »Nein, das war nicht alles. – Sie sprachen von einem Mädchen, demselben Mädchen, von dem Sie berichteten, als Willoughby und Durrance und ich vor langer Zeit in London mit Ihnen zu Abend aßen. Ich kenne jetzt ihren Namen – ihren Vornamen. Sie war bei Ihnen, als die Federn eintrafen. An diese Möglichkeit hatte ich nicht gedacht. Sie gab ihnen eine vierte Feder zu den dreien. Es tut mir leid.«

Nun trat ein ziemlich langes Schweigen ein, dann erwiderte Feversham langsam:

»Was mich betrifft, tut es mir nicht leid. Ich meine, es tut mir nicht leid, daß sie dabei war, als ich die Federn empfing. Im großen und ganzen bin ich darüber sogar froh. Es stimmt, sie gab mir die vierte Feder, aber darüber bin ich froh. Denn ohne ihre Gegenwart, ohne die von ihrem Fächer abgebrochene vierte Feder hätte ich vielleicht damals schon aufgegeben. Wer weiß? Ich möchte bezweifeln, ob ich die drei langen Jahre in Suakin durchgestanden hätte. Immer wieder bekam ich Sie und Durrance und Willoughby und viele andere Männer zu Gesicht, die früher meine Freunde gewesen waren, und Sie taten die Arbeit, die auch ich einmal zu tun gewohnt war. Sie können sich nicht vorstellen, wie erstrebenswert die bloße Routine eines Regiments erschien, an die man sich gewöhnt hatte und die man oft genug von Herzen verwünschte, wenn man sich damit plagen mußte. Ich hätte ohne weiteres ausrücken können. Ohne Schwierigkeiten hätte ich mich auf ein Boot schmuggeln und nach Suez zurückfahren können. Und die Chance, auf die ich wartete, stellte sich nicht ein – drei lange Jahre nicht.«

»Sie haben uns gesehen?« fragte Trench. »Und Sie gaben sich nicht zu erkennen?«

»Wie hätten Sie denn reagiert?« Und Trench schwieg. »Nein, ich sah Sie, doch ich gab mir die größte Mühe, von Ihnen nicht gesehen zu werden. Ich glaube nicht, daß ich die Zeit durchgestanden hätte ohne die Erinnerung an jenen Abend in Ramelton, ohne die Existenz der vierten Feder, die diese Erinnerung in meinen Gedanken frisch und gegenwärtig erhielt. Ich wäre nie von Obak nach Berber gewandert. Und ich wäre auf keinen Fall hier in Omdurman zu Ihnen gestoßen.«

Hastig drehte sich Trench zu seinem Begleiter um.

»Sie würde sich freuen, diese Worte aus Ihrem Munde zu hören«, sagte er. »Ich habe keinen Zweifel, daß ihr die vierte Feder leid tut, so sehr, wie ich die anderen drei bedauere.«

»Dazu besteht für sie kein Grund – und auch nicht für Sie. Ich mache Ihnen oder ihr keinen Vorwurf.« Feversham verstummte und blickte auf den Fluß hinaus.

Schreie schrillten durch die Luft, am Ufer drängte sich eine bunte Menge von Arabern und Negern, die in lange blaue und gelbe und schmutzigbraune Gewänder gehüllt waren; das Entladen der Boote ging geschäftig vonstatten; auf der anderen Seite des Flusses und jenseits der Gabelung ragten die Palmen Khartums vor dem wolkenlosen Himmel auf, und die Sonne dahinter neigte sich dem Westen entgegen. In wenigen Stunden würden die Schrecknisse des Hauses aus Stein von neuem beginnen. Doch beide Männer dachten an die Ulmen am Lennon und an eine Halle, deren Tür zur kühlen Nacht hin offen stand und in der leise die Melodie eines Walzers erklang, während sich ein Mädchen und ein Mann gegenüberstanden, drei weiße Federn zwischen sich auf dem Boden; der eine Mann erinnerte sich daran, der andere malte sich das Bild aus, und beiden erschien es gleichermaßen real.

Schließlich lächelte Feversham.

»Vielleicht hat sie inzwischen mit Willoughby gesprochen. Vielleicht hat sie seine Feder zurückgenommen.«

Trench streckte dem anderen die Hand hin.

»Ich nehme die meine jetzt zurück.«

Feversham schüttelte den Kopf.

»Nein, noch nicht«, und Trenchs Gesicht belebte sich plötzlich. Eine Hoffnung, die sich in den drei Tagen und Nächten seiner Wache in seiner Brust geregt hatte, eine Hoffnung, die zu unterdrücken er sich bemüht hatte, aus Sorge, sie könne sich als falsch erweisen – diese Hoffnung belebte sich nun kräftig.

»Noch nicht – dann *haben* Sie also einen Fluchtplan«, und die Angst kehrte auf Fevershams Gesicht zurück.

»Ich habe davon nichts gesagt«, flehte er. »Bestätigen Sie mir das! Als ich hier im Delirium lag, habe ich nichts davon gesagt, ich habe kein Wort darüber verloren! Ich erzählte Ihnen von den vier Federn, ich erzählte Ihnen von Ethne, doch über den Fluchtplan für Sie habe ich nichts gesagt.«

»Kein Wort. Die Folge war, daß ich selbst im Zweifel gelebt habe und nicht zu hoffen wagte«; daraufhin legte sich Fevershams Besorgnis. Er hatte seine Worte geäußert, während seine Hand zitternd um Trenchs Arm lag, und sogar seine Stimme hatte vor Aufregung gebebt.

»Verstehen Sie, wenn ich mich im Haus aus Stein darüber geäußert hätte«, rief er aus, »hätte ich auch in Dongola darüber sprechen können. Denn in Dongola wie in Omdurman befand ich mich im Delirium. Aber ich habe nichts verlauten lassen, sagen Sie – wenigstens nicht hier. Vielleicht habe ich also auch dort den Mund gehalten. Ich hatte große Angst, daß ich mich verraten könnte – oh, welch schlimme Angst! Es gab in Dongola eine Frau, die Englisch verstand – sehr wenig, aber genug. Sie war in der *Kauneesa* Khartums gewesen, als Gordon dort das Szepter führte. Sie wurde geschickt, mich zu verhören. Es war eine schlimme Zeit in Dongola.«

Trench unterbrach ihn leise: »Ich weiß. Sie haben mir Dinge

erzählt, die mich erzittern ließen.« Und er ergriff Fevershams Arm und schob den weiten Ärmel hoch. Fevershams vernarbte Handgelenke bestätigten seine Schilderung.

»Ja, ich hatte dort das Gefühl, daß mein Geist sich verwirrte«, fuhr er fort. »So faßte ich den Entschluß, von unserer Flucht kein Sterbenswörtchen verlauten zu lassen. Und ich versuchte mit aller Kraft, an etwas anderes zu denken, als ich Gefahr lief, den Verstand zu verlieren.« Und er lachte vor sich hin. »Deshalb haben Sie mich von Ethne sprechen hören«, erklärte er.

Trench hielt seine Knie umfaßt und starrte unverwandt vor sich hin. Fevershams letzte Worte hatte er nicht mehr gehört. Er ließ seinen Hoffnungen freien Lauf.

»Es stimmt also«, sagte er mit leiser, staunender Stimme. »Es wird ein Morgen anbrechen, an dem wir uns nicht aus dem Haus aus Stein schleppen. Es werden Nächte kommen, die wir in Betten verbringen – in richtigen Betten. Es wird ...« Er unterbrach sich mit der scheuen Miene eines Mannes, der im Begriff steht, ein Geständnis zu machen. »Es wird – noch etwas anderes geben«, sagte er lahm, dann stand er auf.

»Wir haben schon zu lange hier gesessen. Gehen wir weiter.« Sie näherten sich dem Fluß um weitere hundert Meter und setzten sich wieder.

»Sie haben mehr als eine Hoffnung. Sie haben einen Fluchtplan?« fragte Trench eifrig.

»Mehr als einen Plan«, gab Feversham zurück. »Die Vorbereitungen sind abgeschlossen. Zehn Meilen westlich von Omdurman warten Kamele in der Wüste.«

»Jetzt schon?« rief Trench. »Jetzt schon?«

»Ja, Mann, jetzt schon. Nahe den Kamelen sind Gewehre und Munition vergraben, Vorräte und Wasser werden bereitgehalten. Wir reiten über Metemneh, wo uns frische Kamele erwarten, von Metemneh nach Berber. Dann überqueren wir den Nil; fünf Meilen von Berber entfernt warten wiederum Kamele. Von Berber reiten wir über den Kokreb-Paß nach Suakin.«

»Wann?« rief Trench. »Oh! Wann, wann?«

»Sobald ich kräftig genug bin, zehn Meilen weit auf einem Pferd zu sitzen und eine Woche lang auf einem Kamel«, antwortete Feversham. »Und wann wird das sein? Es dauert nicht mehr lange, Trench, das verspreche ich Ihnen, nicht mehr lange.« Und er erhob sich.

»Wenn Sie aufstehen«, fuhr er fort, »schauen Sie sich einmal um. Sie werden einen Mann in einem blauen Leinengewand entdecken; er treibt sich zwischen uns und dem Gefängnis herum. Als wir ihn vorhin passierten, gab er mir ein Zeichen. Ich habe es nicht erwidert. An dem Tag unserer Flucht werde ich darauf antworten.«

»Er wird warten?«

»Einen Monat lang. In diesem Monat muß es uns in irgendeiner Nacht gelingen, dem Haus aus Stein zu entkommen. Wir können ihm ein Zeichen geben, Hilfe zu holen. Es ließe sich in einer Nacht ein Loch in die Wand stemmen, die Steine sitzen locker aufeinander.«

Sie wanderten ein Stück weiter und erreichten das Wasser. Inmitten des Gedränges unterhielten sie sich weiter über ihre Flucht, doch mit der Miene von Männern, die sich über das Treiben ringsum amüsierten.

»Es gibt einen besseren Weg als durch die Mauer«, sagte Trench, und er lachte, als er die Worte sprach, und deutete auf einen schwerbeladenen Gefangenen, der mit dem Gesicht nach unten ins Wasser gefallen war und sich nun, behindert durch die Fesseln und niedergedrückt durch die Last auf seinen Schultern, vergeblich zu erheben versuchte. »Es gibt einen besseren Weg. Sie haben Geld?«

»Ai, ai!« rief Feversham und brüllte vor Lachen, als der Gefangene sich halb aufrichtete und wieder zusammensackte. »Ich habe eine gewisse Summe am Leib versteckt. Was ich nicht versteckt hatte, hat sich Idris genommen.«

»Gut!« sagte Trench. »Heute oder morgen wird sich Idris zu

Ihnen setzen. Er wird von der Güte Allahs zu Ihnen sprechen, der Sie aus der Verderblichkeit der Welt in die heilige Stadt Omdurman geführt hat. Ausführlich wird er Ihnen die Gefahren schildern, in denen Ihre Seele schwebt, und die einzige Methode, mit der diese Risiken abzuwenden sind, und er wird mit einigen bedeutungsvollen Sätzen über seine hungernde Familie schließen. Wenn Sie seiner hungernden Familie zu Hilfe kommen und ihn bitten, fünfzehn Dollar von Ihrem Geld anzunehmen, erlaubt er Ihnen vielleicht, außerhalb des Gefängnisses in der Umfriedung zu schlafen. Geben Sie sich damit eine oder zwei Nächte zufrieden. Dann wird er sich wieder melden, und wieder werden Sie seiner hungernden Familie beistehen, und diesmal werden Sie darum bitten, daß auch ich im Freien schlafen darf. Wir müssen los! Da kommt Idris, der uns nach Haus treiben will.«

Es geschah, wie Trench vorausgesagt hatte. An jenem Nachmittag hielt Idris Feversham einen ungewöhnlich langen Vortrag. Feversham erfuhr, daß Gott ihn nun liebe und wie Pascha Hicks' Armee vernichtet worden sei. Die heiligen Engel hätten das bewirkt, kein einziger Schuß sei gefallen, die Soldaten des Mahdi hätten keinen einzigen Speer geschleudert. Gelenkt von den Engeln seien ihnen die Speere aus den Händen geflogen und hätten die Herzen der Ungläubigen durchbohrt. Zum erstenmal hörte Feversham von einem höchst praktischen Geist, Nebbi Khiddr geheißen, der das Auge und Ohr des Kalifen sei und ihm alles mitteile, was im Gefängnis vor sich ging. Feversham wurde darauf hingewiesen, daß er, sollte sich Nebbi Khiddr gegen ihn aussprechen, schwerere Fesseln an die Füße bekommen würde, außerdem würden viele unangenehme Dinge geschehen. Endlich kam der Vortrag über die hungernden Kinder, und Feversham bat Idris, fünfzehn Dollar von ihm anzunehmen.

Trenchs Plan funktionierte. In dieser Nacht schlief Feversham im Freien, und zwei Nächte später legte sich Trench neben ihm nieder. Über ihnen breiteten sich ein klarer Himmel und die strahlenden Sterne.

»Nur noch drei Tage«, sagte Feversham und hörte, wie sein Gefährte einen tiefen Atemzug machte. Eine Weile lagen sie stumm nebeneinander und atmeten die kühle Nachtluft, dann sagte Trench:

»Sind Sie wach?«

»Ja.«

»Nun ja«, sagte er und vertraute nicht ohne Zögern dem anderen an, was er an jenem Tag am Ufer des Nils zurückgehalten hatte. »Vermutlich hat jeder seine besondere gefühlsmäßige Schwäche. So auch ich. Ich bin nicht für die Ehe geschaffen, in diese Richtung geht mein Gefühl also nicht. Vielleicht werden Sie darüber lachen. Und es liegt nicht nur daran, daß ich dieses öde, schattenlose, üble Omdurman hasse oder die Schrecknisse seines Gefängnisses. Es liegt nicht nur daran, daß ich die Leere der kahlen Wüsten verabscheue und daß ich der Palmen von Khartum überdrüssig bin oder dieser Ketten oder der Peitschen unserer Wächter. Nein, da ist noch etwas anderes. Ich möchte zu Hause sterben, und es hat mich oft mit verzweifelter Angst erfüllt, mir vorzustellen, ich könnte hier dahinscheiden. Ich möchte zu Hause sterben – nicht nur in meinem Heimatland, sondern in dem Dorf, in dem ich geboren bin, ich möchte unter den Bäumen begraben sein, die ich kenne, im Schatten der Kirche und der Häuser, die ich kenne, nahe dem Forellenbach, in dem ich als kleiner Junge geangelt habe. Sie werden sicher darüber lachen.«

Feversham jedoch lachte nicht. Die Worte kamen ihm seltsam vertraut vor, und er wußte auch, warum. Sie waren nie zu ihm gesprochen worden, doch hätten sie von Ethnes Lippen kommen können.

»Nein, ich lache nicht«, antwortete er. »Ich verstehe Sie.« Und er sprach mit einer mitfühlenden Wärme, die Trench einigermaßen überraschte. Und tatsächlich entspann sich eine echte Freundschaft zwischen den beiden Männern, die in dieser Nacht ihren Ursprung hatte.

Es war in der Tat ein passender Augenblick für Vertraulichkeiten. In der Umfriedung nebeneinander liegend, sprachen sich die Männer mit leiser Stimme aus. Gedämpft klang das Geschrei aus dem Haus aus Stein und verlieh beiden das Gefühl, gut dran zu sein. Sie konnten frei atmen, sie konnten sehen, kein niedriges Dach bedrückte sie. Sie befanden sich in der kühlen Nachtluft. Diese Luft würde gegen Morgen noch sehr kühl werden und sie in ihren Lumpen zittern lassen. Doch im Augenblick lagen sie gemütlich auf dem Rücken, die Hände hinter dem Kopf verschränkt, und sahen die großen Sterne und Planeten in der blauen Himmelskuppel leuchten.

»Es wird seltsam sein, sie wieder matt und klein leuchten zu sehen«, sagte Trench.

»Aber dafür entschädigt einen anderes«, antwortete Feversham auflachend, und sie begannen Pläne zu schmieden, was sie tun würden, wenn sie die Wüste und das Mittelmeer und den europäischen Kontinent durchquert hätten und endlich in ihre Heimat unter den matten, kleinen Sternen zurückgekehrt wären. Fasziniert und gebannt von den Bildern, die selbst der einfachste Satz, die alltäglichste Bemerkung in ihnen hervorzurufen vermochten, ließen sie die Stunden unbeachtet verstreichen. Sie waren keine Gefangenen mehr in jener barbarischen Stadt, die in den einsamen, weiten Sandflächen einen Schandfleck darstellte, sie waren in ihrer Heimat und gingen wieder ihrer altvertrauten Wege. Sie standen vor Baumgruppen, die Flinten in der Hand, während der schrille Ruf der Treiber erklang. Wieder vernahm Trench das unverwechselbare Rattern seiner Angelspule, die das Einholen der Leine am Ufer seines Forellenbaches begleitete. Sie sprachen über Theater in London und die letzten Stücke, die sie gesehen hatten, über die letzten Bücher, die sie vor sechs Jahren gelesen hatten.

»Da zieht der Große Bär«, sagte Trench plötzlich. »Es ist spät.« Das Schwanzende des Sternenbildes verschwand hinter der Dornenhecke. Die Männer legten sich auf die Seite.

»Noch drei Tage«, sagte Trench.

»Nur noch drei Tage«, erwiderte Feversham. Und kaum eine Minute später waren sie weder in England noch im Sudan. Unbeachtet marschierten die Sterne über ihren Köpfen in den Morgen hinein. Die beiden hatten sich in den wohltuenden Reichen des Schlafs verloren.

Neunundzwanzigstes Kapitel
Colonel Trench gibt vor, Kenntnisse in Chemie zu besitzen

»Noch drei Tage.« Die beiden Männer schliefen ein und hatten diese Worte auf den Lippen. Doch am nächsten Morgen erwachte Trench und hatte Fieber; dieses Fieber steigerte sich schnell, so daß er schon am frühen Nachmittag leichte Schwindelanfälle hatte und Feversham ihm nun jene Dienste erweisen mußte, die zuvor ihm geleistet worden waren. Die tausend Nächte im Haus aus Stein taten ihre Wirkung. Es war allerdings kein Zufall, daß Trench gerade in dem Augenblick von den Folgen eingeholt werden sollte, als sich die Tür zu seinem Gefängnis zu öffnen begann. Der gewaltige Aufruhr der Freude, der ihn ganz überraschend ergriffen hatte, war für seinen erschöpften Körper zuviel gewesen. Die reale Aussicht auf Flucht war die krönende Prüfung gewesen, die er nicht zu ertragen vermochte.

»In wenigen Tagen ist er wieder auf den Beinen«, sagte Feversham. »Das Fieber hat nichts zu bedeuten.«

»Es ist *Umm Sabbah*«, antwortete Ibrahim kopfschüttelnd, der schreckliche Typhus, der in dem infizierten Gefängnis schon viele heimgesucht und am siebenten Tag hinweggerafft hatte.

Feversham wollte das nicht glauben. »Es ist nichts«, wiederholte er mit geradezu leidenschaftlicher Beharrlichkeit; doch durch den Kopf schoß ihm eine andere Frage: »Werden die Männer mit den Kamelen warten?« Wenn er zum Nil ging, sah er Abou Fatma in dem blauen Gewand auf seinem Posten; jeden

Tag machte der Mann sein Zeichen, doch Feversham gab keine Antwort. Unterdessen versorgte er Trench mit Ibrahims Hilfe. Täglich brachte der Junge etwas zu essen ins Gefängnis. Er wurde losgeschickt, um Tamarinden, Datteln und Wurzeln zu kaufen, aus denen Ibrahim kühlende Tränke braute. Zu zweit schleppten sie Trench von Schatten zu Schatten, wenn die Sonne über die Heckenumfriedung stieg. Der hungernden Familie Idris' kam weitere Hilfe zu, und die vierzig Pfund schweren Ketten, mit denen Trench belastet war, verschwanden. Man flößte ihm in Salzwasser eingeweichtes Pflanzenmark ein, sein Mund wurde mit Butter gefüllt, sein Körper eingesalbt und warm in Kamelsatteldecken gehüllt. Das Fieber nahm seinen Verlauf, und am siebenten Tag sagte Ibrahim:

»Dies ist der letzte Tag. Heute nacht wird er sterben.«

»Nein«, erwiderte Feversham. »Das ist unmöglich. ›In seiner Heimatgemeinde‹, hat er gesagt, ›unter den Bäumen, die er kennt.‹ Nicht hier, nein.« Und wieder äußerte er sich mit leidenschaftlichem Nachdruck. Er dachte nicht mehr an den Mann im blauen Gewand vor den Gefängnismauern oder an die Fluchtchance, die sich ihnen eröffnete. Die Angst, daß die dritte Feder nicht zu Ethne zurückgebracht werden könnte, daß sie nie Gelegenheit haben würde, die vierte aus eigener freier Entscheidung zurückzunehmen, bekümmerte ihn nicht mehr. Selbst die große Hoffnung auf »das Dereinst« war im Augenblick aus seinen Gedanken verbannt. Er dachte nur an Trench und die wenigen stockenden Worte, die er an jenem ersten Abend gesprochen hatte, als sie in der Ecke der Umfriedung Seite an Seite unter dem Himmel lagen. »Nein«, wiederholte er. »Er darf hier nicht sterben.« Und den ganzen Tag und die ganze Nacht hindurch wachte er an Trenchs Seite über den langen, schweren Kampf zwischen Leben und Tod. Einmal hatte es den Anschein, als würden die drei Jahre im Haus aus Stein den Sieg davontragen, dann wieder sah es so aus, als würden sich Trenchs Konstitution und sein drahtiger Körper über die drei Jahre hinwegsetzen.

In dieser Nacht vermochten sie das auch zunächst, und der Kampf ging weiter. Der gefährliche siebente Tag verstrich. Selbst Ibrahim begann Hoffnung zu schöpfen; und am dreizehnten Tag schlief Trench ein, ohne im Fieber zu reden, und als er erwachte, war sein Kopf klar. Er war allein und so eng in Kamelsatteldecken gehüllt, daß er sich nicht zu bewegen vermochte; aber die Hitze des Tages war vergangen, und der Schatten des Hauses aus Stein lag schwarz auf dem Sand der Umfriedung. Er verspürte auch gar nicht den Wunsch, sich zu bewegen, und er lag reglos da und fragte sich beiläufig, wie lange er krank gewesen war. Und während er diesem Gedanken nachhing, hörte er die Rufe der Wächter und das Geschrei der Gefangenen außerhalb der Umfriedung, aus der Richtung des Flusses. Das Tor ging auf, und die Gefangenen strömten herein. Feversham war unter ihnen und kam sofort in Trenchs Ecke.

»Gott sei Dank!« rief er. »Ich hätte Sie normalerweise nicht allein gelassen, aber ich mußte. Wir haben den ganzen Tag Boote entladen.« Und er ließ sich erschöpft neben Trench zu Boden sinken.

»Wie lange bin ich krank gewesen?« fragte Trench.

»Dreizehn Tage.«

»Es wird noch einen Monat dauern, bis ich wieder reisen kann. Sie müssen weg von hier, Feversham. Sie müssen mich hier zurücklassen und fliehen, solange das noch möglich ist. Wenn Sie nach Assuan kommen, können Sie von dort aus etwas für mich tun. Ich käme im Moment nicht vom Fleck. Sie fliehen morgen?«

»Nein, ich würde auf keinen Fall ohne Sie gehen«, antwortete Feversham. »Außerdem ist es sowieso zu spät.«

»Zu spät?« wiederholte Trench. Die Bedeutung dieser Worte erfaßte er nur langsam; er war beinahe unwillig, sich durch ihren bloßen Klang aufstören zu lassen; er wollte einfach nur lange Zeit untätig in der Kühle des Sonnenuntergangs liegenbleiben. Doch allmählich drang ihm der Sinn dessen, was Feversham da gesagt hatte, in den Verstand.

»Zu spät? Der Mann im blauen Gewand ist fort?«

»Ja. Er hat mich gestern am Fluß angesprochen. Die Kameltreiber wollten nicht länger warten. Sie hatten Angst, entdeckt zu werden, und wollten zurückreiten, ob er sie nun begleitete oder nicht.«

»Sie hätten mitgehen sollen«, sagte Trench. Was ihn betraf, so war es ihm im Moment gleichgültig, ob er sein ganzes Leben im Gefängnis verbringen mußte, wenn er nur möglichst lange ruhig liegenbleiben durfte; und ohne jeden Ausdruck von Verzweiflung fügte er hinzu: »Unsere einzige Chance ist also vertan.«

»Nein, aufgeschoben«, erwiderte Feversham. »Der Mann im blauen Gewand, der am Fluß gewacht hat, brachte mir Papier, Schreibstift und ein bißchen Holzkohle, die mit Wasser vermengt war. Ich lag am Boden, und es gelang ihm, die Utensilien neben mir abzulegen. Ich versteckte sie unter meiner *dschub* und schrieb gestern nacht – es schien der Mond – an einen griechischen Kaufmann, der in Wadi Halfa ein Café betreibt. Heute nachmittag gab ich dem Mann den Brief, und er ist fort. Er wird ihn abgeben und dafür Geld erhalten. In sechs Monaten, spätestens in einem Jahr wird er wieder in Omdurman sein.«

»Da ist eher anzunehmen«, sagte Trench, »daß er dann um einen neuen Brief bitten wird, damit er noch mehr Geld kassieren kann, und wieder wird er sagen, er würde in sechs Monaten oder einem Jahr nach Omdurman zurückkehren. Ich kenne diese Leute.«

»Sie kennen Abou Fatma nicht. Er war dort drüben Gordons Diener, ehe Khartum fiel; seither ist er der meine. Er begleitete mich nach Obak und wartete dort, während ich in Berber war. Nach Omdurman zu kommen war für ihn lebensgefährlich. In sechs Monaten ist er wieder hier, darauf können Sie sich verlassen.«

Trench setzte die Diskussion nicht fort. Vielmehr ließ er den Blick durch die Umfriedung wandern und heftete ihn schließlich auf einen frisch aufgeworfenen Erdhaufen in einer Ecke.

»Was wird dort gegraben?« fragte er.

»Ein Brunnen«, antwortete Feversham.

»Ein Brunnen?« fragte Trench unruhig. »Und das so dicht am Nil? Warum? Was bezweckt man damit?«

»Ich weiß es nicht«, sagte Feversham. Er wußte es wirklich nicht, doch er hatte einen Verdacht. Und dieser Verdacht, warum in der Umfriedung des Gefängnisses ein Brunnen gegraben wurde, erfüllte sein Herz mit großer Angst. Er gedachte ihn seinem Gefährten aber erst zu offenbaren, wenn dieser die Enttäuschung verkraften konnte, die damit verbunden war. Doch schon nach wenigen Tagen stellte sich seine Vermutung als richtig heraus. Es wurde offiziell verkündet, daß eine hohe Mauer um das Haus aus Stein errichtet werden sollte. Zu viele Gefangene waren in ihren Fesseln am Nilufer entkommen. Ab sofort würden sie sich jahraus, jahrein innerhalb der Mauer aufhalten. Die Gefangenen errichteten sie selbst aus getrockneten Lehmziegeln. Auch Feversham nahm an der Arbeit teil, und selbst Trench mußte mit anpacken, sobald er wieder auf den Beinen war.

»Damit zerschlägt sich unsere letzte Hoffnung«, sagte er; und obwohl Feversham ihm nicht offen recht gab, sagte ihm sein Herz, daß der andere sich nicht irrte.

Sie legten die Steine aufeinander und verbanden sie mit Mörtel. Jeden Tag stieg die Mauer um einen Fuß höher. Mit eigenen Händen schlossen sich die Männer ein. Als sie fertig waren, ragte die Mauer zwölf Fuß hoch – zwölf Fuß hoch und glatt und widerstandsfähig. Ihre Oberfläche zeigte keinen Vorsprung, an dem ein Fuß Halt gefunden hätte; auch ließ sie sich nicht in einer Nacht durchbrechen. Verzweifelt starrten Trench und Feversham auf das Bauwerk. Die Palmen Khartums waren nun ihrem Blick entzogen. Ihre Welt war eingegrenzt durch ein hellblaues Viereck bei Tag und ein dunkelblaues Viereck bei Nacht, besetzt mit silbernen und goldenen Juwelenpunkten. Trench barg das Gesicht in den Händen.

»Ich kann den Anblick nicht ertragen«, sagte er mit gebrochener Stimme. »Wir haben hier unseren eigenen Sarg gebaut, Feversham, daran führt kein Weg vorbei.« Dann warf er die Arme hoch und rief: »Kommen sie denn nie den Nil herauf, die Kanonenboote und Soldaten? Hat man uns in England vergessen? Gütiger Gott! Hat man uns vergessen?«

»Pst«, sagte Feversham. »Keine Sorge, wir finden eine Fluchtmöglichkeit. Wir müssen nur sechs Monate warten. Nun, wir beide haben schon Jahre gewartet. Was sind da sechs Monate?«

Doch obwohl er sich gegenüber dem Leidensgenossen aufmunternd äußerte, sank ihm selbst das Herz.

Es sei uns erspart, die Einzelheiten ihres Lebens während der nächsten sechs Monate zu schildern. In jener vergifteten Umfriedung führte allein das zahlreich vertretene Ungeziefer ein angenehmes Leben. Es gab keine Nachrichten aus der Außenwelt. Die Männer hielten sich an den eigenen Gedanken aufrecht, so daß der Anblick einer Eidechse an der Mauer schon ein aufregender Zwischenfall war. Nachts wurden die Gefangenen von Skorpionen gestochen, manchmal wurden sie bei Tag von den Wärtern ausgepeitscht. Sie waren den Launen des Idris-es-Saier und des seltsamen Geistes Nebbi Khiddr ausgeliefert, der sie immer gerade dann beim Kalifen anschwärzte, wenn Idris für seine hungernde Familie wieder dringend Geld benötigte. Gottesgelehrte wurden vom Kalifen in das Gefängnis geschickt, um sie zum einzig wahren Glauben zu bekehren; und tatsächlich waren die langen theologischen Auseinandersetzungen in der Umfriedung Ereignisse, auf die sich beide Männer zu freuen begannen. Einmal wurden sie von den schweren Fesseln befreit und durften im Freien schlafen; dann wieder wurden diese Privilegien ohne Angabe von Gründen aufgehoben, und sie kämpften im Haus aus Stein um das Überleben.

Die sechs Monate gingen zu Ende. Der siebente begann; vierzehn Tage gingen vorbei, und der Junge, der Feversham zu essen brachte, vermochte zu keiner Zeit ihre Stimmung mit der guten Nachricht zu heben, daß Abou Fatma zurückgekehrt sei.

»Er kommt nie«, sagte Trench voller Verzweiflung.

»Ganz bestimmt kommt er – wenn er noch lebt«, sagte Feversham. »Aber lebt er noch?«

Der siebente Monat verging, und an einem Vormittag zu Beginn des achten kamen zwei Leibwächter des Kalifen in das Gefängnis und sprachen mit Idris. Idris näherte sich den beiden Gefangenen.

»Wahrhaftig, Gott ist mit euch, ihr Männer aus der schlechten Welt«, sagte er. »Ihr dürft das Antlitz des Kalifen schauen. Wie glücklich ihr euch preisen dürft!«

Trench und Feversham erhoben sich nicht gerade beglückt. »Was will er von uns? Ist das unser Ende?« Diese Fragen gingen beiden durch den Kopf. Sie folgten den Wächtern durch das Tor und die Straße hinauf, die zum Haus des Kalifen führte.

»Steht uns der Tod bevor?« fragte Feversham.

Trench zuckte die Achseln und lachte säuerlich. »Man muß damit rechnen, daß Nebbi Khiddr etwas Ähnliches vorgeschlagen hat«, sagte er.

Sie wurden auf das weite Paradefeld vor der Moschee geführt und von dort in das Haus des Kalifen, auf dessen Schwelle ein anderer Weißer wartete. Drinnen hockte der Kalif auf einer *angareb*, neben sich einen grauhaarigen Griechen. Der Kalif bemerkte zu den beiden Gefangenen, daß beide künftig an der Herstellung von Schießpulver mitwirken sollten, mit dem die Armeen der Türken binnen kurzem geschlagen werden sollten.

Feversham wollte schon antworten, daß er von den Produktionsvorgängen keine Ahnung hätte, doch ehe er den Mund öffnen konnte, hörte er Trench in fließendem Arabisch sagen, daß es in bezug auf Schießpulver nichts gebe, worüber er nicht Bescheid wisse; und daraufhin teilte man ihnen mit, daß sie unter der Aufsicht des Griechen in der Pulverfabrik arbeiten sollten.

Dieser Grieche wird bei beiden Gefangenen bis zu ihrem Todestage in hohem Ansehen stehen. Der Mann war der wahre

Samariter. Allein aus Mitleid, aus der Erkenntnis heraus, daß die beiden im Haus aus Stein eingepfercht waren, schlug er dem Kalifen ihre Anstellung vor, und dasselbe Mitleid brachte ihn dazu, die Lücken in ihren Kenntnissen zu verschweigen.

»Ich habe keine Ahnung, wie Schießpulver hergestellt wird, außer daß dazu Kristalle genommen werden«, sagte Trench. »Aber auf jeden Fall verlassen wir täglich das Gefängnis, und das ist immerhin etwas, wenn wir auch abends zurück müssen. Wer weiß, wann sich eine Fluchtchance ergibt?«

Die Pulverfabrik lag im nördlichen Teil der Stadt, auf der Rückseite des Sklavenmarkts am Nilufer, am Ende der großen Lehmmauer. Jeden Morgen wurden die beiden Gefangenen aus der Gefängnistür in die Freiheit entlassen. Außerhalb der Stadtmauer marschierten sie am Flußufer entlang und kamen, an den Lagerhäusern der Leibwächter des Kalifen vorbeigehend, zur Pulverfabrik am Ufer. Am Abend kehrten sie auf demselben Wege zum Haus aus Stein zurück. Kein Wärter begleitete sie, da eine Flucht unmöglich erschien, und tagtäglich hielten sie unterwegs begierig nach dem Mann im blauen Gewand Ausschau. Aber die Monate vergingen, und der Mai brachte den Sommer.

»Abou Fatma ist etwas zugestoßen«, sagte Feversham. »Vielleicht hat man ihn in Berber gefangengenommen. Auf irgendeine Weise ist er verhindert.«

»Er wird nicht kommen«, sagte Trench.

Feversham konnte nicht länger so tun, als glaube er an sein Kommen. Natürlich wußte er nichts von dem Schwerthieb, der Abou Fatma getroffen hatte, als er auf seiner Rückkehr von Omdurman durch Berber floh. In jener Stadt war er von einem seiner alten Gefängniswärter erkannt worden und war mit dem einen Stich ins Bein noch gut weggekommen. Den größten Teil des vergangenen Jahres hatte er im Krankenhaus in Assuan gelegen und sich langsam von dieser Wunde erholt. Doch obwohl Feversham von Abou Fatma ohne Nachricht blieb, erfuhr er gegen Ende Mai, daß andere seine Flucht zu bewirken versuchten.

Als Trench und er eines Abends im Zwielicht zwischen Lagerhäusern und Stadtmauer hindurchgingen, meldete sich aus dem Schatten einer Gasse, die sich zwischen den Lagerhäusern erstreckte, flüsternd ein Mann und bat sie stehenzubleiben. Trench kniete nieder und untersuchte seinen Fuß, als habe er sich geschnitten, und während er kniete, ging der Mann an den beiden vorbei und warf ihnen ein Stück Papier hin. Er war ein Kaufmann aus Suakin, der auf dem Kornmarkt von Omdurman einen Stand unterhielt. Trench ergriff das Papier, barg es in der Hand und humpelte, von Feversham begleitet, weiter. Auf der Außenseite stand keine Adresse und kein Name, und sobald sie die Häuser hinter sich gelassen und zur Rechten nur noch die Mauer und zur Linken den Nil hatten, setzte sich Trench erneut. Am Wasser drängte sich eine Menge, zwischen ihr und ihnen gingen Männer hin und her. Trench nahm den Fuß in den Schoß und untersuchte seine Sohle. Gleichzeitig entfaltete er das Papier in der hohlen Hand und las den Text laut vor. Er vermochte ihn kaum zu entziffern und verständlich vorzutragen, so sehr zitterte seine Stimme. Feversham hörte kaum, was er sprach, so laut sang ihm das Blut in den Ohren.

»Ein Mann wird Ihnen eine Schachtel Streichhölzer bringen. Wenn er kommt, vertrauen Sie ihm – SUTCH.« Und er fragte: »Wer ist Sutch?«

»Ein guter Freund von mir«, sagte Feversham. »Dann ist er also in Ägypten! Steht dort, wo er sich befindet?«

»Nein; aber da uns Muhammad Ali, der Getreidehändler, den Zettel hingeworfen hat, können wir davon ausgehen, daß er in Suakin weilt. Ein Mann mit einer Schachtel Streichhölzer! Stellen Sie sich vor, vielleicht läuft er uns heute abend noch über den Weg!«

Aber es dauerte einen ganzen Monat, bis sich eines Abends am Flußufer ein Araber an ihnen vorbeidrängte. »Ich bin der Mann mit den Streichhölzern. Morgen um diese Zeit an den Lagerhäusern.« Und im Vorbeigehen ließ er eine bunte Schachtel

Streichhölzer zu Boden fallen. Feversham bückte sich sofort danach.

»Nicht anfassen!« sagte Trench, trat die Schachtel mit dem Fuß in den Boden und ging weiter.

»Sutch!« rief Feversham. »Er kommt uns also zu Hilfe! Woher wußte er, daß ich hier bin?«

Im Gehen bebte Trench förmlich vor Erregung. Er sagte nichts von der neuen starken Hoffnung, die ihnen so plötzlich zugefallen war, er wagte es nicht. Er versuchte sogar vor sich selbst so zu tun, als wäre gar keine Botschaft eingetroffen. Er fürchtete sich davor, seinen Geist bei diesem Thema verweilen zu lassen. Beide Männer schliefen in dieser Nacht sehr unruhig, und bei jedem Erwachen hatten sie das vage Gefühl, daß etwas Großartiges und Wundervolles geschehen war. Feversham, der auf dem Rücken lag und zu den Sternen emporblickte, hatte plötzlich die Vision, im Garten von Broad Place inmitten der Surreyberge eingeschlafen zu sein; er bildete sich ein, er brauche nur den Kopf zu heben, um rechts und links die dunklen Kiefern auszumachen, er brauche sich nur umzudrehen, um hinter sich die Giebel des Hauses vor dem Himmel zu erkennen. Gegen Morgen schlief er ein und wurde nach knapp einer Stunde durch heftiges Schütteln geweckt. Trench beugte sich über ihn. Große Angst zeichnete sich auf seinem Gesicht ab.

»Wenn sie uns nun heute im Gefängnis behalten!« flüsterte er mit zitternder Stimme und zupfte an Fevershams Gewand. »Eben ist es mir eingefallen! Was ist, wenn sie das tun?«

»Warum sollten sie?« antwortete Feversham, aber dann setzte sich doch dieselbe Befürchtung in ihm fest, und er erwartete furchtsam das Erscheinen Idris', der ihnen womöglich einen solchen neuen Befehl zu überbringen hatte. Doch Idris überquerte den Hof und öffnete die Gefängnistür, ohne ihnen einen Blick zu gönnen. Strampelnd, kreischend, im Eingang festgeklemmt, zurückgezerrt und nach vorn gestoßen, mühten sich die Gefangenen ins Freie, in die frische Luft, und in ihrer Mitte war ein

Mann, der mit Schaum vor dem Mund losrannte und den Kopf gegen die Mauer schlug.

»Er hat den Verstand verloren«, sagte Trench, während die Wärter den Mann bändigten, und da Trench an diesem Morgen ohnehin von Unsicherheit übermannt war, sprach er hastig und beinahe unzusammenhängend weiter: »Das habe ich gefürchtet, Feversham, ich habe befürchtet, daß ich den Verstand verlöre. Mit dem Tod, und wenn er hier einträte, könnte man sich mit nicht allzu großem Bedauern abfinden; aber den Verstand zu verlieren!« Und er erschauerte. »Wenn uns der Mann mit den Streichhölzern hintergeht, Feversham, werde ich dem Wahnsinn nahe sein – sehr nahe. An einem Tag ein Mann, am nächsten ein tobender Irrer mit Schaum vor dem Mund – etwas, das man fortsperren muß, damit man es nicht mehr sieht, nicht mehr hört. Gott, wie ist das schrecklich!« Und er senkte den Kopf zwischen die Hände und wagte nicht aufzublicken, als Idris über den Hof zu ihnen kam und sie aufforderte, ihre Arbeit anzutreten. Was für Arbeiten sie an diesem Tag in der Fabrik erledigten, wußte hinterher niemand mehr. Sie hatten nur das Gefühl, daß die Stunden mit ungewöhnlicher Langsamkeit verstrichen – doch schließlich kam der Abend.

»Zwischen die Lagerhäuser«, sagte Trench. Sie verschwanden in der ersten Gasse, an der sie vorbeikamen, bogen um eine Ecke und erblickten den Mann, der ihnen die Streichhölzer gebracht hatte.

»Ich bin Abdul Kader«, begann er sofort. »Ich bin gekommen, um Ihre Flucht zu arrangieren. Im Augenblick ist ein Entkommen allerdings unmöglich.« Als Trench dieses Wort hörte, begann er zu schwanken.

»Unmöglich?« fragte Feversham.

»Ja. Ich habe drei Kamele nach Omdurman gebracht, von denen zwei gestorben sind. Der Effendi in Suakin hat mir Geld gegeben, aber nicht genug. Ich konnte keine Zwischenstationen einrichten, aber wenn Sie mir einen Brief an den Effendi mitgeben und ihn auffordern, mir zweihundert Pfund zu geben, habe ich innerhalb von drei Monaten alles bereit und komme zurück.«

Trench wandte sich ab, damit sein Gefährte sein Gesicht nicht sehen konnte. Dieser letzte Rückschlag hatte ihm all seinen Mut geraubt. Die Wahrheit zeichnete sich deutlich vor ihm ab, erschreckend deutlich. Abdul Kader gedachte sich nicht in Gefahr zu bringen. Er würde zwischen Omdurman und Suakin hin und her reisen, solange Feversham Briefe schrieb und Sutch die geforderten Summen bezahlte. Aber dieses Hin und Her würde zu nichts führen.

»Ich habe kein Schreibgerät«, sagte Feversham, und Abdul Kader zog welches unter seinem Gewand hervor.

»Beeilen Sie sich«, sagte er. »Schreiben Sie schnell, damit wir nicht entdeckt werden.« Und Feversham schrieb, doch obwohl er in dem Brief Abduls Vorschlag folgte, war ihm doch die Sinnlosigkeit seines Tuns so klar bewußt wie Trench.

»Da haben Sie den Brief«, sagte er und reichte ihn Abdul. Dann nahm er Trench am Arm und entfernte sich wortlos.

Sie verließen die Gasse und kehrten zur großen Lehmmauer zurück. Die Sonne ging unter. Links schimmerte der Fluß in wechselnden Farben – hier floß er olivgrün dahin, dort tat sich ein Rosa auf und an anderer Stelle wieder ein helles Grün; über ihren Köpfen traten die Sterne hervor, im Osten war es bereits dunkel; und in der Stadt hinter ihnen begannen die Trommeln ihr barbarisch-monotones Dröhnen. Beide Männer schritten mit gesenkten Köpfen dahin, den Blick zu Boden gerichtet. Sie waren am Ende ihrer Hoffnungen, die Verzweiflung hüllte sie mit ihrer Lethargie ein. Feversham dachte nicht mehr an die Kiefernbäume der Surreyberge, auch hatte Trench nicht mehr die Sorge, daß in seinem Kopf etwas bersten und ihn dessen berauben könnte, was ihn zum Menschen machte. Sie bewegten sich langsam, als hätten die Fesseln ihr Gewicht verzehnfacht. Kein Wort fiel. So niedergedrückt waren sie, daß ein Araber neben ihnen umdrehen und mit ihnen Schritt halten konnte, ohne daß sie von seiner Gegenwart Notiz nahmen. Nach kurzem Schweigen sagte der Araber:

»Die Kamele stehen in der Wüste bereit, zehn Meilen weiter westlich.«

Aber er äußerte sich so leise, und die Angesprochenen waren so sehr in ihrem Elend befangen, daß die Worte ungehört verhallten. Er wiederholte sie, und Feversham hob den Kopf. Ganz langsam kam ihm die Bedeutung der Worte zu Bewußtsein; ebenso langsam erkannte er den Mann, der sie gesprochen hatte.

»Abou Fatma!« rief er.

»Leise!« gab Abou Fatma zurück. »Die Kamele stehen bereit.«

»Sofort?«

»Sofort.«

Trench lehnte sich mit geschlossenen Augen an die Mauer; er hatte das Gesicht eines Kranken. Da es so aussah, als würde er gleich ohnmächtig werden, packte Feversham ihn am Arm.

»Stimmt es wirklich?« fragte Trench schwach; und ehe Feversham antworten konnte, fuhr Abou Fatma fort:

»Gehen Sie langsam weiter. Es wird dunkel sein, ehe Sie das Ende der Mauer erreichen. Ziehen Sie sich die Mäntel über die Köpfe, wickeln Sie sich diese Lumpen um die Ketten, damit sie nicht klirren. Dann kehren Sie um, kommen zurück und gehen hinter den Lagerhäusern zum Wasser. Ich werde Sie dort mit einem Mann erwarten, der Ihnen die Fesseln abnimmt. Aber halten Sie die Gesichter bedeckt, bleiben Sie nicht stehen. Er wird Sie für Sklaven halten.«

Gleichzeitig reichte er den beiden einige Lumpen, die Hände verstohlen hinter dem Rücken haltend, während sie dicht zu ihm aufschlossen. Dann machte er kehrt und eilte davon. Mit langsamen Schritten setzten Feversham und Trench den Rückmarsch zum Gefängnis fort. Die Dämmerung kroch über den Fluß, stieg den breiten Sandhang empor und hüllte sie ein. Hastig setzten sie sich, wickelten die Lumpen um die Ketten und steckten sie fest. Im Westen waren die Farben des Sonnenuntergangs verglüht, die Dunkelheit verdichtete sich ringsum. Sie kehrten um und gingen auf dem Weg zurück, den sie gekommen waren. Die Trommeln ertönten inzwischen zahlreicher, und über der Mauer strahlte helles Licht. Als sie gegenüber den Lagerhäusern das Ufer erreicht hatten, war es ganz dunkel. Abou Fatma wartete bereits mit dem Schmied. Ohne daß ein Wort fiel, wurden die Ketten gesprengt.

»Kommen Sie«, sagte Abou. »Heute nacht scheint kein Mond. Wie lange wird es dauern, bis man entdeckt, daß Sie fort sind?«

»Wer kann das sagen? Vielleicht hat Idris uns schon vermißt. Vielleicht merkt er es morgen früh. Die Gefangenen sind zahlreich.«

Sie liefen den Sandhang hinauf, vorbei an den Unterkünften der Stämme, und durchquerten die schmale Stadt und schließlich den Friedhof. Auf der anderen Seite des Friedhofs erhob sich ein leerstehendes Haus; in der Tür richtete sich bei ihrer Annäherung ein Mann auf und verschwand im Inneren.

»Warten Sie hier«, sagte Abou Fatma und ging ebenfalls ins Haus. Gleich darauf kehrten beide Männer zurück. Jeder führte ein Kamel am Zügel und ließ es niederknien.

»Steigen Sie auf«, sagte Abou Fatma. »Ziehen Sie den Kopf des Tiers herum und halten Sie ihn in der Stellung, während Sie aufsteigen.«

»Ich kenne den Trick«, sagte Trench.

Feversham stieg hinter ihm auf, während die beiden Araber das zweite Kamel nahmen.

»Zehn Meilen nach Westen«, sagte Abou Fatma und versetzte seinem Kamel einen Hieb auf die Flanke.

Hinter ihnen schwand der Glanz der Lichter, das Pochen der Trommeln wurde leiser.

Dreißigstes Kapitel
Abschied vom Kreuz des Südens

Ein scharfer, kalter Wind wehte aus dem Norden. Die Kamele, die sich davon erfrischt fühlten, trotteten so schnell sie konnten.

»Schneller!« sagte Trench mit zusammengebissenen Zähnen. »Vielleicht hat Idris unser Fehlen schon entdeckt.«

»Selbst wenn er Bescheid weiß«, erwiderte Feversham, »kostet es Zeit, die Männer für eine Verfolgung zusammenzurufen, außerdem müssen sie ihre Kamele holen, und es ist längst dunkel.«

Doch noch während er solche hoffnungsvollen Worte äußerte, wandte er immer wieder den Kopf dem Lichtschimmer über Omdurman zu. Die Trommeln waren nicht mehr zu hören, das war immerhin ein Trost. Doch er befand sich in einem Land der Stille, in einem Land, in dem Männer schnell vorankommen konnten, ohne dabei ein Geräusch zu erzeugen. Hier durfte er kein Hufgetrappel erwarten als Warnung, daß die Verfolgung eingesetzt hatte. Schon jetzt mochten die Ansar-Soldaten bis auf dreißig Schritte herangeritten sein, und Feversham starrte angestrengt nach hinten in die Dunkelheit und rechnete jeden Augenblick mit dem Schimmer eines weißen Turbans. Trench dagegen drehte sich nicht um. Er ritt mit zusammengebissenen Zähnen und schaute voraus. Trotzdem wirkte die Angst in ihm nicht weniger stark als in Feversham. Sie war eher noch größer, denn er schaute sich nicht nach Omdurman um, weil er es nicht wagte; und obwohl seine Augen starr nach vorn gerichtet waren, sah er in Wahrheit die langen, schmalen Straßen der hinter ihm liegenden Stadt, die Feuerstellen an den Straßenecken, und Männer, die zwischen den Häusern hin und her liefen und hastig nach den beiden Gefangenen suchten, die dem Haus aus Stein entflohen waren.

Einmal wurde seine Aufmerksamkeit durch eine Bemerkung Fevershams abgelenkt, und er fragte, ohne den Kopf zu wenden:

»Was ist?«

»Ich sehe die Feuerstellen Omdurmans nicht mehr.«

»Der goldene Schimmer ganz unten, wie?« antwortete Trench geistesabwesend. Feversham fragte nicht, was diese Anspielung bedeutete, Trench hätte auch gar nicht sagen können, warum er sie gemacht hatte; die Worte waren ihm plötzlich in den Sinn gekommen, erschien es ihm doch irgendwie passend, daß das, was Feversham als letztes geschaut hatte, als er seine große Aufgabe begann, identisch war mit dem, was sich nun hinter ihm befand, nachdem die Mission ihren Abschluß gefunden hatte. Sie schwiegen, bis plötzlich vor ihnen aus der Dunkelheit zwei Gestalten auftauchten, dicht vor den Kamelen, und Abou Fatma mit leiser Stimme rief:

»Instanna!«

Die Männer zügelten die Kamele und ließen sie niederknien. »Die neuen Kamele sind hier?« fragte Abou Fatma, und zwei der Männer verschwanden einen Augenblick und kehrten mit vier Kamelen zurück. Unterdessen wurden die Sättel gelöst und den Tieren abgenommen, auf denen Trench und sein Gefährte Omdurman verlassen hatten.

»Es sind gute Kamele?« fragte Feversham, während er dabei half, die frischen Kamele zu satteln.

»Aus der Anafi-Zucht«, sagte Abou Fatma. »Schnell! Schnell!« Besorgt blickte er nach Osten und lauschte.

»Die Waffen?« fragte Trench. »Sie haben sie? Wo sind sie?« Und er beugte sich vor und suchte den Boden ab.

»Gleich«, sagte Abou Fatma, doch es schien, als könne Trench den Augenblick kaum abwarten. Sein Eifer, endlich wieder Waffen in der Hand zu haben, schien sogar größer zu sein als die Angst vor dem Eingeholtwerden, die ihn erfüllte.

»Sie haben Munition?« fragte er hektisch.

»Ja, ja«, erwiderte Abou Fatma. »Munition und Gewehre und Revolver.« Er führte die Männer zu einer etwa zwanzig Meter von den Kamelen entfernten Stelle, wo ihnen Wüstengras um die Beine raschelte. Er bückte sich und grub mit den Händen im weichen Sand herum.

»Hier«, sagte er.

Trench warf sich neben ihm zu Boden und schaufelte mit beiden Händen, während sein Mund zugleich ein unmenschlich klingendes Wimmern ausstieß, als wäre er ein Jagdhund vor dem Bau. Feversham mutete sein Verhalten irgendwie schrecklich an, wie er da auf dem Boden hockte, wie er fieberhaft mit den Händen wühlte, als wären es Hundepfoten, wie er unartikulierte Laute ausstieß. Einen Augenblick lang war der andere auf das Niveau eines Tiers abgesunken. Gleich darauf berührten Trenchs Finger Schloß und Abzug eines Gewehrs, und er wurde wieder zum Menschen. Gelassen richtete er sich auf, das Gewehr in der Hand. Auch die anderen Waffen wurden ausgegraben, die Munition wurde verteilt.

Trench stimmte ein kehliges Freudenlachen an. »Jetzt – jetzt ist es mir egal. Sollen sie uns doch von Omdurman aus verfolgen! Eins ist klar. Ich werde nie dorthin zurückkehren; auch wenn sie uns einholen!« Und er tätschelte das Gewehr, das er in den Händen hielt, und sprach damit, als wäre es ein Lebewesen.

Zwei Araber stiegen auf die alten Kamele und ritten langsam in Richtung Omdurman davon. Abou Fatma und der andere blieben bei den Flüchtlingen. Sie stiegen auf und trotteten in nordöstlicher Richtung los. Kaum eine Viertelstunde war vergangen, seit sie auf Abou Fatmas Befehl angehalten hatten.

Die ganze Nacht hindurch ritten sie durch Halfagras und zwischen Mimosenbäumen und kamen nur langsam voran, doch gegen Sonnenaufgang erreichten sie ein flaches, ödes Terrain, in dem sich kleine Hügel erhoben.

»Sind die Effendi müde?« fragte Abou Fatma. »Wollen Sie Rast machen und essen? An jedem Sattel ist Nahrung festgemacht.«

»Nein; wir können im Reiten essen.«

Datteln und Brot und ein Schluck Wasser aus einem Wasserschlauch, das war die Mahlzeit, und sie nahmen sie im Sattel sitzend zu sich. Die Tiere, des Wüstengrases ledig, schritten nun aus, so schnell sie konnten. Bei Sonnenuntergang rasteten sie eine Stunde lang. Die ganze Nacht hindurch ritten sie weiter, ebenso den nächsten Tag, wobei sie ihre Ausdauer und die der Tiere auf eine harte Probe stellten, mal im Anstieg auf hohes, felsiges Gelände, mal bei der Durchquerung eines Tals, dann wieder im schnellen Trott über weite Ebenen aus honigfarbenem Sand. Trotzdem kam es beiden Männern so vor, als bewegten sie sich mit der Langsamkeit eines Trauerzuges. Bei Sonnenaufgang mochte ein Berg über den Horizont steigen und den ganzen endlos langen Tag hindurch vor ihren Augen stehen, ohne auch nur um einen Fuß zu wachsen oder um einen Zoll näherzukommen. Zuweilen ließen Männer, die ein karges Feld mit Sorghumhirse hackten, die Herzen der Flüchtlinge aufgeregt höher schlagen und zwangen sie zu einem weiten Umweg; dann wieder sichteten die scharfen Augen Abou Fatmas in der Ferne eine Karawane, und sie ließen die Kamele niederknien und lagen geduckt hinter einer Felsformation, die geladenen Gewehre in der Hand. Zehn Meilen vor Abu Klea warteten frische Kamele, und auf diesen reisten sie weiter, wobei sie sich einen Tagesmarsch westlich des Nils hielten. Sie passierten das Wüstenland der Ababda und kamen schließlich in Sichtweite eines breiten grauen Streifens, der quer zu ihrem Weg verlief.

»Die Straße von Berber nach Merowe«, sagte Abou Fatma. »Nördlich davon biegen wir nach Osten zum Fluß ab. Wir überqueren die Straße heute nacht, und wenn Gott will, haben wir morgen abend den Nil überquert.«

»Wenn Gott will«, sagte Trench. »Wenn Er nur wollte!« und er starrte mit einer Angst um sich, die sich steigerte, je näher sie ihrem Ziel kamen. Sie befanden sich in einem Gebiet, in dem Karawanen unterwegs waren, so daß es nicht mehr ungefährlich war, bei Tag zu reiten. Sie stiegen ab, und den ganzen Tag über lagen sie in der Deckung eines Gebüschgürtels auf hohem Gelände und beobachteten die Straße und die Leute, die sich wie schwarze Punkte darauf bewegten. Bei Dunkelheit kamen sie von der Anhöhe herunter, überquerten die Straße und ritten den Rest der Nacht in schnellem Tempo auf den Fluß zu. Als der Tag anbrach, hieß Abou Fatma die Gruppe erneut anhalten. Sie befanden sich in einem öden, offenen Gelände, dessen geringste Erhebung durch die allgegenwärtige Weite und Flachheit betont wurde. Feversham und Trench blickten angestrengt nach rechts. Irgendwo in dieser Richtung strömte in Sichtweite der Nil, doch sie vermochten ihn nicht auszumachen.

»Wir müssen einen Steinkreis bauen«, sagte Abou Fatma, »und Sie müssen sich darin auf den Boden legen. Ich reite zum Fluß voraus und sorge dafür, daß das Boot bereit ist und daß unsere Freunde uns erwarten. Nach Einbruch der Dunkelheit bin ich zurück.«

Eilig suchte man die Steine zusammen und schuf eine etwa einen Fuß hohe Mauer; in ihrem Schutz legten sich Feversham und Trench auf den Boden, einen Wasserschlauch und die Gewehre neben sich.

»Sie haben auch Datteln«, sagte Abou Fatma.

»Ja.«

»Dann sollten Sie das Versteck erst verlassen, wenn ich zurück bin. Ich nehme Ihre Kamele mit und bringe Ihnen am Abend frische Tiere.« Begleitet von dem anderen Araber, ritt er in Richtung Fluß weiter.

Trench und Feversham schaufelten den Sand innerhalb des Steinkreises beiseite und legten sich hin; durch die Fugen beobachteten sie den Horizont. Für beide war dies vielleicht der längste Tag ihres Lebens. Sie waren der Rettung so nahe, und doch waren sie noch nicht in Sicherheit. Für Trench zog sich dieser Tag länger hin, als es je eine Nacht im Haus aus Stein getan hatte, und Feversham erschien die Zeit sogar länger als einer der Tage vor sechs Jahren, die er in seinen Zimmern über dem

St. James's Park sitzend verbracht hatte, darauf wartend, daß die Nacht begann, ehe er sich auf die Straße hinauswagte. Sie waren Berber so nahe, und die Verfolger waren bestimmt dicht hinter ihnen. Feversham fragte sich, wie er jemals den Mut aufgebracht hatte, nach Berber hinabzugehen. Kein Schatten schützte die beiden Männer; den ganzen Tag hindurch brannte ihnen die Sonne erbarmungslos auf den Rücken, und in dem engen Steinkreis hatten sie keinen Bewegungsraum. Sie sprachen kaum miteinander. Endlich aber kam der Sonnenuntergang, die angenehme Dunkelheit zog sich ringsum zusammen, und ein kühler Wind rauschte über die Wüste.

»Hören Sie!« sagte Trench. Beide Männer hörten ganz in der Nähe den weichen Tritt von Kamelen. Gleich darauf rief ein leiser Pfiff sie aus ihrem Versteck.

»Wir sind hier«, sagte Feversham gelassen.

»Gott sei Dank«, erwiderte Abou Fatma. »Ich habe gute Nachrichten für Sie, aber auch schlechte. Das Boot ist da, unsere Freunde erwarten uns, die Kamele stehen am Karawanenweg nach Abu Hamed bereit. Aber Ihre Flucht ist bekannt geworden, und Straßen und Fähren werden genau beobachtet. Vor Sonnenaufgang müssen wir vom Ostufer des Nils aus ins Landesinnere vorgestoßen sein.«

Gegen ein Uhr früh überquerten sie vorsichtig den Fluß und versenkten auf der anderen Seite das Boot. Die Kamele warteten bereits, und sie ritten fort vom Fluß, langsamer, als es den Flüchtenden in ihrer Nervosität lieb war. Denn der Boden war mit Felsbrocken übersät, und die Kamele kamen selten schneller voran als im Schritt. Den ganzen nächsten Tag verbrachten sie erneut im Schutz eines Steinrings, während die Kamele auf hohes Terrain gebracht wurden, wo sie grasen konnten. In der nächsten Nacht jedoch kamen sie gut voran; nach zwei Tagen erreichten sie die Haine von Abu Hamed, ruhten sich dort zwölf Stunden lang aus und bestiegen frische Tiere. Von Abu Hamed führte der Weg durch die große Nubische Wüste.

Heutzutage kann der Reisende die zweihundertundvierzig Meilen wasserlose Ebene aus kohlschwarzen Felsen und gelbem Sand durchqueren, indem er in seinem Bett schläft. Am Morgen mag er dann ein Zelt vorfinden, einen großen Haufen Kohlen, einen Wassertank und eine auf ein weißes Schild gemalte Nummer, und der Halt des Zuges verrät ihm, daß er einen Bahnhof erreicht hat. Wenn der Betreffende den Kopf aus dem Fenster streckt, erblickt er die lange Reihe der Telegraphenmasten, die vom Horizont hinter ihm bis zum Horizont vor ihm reichen, scheinbar immer enger zusammenrückend, je weiter die Masten entfernt sind. Innerhalb von zwölf Stunden beginnt und endet seine Reise, es sei denn, die Lokomotive versagt den Dienst oder das Gleis ist blockiert. Doch in den Tagen, da Feversham und Trench aus Omdurman flohen, war das Vorankommen nicht so einfach. Sie hielten sich im Osten der heutigen Eisenbahnlinie und folgten der Kette der Brunnen zwischen den Hügeln. Und in der zweiten Nacht dieses Abschnitts ihrer Reise schüttelte Trench Feversham an der Schulter und weckte ihn.

»Schauen Sie doch!« sagte er und deutete nach Süden. »Heute nacht ist dort kein Kreuz des Südens zu sehen!« Er schien von seiner Entdeckung überwältigt zu sein, denn seine Stimme brach. »Sechs Jahre lang habe ich jede Nacht – bis heute abend – das Kreuz des Südens gesehen. Wie oft habe ich wach gelegen und es betrachtet und mich gefragt, ob je die Nacht anbrechen würde, da ich jene vier geneigten Sterne nicht mehr erblicken würde! Ich sage Ihnen eins, Feversham, erst jetzt wage ich den Gedanken zu fassen, daß unsere Flucht vielleicht gelingt!«

Die beiden Männer richteten sich auf und beobachteten den südlichen Himmel mit einem Gebet des Dankes in den Herzen; und als sie endlich einschliefen, erwachten sie doch immer wieder in unregelmäßigen Abständen mit der Angst, jenes Sternbild doch noch dicht über dem Horizont flammen zu sehen, nur um sich beruhigt wieder hinzulegen. Nach sieben Tagen erreichten sie Shof-el-Ain, einen winzigen Brunnen in einem unfruchtbaren

Tal zwischen kahlen Anhöhen, und an diesem Brunnen lagerten sie. Sie hatten das Gebiet der Amrab-Araber erreicht und waren aus der Gefahrenzone.

»Wir sind in Sicherheit!« rief Abou Fatma. »Gott ist gütig. Im Norden liegt Assuan, im Westen Wadi Halfa, wir sind in Sicherheit!« Und er breitete vor den knienden Kamelen ein Tuch im Sand aus und häufte *dhurra* vor ihnen auf. Er ging in seiner Dankbarkeit sogar soweit, einem Tier den Hals zu tätscheln, woraufhin es knurrend zu ihm herumzuckte.

Trench streckte Feversham die Hand hin. »Danke«, sagte er schlicht.

»Es bedarf keines Dankes«, antwortete Feversham und ergriff die Hand nicht. »Ich habe damit von Anfang bis Ende nur mir selbst gedient.«

»Sie haben die Grobheit des Kamels angenommen!« rief Trench. »Ein Kamel bringt seinen Besitzer, wohin er will, trägt ihn, bis es tot umfällt, doch wenn man ihm Dankbarkeit erweisen will, lehnt es sie ab und beißt. Ich bitte Sie, Feversham, hier ist meine Hand!«

Feversham öffnete einen Knoten am Brustteil seiner *dschub* und nahm drei weiße Federn heraus, zwei kleine Federn eines Fischreihers, die dritte groß, eine von einem Fächer abgebrochene Straußenfeder.

»Nehmen Sie Ihre zurück?«

»Ja.«

»Sie wissen, was Sie damit tun sollen.«

»Ja. Es soll unverzüglich geschehen.«

Vorsichtig legte Feversham die verbleibenden Federn in eine Falte seiner zerlumpten *dschub* und band sie zu.

»Dann wollen wir uns die Hand geben«, sagte er und fügte hinzu, als die Hände sich trafen: »Morgen früh trennen wir uns.«

»Wir uns trennen, wir beide – nach dem Jahr in Omdurman, nach der wochenlangen Flucht?« rief Trench. »Warum? Es gibt nichts mehr zu tun! Castleton ist tot. Sie behalten die Feder, die er geschickt hat, aber er ist tot. Sie können damit nichts anfangen. Sie müssen nach Hause kommen.«

»Ja«, antwortete Feversham. »Aber nach Ihnen, auf keinen Fall mit Ihnen. Sie fahren nach Assuan und Kairo. Überall werden Sie auf Freunde stoßen, die Sie willkommen heißen. Ich werde Sie nicht begleiten.«

Trench schwieg einen Augenblick. Er verstand Fevershams Widerstreben, er erkannte, daß es Feversham leichter fallen würde, wenn er, Trench, die Geschichte Ethne Eustace als erster erzählte, ohne daß Feversham dabei war.

»Ich muß Ihnen sagen, daß niemand weiß, warum Sie Ihren Abschied eingereicht haben, außerdem weiß niemand von den Federn, die wir Ihnen schickten. Wir haben nie darüber gesprochen. Wir waren uns darin einig, den Mund zu halten, um der Regimentsehre willen. Ich kann Ihnen gar nicht sagen, wie froh ich bin, daß wir das vereinbart und uns auch daran gehalten haben«, endete er.

»Vielleicht sehen Sie Durrance«, sagte Feversham. »Wenn Sie ihn sprechen, richten Sie ihm doch etwas von mir aus. Sagen Sie ihm, wenn er mich das nächstemal bittet, ihn zu besuchen, sei es in England oder Wadi Halfa, werde ich seine Einladung annehmen.«

»In welche Richtung reisen Sie?«

»Nach Wadi Halfa«, sagte Feversham und deutete über seine Schulter nach Westen. »Ich werde Abou Fatma mitnehmen und langsam und geruhsam den Nil hinabreisen. Der andere Araber wird Sie nach Assuan geleiten.«

Die Nacht verbrachten sie ungefährdet am Brunnen, und am nächsten Morgen trennten sie sich. Trench ritt als erster ab, und als sein Kamel sich erhob, beugte er sich zu Feversham hinab, der ihm den Zügel reichte.

»Ramelton, das war der Name? Ich werde ihn nicht vergessen.«

»Ja, Ramelton«, sagte Feversham. »Es gibt da eine Fähre über Lough Swilly nach Rathmullen. Die zwölf Meilen nach Ramelton müssen Sie mit dem Wagen zurücklegen. Aber vielleicht treffen Sie sie gar nicht dort an.«

»Wenn nicht dort, werde ich sie an einem anderen Ort aufspüren. Seien Sie unbesorgt, Feversham, ich werde sie finden.«

Begleitet von seinem arabischen Führer, ritt Trench allein weiter. Mehr als einmal drehte er sich um und sah Feversham am Brunnen stehen; mehr als einmal verspürte er den starken Wunsch, anzuhalten und zu der einsamen Gestalt zurückzureiten, doch er gab sich damit zufrieden zu winken, und selbst dieser Gruß fand keine Erwiderung.

Feversham hatte tatsächlich keinen Gedanken oder Blick mehr für den Gefährten seiner Flucht. An diesem Morgen waren die sechs Jahre seiner strengen Prüfungen zu Ende gegangen, dennoch spürte er weniger Freude als vielmehr einen gewissen Verlust, eine Leere. Sechs Jahre lang hatte ihn seine Mission durch zahlreiche Anfechtungen und Fehlschläge hindurch gestärkt und aufrechterhalten. Nun wollte ihm scheinen, als gäbe es nichts mehr, mit dem er sein Leben füllen könnte. Ethne? Zweifellos war sie längst verheiratet ... und urplötzlich überfiel ihn die Bitterkeit seiner Verzweiflung über jenen sinnlosen, unnötigen Fehler, den er vor sechs Jahren gemacht hatte. Wieder sah er das Zimmer über den stillen Bäumen und Rasenflächen des St. James's Park, wieder hörte er das Klopfen an der Tür, wieder nahm er seinem Diener das Telegramm aus der Hand.

Schließlich raffte er sich mit dem Gedanken auf, daß die Arbeit schließlich noch nicht ganz getan war. Er mußte an seinen Vater denken, der vermutlich in diesem Augenblick inmitten der Kiefern der Surreyberge auf der Terrasse von Broad Place saß und nach dem Frühstück die Times las. Er mußte seinen Vater besuchen. Er mußte die vierte Feder nach Ramelton zurückbringen. Außerdem mußte er Lieutenant Sutch in Suakin ein Telegramm schicken.

Er bestieg sein Kamel und ritt langsam mit Abou Fatma in westlicher Richtung nach Wadi Halfa. Aber das Gefühl des Verlustes wich an diesem Tag ebensowenig von ihm wie der Zorn über die törichte Tat, die seinen Niedergang ausgelöst hatte. Im Schimmern der Wüstenluft zeichneten sich klar die bewaldeten Hänge Rameltons ab. In seiner abgrundtiefen Niedergeschlagenheit zweifelte Harry Feversham an diesem Tag zum erstenmal an seinem Glauben an das »Dereinst«.

Einunddreißigstes Kapitel
Feversham kehrt nach Ramelton zurück

An einem Augustvormittag desselben Jahres ritt Harry Feversham über die Lennon-Brücke nach Ramelton hinein. Die brennende Sonne des Sudans hatte sein Gesicht gebräunt, die Jahre der Bewährung hatten ihre Spuren hinterlassen; unerkannt ritt er durch die schmalen Straßen der Stadt. Oben auf der Anhöhe bog er auf die breite Landstraße ein, die, durch Täler und über Anhöhen verlaufend, geradewegs nach Letterkenny führt. Von den Geistern der Vergangenheit heimgesucht, legte er ein ziemlich hohes Tempo vor.

Während der Reise durch Ägypten und den Kontinent war die Erinnerung an die zurückliegenden Jahre allmählich in den Hintergrund getreten. Im Augenblick waren sie kaum mehr als eine Vision. Ebensowenig hing er träumend dem nach, was ohne seinen großen Fehler hätte sein können. Das, was hier in dieser kleinen irischen Stadt gewesen war, stand dafür zu klar vor ihm. Hier war er am glücklichsten gewesen, hier hatte er das größte Elend durchlebt; hier hatte seine Gegenwart Freude ausgelöst, aber auch den größten Schaden angerichtet. Gegenüber der Kirche, die rechts von ihm hoch über der Straße stand, verhielt er das Tier und fragte sich, ob Ethne noch in Ramelton lebte – ob der alte Dermod noch am Leben war und wie man ihn wohl empfangen würde. Doch gleich darauf wurde ihm bewußt, daß er in der Stille eines Augustvormittags im Sattel eines Pferdes saß, das mitten auf der leeren Straße verharrte. Über seinem Kopf sangen Lerchen im Hellblau des Himmels; aus dem Gras zur Linken tönte der barsche Schrei eines Wachtelkönigs; aus dem Tal stieg klar das Krähen eines Hahns auf. Er sah sich um und ritt energisch in die vor ihm liegende Senke und am gegenüberliegenden Hang wieder empor. Und wieder umgaben ihn die Geister, die ihn nicht losließen – die Schatten von Menschen, mit denen er auf dieser Straße gegangen und geritten war, mit denen er gelacht hatte, vage Fetzen früherer Gedanken und Worte, an die er sich erinnerte. Er erreichte einen dichten Hain, einen zerstörten Zaun, eine Einfahrt ohne Tor. Ohne auf diese Anzeichen der Verlassenheit zu achten, bog er ein und ritt eine unkrautüberwucherte Auffahrt entlang. An ihrem Ende erreichte er eine offene Fläche vor einem zerstörten Haus. Der Anblick der verfallenen Mauern und dachlosen Zimmer riß ihn völlig aus seiner Versunkenheit. Er stieg ab, band sein Pferd an einen Ast, eilte hastig zum Haus und rief laut. Keine Stimme antwortete. Er lief von einem verlassenen Zimmer in das nächste. Er stieg in den Garten hinab, doch niemand kam ihm entgegen; und endlich schloß er aus dem ungepflegten Rasen und dem verfilzten Gewirr der Blumenbeete, daß niemand kommen würde. Da bestieg er wieder sein Pferd und ritt in scharfem Trab zurück. In Ramelton hielt er vor der Schänke an, überließ sein Pferd dem Stallknecht und bestellte ein Mittagessen. Die Wirtin, die ihn bediente, fragte er:

»Lennon House ist also abgebrannt? Wann war denn das?«

»Vor fünf Jahren«, entgegnete die Wirtin. »Diesen Sommer ist es fünf Jahre her.« Und ohne weitere Aufforderung lieferte sie ihm einen umfassenden Bericht des Brandes und seiner Ursache, sie erzählte von dem Niedergang der Familie Eustace, der Trunkenheit Bastables und dem Tod Dermod Eustaces in Glenalla. »Wir hoffen allerdings, daß das Haus wiederaufgebaut wird. Man kann wohl damit rechnen, heißt es, wenn Miss Eustace heiratet«, sagte sie mit einer Stimme, die erkennen ließ, daß sie allerlei interessante Informationen über Miss Eustaces Heirat parat hatte. Ihr Gast ging allerdings nicht auf die Anspielung ein.

»Und wo lebt Miss Eustace jetzt?«

»In Glenalla«, erwiderte sie. »Auf halbem Wege nach Rathmullen geht ein Weg nach links von der Straße ab. Ein armes Bergdorf ist dieses Glenalla, wahrlich kein Ort für Miss Eustace, o nein. Womöglich wollen Sie sie sprechen?«

»Ja. Es würde mich freuen, wenn Sie anordnen würden, daß mein Pferd vor die Tür gebracht wird«, sagte der Mann; und er erhob sich vom Tisch, um dem Gespräch ein Ende zu bereiten.

So leicht ließ sich die Wirtin allerdings nicht abschütteln. Sie stand an der Tür und bemerkte:

»Also, das ist seltsam, sehr seltsam. Erst vor vierzehn Tagen verbrachte ein Gentleman, der so sonnenverbrannt war wie Sie, eine Nacht bei uns. Er war in derselben Angelegenheit unterwegs. Er erkundigte sich nach Miss Eustaces Adresse und fuhr dann nach Glenalla hinauf. Vielleicht haben Sie eine Angelegenheit mit ihr zu regeln?«

»Ja, ich habe etwas mit Miss Eustace zu regeln«, gab der Fremde zurück. »Hätten Sie die Güte, die Anordnungen wegen meines Pferdes zu treffen?«

Während er auf sein Pferd wartete, blätterte er kurz das Gästebuch durch und entdeckte unter einem Datum Ende Juli den Namen von Colonel Trench.

»Sie kommen heute abend zurück?« fragte die Wirtin, als er in den Sattel stieg.

»Nein«, antwortete er. »Ich glaube nicht, daß ich noch einmal nach Ramelton zurückkehre.« Und er ritt den Hang hinab und überquerte an diesem Tag zum zweitenmal die Lennon-Brücke. Vier Meilen weiter erreichte er den gegenüber einer kleinen Bucht des Lough abzweigenden Weg, bog darauf ein und ritt an etlichen weißen Häuschen vorbei die purpurne Anhöhe hinauf. Gegen fünf Uhr abends erreichte er das langgezogene Dorf. Es wirkte sehr ruhig und verlassen und schien ohne Plan errichtet worden zu sein. Einige Häuser standen zusammen, dann kam eine Lücke aus Feldern, dahinter eine kleine Lärchenschonung und ein alleinstehendes Gebäude. Dann eine weitere Lücke, durch die er einen freien Ausblick auf das Wasser des Lough hatte, das in der Nachmittagssonne schimmerte, und auf die darüber schwebenden und hin und her schießenden Möwen. Nach dieser Lücke erreichte er eine kleine graue Kirche, die auf einem winzigen Plateau stand, den Winden schutzlos ausgesetzt. Von der Kirche führte ein Weg aus weißen Muschelsplittern zu einer kleinen Holzpforte. Hinter dieser Pforte stand ein Collie und bellte ihn an, als er auf gleicher Höhe war.

Der Reiter betrachtete den Hund, der eine sehr graue Schnauze hatte. Er bemerkte die Zeichnung des Fells und zügelte sein Pferd. Er blickte zur Kirche empor und sah, daß die Tür offenstand. Sofort stieg er ab; er band sein Pferd am Zaun an und betrat den Kirchhof. Der Collie schob ihm die Schnauze in die Kniekehle, schnüffelte ein paarmal zweifelnd und begrüßte den Mann plötzlich begeistert. Der Collie hatte ein besseres Gedächtnis als die Wirtin der Schänke. Er bellte, wedelte mit dem Schwanz, duckte sich, sprang vor dem Fremden empor, drehte sich vor ihm im Kreis, wobei er aufgeregte, schrille Laute der Begeisterung von sich gab, dann rannte er zur Kirchentür, bellte dort aufgebracht, kam zurück und sprang seinen Freund von neuem an. Der Mann hielt den Hund fest, der ihm die Vorderpfoten gegen die Brust gestemmt hatte, und streichelte ihn lachend. Plötzlich aber hörte er auf zu lachen und stand stocksteif da, die Augen auf die offene Kirchentür gerichtet. In dieser Tür stand Ethne Eustace. Er setzte die Vorderpfoten des Hundes ab und ging langsam über den Weg auf sie zu. Sie wartete auf der Schwelle, ohne sich zu bewegen, ohne etwas zu sagen. Sie wartete, den Blick auf ihn gerichtet, bis er ihr nahe war. Dann sagte sie nur:

»Harry.«

Danach schwieg sie wieder; auch er sagte nichts. All die Gespenster und Phantome alter Erinnerungen, die ihn den ganzen Tag über begleitet hatten, schwanden ihm aus dem Sinn, als er seinen Namen von ihren Lippen hörte. Sechs Jahre waren vergangen, seit in der Dämmerung des Junitages seine Füße auf dem Kies unter ihrem Fenster geknirscht hatten. Die beiden sahen sich an und bemerkten die Veränderungen, die jene sechs Jahre gebracht hatten. Diese Veränderungen, unbemerkt und fast nicht wahrnehmbar für Menschen, die tagtäglich mit diesen beiden zusammengelebt hatten, wurden hier und jetzt sehr offenbar. Feversham war dünn, sein Gesicht ausgemergelt. Die Pein des Lebens im Haus aus Stein hatte rings um die eingesunkenen Augen ihre Spuren hinterlassen, auch wirkte er älter, als er war. Aber Ethne mußte feststellen, daß dies nicht die einzigen Veränderungen waren, ja, nicht einmal die wichtigsten. Obwohl sie starr und stumm vor ihm stand, strömte ihr Herz über vor Kummer um die Leiden, die er durchgemacht hatte; sie erkannte aber auch, daß er ohne einen Gedanken an Zorn auf sie zurückgekehrt war, ohne Zorn über die vierte Feder, die sie von ihrem Fächer abgebrochen hatte. Aber selbst in diesem Augenblick schaute sie noch tiefer, sah sie viel mehr. Sie begriff, daß der Mann, der ruhig vor ihr stand, nicht derselbe war, den sie zum letztenmal in der Halle Rameltons gesehen hatte. Damals war sein Verhalten von einer gewissen Furchtsamkeit bestimmt gewesen, einer seltsamen Schüchternheit, einer beständigen Erwartung, daß andere ihn verachten würden. Dies alles war von ihm abgefallen. Er war ruhig und gelassen und beherrscht, nicht anmaßend, andererseits aber auch nicht schüchtern. Er hatte sich einer langen, mühsamen Prüfung unterzogen, und er wußte, daß er nicht versagt hatte. Dies alles erkannte sie, und ihr Gesicht hellte sich auf, und sie sagte:

»Dann haben diese Jahre nicht nur Schaden angerichtet. Sie waren nicht verschwendet.«

Feversham aber dachte an ihre einsamen Jahre in diesem

Dorf – und dachte daran, wie ein Mann denkt, ohne sich klarzumachen, daß sie an keinem anderen Ort hätte leben wollen. Er betrachtete ihr Gesicht und sah darin die Spuren der Jahre. Nicht daß sie sehr gealtert war. Ihre großen grauen Augen leuchteten wie früher, ihre Wangen schimmerten noch immer rosig. Doch zeigte dieses Gesicht jetzt mehr Charakter; sie hatte gelitten; sie hatte vom Baum der Erkenntnis gegessen.

»Es tut mir leid«, sagte er. »Ich habe dir vor sechs Jahren ein großes Unrecht angetan, und das wäre nicht nötig gewesen.«

Sie hielt ihm die Hand hin.

»Gibst du sie mir bitte?«

Und im ersten Augenblick begriff er nicht, was sie wollte.

»Die vierte Feder«, sagte sie.

Er zog die Brieftasche aus dem Mantel und schüttelte sich zwei Federn in die Handfläche. Die größere, die Straußenfeder, hielt er ihr hin. Aber sie sagte:

»Beide.«

Es gab keinen Grund, warum er Castletons Feder weiter behalten sollte. Er reichte ihr beide, da sie ihn darum bat, und sie hielt sie fest in der Hand und drückte sie lächelnd an die Brust.

»Ich habe jetzt die Federn«, sagte sie.

»Ja«, antwortete Feversham, »alle vier. Was tust du damit?«

Ethnes Lächeln wurde zu einem Lachen.

»Mit ihnen tun!« rief sie auffahrend. »Nichts werde ich damit tun! Ich werde sie behalten. Ich bin sehr stolz, sie in meinem Besitz zu haben.«

Sie behielt sie, so wie sie zuvor Harry Fevershams Bild behalten hatte. Es mochte schon etwas Wahres an Durrances Behauptung sein, daß Frauen mehr als Männer ihre Erfahrungen zusammenfassen und im Rückblick davon zehren. Jedenfalls hätte Feversham die Federn jetzt ohne weiteres zu Boden fallen lassen und mit dem Absatz in den Staub des Weges treten können; sie hatten ihr Werk getan. Sie stellten nicht länger eine Schmach dar, sie wurden nicht mehr zur Ermutigung benötigt, sie waren tot. Ethne jedoch hielt sie fest; für sie waren die Federn nicht tot.

»Colonel Trench war vor zwei Wochen hier«, sagte sie. »Er hat mir gesagt, du würdest mir die Feder zurückbringen.«

»Aber er hatte keine Ahnung von der vierten Feder«, sagte Feversham. »Ich habe niemandem davon erzählt.«

»O doch. Du erzähltest es Colonel Trench in der ersten Nacht im Haus aus Stein. Er hat es mir gesagt. Ich hasse ihn nicht mehr«, fügte sie hinzu, doch ganz ernst, ohne zu lächeln, als wäre dies eine wichtige Äußerung, die gebührende Beachtung finden sollte.

»Darüber bin ich froh«, sagte Feversham, »denn er ist ein guter Freund von mir.«

Ethne schwieg einige Sekunden lang. Dann sagte sie:

»Ich wüßte gern, ob du dich an unsere Wagenfahrt von Ramelton zu unserem Haus erinnerst – ich holte dich damals vom Kai ab. Wir waren allein auf dem Einspänner, und wir unterhielten uns ...«

»Über die Freunde, die man gleich im ersten Augenblick als Freunde erkennt und die man als solche erkennt, obwohl man sie nie zuvor gesehen hat«, unterbrach Feversham. »O ja, ich erinnere mich daran.«

»Und die man nie verliert, seien sie nun weit weg oder tot«, fuhr Ethne fort. »Ich sagte, man könne sich solcher Freunde stets sicher sein, und du gabst zurück ...«

»Ich gab zurück, daß man sich irren könne«, unterbrach sie Feversham erneut.

»Ja, und dieser Ansicht war ich nicht. Ich sagte, es könne zwar so aussehen, als habe man sich geirrt, und man könne sich das vielleicht lange Zeit einreden, doch letztlich würde sich erweisen, daß man keinen Fehler gemacht hat. Oft habe ich über diese Worte nachgedacht. Ich erinnerte mich ganz klar daran, als Captain Willoughby mir die erste Feder brachte, und zwar voller Reue. Auch heute stehen sie mir deutlich im Sinn, auch wenn in meinem Denken kein Raum mehr ist für Reue. Weißt du, ich hatte recht, und ich hätte mich an meinen Glauben klammern sollen. Doch ich tat es nicht.« Als sie fortfuhr, zitterte ihre Stimme ein wenig und klang flehend: »Ich war noch jung. Ich wußte wenig. Es war mir nicht bewußt, wie wenig ich wußte. Ich urteilte vorschnell, doch heute verstehe ich alles.«

Sie öffnete die Hand und blickte eine Weile auf die weißen Federn. Dann machte sie kehrt und betrat die Kirche. Feversham folgte ihr.

Zweiunddreißigstes Kapitel
In der Kirche von Glenalla

Ethne setzte sich dicht am Gang auf eine Bank, und Feversham nahm neben ihr Aufstellung. In dem winzigen Kirchenraum war es sehr still und friedlich. Durch die oberen Fenster schien die Nachmittagssonne herein und erzeugte einen goldenen Schleier unter dem Dach. Durch die offene Tür drang das angenehme Summen des Sommers herein.

»Ich bin froh, daß du dich an die Fahrt und an unser Gespräch erinnerst«, fuhr sie fort. »Es ist mir sehr wichtig, daß du es noch weißt. Denn obwohl ich dich jetzt zurückhabe, werde ich dich wieder fortschicken. Du wirst einer der Freunde sein, die ich nicht deswegen verliere, weil sie weit weg sind.«

Sie sprach langsam und ohne zu stocken und hielt dabei den Blick starr geradeaus gerichtet. Die Worte fielen ihr schwer, doch sie hatte sie sich in den letzten beiden Wochen Tag und Nacht durch den Kopf gehen lassen, und so fanden sie ohne weiteres den Weg zu ihren Lippen. Als ihr erster Blick auf Harry Feversham fiel, der ihr nach so vielen Jahren, nach so großer Spannung und so schlimmem Leid wiedergeschenkt worden war, hatte sie gedacht, sie würde sie nie aussprechen können, gleichgültig, wie wichtig es war, daß sie geäußert wurden. Aber als sie sich dann gegenüberstanden, hatte sie sich dazu gezwungen, sich diese Notwendigkeit vor Augen zu führen. Dann war sie in die Kirche zurückgekehrt und hatte sich gesetzt, um ihre Kräfte zu sammeln.

Bestimmt war es für beide einfacher, dachte sie, wenn sie sich nicht anmerken ließ, was die schnelle Trennung für sie bedeutete. Sicher war ihm das auch so bewußt; er sollte es wissen, er sollte sich klarmachen, daß kein Augenblick seiner sechs Jahre, was sie betraf, vergeudet gewesen war. Aber das ließ sich auch ohne Anzeichen von Emotion deutlich machen. So hielt sie ihre kleine Rede, geradeaus blickend und mit ruhiger Stimme sprechend.

»Ich weiß, daß es dir wie mir schwerfallen wird. Doch es geht nicht anders«, begann sie. »Jedenfalls bist du wieder zu Hause und hast das Recht, in deiner Heimat zu leben. Dies zu wissen, ist mir ein großer Trost. Aber es gibt andere, viel gewichtigere Gründe, die uns beiden Trost spenden können. Colonel Trench hat mir über eure Gefangenschaft genug mitgeteilt, um mich zu der Überzeugung zu bringen, daß wir beide im gleichen Sinne denken. Wir verstehen beide, daß diese zweite Trennung, so schlimm sie ist, nur eine Kleinigkeit ist im Vergleich zu der anderen, ersten Trennung vor sechs Jahren drüben im Haus. In der Zeit danach war ich sehr einsam, so wie ich mich auch jetzt einsam fühlen werde. Damals stand eine große Barriere zwischen uns, die uns auf ewig trennte. Hier oder dereinst hätten wir uns nie wieder gegenübertreten können, dessen bin ich sicher. Du aber hast mit deinem Schmerz und deinem Mut in den letzten Jahren diese Barriere eingerissen, und das weiß ich nicht weniger gewiß. Ich bin absolut davon überzeugt, und ich nehme dasselbe von dir an. Obwohl wir einander also nicht wiedersehen werden, solange wir leben, ist uns das Dereinst ganz gewiß. Und darauf können wir warten. Du kannst es. Du hast all die Jahre seit unserer Trennung mit solcher Kraft ausgeharrt. Und ich kann auch warten, denn ich schöpfe Kraft aus deinem Sieg.«

Sie hielt inne, und eine Zeitlang herrschte Schweigen in der Kirche. Feversham empfand ihre Worte als wohltuend, wie Regen auf trockenem Acker. Sie zu hören, richtete ihn dermaßen auf, daß die sechs Jahre der Pein, des heimlichen Herumschleichens, um seinen ehemaligen Freunden nicht zu begegnen, des einsamen Ausharrens, der häufigen Mutlosigkeit und des großen körperlichen Schmerzes zur Bedeutungslosigkeit schrumpften. Sie hatten für ihn Früchte getragen. Denn Ethne hatte mit sanfter Stimme genau das ausgesprochen, was seine Ohren so oft zu hören erfleht hatten, wenn er des Nachts in den Basaren Suakins, in den Nildörfern, in der dunklen Weite der Wüste wach lag, Worte, die von ihr zu hören er kaum zu hoffen gewagt hatte. Stumm stand er neben ihr und vernahm noch immer den Klang ihrer Stimme, obwohl sie längst schwieg. Vor langer Zeit hatte sie bestimmte bittere Worte geäußert, und er hatte Sutch berichtet, daß sie ihn so tief getroffen hatten, daß er sie seiner Überzeugung nach noch in der Minute seines Todes hören und ins Grab fahren würde, während ihm Ethnes Vorwürfe in den Ohren klangen. In diesem Augenblick mußte er an diese Voraussage denken und erkennen, daß sie falsch gewesen war. Die Worte, die er hören würde, waren jene, die sie eben gesprochen hatte.

Er war nicht unvorbereitet auf Ethnes Vorschlag, daß sie sich wieder trennen sollten. Er hatte bereits erfahren, daß sie verlobt war, und wandte sich nicht gegen ihren Wunsch. Aber er begriff, daß sie ihm noch mehr zu sagen hatte. Und das stimmte auch. Aber sie zögerte. Dies war das letzte Mal, daß sie Harry Feversham sehen würde; sie war fest entschlossen, ihn fortzuschicken. Wenn er erst durch die Kirchentür verschwunden war, durch die das Sonnenlicht und das Murmeln des Sommers hereindrangen, wenn sein Schatten von der Schwelle verschwunden war, würde sie in diesem Leben nicht mehr mit ihm sprechen oder den Blick auf ihn richten. So zögerte sie den Augenblick seines Abgangs durch Schweigen und langsame Rede hinaus. Es konnte so lange dauern, bis ihr Leben zu Ende ging! Sie glaubte das Recht zu haben, dieses letzte Gespräch in die Länge zu ziehen. Sie hoffte, er würde von seinen Reisen erzählen, von den Gefahren, die er durchlebt hatte; sie war sogar bereit, sich ausführlich über die Politik des Sudan mit ihm zu unterhalten. Doch er wartete auf sie.

»Ich werde heiraten«, sagte sie schließlich, »und zwar sehr bald. Ich werde einen Freund von dir heiraten, Colonel Durrance.«

Es trat kaum eine Pause ein, ehe Feversham antwortete:

»Er empfindet schon seit langem für dich. Ich habe das erst gemerkt, als ich England verlassen hatte, doch als ich alles überdachte, hielt ich es für wahrscheinlich und war meiner Sache nach einiger Zeit sogar sicher.«

»Er ist blind.«

»Blind!« rief Feversham. »Von allen Menschen ist ausgerechnet er erblindet?«

»Ja«, sagte Ethne. »Von allen Menschen – ausgerechnet er. Seine Blindheit erklärt alles – warum ich ihn heirate, warum ich dich fortschicke. Ich verlobte mich mit ihm, nachdem er blind wurde. Bevor Captain Willoughby mit der ersten Feder zu mir kam. Die Verlobung lag zwischen diesen beiden Ereignissen. Weißt du, nachdem du fort warst, hatte ich mir die Dinge recht gründlich überlegt. Ich lag nachts wach und überlegte und faßte den Entschluß, daß meinetwegen nicht zwei Leben vernichtet sein sollten.«

»Das meine ist nicht zerstört worden«, unterbrach sie Feversham. »Bitte glaube mir das!«

»Zum Teil doch« gab sie zurück. »Das weiß ich sehr gut. Du willst es um meinetwillen nicht zugeben, doch es stimmt. Ich war entschlossen, ein zweites Leben nicht gleichermaßen zu zerstören. Und als Colonel Durrance dann erblindete – du weißt ja, was für ein Mensch er gewesen ist, du verstehst, was das Blindsein für ihn bedeutete, der Verlust all dessen, was ihm am Herzen lag ...«

»Außer dir.«

»Ja«, antwortete Ethne leise, »außer mir. Ich verlobte mich also mit ihm. Doch seine Sinne haben sich ungemein geschärft, du kannst dir nicht vorstellen, wie sehr. Er durchschaut alles. Der geringste Hinweis zeigt ihm die ganze verborgene Wahrheit. Im Augenblick weiß er nichts von den vier Federn.«

»Bist du ganz sicher?« rief Feversham.

»Ja. Warum?« fragte Ethne und wandte ihm zum erstenmal, seit sie Platz genommen hatte, das Gesicht zu.

»Lieutenant Sutch war in Suakin, während ich in Omdurman in Gefangenschaft saß. Er ließ mir Nachrichten zukommen; er versuchte, meine Flucht zu organisieren.«

Ethne zeigte sich überrascht.

»Oh!« sagte sie. »Colonel Durrance hat auf jeden Fall gewußt, daß du in Omdurman warst. Er sah dich in Wadi Halfa und erfuhr, daß du nach Süden in die Wüste gewandert warst. Er war unglücklich darüber; er bat einen Freund, sich Nachrichten über dich zu verschaffen, und der Freund erfuhr, daß du in Omdurman warst. Er hat es mir selbst gesagt und – ja, er sagte mir auch, er würde versuchen, deine Flucht zu arrangieren. Zweifellos hat er das durch Lieutenant Sutch getan. Er war einige Zeit in Wiesbaden bei einem Augenarzt; erst vor einer Woche ist er zurückgekehrt. Sonst hätte er mir sicher davon erzählt. Sehr wahrscheinlich war Lieutenant Sutch auf seine Veranlassung in Suakin, aber von den vier Federn weiß er nichts. Ihm ist nur bekannt, daß unsere Verlobung abrupt aufgelöst wurde; er glaubt, ich hätte völlig mit dir gebrochen. Aber wenn du zurückkämst, wenn wir uns weiter sähen, gleichgültig, wie gelassen wir dabei blieben, würde er die Wahrheit erraten. Er hat einen so wachen Verstand, daß er bestimmt etwas zu vermuten begänne.« Sie schwieg einen Augenblick und fügte flüsternd hinzu: »Und seine Vermutung wäre richtig.«

Feversham sah, wie ihr das Blut in die Stirn stieg und ihre Wangen rötete. Er blieb stehen, wo er war, er beugte sich nicht zu ihr hinab und ließ nicht einmal mit seiner Stimme eine Regung erkennen, die den Abschied noch schwieriger gemacht hätte.

»Ja, ich verstehe«, sagte er. »Und er darf nichts vermuten.«

»Nein, das darf er nicht«, erwiderte Ethne. »Ich bin ja so froh, daß du das einsiehst, Harry. Uns bleibt nur diese geradlinige, einfache Handlungsweise. Er darf nichts ahnen, denn wie du schon sagtest, außer mir ist ihm nichts geblieben.«

»Ist Durrance hier?« fragte Feversham.

»Er wohnt im Pfarrhaus.«

»Schön«, sagte er. »Es ist nur recht und billig, dir zu sagen, daß ich auch nicht damit gerechnet hatte, du würdest warten. Das wäre auch nicht mein Wunsch gewesen; auf diesen Wunsch hatte ich kein Recht. Als du mir in dem kleinen Zimmer in Ramelton die vierte Feder gabst, während die Musik schwach durch die Tür tönte, verstand ich, was du mir sagen wolltest. Das Ende sollte vollkommen, unwiderruflich sein. Wir durften nicht einmal mehr Bekannte sein. Ich sagte dir also nichts von dem Plan, der mir schon in dem Moment, da du mir die Federn gabst, klar in den Sinn kam. Weißt du, vielleicht hätte ich es gar nicht geschafft. Vielleicht wäre ich bei dem Versuch, den Plan in die Tat umzusetzen, umgekommen. Wenn ich zurückkehrte, wäre noch Zeit genug gewesen, darüber zu sprechen. So hegte ich niemals den Wunsch, du möchtest auf mich warten.«

»Colonel Trench hat mir das auch gesagt.«

»Das habe ich ihm ebenfalls offenbart?«

»An deinem ersten Abend im Haus aus Stein.«

»Nun, jedenfalls ist es die Wahrheit. Was ich mir allenfalls erhoffte – und darauf hoffte ich jede Stunde jedes Tages –, war, daß du bei meiner Heimkehr deine Feder zurücknehmen würdest und wir nicht unsere Freundschaft hier erneuern, sondern uns später wiedersehen könnten, dereinst.«

»Ja«, sagte Ethne. »Und dann gibt es keine Trennung mehr.« Ethne sprach in nüchternem Ton und ohne Seufzen, doch sie blickte Harry Feversham dabei an und lächelte. Dieser Blick und das Lächeln verrieten ihm, was die Trennung sie kostete. Und indem er verstand, was die Trennung ihr jetzt bedeutete, verstand er auch unendlich viel tiefer als je zuvor bei seinen einsamen Grübeleien, was ihr die Lösung der Verlobung vor sechs Jahren bedeutet haben mußte, als sie in ihrem Stolz und ihrem Herzen getroffen war wie nie zuvor.

»Welchen Kummer du durchlitten haben mußt!« rief er, und sie drehte sich um und betrachtete ihn von oben bis unten.

»Aber nicht nur ich«, sagte sie leise. »Ich mußte keine Nächte im Haus aus Stein verbringen.«

»Aber das war mein Fehler. Erinnerst du dich, was du sagtest, als der Morgen durch die Fensterläden schimmerte? ›Es ist nicht recht, daß jemand soviel Schmerz erleiden muß.‹ Und es war nicht recht.«

»Diese Worte hatte ich vergessen – oh, schon seit langem –, bis Colonel Trench mich daran erinnerte. Ich hätte sie nie sagen dürfen. Als ich es tat, wußte ich nicht, daß sie so lange in deinen Gedanken lebendig bleiben würden. Es tut mir leid, daß ich sie ausgesprochen habe.«

»Oh, sie waren durchaus gerecht. Ich habe sie dir nie vorgeworfen«, sagte Feversham auflachend. »Ich stellte mir vor, daß es die letzten Worte wären, die ich hören würde, wenn ich das Gesicht endgültig zur Wand drehte. Aber du hast mir heute andere Worte gesagt, die diese Äußerung ersetzen.«

»Danke«, sagte sie leise.

Mehr war nicht zu sagen, und Harry Feversham fragte sich, warum Ethne ihren Platz in der Kirchenbank nicht verließ. Er kam gar nicht auf den Gedanken, von seinen Reisen oder Abenteuern zu berichten. Dazu erschien ihm der Augenblick als zu ernst, als zu wichtig. Sie waren zusammengekommen, um über die wichtigste Frage ihres Lebens zu entscheiden. Sobald die Entscheidung gefallen war – und das war sie nunmehr –, hatte er das Gefühl, über andere Themen kaum mit ihr sprechen zu können. Ethne jedoch hielt ihn weiter an ihrer Seite zurück. Obwohl sie ruhig und reglos dasaß, obwohl ihr Gesicht mit seiner ernsten Miene gefaßt wirkte, schmerzte doch ihr Herz vor Sehnsucht. Noch ein kleines Weilchen, redete sie sich ein. Das Sonnenlicht verschwand von den Kirchenwänden. Sie maß den Streifen an der Wand, der noch hell strahlte. Wenn diese Fläche zu kaltem grauem Stein geworden war, würde sie Harry Feversham fortschicken.

»Ich bin froh, daß du ohne Lieutenant Sutchs oder Colonel

Durrances Hilfe aus Omdurman fliehen konntest. Ich habe mir so sehr gewünscht, daß du dein Ziel erreichst, aus eigener Kraft und ohne Hilfe oder Einmischung von außen«, sagte sie, und nach diesen Worten trat ein Schweigen ein. Ein- oder zweimal blickte sie zur Mauer empor, und jedesmal sah sie, daß der goldene Lichtstreifen schmaler geworden war, und sie erkannte, daß ihr die Minuten entrannen. »Du hast in Dongola schrecklich gelitten«, sagte sie leise. »Colonel Trench hat mir davon berichtet.«

»Was kommt es jetzt noch darauf an?« fragte Feversham. »Die Zeit scheint mir selbst schon ziemlich weit entrückt zu sein.«

»Hattest du irgend etwas von mir bei dir?«

»Ich hatte deine weiße Feder.«

»Aber sonst noch etwas? Irgendeine Kleinigkeit, die ich dir in jener anderen Zeit geschenkt hatte?«

»Nein.«

»Ich hatte deine Photographie«, sagte sie. »Ich habe sie aufbewahrt.«

Feversham beugte sich plötzlich zu ihr.

»Wirklich!«

Ethne nickte.

»Ja. Als ich in jener Nacht nach oben ging, packte ich deine Geschenke zusammen und schrieb die Anschrift deiner Wohnung auf das Paket.«

»Ja, ich habe die Sendung in London erhalten.«

»Doch als erstes legte ich deine Photographie zur Seite, um sie zu behalten. Nachdem ich das Paket adressiert und zum Versand in den Flur hinuntergetragen hatte, verbrannte ich deine sämtlichen Briefe. Damit war ich eben fertig, als ich früh am Morgen im Kies unter dem Fenster deine Schritte hörte. Aber da hatte ich das Photo schon herausgenommen. Ich besitze es noch immer. Ich werde es zusammen mit den Federn aufbewahren.« Gleich darauf fügte sie hinzu:

»Ich wünschte, du hättest ein Andenken an mich bei dir gehabt in der schweren Zeit.«

»Ich hatte kein Recht mehr auf irgend etwas«, sagte Feversham.

Noch zeigte sich eine schmale goldene Linie auf dem grauen Mauerwerk.

»Was wirst du jetzt tun?« fragte sie.

»Zunächst fahre ich nach Hause und besuche meinen Vater. Das Weitere hängt davon ab, wie wir uns gegenübertreten.«

»Du mußt Colonel Durrance Bescheid geben. Ich würde gern darüber hören.«

»Ja, ich schreibe Durrance.«

Der goldene Streifen war verschwunden, das klare Licht eines Sommerabends füllte die Kirche, ein Licht ohne Glanz oder Farbe.

»Ich werde dich lange Zeit nicht sehen«, sagte Ethne, und zum erstenmal lag ein Schluchzen in ihrer Stimme. »Ich werde auch keinen Brief mehr von dir erhalten.«

Sie beugte sich ein wenig vor und neigte den Kopf, denn Tränen waren ihr in die Augen getreten. Aber dann erhob sie sich mutig, und gemeinsam verließen sie Seite an Seite die Kirche. Im Gehen neigte sie sich zu ihm, so daß sie sich berührten.

Feversham band sein Pferd los und stieg in den Sattel. Als sein Fuß den Steigbügel berührte, zog Ethne den Hund an sich.

»Leb wohl«, sagte sie. Auch jetzt versuchte sie nicht zu lächeln, sie hielt ihm die Hand hin. Er ergriff sie und beugte sich aus dem Sattel dicht darüber. Obwohl ihre Augen vor Tränen schwammen, blickte sie ihn offen an.

»Leb wohl«, sagte er. Er hielt ihre Hand ein Weilchen, dann ließ er los und ritt den Hügel hinab. Er ritt hundert Meter, hielt inne und schaute zurück. Ethne war ebenfalls stehengeblieben, und so verharrten sie, auf diese Distanz, die Gesichter einander zugewandt. Dann drehte sie sich fort und ging über die Dorfstraße auf ihr Haus zu, allein und sehr langsam. Feversham beobachtete sie, bis sie durch das Gartentor trat, doch schon ehe sie dort eintraf, sah er sie nur noch vage und verschwommen. Allerdings konnte er erkennen, daß sie sich nicht noch einmal umblickte.

Er ritt den Hügel hinab. Die schlimme Tat, die er vor so langer Zeit begangen hatte, war nicht einmal durch jene sechs leidvollen Jahre aus der Welt zu schaffen. Sie lebte weiter, ihre Folgen waren der lebenslange Kummer für einen anderen Menschen. Daß sie diesen Kummer klaglos und voller Mut auf sich nahm, daß sie die direkte, einfache Handlungsweise wählte, die ihr rechtschaffener Charakter ihr gebot, minderte Harry Fevershams Bedauern nicht. Im Gegenteil, es brachte ihm noch klarer zu Bewußtsein, daß sie das Unglück von allen am wenigsten verdiente. Der Schaden war nicht wiedergutzumachen. Andere Frauen hätten vergessen können, doch nicht sie. Ethne gehörte zu den Frauen, die weder leichtfertig empfinden noch schnell vergessen, und wenn sie lieben, können sie das nicht mit halbem Herzen tun. Sie würde jetzt sehr allein sein, trotz ihrer Ehe, das wußte er, allein bis zum Ende, bis zum Augenblick ihres Todes.

Dreiunddreißigstes Kapitel
Wieder spielt Ethne die Melusine-Ouvertüre

Die unglaublichen Worte fielen am gleichen Abend. Ethne betrat ihr Bauernhaus und setzte sich ins Wohnzimmer. Ihr war kalt an diesem Sommerabend, und so ließ sie das Feuer anmachen. In der reglosen Haltung, die bei ihr ein Anzeichen für bewegte Gefühle war, saß sie da und starrte in die glühenden Kohlen. Der Augenblick, auf den sie so sehnsüchtig gewartet hatte, war gekommen und schon wieder vorbei. Sie war einsam zurückgeblieben in ihrem entlegenen kleinen Dorf am Ende der Welt; seit dem Augenblick an jenem Augustvormittag, da Willoughby die Salcombe-Mündung herabgesegelt war, hatte sie sich nicht so einsam gefühlt. Seit Willoughbys Besuch hatte sie Tag und Nacht auf die halbe Stunde gewartet, die Harry Feversham bei ihr verbringen würde. Die halbe Stunde war gekommen und verstrichen. Sie erkannte, wie sehr sie sich auf ihr Kommen verlassen hatte, wie sie dafür gelebt hatte. Sie fühlte sich einsam in einer leeren Welt. Doch es entsprach ihrer Natur, daß sie dieses Gefühl der Einsamkeit vorausgesehen hatte; sie hatte gewußt, daß eine schlimme Stunde folgen würde, sobald sie Harry Feversham fortgeschickt hatte, daß Herz und Seele sie drängen würden, ihn zurückzurufen. Und während sie zitternd am Feuer verweilte, zwang sie sich zu der Erinnerung, daß sie stets in die Zukunft geblickt, daß sie stets darüber hinaus geschaut hatte. Morgen würde ihr wieder zu Bewußtsein kommen, daß sie sich ja nicht auf ewig getrennt hatten; morgen würde sie die heutige Trennung mit der Trennung am Abend des Balles in Lennon House vergleichen und sich klarmachen, welche Kleinigkeit das jüngste Ereignis im Vergleich dazu war. Sie beschäftigte sich mit der Frage, was Harry Feversham nach seiner Rückkehr machen würde, und während sie sich eine große Zukunft für ihn ausmalte, fühlte sie die Schnauze von Dermods altem Collie an der Hand; das Tier spürte, daß seine Herrin Kummer hatte. Ethne stand auf, nahm den Kopf des Hundes in beide Hände und küßte ihn. Er war sehr alt, überlegte sie; er würde bald sterben und sie allein zurücklassen, und dann würden womöglich endlose Jahre vergehen, ehe sie sich selbst ins Bett legen und wissen würde, daß der große Augenblick gekommen war.

Es klopfte an der Tür, und ein Bediensteter teilte ihr mit, daß Colonel Durrance warte.

»Ja«, sagte sie, und als er das Zimmer betrat, ging sie ihm entgegen. Sie wich der Rolle nicht aus, die sie sich zugedacht hatte. Sobald sie gerufen wurde, verließ sie die geheime Kammer ihres Leids.

Sie unterhielt sich mit dem Besucher, als wäre nicht erst vor einer Stunde etwas Ungewöhnliches geschehen, sie sprach sogar von Heirat und dem Wiederaufbau von Lennon House. Es fiel ihr schwer, doch an Schwierigkeiten hatte sie sich mit der Zeit gewöhnt. Nur machte es Durrance ihr an diesem Abend schwerer, den gewählten Weg zu gehen. Als das Mädchen den Tee gebracht hatte, bat er sie, ihm die Melusine-Ouvertüre auf der Geige vorzuspielen.

»Heute abend nicht«, sagte Ethne. »Ich bin ziemlich müde.« Und sie hatte die Worte kaum gesprochen, als sie es sich anders überlegte. Ethne war entschlossen, keinem Hindernis aus dem Weg zu gehen, sei es in Kleinigkeiten oder in wichtigen Dingen. Und die Kleinigkeiten, die alltäglich wiederkehren würden, mußte sie mit besonderer Achtsamkeit im Auge behalten. »Aber die Ouvertüre werde ich wohl spielen können«, fügte sie lächelnd hinzu und griff nach ihrer Geige. Sie spielte die Ouvertüre von Anfang bis Ende. Durrance stand am Fenster und wandte ihr den Rücken zu, bis sie fertig war. Dann kam er zu ihr.

»Es war ziemlich grob von mir«, sagte er leise, »dich zu bitten, mir heute abend die Ouvertüre zu spielen.«

»Ich war nicht sonderlich erpicht darauf«, antwortete sie und legte die Violine fort.

»Ich weiß. Doch ich wollte etwas feststellen, und ich wußte keinen anderen Weg, die Wahrheit herauszufinden.«

Verblüfft wandte sich Ethne zu ihm um.

»Was meinst du damit?« fragte sie mit angespannter Stimme.

»Du bist so selten nicht auf der Hut. Im Grunde nur in den wenigen Augenblicken, wenn du Geige spielst. Du warst schon einmal nicht auf der Hut, als du die Ouvertüre spieltest. Ich dachte, wenn ich dich dazu brächte, sie mir heute abend noch einmal vorzutragen – die Ouvertüre, die einmal in einem schmutzigen Café in Wadi Halfa gezupft wurde –, würde ich dich wieder in einem Augenblick der Unachtsamkeit ertappen.«

Seine Worte raubten ihr den Atem und ließen die Farbe aus ihrem Gesicht weichen. Langsam stand sie auf und starrte ihn mit weit aufgerissenen Augen an. Er konnte es nicht wissen. Es war unmöglich. Er wußte nichts.

Aber Durrance fuhr gelassen fort:

»Nun? Hast du deine Feder zurückgenommen? Die vierte?«

Für Ethne waren dies unglaubliche Worte. Durrance äußerte

sie mit einem Lächeln auf den Lippen. Es dauerte lange, bis sie begriff, daß er sie tatsächlich gesprochen hatte. Zuerst wußte sie nicht recht, ob ihre überanstrengten Sinne ihr etwas vorgaukelten, doch er wiederholte die Frage, und nun konnte sie nicht länger zweifeln oder ihn falsch verstehen.

»Wer hat dir von einer vierten Feder erzählt?« fragte sie.

»Trench«, antwortete er. »Ich traf ihn in Dover. Aber er erzählte mir nur von der vierten Feder«, sagte Durrance. »Von den drei anderen wußte ich schon vorher. Trench hätte mir nie von der vierten erzählt, hätte ich nicht von den dreien gewußt. Denn sonst hätte ich ihn nicht abholen können, als das Schiff in Dover anlegte. Ich hätte ihn nicht fragen können: ›Wo ist Harry Feversham?‹ Und von den dreien zu wissen, war für mich genug.«

»Woher wußtest du es?« rief sie mit einer gewissen Verzweiflung. Er trat dicht vor sie hin und umfaßte sanft ihren Arm.

»Aber da ich Bescheid weiß«, wandte er ein, »was kommt es noch darauf an, wie ich es erfahren habe? Ich kannte die Wahrheit seit langer Zeit, seit Captain Willoughby mit seiner ersten Feder nach The Pool kam. Ich habe damit gewartet, dir diese Tatsache zu offenbaren, bis Harry Feversham zurückkehrte – und er war heute hier.«

Ethne setzte sich wieder auf ihren Stuhl. Durrances überraschende Enthüllung lähmte sie. Sie hatte ihr Geheimnis so sorgsam zu schützen versucht, daß es sie schockierte zu erkennen, daß es seit einem Jahr gar kein Geheimnis mehr gewesen war. Trotz ihrer Verwirrung erkannte sie aber, daß sie Zeit brauchte, um sich wieder zu fassen. So sprach sie zunächst von unwichtigen Dingen.

»Du warst also in der Kirche? Oder hörtest uns auf der Vortreppe? Vielleicht bist du ihm sogar begegnet, als er fortritt?«

»Von diesen Vermutungen stimmt keine«, sagte Durrance lächelnd. Ethne hatte das richtige Thema gefunden, um die Bekanntgabe der Entscheidung hinauszuschieben, zu der er ihrer Überzeugung nach gekommen war. Durrance hatte wie jeder andere seine kleinen Eigenarten, und eine davon war seit seiner Erblindung besonders stark in ihm hervorgetreten. Er war stolz auf seine rasche Auffassungsgabe. Es entzückte ihn, Entdeckungen zu machen, die niemand von einem Mann erwartete, der das Augenlicht verloren hatte, und diese Feststellungen überraschend zu offenbaren. Es bereitete ihm zusätzliches Vergnügen, wenn er dem verwirrten Zuhörer dann Schritt für Schritt erläutern konnte, wie er auf seine Entdeckung gestoßen war. »Von deinen Vermutungen stimmt keine«, sagte er und forderte sie damit praktisch auf, ihn weiter zu befragen.

»Wie hast du es dann herausgefunden?« fragte sie.

»Ich wußte von Trench, daß Feversham eines Tages kommen würde, und zwar bald. Heute nachmittag kam ich an der Kirche vorbei. Dein Collie bellte mich an. Ich wußte also, daß du drinnen warst. Am Tor war aber ein gesatteltes Pferd angebunden. Folglich war jemand anders bei dir, und niemand aus dem Dorf. Dann bat ich dich zu spielen, und das verriet mir, wer das Pferd geritten hatte.«

»Ja«, sagte Ethne unbestimmt. Sie hatte ihm kaum zugehört. »Ja, ich verstehe.« Dann fügte sie mit entschlossener Stimme hinzu, die ihm anzeigte, daß sie die Beherrschung wiedergewonnen hatte:

»Du gingst auf ein Jahr nach Wiesbaden. Deine Abreise war kurz nach Captain Willoughbys Besuch. War das der Grund?«

»Ich reiste ab, weil keiner von uns beiden die Verstellung fortsetzen konnte, in der wir verhaftet waren. Du machtest mir vor, nicht mehr an Harry Feversham zu denken, du tatest, als wäre es dir gleichgültig, ob er noch lebte oder tot war. Ich gab vor, nicht herausgefunden zu haben, daß dir auf der ganzen Welt nichts soviel bedeutet wie er. Irgendwann wäre der Tag gekommen, da wir in unserem Bemühen versagt hätten, jeder von uns beiden. Ich wagte nicht zu versagen, und du ebenfalls nicht. Ich konnte nicht zulassen, daß du, die du mir gesagt hattest ›Meinetwegen sollen keine zwei Leben vernichtet sein‹, ein Jahr in der Annahme zubrachtest, daß zwei Leben in der Tat zerstört worden waren. Du dagegen wolltest mich, der ich gesagt hatte: ›Die Ehe zwischen einem Blinden und einer Frau ist nur möglich, wenn auf beiden Seiten mehr als Freundschaft besteht‹, nicht wissen lassen, daß es auf deiner Seite nur Freundschaft gab – und beide standen wir dicht vor dem Versagen. Folglich reiste ich ab.«

»Du hast nicht versagt«, sagte Ethne leise. »Ich war es, die versagt hat.«

Sie machte sich bitterste Vorwürfe. Aus dem Gefühl heraus, daß es das einzig Wichtige, daß es ihre Pflicht war, hatte sie sich bemüht, diesen Mann vor einer Erkenntnis zu schützen, die seinem Leid die Krone aufsetzen mußte; und sie hatte versagt. Er hatte sich vorgenommen, sie vor der Erkenntnis zu bewahren, daß sie versagt hatte, und es war ihm gelungen. In diesem Augenblick quälte sie nicht so sehr das Gefühl der Erniedrigung, weil der Mann, den sie zu täuschen glaubte, sie getäuscht hatte. Vielmehr fühlte sie, daß es ihr hätte gelingen müssen, weil sie ihm nämlich durch ihr Versagen die letzte Chance zum Glück geraubt hatte. Darin lag für sie der Stachel.

»Aber es war gar nicht dein Fehler«, sagte er. »Wie ich vorhin sagte, warst du ein- oder zweimal nicht auf der Hut, aber die überzeugenden Tatsachen wurden mir nicht dadurch offenbart. Als du das letzte Mal die Melusine-Ouvertüre spieltest, am Abend des Tages, an dem Willoughby dir solch gute Nachrichten gebracht hatte, bezog ich das Glück, das in deinem Spiel zum Ausdruck kam, auf mich. Du darfst dir nicht die Schuld geben. Im Gegenteil, du müßtest froh sein, daß ich die Wahrheit herausgefunden habe.«

»Froh!« rief sie.

»Ja, froh, um meinetwillen!« Und als sie ihn staunend anblickte, fuhr er fort: »Deinetwegen sollten keine zwei Leben vernichtet sein. Wäre es nach deinem Willen gegangen, hätte ich nichts herausgefunden, und dann wären deinetwegen nicht nur zwei, sondern drei Leben zerstört gewesen – wegen deiner Treue.«

»Drei?«

»Das deine. Ja – ja, das deine, Fevershams und das meine. Es war doch schon anstrengend genug, in jenen wenigen Wochen in Devonshire die Verstellung aufrechtzuerhalten. Gib es zu, Ethne! Wenn ich zu meinem Augenarzt nach London fuhr, war das eine Erleichterung für dich, du konntest dich erholen, du konntest jede Verstellung aufgeben und du selbst sein. Schon in Devonshire wäre das Spiel nicht mehr lange so weitergegangen. Aber was wäre gewesen, wenn wir unter einem Dach gelebt hätten, wenn es keine Besuche beim Augenarzt mehr gegeben hätte, wenn wir zu jeder Stunde jedes Tages zusammen gewesen wären? Früher oder später wäre mir die Wahrheit zu Bewußtsein gekommen. Vielleicht wäre das ein allmählicher Prozeß gewesen, ein Verdacht, zu dem ein weiterer Verdacht kommt, und noch einer, bis kein Zweifel mehr möglich gewesen wäre. Oder es wäre mir in einem einzigen kurzen und schrecklichen Moment klargeworden. Aber die Wahrheit wäre zum Vorschein gekommen. Und dann, Ethne? Was dann? Du wolltest einen Ausgleich schaffen; du wolltest mir den Verlust dessen versüßen, was ich liebe – meine Karriere, die Armee, der besondere Dienst in fernen Winkeln der Erde. Ein hübscher Lohn wäre das gewesen, vor dir zu sitzen in dem Bewußtsein, daß du aus Mitleid einen Krüppel geheiratet hast und dich damit selbst verkrüppelt und des Glücks begeben hast, das dir zusteht. Wohingegen jetzt ...«

»Wohingegen jetzt?« wiederholte sie.

»Ich dein Freund bleibe – was ich viel lieber sein möchte als dein ungeliebter Ehemann«, sagte er sanft.

Ethne widersprach nicht. Die Entscheidung war ihr aus der Hand genommen worden.

»Du hast Harry heute nachmittag fortgeschickt«, sagte Durrance. »Du hast zweimal ›Lebewohl‹ zu ihm gesagt.«

Als das Wort »zweimal« fiel, hob Ethne den Kopf, doch ehe sie etwas sagen konnte, erklärte Durrance:

»Einmal in der Kirche, und dann noch einmal mit deiner

Geige«, und er nahm das Instrument von dem Stuhl, auf den sie es gelegt hatte. »Sie ist ein sehr guter Freund gewesen, deine Violine«, sagte er. »Ein guter Freund für mich, für uns alle. Du wirst das bald verstehen, Ethne. Ich stand am Fenster, während du darauf spieltest. In meinem ganzen Leben hatte ich nichts annähernd so Trauriges gehört wie dein Lebewohl an Harry Feversham, und doch war es eine würdevolle Trauer. Es war wahre Musik, sie klagte nicht.« Er legte die Geige wieder auf den Stuhl.

»Ich werde einen Boten nach Rathmullen schicken. Harry kann heute abend Lough Swilly nicht mehr überqueren. Der Bote wird ihn morgen zurückholen.«

Es war ein Tag vielfältiger Emotionen und Überraschungen für Ethne gewesen. Als sich Durrance zu ihr beugte, merkte er, daß sie leise weinte. Endlich einmal ließ sie den Tränen freien Lauf. Er nahm seine Mütze und begab sich lautlos zur Tür. Als er sie öffnete, stand Ethne auf.

»Geh noch nicht gleich«, sagte sie, entfernte sich vom Kamin und trat in die Mitte des Zimmers.

»Der Augenarzt in Wiesbaden?« fragte sie. »Hat er dir Hoffnungen gemacht?«

Durrance überlegte, ob er lügen oder die Wahrheit sagen sollte.

»Nein«, sagte er schließlich. »Es gibt keine Hoffnung. Aber ich bin nicht ganz so hilflos, wie ich einmal befürchtet hatte. Ich kann mich bewegen, oder nicht? Vielleicht werde ich eines Tages eine Reise antreten, eine jener langen Reisen zu den fremden Völkern des Ostens.«

Und mit der selbstgestellten Aufgabe verließ er das Haus. Er hatte seine Lektion vor langer Zeit gelernt; die Geige hatte sie ihm beigebracht. An diesem Nachmittag hatte sie wieder gesprochen und ihm dieselbe Botschaft übermittelt, auch wenn sie mit anderer Stimme gesprochen hatte. Wahre Musik kann nicht klagen.

Vierunddreißigstes Kapitel
Ausklang

Im Frühsommer des nächsten Jahres saßen zwei alte Männer nach dem Frühstück auf der Terrasse von Broad Place und lasen ihre Zeitungen. Der ältere der beiden wandte eine Seite um.

»Wie hier zu lesen steht, ist Osman Digna wieder in Suakin«, sagte er. »Anzunehmen, daß es zu Kämpfen kommt.«

»Oh«, sagte der andere. »Großen Schaden wird er nicht anrichten.« Und er legte die Zeitung fort. Vor seinem Blick verschwand die friedliche englische Landschaft. Er sah vielmehr die weiße Stadt am Roten Meer in der Hitze flimmern, die braune Ebene ringsum mit dem verfilzten Halfagras und in der Ferne die Berge zum Khor Gwob.

»Ein schwüler Ort, dieses Suakin, wie, Sutch?« fragte General Feversham.

»Schrecklich schwül. Ich habe von einem Offizier erzählen hören, der dort um sechs Uhr früh auf Parade ging und durch den regulären Helm hindurch einen Sonnenstich bekam. Ja, eine feucht-schwüle Stadt! Aber ich war froh, daß ich dort sein konnte – sehr froh«, sagte er nachdrücklich.

»Ja«, sagte Feversham lebhaft. »Steinböcke, wie?«

»Nein«, erwiderte Sutch. »Auf Meilen im Umkreis waren alle Steinböcke von der englischen Garnison geschossen worden.«

»Nein? Dann die Aufgabe. Das war's?«

»Ja, genau, Feversham. Eine Aufgabe.«

Und wieder beschäftigten sich beide Männer mit ihren Zeitungen. Nach kurzer Zeit jedoch brachte ein Diener jedem einen kleinen Stapel Briefe. General Feversham sah mit schnellem Blick seine Umschläge durch, nahm einen heraus und brummte befriedigt vor sich hin. Aus einem Etui nahm er eine Brille und setzte sie auf.

»Aus Ramelton?« fragte Sutch und ließ seine Zeitung auf die Terrasse fallen.

»Aus Ramelton«, antwortete Feversham. »Aber zuerst zünde ich mir eine Zigarre an.«

Er legte den Brief auf den Gartentisch, der zwischen ihm und seinem Hausgast stand, zog ein Zigarrenetui aus der Tasche und machte sich trotz Lieutenant Sutchs Ungeduld daran, sie langsam und umständlich zu beschneiden und anzuzünden. In dieser Hinsicht war der alte Mann zum Genießer geworden. Ein Brief aus Ramelton war ein Luxus, der mit allen denkbaren Beigaben der Bequemlichkeit zu genießen war. Er machte es sich in seinem Stuhl bequem, streckte die Beine aus und rauchte die Zigarre soweit an, daß er wußte, sie würde nicht mehr ausgehen. Dann nahm er den Brief zur Hand und öffnete ihn.

»Von ihm?« fragte Sutch.

»Nein; von ihr.«

»Ah!«

Langsam las General Feversham den Brief durch, während sich Lieutenant Sutch Mühe gab, nicht zu scharf darauf zu blicken. Als der General geendet hatte, kehrte er zur ersten Seite zurück und begann erneut.

»Irgendwelche Neuigkeiten?« fragte Sutch beiläufig.

»Sie sind sehr zufrieden mit dem Haus, nachdem es nun wieder aufgebaut ist.«

»Sonst noch etwas?«

»Ja. Harry hat das sechste Kapitel seiner Geschichte des Krieges fertiggestellt.«

»Gut!« sagte Sutch. »Sie werden sehen, er wird das gut hinkriegen. Er hat Phantasie, er kennt das Land, er war während des Krieges dort. Außerdem war er in den Basaren, er hat die Kehrseite kennengelernt.«

»Ja. Aber wir beide werden das Buch nicht lesen, Sutch«, sagte Feversham. »Nein; ich irre mich. Sie lesen es vielleicht, denn Sie sind mir etliche Jahre voraus.«

Er wandte sich wieder dem Brief zu, und wieder fragte Sutch: »Sonst noch etwas?«

»Ja. Sie kommen in vierzehn Tagen zu Besuch.«

»Gut«, sagte Sutch. »Ich bleibe solange.«

Er machte einen kleinen Gang über die Terrasse und kehrte zurück. Er sah Feversham dasitzen, den Brief auf den Knien und einen verwirrten Ausdruck im Gesicht.

»Wissen Sie, Sutch, ich habe den Jungen nie verstanden«, sagte er. »Konnten Sie ihn verstehen?«

»Ja, ich glaube ja.«

Sutch versuchte nicht, diese Antwort zu erklären. Es war auch gut so, überlegte er, daß Feversham den Sohn nie verstehen würde. Denn das wäre ohne Selbstvorwürfe nicht möglich gewesen.

»Kommen Sie gelegentlich mit Durrance zusammen?« fragte der General plötzlich.

»Ja, sehr oft sogar. Im Augenblick ist er im Ausland.«

Feversham wandte sich dem Freund zu.

»Als Sie nach Suakin fuhren, kam er nach Broad Place und unterhielt sich eine halbe Stunde lang mit mir. Er war Harrys bester Freund. Nun, auch das habe ich nie begriffen. Sie?«

»Ja, auch das habe ich verstanden.«

»Oh!« sagte General Feversham. Er erbat keine Erklärungen, sondern handelte wie stets: er nahm die Fragen, die er nicht verstand, und verdrängte sie. Aber er wandte sich nicht den anderen Briefen zu. Er rauchte seine Zigarre, blickte über das sommerliche Land und lauschte auf die Geräusche, die leise von den Feldern aufstiegen. Als Feversham erneut das Wort ergriff, hatte Sutch seine Korrespondenz bereits bewältigt.

»Ich habe mir meine Gedanken gemacht«, sagte er. »Ist Ihnen aufgefallen, welches Datum wir haben, Sutch?« Und Sutch hob hastig den Kopf.

»Ja«, sagte er, »heute in einer Woche ist der Jahrestag unseres Angriffs auf den Redan und Harrys Geburtstag.«

»Genau«, erwiderte Feversham. »Warum fangen wir nicht wieder mit den Krim-Abenden an?«

Sutch sprang vom Stuhl auf.

»Großartig!« rief er. »Was meinen Sie, bekommen wir den Tisch voll?«

»Mal sehen«, sagte Feversham, läutete eine Handglocke, die auf dem Tisch stand und schickte einen Diener nach der Armeeliste. Über diese Liste gebeugt, wollen wir die beiden Veteranen verlassen.

Doch über eine andere Gestalt aus dieser Geschichte muß ein letztes Wort fallen. Am gleichen Abend, an dem die Einladungen von Broad Place versandt wurden und hinter keinem Fenster des Hauses mehr ein Licht schimmerte, lehnte ein Mann an der Reling eines in Port Said ankernden Dampfers und lauschte auf das Lied der arabischen Kulis, die mit ihren Kohlekörben über die Planken zwischen den Barken und dem Schiffsrumpf hasteten. Der Lärm aus den Straßen der Stadt schlug über das Wasser an seine Ohren. Er stellte sich das Lodern der Kohlebecken auf dem Kai vor, die hellen Bullaugen, die dunklen Schornsteine vor und hinter ihm in der Reihe der ankernden Schiffe. Von einem Diener begleitet, war er in den Osten zurückgekehrt. Ganz früh am nächsten Morgen zog das Schiff durch den Kanal und bewegte sich gegen Sonnenuntergang in die Kühle des Golfes von Suez hinaus. Kassassin, Tall Al Kabir, Tamai, Tamanieb, der Angriff auf McNeils Lager – Durrance durchlebte noch einmal die guten Jahre, die Jahre seines Dienstes, die Jahre des Überflusses. In jenem Land im Westen machten die langen Vorbereitungen, die eines Tages das Derwisch-Reich zu Staub zerfallen lassen würden, ständig Fortschritte. Auf dem Glacis des Ruinenforts von Sinkat hatte sich Durrance geschworen, an diesem großen Werk mitzuwirken, doch die Wüste, die er liebte, hatte ihn niedergestreckt und ausgestoßen. Doch immerhin dampfte das Schiff nach Süden in das Rote Meer. Noch drei Nächte, und das Kreuz des Südens würde – allerdings unsichtbar für ihn – schräg in den Himmel steigen.

Inhalt